Friedrich Ani
SÜDEN

Forgetful heart
Like a walking shadow in my brain
All night long
I lay awake and listen to the sound of pain
The door has closed forevermore
If indeed there ever was a door

Bob Dylan

ERSTER TEIL
KUHFLUCHT

1

»Ich bin Tabor Süden und kein Japaner«, sagte er unvermittelt, nachdem er zehn Minuten lang von der Tür aus stumm zugehört hatte. Und er unterbrach die Frau am Schreibtisch auch nur, weil sie sich eine Zigarette anzündete und mehrere Züge machte, ohne ihn anzusehen. Der Satz brachte sie zum Lachen. Rauch hüpfte aus ihrem Mund. Süden warf einen Blick zum Fenster, vor dem es dunkel wurde, und als er den Kopf abwandte, hörte Edith Liebergesell auf zu lachen.

»Entschuldigen Sie«, sagte sie. »Ich wollte Ihnen keine Kamellen erzählen.«

Süden dachte an den Karneval am Kölner Eigelstein, wo er die vergangenen sieben Jahre verbracht hatte, und sagte: »Ich war lange auf der Vermisstenstelle, ich weiß, wie es Leuten geht, die verschwinden.«

»Ich finde es interessant, dass die Japaner ein eigenes Wort dafür haben.«

»Ich habe es schon wieder vergessen.«

»Hikikomori«, sagte Edith Liebergesell. »Menschen hinter Wänden.«

Süden hielt sich die Hand vor den Bauch. Die Frau stippte die Asche in den weißen Aschenbecher. Vom Sendlinger-Tor-Platz drang das Rauschen des Verkehrs herauf.

»Dann sind wir uns einig?«, fragte sie.

Er wusste es nicht. Er war in das Büro der Detektivin gekommen, weil er sich an ihren Namen erinnert hatte.

Kurz nach seinem Ausscheiden aus dem Polizeidienst hatte sie ihn angerufen und gefragt, ob er bei ihr als Vermisstenfahnder anheuern wolle. Aber er wollte nur weg aus der Stadt und sonst nichts. Er wollte niemanden mehr suchen, er wollte für sich sein, fern seiner Vergangenheit.

Und vor fünf Tagen war er nach München zurückgekehrt. Nicht um alte Pfade wiederzufinden, sondern um ein Telefongespräch fortzuführen, das so abrupt abgebrochen war, wie es begonnen hatte, und ihn seither mehr aufwühlte als jedes andere Gespräch in jüngster Zeit.

Wahrscheinlich war er nur aus Versehen zum Sendlinger-Tor-Platz gegangen. Als wollte er ein Spiel mit sich selbst spielen, als gäbe er einer Laune nach, die seiner Ratlosigkeit und Verlorenheit entsprach, seinen strauchelnden Gedanken.

»Sie wären für die Straße und die Zimmer zuständig«, sagte Edith Liebergesell. »Keine Bürohockerei. Würde Ihnen das passen?«

Er wusste es nicht. Nach einem Schweigen sagte er: »Ich habe einen Job in einer anderen Stadt, eine Wohnung, ich bin einverstanden mit dem, was ich mache.«

»Warum sind Sie dann hier?« Weil er nichts erwiderte, sagte sie: »Sie kriegen rund zweitausend Euro netto im Monat. Um Ihre Sozialversicherung kümmere ich mich, für Ihre Rente müssen Sie selber sorgen. In Sonderfällen sind Bonuszahlungen möglich. Unsere Klienten zahlen fünfundsechzig Euro die Stunde plus einen Euro Kilometerpauschale. Damit sind wir nicht die teuerste Detektei in der Stadt. Von meinen Mitarbeitern habe ich Ihnen schon erzählt, mein Büro kennen Sie jetzt auch, Sie brauchen nur noch ja zu sagen.«

Leicht nach vorn gebeugt stand er seit einer Stunde an der Tür, die Hände entweder vor dem Bauch oder hinter dem Rücken verschränkt, in schwarzer Jeans, einem weißen Hemd, einer schwarzen Lederjacke und schwarzen, englischen Halbschuhen. Bei knapp einem Meter achtzig wog er, so schätzte die Detektivin, mindestens fünfundneunzig Kilo, deren deutliche Schwerpunkte im Hüft- und Bauchbereich lagen. Seine Haare waren kürzer, als sie sie in Erinnerung hatte. Sein Gesicht war genauso unrasiert wie früher, und an seinem Hals baumelte die Kette mit dem blauen Stein, die sie von alten Fotos kannte. Wie er so dastand, schweigend, fremd und doch absolut anwesend, seit er diesen Raum betreten hatte, wäre sie am liebsten zu ihm hingegangen und hätte sich neben ihn gestellt, ins sinkende Licht dieses nachösterlichen Tages.

»Früher haben Sie doch Hosen mit Schnüren an der Seite getragen«, sagte Edith Liebergesell.

»Die sind meinem Körper nicht mehr gewachsen.«

Das Telefon klingelte, und sie nahm den Hörer ab. »Detektei Liebergesell.« Sie hörte eine Weile zu, während Süden endlich näher kam.

»Selbstverständlich erinnere ich mich.« Sie zündete sich eine weitere Zigarette an, legte den Kopf schief, schloss die Augen und nickte. »Jederzeit, wenn Sie das möchten ... Nein, der Preis hat sich nicht erhöht ...«

Süden stellte seine leere Bierflasche an den Rand des von Schreibblöcken, Büchern, Schatullen voller Heftklammern, Briefmarken, Muscheln und Kastanien, Aktenmappen und sonstigen Büroartikeln überfüllten Schreibtischs. Und als wäre der aus hellem Holz gefertigte Tisch nicht schon überladen genug, stand an der Ecke ein hölzerner Globus, der zusammen mit der antiken grünen Lampe die Aura eines altehrwürdigen Studierzimmers vermitteln sollte. Zumindest stellte sich Süden, der nie eine Universität besucht hatte, ein Studierzimmer so vor.

Nach seiner rabiaten Aushäusigkeit während der vergangenen Tage genoss er die behagliche Wärme des Büros. Er sog den Geruch nach Parfüm und Rauch ein. Seine gedämpften Schritte auf dem blaugrauen Teppich kamen ihm beinah lässig vor. Vom Fenster aus sah er hinunter auf das Rondell, wo die Straßenbahnen kreuzten und wendeten wie von jeher. Ihm gefiel die Vorstellung, dass er, wenn er die Detektei verließ, in das Lokal im Erdgeschoss gehen konnte, wie früher in das türkische Café, das sich im selben Haus wie die Vermisstenstelle befand. Auch von dort hatte er die Straßenbahnen und das Fließen der Menschenströme beobachtet.

»Ich werde mit meinen Mitarbeitern darüber sprechen«, sagte

Edith Liebergesell ins Telefon. »Aber wir sollten behutsam mit unserer Hoffnung sein, Frau Zacherl ... Auf Wiedersehen.«

Sie legte auf, drückte die Zigarette aus, fuhr sich mit der Zunge über die Lippen und schrieb Wörter auf einen linierten Block.

»Das ist eine eigenartige Geschichte«, sagte sie, an Süden gewandt. »Vor zwei Jahren ist ein Wirt verschwunden, von einem Tag auf den anderen, dreiundfünfzig Jahre alt. Sein Lokal ist in Sendling, unweit der Garmischer Autobahn, der Lindenhof, er hatte ihn schon vor Jahren seiner Frau überschrieben. Offensichtlich hatte er sein Weggehen geplant. Allerdings behauptet die Ehefrau, er habe das Geschäft an sie übergeben, weil er keine Lust mehr gehabt habe, Wirt zu sein. Er habe sich verändert, habe sich zurückgezogen und seine Gäste mehr und mehr vernachlässigt.

Die Frau war ratlos, sie versuchte, mit ihrem Mann zu reden, sie bat seine Freunde, auf ihn einzuwirken, ohne Erfolg. Er trank nicht, er nahm keine Drogen, körperlich schien es ihm gutzugehen, jedenfalls nicht schlechter als früher. Nur sein Verhalten hatte sich völlig geändert. Früher war er leutselig, ein heiterer Geselle, wie seine Frau sagt.

Er spielte Karten, schaute mit seinen Gästen Fußball im Fernsehen, kochte leidenschaftlich, seine Spezialitäten waren Tafelspitz und Eisbein, eher ungewöhnliche Gerichte für ein kleines Lokal. Er war ein gestandener, allseits beliebter Wirt.

Und plötzlich: ein neuer Mensch. Als hätte er über Nacht mutiert, wie seine Frau sich ausdrückte. Dann, am Karsamstag vor zwei Jahren, kehrte er von einem Besuch in der Innenstadt nicht zurück. Er wollte in einem Elektrogeschäft im Tal Kabel und Glühbirnen besorgen, anschließend in ein Lampengeschäft in der Nähe, angeblich wegen einer neuen Stehlampe fürs Wohnzimmer. In beiden Läden ist er nie angekommen. Er war definitiv nicht dort. Die Polizei hat die üblichen Maßnahmen ergriffen, die Zeitungen haben sein Foto gebracht, aber eine konkrete Spur kam nicht dabei heraus. Raimund Zacherl blieb wie vom Erdboden verschluckt. Aber, das wissen wir, niemand wird vom Erdboden verschluckt, außer er wird Opfer eines Erdbebens.«

Edith Liebergesell griff nach der Zigarettenschachtel und legte sie wieder hin. »Nach einem Jahr wurde die offizielle Suche eingestellt. Der Mann hat jetzt seinen festen Platz im Computer, für den Fall, dass seine Leiche gefunden wird. Seine Frau glaubt nicht, dass er tot ist. Was soll sie sonst glauben?

Über Ostern hatte sie das Lokal geschlossen, unter wirtschaftlichen Gesichtspunkten ein Irrsinn, das hat sie gerade am Telefon zugegeben. Sie sagt, sie konnte einfach keine Leute sehen. Karsamstag war der zweite Jahrestag seines Verschwindens. Frau Zacherl möchte, dass wir die Suche wiederaufnehmen. Ein halbes Jahr nach seinem Verschwinden bat sie uns schon einmal um Hilfe, und wir waren einen Monat lang nur mit ihrem Auftrag beschäftigt. Wir haben sogar zwei Bekannte von Zacherl ausfindig gemacht, Wirtskollegen aus der Bahnhofsgegend. Zwischendurch sah es so aus, als würde Zacherl für sie Geld waschen, aber die Spur blieb zu vage, Unterlagen existieren natürlich nicht, und unsere Observierungen ergaben keine brauchbaren Hinweise.

Seit ich meine Detektei eröffnet habe, vor neun Jahren, hatten wir nur einen einzigen unaufgeklärten Vermisstenfall, das war ein irakisches Mädchen, das von ihrem Vater in dessen Heimat entführt wurde. Niemand hat je wieder von ihr gehört, auch nicht ihre deutsche Mutter. Bei allen anderen Aufträgen gelang es uns, die gesuchte Person tatsächlich zu finden, mit Ausnahme von Raimund Zacherl. Wir sind bekannt für unsere Erfolgsquote, deswegen wenden sich viele Eltern, aber auch andere Angehörige an uns. Sogar für die Kripo waren wir schon tätig. Ich weiß nicht, warum wir bei Raimund Zacherl versagt haben.«

Nach einem Blick auf ihre Armbanduhr, die sie am rechten

Handgelenk trug, stand Edith Liebergesell auf. Sie war mindestens einen Kopf größer als Süden. Der schwarze, weit geschnittene Hosenanzug machte erst recht keine Gazelle aus ihr. Süden gefiel der Anblick ihres uneckigen Körpers. Ihr Gehen war eine Art Marschieren ohne Zackigkeit. Wenn sie den Rücken streckte, verdrängte sie mehr Luft als der ehemalige Kommissar. Ihre Fingernägel waren nicht lackiert, und sie trug keine Ringe. Ihre schwarzen Haare hatte sie zu einem Knoten gebunden, was ihr Gesicht nicht streng, sondern weich wirken ließ. Von ihren großen, dunklen Augen ging eine Eindringlichkeit aus, die Süden sofort fasziniert hatte. Überhaupt ertappte er sich dabei, dass er sie immer wieder verstohlen taxierte, wofür er sich auf eine fast schülerhafte Weise schämte.

»Ich will was essen«, sagte Edith Liebergesell. »Begleiten Sie mich?« Sie hob ihre grüne Handtasche vom Boden hoch und verstaute ihre Zigaretten und das Feuerzeug darin. »Was schauen Sie so?«

»Ich denke nach«, sagte Süden.

»Wenn Sie beim Nachdenken immer so schauen, sollten Sie in der Gegenwart von Frauen eine Sonnenbrille aufsetzen.«

»Sie haben den Grund für sein verändertes Verhalten nicht herausgefunden.«

»Bitte? Nein. Das war ja das Merkwürdige: Niemand hatte eine Vorstellung, was mit dem Wirt passiert sein könnte.«

»Irgendjemand schon.«

»Wer?«

»Irgendjemand.«

Auf dem Weg zur Tür sagte Edith Liebergesell: »Haben Sie in München eigentlich eine Bleibe?«

Süden horchte auf seine Schritte auf dem Teppich und lächelte. »Ich habe ein Zimmer in der Brecherspitze.«

»Wo ist die?«

»In Giesing.«

»In Ihrer alten Heimat.«

Im Treppenhaus sperrte Edith Liebergesell die Bürotür ab. An der Wand hing ein Messingschild mit ihrem Namen und dem Zusatz »Detektei«. Es roch nach Zigaretten, jede zweite Holzstufe knarzte. Die Detektivin und Süden waren schon vom Gewicht her keine Leisetreter.

»Mein Mitarbeiter, Herr Kreutzer, hat eine Vierzimmerwohnung in Haidhausen«, sagte Edith Liebergesell, und ihre Stimme hallte durchs Haus wie ihre Schritte. »Er hat ein Gästezimmer, fast zwanzig Quadratmeter, da könnten Sie bestimmt fürs Erste wohnen. Herr Kreutzer hat gern ab und zu einen Gast.«

»Ich soll eine WG gründen?«, sagte Süden. »Was soll das bringen? Betreutes Schnarchen?«

»Die meisten Ehen sind nicht viel mehr als betreutes Schnarchen.«

Als sie aus der Haustür traten, blies ihnen ein kalter Wind entgegen. Auf der Sonnenstraße staute sich der Feierabendverkehr. Das Klingeln der Straßenbahnen mischte sich mit dem unaufhörlichen Hupen genervter Autofahrer. Radfahrer huschten im trüben Licht an den Fußgängern vorbei.

»Wir gehen gleich nebenan in den Torbräu«, sagte Edith Liebergesell. »Die haben ein passables Schnitzel. Ich habe Sie noch gar nicht gefragt, warum Sie überhaupt nach München zurückgekommen sind.«

Süden legte den Kopf in den Nacken und schaute zum wolkenverhangenen Himmel hinauf. Dann strich er sich mit einer langsamen Geste die Haare aus dem Gesicht. »Ich hoffte, meinen Vater zu treffen.«

»Ihren Vater?« Edith Liebergesell sah ihn an. Ihre Augen schienen noch größer, noch dunkler zu werden. »War der nicht verschwunden? Ich erinnere mich an Gespräche mit Ihren ehemaligen Kollegen über das Thema.«

»Seit meinem sechzehnten Lebensjahr ist er verschwunden«, sagte Süden. »Und jetzt rief er mich in Köln an. Ich weiß nicht, wo er die Nummer herhatte. Ich war so verwirrt, dass ich ihn nicht danach gefragt habe. Er sagte, er sei nicht gestorben, sei unterwegs gewesen und seit einigen Wochen wieder in München. Ob ich Interesse hätte, ihn zu sehen. Er sagte tatsächlich ›Interesse‹. Ich fragte ihn, wie es ihm gehe. Das heißt, ich stotterte, ich suchte nach Worten. Und dann brach die Verbindung ab. Und er rief nicht wieder an.«

»Bitte?«

»Er hatte von einem Münztelefon angerufen. Wahrscheinlich war sein Geld aus.«

»Was erzählen Sie denn da? Nach fünfunddreißig Jahren taucht Ihr Vater aus der Versenkung auf, und dann scheitert die Begegnung an einem Münztelefon? Das kann doch nicht wahr sein.«

»Es ist die Wahrheit«, sagte Süden.

»Wieso hat er nicht wieder angerufen?« Sie wollte noch etwas sagen und fand die Worte nicht. Wie vorhin schaute Süden zum Himmel hinauf. Als er den Kopf senkte, erschrak Edith Liebergesell.

Über sein Gesicht liefen Tränen.

Während sie, ohne einen Schluck Veltliner zu trinken oder aus einem anderen Grund das Besteck kurz beiseitezulegen, ihr Schnitzel mit den Pommes frites und dem gemischten Salat aß, stellte sie Süden eine Frage nach der anderen. Doch Süden wurde immer wortkarger und versank schließlich in Schweigen.

Sie fragte ihn nach seinem Vater, seiner Mutter, seiner Kindheit, seiner Zeit am Kölner Eigelstein, seinen Plänen für die Zukunft. Nachdem sie den Teller leer gegessen und an den Tischrand geschoben hatte, tupfte sie sich noch einmal mit der Papierserviette den Mund ab und schüttelte den Kopf.

»Haben Sie den Eindruck, ich will Sie aushorchen?«

»Nein«, sagte Süden.

»Wieso reagieren Sie dann so abweisend?«

»Ich reagiere nicht abweisend, mir fehlen die Erklärungen.«

»Dieses Rauchverbot ist eine so hirnrissige Erfindung«, sagte Edith Liebergesell und sah zur Tür, vor der zwei Gäste standen und rauchten. »Wird das in Köln auch so rigoros durchgezogen wie hier?«

»Ja.«

Sie betrachtete die Narbe an seinem Hals, wollte ihn danach fragen und schüttelte stattdessen den Kopf.

Obwohl sie sich über seinen Anruf gefreut und sofort gedacht hatte, dass sie endlich jemanden ausschließlich für die steigende Zahl von Vermissten abstellen könnte, fragte sie sich mittlerweile, ob das Auftreten Südens manche Klienten nicht irritieren oder sogar abschrecken würde.

Andererseits rührte sein Benehmen möglicherweise von der Sache mit seinem Vater her. Immerhin hatte Süden als Fahnder im Dezernat 11 eindrucksvolle Erfolge aufzuweisen gehabt.

»Noch mal zu meinem Angebot«, sagte sie. »Sie haben sich bei mir gemeldet, also vermute ich, Sie sind grundsätzlich an einem Job interessiert.«

Süden schwieg.

»Würde es Ihnen sehr schwerfallen, mir hin und wieder eine klare Antwort zu geben?«

Sie kruschte in ihrer Handtasche, fand die Schachtel und das Feuerzeug und zog eine Zigarette heraus. Dann hob sie das Weinglas. »Haben Sie was dagegen, wenn wir uns duzen?«

»Nein«, sagte Süden. Sie stießen mit den Gläsern an. »Möge es nützen!« Sein Bierglas war leer, es war sein drittes.

»Nehmen wir noch eine Runde?«, sagte Edith Liebergesell.

»Ich melde mich im Lauf der Woche bei dir.« Er hielt nach dem Kellner Ausschau.

»Ich zahl die Rechnung«, sagte die Detektivin. »Denk noch mal über meinen Vorschlag mit Herrn Kreutzer nach. Oder hast du so viel Geld, dass du ständig in einem Hotel wohnen kannst?«

»Nein.«

Süden gab ihr die Hand.

»Bis bald«, sagte er und verließ die Kneipe, ein wenig schwankend, die Hände tief in den Taschen seiner Lederjacke. Die Detektivin sah ihm hinterher und dachte an Ilona Zacherl, die vor lauter Vermissen ihr Restaurant über die Feiertage geschlossen hatte und vielleicht nie wieder an Ostern öffnen würde – so lange, bis die Geschichte ihres unsichtbar gewordenen Mannes zu Ende erzählt war.

2 Tabor Süden dachte an den Wirt aus Sendling, während er durch die Fraunhoferstraße in Richtung Nockherberg ging. Früher war er auf dieser Strecke fast jeden Tag unterwegs gewesen, oft nachts, wenn er als Gasthausvertriebener seine Wohnung in Obergiesing ansteuerte. Seit er wieder in München war, hatte er den Weg bereits viermal eingeschlagen, ohne allerdings in einem Lokal einzukehren. An diesem Dienstagabend hatte er sich vorgenommen, wie schon vor zwei Tagen, die Gegend um die Deisenhofener Straße zu durchstreifen, wo er im dritten Stock eines grünen, langgezogenen Blocks gewohnt hatte, in zwei Zimmern, von denen eines gelb gestrichen war und in dem außer einem Stuhl keine Möbel standen. Er war überzeugt, dass sein Vater in der Nähe gewesen war, auch wenn er, Süden, am Sonntag niemanden getroffen hatte, der ihm einen konkreten Hinweis hätte liefern können.

Vielleicht waren seine Beschreibungen zu vage.

Er hatte keine Ahnung, wie sein Vater heute aussah.

Alles, was er wusste, war, dass sein Vater hinkte, denn am Telefon hatte er eine Beinverletzung erwähnt. Er sei gestürzt, und die Zerrung heile einfach nicht. »Ich werd das Hatschen nicht mehr los«, hatte er gesagt, um sofort von etwas anderem zu sprechen.

Das Gespräch hatte höchstens zwei Minuten gedauert.

Jedes Mal, wenn Süden jetzt daran dachte, brach in seinem Magen eine Art Feuer aus. Nach dem Telefonat hatte er versucht, sich an jedes einzelne Wort zu erinnern, aber das gelang ihm nicht. Darüber wurde er wütend. Der Anruf war ein Schock für ihn gewesen. Hinterher glaubte er, er hätte sich die Stimme bloß eingebildet. Als wäre sie einer lodernden Sehnsucht entsprungen, der er sich nicht einmal bewusst gewesen war.

»Ein hinkender alter Mann in alten Sachen«, sagte er wieder und wieder zu Passanten auf der Straße, zu Menschen, die aus einem der umliegenden Häuser traten, zu Leuten, die auf dem Weg zur S- oder U-Bahn am Giesinger Bahnhof waren. Sie grinsten ihn an, schüttelten den Kopf, hörten nicht zu oder warfen ihm mitleidige Blicke zu.

Er hatte gehofft, seine ehemalige Nachbarin, Frau Schuster, würde noch in der Deisenhofener Straße 111 wohnen. Manchmal hatte er ihr von ihm erzählt, wenn er wegen einer Ermittlung erst gegen Mitternacht nach Hause kam und im Hof noch Licht hinter ihrem Fenster sah. Dann klingelte er bei ihr, und sie tranken Eierlikör.

Elsa Schuster lebte nicht mehr. Sie war einundachtzig, als sie starb. Ihre Wohnung hatte ein Mann übernommen, der ein Lampengeschäft geführt hatte, bevor er seine Rente mit dem illegalen Verkauf von 100-Watt-Birnen aufbesserte. Ungefähr tausend Stück bunkerte er in seinem Eichenschrank im Wohnzimmer, sorgfältig aufgereiht in lauter einzelnen kleinen Schachteln. Nichts sonst war im Schrank.

»Die bei der EU in Brüssel haben einen Schlag«, sagte er zu Süden, als dieser ihn besuchte. »Die haben keine Lesekultur, null, sonst wüssten die, dass man zum Lesen ein anständiges Licht braucht in der Nacht. Wollen Sie eine? Ich schenk Ihnen ein Birndl, weil Sie ein Freund von der Frau Schuster gewesen sind.«

Süden lehnte ab.

Jetzt fragte Süden die Gäste in einem italienischen Lokal, das zu seiner Zeit griechisch gewesen war, nach seinem Vater. Er fragte die Angestellten der Gaststätte im Giesinger Bahnhof, die Taxifahrer an der Schlierseestraße, Fußgänger, Billardspieler in einer Bar. Niemand konnte mit der Beschreibung etwas anfangen.

Als er auf dem Bahnhofsvorplatz stand und die neugebauten Gebäudekomplexe mit Wohnungen, einer Apotheke, einem Fastfoodladen, einem Supermarkt, einer Seniorenunterkunft betrachtete, fuhr auf einem Gleis hinter der ehemaligen, in ein Kulturzentrum umfunktionierten Schalterhalle, eine S-Bahn ein.

Irgendwann während seiner Zeit als Hauptkommissar, so erinnerte sich Süden, glaubte er an verschiedenen Stellen der Stadt seinen Vater wiederzuerkennen, immer in Gestalt eines Obdachlosen, der auf die gleiche Weise wie sein Vater mit den Armen schlenkerte und die Schultern hochzog. Und jedes Mal hatte Süden zu weit weg in einem Auto gesessen und nicht anhalten können. Und wenn er sich später auf die Suche machte, fand er den Mann nicht mehr.

Zwei- oder dreimal war er rund um den Ostbahnhof in solche Situationen geraten.

An einem Automaten kaufte er sich einen Fahrschein und nahm die nächste S-Bahn.

Auch am Ostbahnhof hatte sich vieles verändert. Einkaufspassagen waren entstanden, im Untergeschoss gab es einen Imbissstand mit Kebab und Pizzen, eine offene Bäckerei, einen Supermarkt, Coffeeshops und die unvermeidliche Apotheke. Die Leute eilten zu den Gleisen, Jugendliche standen in Gruppen zusammen und spielten mit ihren Handys. Stadtstreicher waren nicht zu sehen.

Erst auf dem Orleansplatz gegenüber dem Bahnhof entdeckte Süden mehrere Männer und eine Frau, die, in zerschlissene Mäntel gehüllt, auf Bänken saßen, Bier tranken und rauchten. Einer von ihnen hielt eine Gitarre, der er eigenwillige Töne entlockte. Er sang dazu, mit einer Stimme, die besser klang als sein Instrument. Als Süden näher kam, sah er, dass die Gitarre nur fünf Saiten hatte. Der Mann trug einen Strohhut mit einer grauen Feder, eine dicke rote Wolljacke und zerrissene Bluejeans. Seine Füße steckten in gemusterten Lederstiefeln. Nach dem Refrain erkannte Süden den Song »Is your love invain« von Dylan.

Weil der Sänger allein auf der Bank saß, nahm Süden neben ihm Platz.

Nachdem er zu Ende gespielt hatte, lehnte der Mann seine Gitarre an die Bank, erhob sich, nahm den Strohhut ab, senkte den Kopf wie zu einer Verbeugung, kratzte sich am Kopf, setzte den Hut wieder auf und ließ sich auf die Bank fallen. Dann drehte er den Kopf. »Wer bist du?«

»Süden.«

Der Mann verzog den Mund und schob den Unterkiefer hin und her. »Wärmender Name.«

»Und wer sind Sie?«

»Gestatten: Josef Furler. Was willst du von mir?«

»Kennen Sie einen Branko Süden?«

Süden roch die Ausdünstungen des Alkohols und wünschte, er hätte etwas zu trinken dabei.

»Ich kenn niemand. Mich kennt auch niemand.« Furler rülpste, hielt die Luft an, blies sie durch die Nase.

Neben ihnen, eine Bank weiter, beschimpfte ein Mann einen anderen, schrie ihm wirre Sätze ins Gesicht, was seinen Freund nicht zu stören schien. Dieser saß da, trank aus einer Bierflasche und starrte zur Straße. Die alte Frau mit den struppigen Haaren an seiner Seite schätzte Süden auf höchstens fünfundzwanzig.

Es war kurz vor acht Uhr abends. Süden hatte nichts erreicht. Er hockte auf einer Bank unter Stadtstreichern, nüchtern und verkehrt am Platz, durch die Zeit getrieben von einer Stimme, die nicht aufhörte, in seinem Kopf Dinge zu sagen wie: »Ich werd das Hatschen nicht mehr los.« Und: »Wir können uns irgendwo treffen, und ich erzähl dir, wenn du willst ...«

»Magst einen Schluck Norden, Süden?« Vor seinem Gesicht tauchte eine Flasche Korn auf. »Küstennebel ist das. Wegen der Küste. Verstehst?«

»Nein.«

22

»Als er noch seine Frau küsste.«

»Wer?«

Furler schob den Unterkiefer hin und her, atmete mit offenem Mund tief ein und schraubte die Flasche auf. Er nahm einen Schluck, spülte seinen Mund aus und schluckte runter. Daraufhin verschloss er die Flasche und stellte sie unter die Bank. Mit dem Daumen zeigte er auf den Mann, der vorhin laut geredet hatte und nun wortlos vor der Bank auf und ab ging, mit ausholenden Gesten, anscheinend in sich hineinfluchend.

»Der Werner. Hat seine Frau verloren, sie war vierzig, Unterleibskrebs, innerhalb von vier Wochen. Wir waren alle bei der Beerdigung, ich hab gespielt. Ostfriedhof, verstehst? Da wirst irre, wenn deine Frau auf einmal tot ist, und du wachst in der Früh auf und die Erde ist weg und du hängst allein im Weltall. Weil die Erde war die Frau. Verstehst?«

»Ja«, sagte Süden.

Furler musterte ihn. »Was geht dich das überhaupt an? Du kennst den Werner nicht, was machst du überhaupt hier?«

»Ich suche einen alten Mann, der hinkt.«

»Warum nicht?« Furler packte seine Gitarre am Griffbrett, zog sie hoch und formte seine Finger umständlich zu einem Griff.

In diesem Moment, beim Anblick des vor sich hin fuchtelnden, innerlich tobenden Mannes, hatte Süden eine Idee.

Beim ersten Mal hatte er nur wissen wollen, ob sein Vater sich auf seiner ehemaligen Dienststelle gemeldet hatte, um die aktuelle Telefonnummer seines Sohnes zu erfahren. Und das hatte Branko Süden auch getan, doch es hatte ihm, wie sich herausstellte, nichts genützt. Niemand in der Vermisstenstelle wusste, wo Süden inzwischen lebte. Manche behaupteten, er wäre nach Helgoland gezogen, weil er angeblich öfter von der Insel geschwärmt hatte. Manche meinten, er verdiene seinen Unterhalt bei einer Sicherheitsfirma in Berlin. Und die üblichen Witzbolde verbreiteten das Gerücht, er habe endlich zu seiner wahren Bestimmung gefunden und das Augustiner-Stüberl in Giesing übernommen. Im Grunde, hatte Süden gedacht, war es wie bei einer offiziellen Vermissung: Wenn man zehn Personen nach den Wesensmerkmalen eines Verschwundenen fragte, erhielt man zehn verschiedene Biographien.

»Das ist eine Überraschung«, sagte der Mann, wegen dessen Telefonnummer Süden ein zweites Mal im Dezernat angerufen hatte, am anderen Ende der Leitung. »Obwohl ich schon gehofft hab, du würdst dich melden. Wo bist du?«

»In München.«

»Mit deinem Vater?«

»Er hat meine Telefonnummer also von dir bekommen.«

Dieser Gedanke hatte Süden vorhin von der Parkbank gescheucht.

»Ja«, sagte Paul Weber. »Jemand im Dezernat muss ihm gesagt haben, ich wär früher dein Vertrauter gewesen.«

»Wer hat ihm das gesagt?«

»Das wusste dein Vater nicht, eine Frau.«

»Sonja?«

»Er hat keinen Namen genannt. Wie geht's deinem Vater?«

»Er rief an, die Verbindung brach ab, seitdem hat er sich nicht mehr gemeldet.«

Süden hörte, wie sein ehemaliger Kollege etwas trank und dann ein Brummen von sich gab.

»Komm vorbei«, sagte Weber. »Weißt du noch, wo ich wohn?«

Eine Stunde später saßen sie sich am Couchtisch gegenüber. Für Süden war es, als wäre er vor einem halben Jahr zum letzten Mal in der Wohnung am Harras gewesen. Jedes der dunklen Möbelstücke kam ihm vertraut vor. Der bullige, pensionierte Hauptkommissar mit den buschigen Augenbrauen, den geschneckelten Haaren und den geröteten Ohren schien weder an Gewicht verloren noch zugenommen zu haben. Sogar der Geruch nach Kölnisch Wasser, der in den engen Zimmern hing, war derselbe wie immer.

Paul Weber war siebenundsechzig Jahre alt. Beim Tod seiner Frau Elfriede war er Mitte fünfzig gewesen, und obwohl er auch nach ihrem Tod unermüdlich seinen Dienst ausübte, kam er nie über den Verlust hinweg. Zwar verliebte er sich noch einmal – in eine Krankenschwester aus der Lüneburger Heide, die im Schwabinger Krankenhaus arbeitete, wo seine Frau gelegen hatte –, doch schließlich kehrte er allein in die leeren Zimmer seiner Ehe zurück. Hier saß er immer noch und sprach Gedichte in einen alten Kassettenrecorder, wie er es früher für Elfriede getan hatte, die seine sonore Stimme liebte. Gelegentlich zog er die unterste Schublade des Schlafzimmerschrankes auf. Dort bewahrte er seinen siebenschüssigen »Smith & Wesson«-Revolver auf, eine vollfunktionstüchtige Rarität, eingewickelt in braunes Packpapier, und dazu die Schachtel mit den Patronen.

»Erzähl, wie es dir ergangen ist«, sagte Weber. »Wie war das, als du in München aus dem Zug gestiegen bist? Hast du alles gleich wiedererkannt?«

Nichts, dachte er auf dem Bahnsteig, während die Stimme seines Vaters immer lauter wurde, hatte sich verändert.

Jede Glaswand, jeden Kiosk, jedes Werbeplakat, jeden Ausschank, jedes Geräusch und jeden Geruch, jeden diffusen Strahl des Sonnenlichts, der in die Halle fiel, das Flattern einer Taube – das alles, bildete Süden sich ein, erkannte er augenblicklich wieder. Sein Kopf dröhnte. Er stand neben Gleis zweiundzwanzig, wenige hundert Meter von seinem ehemaligen Arbeitsplatz entfernt.

Gestern hatte sein Vater angerufen, und das Gespräch war ein Alptraum gewesen.

Das Gespräch war kein Alptraum. Es hatte tatsächlich stattgefunden, um 15.35 Uhr, mit ihm als Gesprächsteilnehmer. Und einen Tag später, Gründonnerstag, stand er inmitten von Fremden, die an ihm vorbeihuschten und ihm luftleere Blicke zuwarfen.

Er hob die grüne Reisetasche vom Boden, sog die kalte Luft ein und machte einen Schritt.

In der Vorhalle bei den Ticketschaltern roch es nach frischen Brezen, Pizza und aufgebackenen Hörnchen. In der Mitte der Halle stand eine fünf Meter lange weiße Limousine. Sie war kein Ausstellungsmodell, sondern der Verkaufsstand für einen Sylter Fischgroßhändler. Da wurden Salate angeboten, belegte Semmeln und frisch zubereitete Fische, Matjes, Krabben, Thunfisch, Lachs, Hering, dazu Weißwein, Sekt und Champagner. An einem der Tische, die um die rollende Fischbude plaziert waren, saßen eine Frau in einem Pelzmantel und ein braungebrannter Mann in einem Wildledermantel.

Er bestellte ein Glas Pinot und eine Krabbensemmel. Der Mann im Wildledermantel küsste die Frau im Pelzmantel. Und Süden hörte die Stimme seines Vaters, der sagte: Wir können uns irgendwo treffen ... Wir treffen uns irgendwo ..., sagte sein Vater.

Jetzt fiel es ihm wieder ein: Wir treffen uns dann irgendwo, und ich erzähl dir, wenn du willst ...

Er hörte seinen Vater sprechen, in Paul Webers Wohnzimmer, in dem alles so war wie früher.

3 »Hier ist dein Vater. Du wunderst dich wahrscheinlich jetzt. Aber ich leb noch. Ich war die ganze Zeit unterwegs. Meine Knochen sind kaputt, und ich werd das Hatschen nicht mehr los. Bist du noch dran?« Als könnte Süden woanders sein.

»Ich bin wieder in der verhunzten Stadt. Kann dir nicht erklären, wieso. Du bist bestimmt verdutzt, dass ich mich nach so langer Zeit melde, wo du wahrscheinlich sicher warst, ich bin schon tot. Und ich war ja auch fast tot. Ich hab bloß geatmet, das hab ich dir in dem Brief damals geschrieben. Ich hab nicht länger warten können, das ist alles ewig her. Und jetzt bin ich wieder da. Und ich hab gedacht, ich ruf dich einfach an. Ich hab dich gesucht in der Stadt. Und als ich deine Nummer hatte, hab ich gezögert. Das ist ja ein Schock, wenn der totgeglaubte Vater plötzlich aus der Gruft auftaucht. Übrigens war ich schon öfter mal in der Stadt, einmal hab ich dich sogar gesehen. Hab dich gleich wiedererkannt, obwohl du lange Haare hattest und so groß geworden warst, und stattlich. Ich hab einen Vorschlag, wir treffen uns irgendwo, und ich erzähl dir, wenn du willst ...«

Es war, als wäre Süden jedes einzelne Wort wieder eingefallen.

4 Das Hotel, die Brecherspitze, erreichte Süden vermutlich auf magische Weise. Roland Zirl, dem Wirt, konnte er nicht erklären, wie er den Weg vom Harras nach Giesing gefunden hatte.

»Trink noch einen Aquavit«, sagte Rollo. »Vielleicht erinnerst du dich dann wieder.«

»Wozu denn?« Süden trank den Schnaps und spülte mit Bier nach, um den Kümmelgeschmack zu vernichten.

In dieser Nacht trank er eine Reihe von Kümmelschnapsvernichtungsbieren, bevor er sich angekleidet auf seinem Bett im ersten Stock wiederfand, zur Decke starrend und im Gespräch mit einem Toten, der Martin Heuer hieß.

Süden delirierte nicht. Der Tote war sein Gesprächspartner schon in so mancher Nacht und auch an Tagen gewesen, an denen Süden keinen Schatten warf. An Martins unvermittelte Anwesenheit hatte Süden sich gewöhnt wie an dessen Abtauchen zu Lebzeiten.

Warum quälst du dich so?, sagte Martin Heuer.

Süden wandte den Blick nicht von der Zimmerdecke. Er hoffte, ihm würde nicht schwindlig werden.

Du schweigst zu viel.

Süden schwieg.

Siehst du?

»Ich bin hier verkehrt.«

Du bist aus freien Stücken gekommen.

Aus freien Stücken! Bei diesem Spruch hätte Süden sich beinah aufgerichtet und seinen Freund laut ausgelacht. Die Formulierung kam ihm vor wie der Aufdruck auf einem nie gewaschenen T-Shirt, das ein Mann durch die Jahre getragen hatte, und der am Ende, im Alter von dreiundvierzig, in den Müllcontainer eines Bordells kletterte, den Deckel zuklappte und sich mit der Dienstwaffe in den Kopf schoss.

Aus freien Stücken.

Deswegen: Freitod.

Alles, was Martin Heuer getan hatte, hatte er aus freien Stücken getan.

Wenn die Sonne schien, trug er einen braunen Rollkragenpullover und eine türkisfarbene Bomberjacke. Wenn es schneite, genauso. An sehr heißen Sommertagen holte er eine graue Filzjacke aus dem Schrank, die er auch bei Vernehmungen in stickigen Räumen nicht ablegte.

Aus freien Stücken unterhielt er eine Beziehung zu einer sechsundfünfzigjährigen Hure, deren Sanftmut und Verständnis er ignorierte. Lieber schlief er bei ihr bloß seinen Rausch aus oder kam vorbei, um hastig und wortlos zu duschen. In ihrem Zimmer hatte Lilo, die sich die Wohnung mit zwei Kolleginnen teilte, für gewisse Kunden eine Duschkabine installieren lassen. Martin Heuer war kein Kunde. Er war auch kein Freund oder Liebhaber, er war so etwas wie der ewige letzte Gast und Lilo die Lumpensammlerin, die ihn aufgabelte und in ihr Bett zum Ende der Nacht chauffierte.

Süden und Martin Heuer waren in Taging aufgewachsen. Und weil sie nach dem Abitur, das beide nur mit großer Mühe schafften, nicht wussten, was sie werden sollten, kam Heuer auf die Idee mit der Polizei. So brauchten sie keinen Wehrdienst abzuleisten und konnten sich eine Wohnung in der Stadt leisten.

Vier Jahre lang lebten sie in einer WG in Schwabing, kundschafteten die einschlägigen Szenelokale aus, tranken und kifften mit Studenten, Ex-Studenten, Möchtegern-Studenten und Künstlern und verschwiegen ihren zukünftigen Beruf. Als sie eines Nachts in Uniform aus einem Streifenwagen stiegen – zwei Bereitschaftspolizisten, die pflichtgemäß einen nach sphärischem Gras duftenden Fahrer eines 2CV kontrollierten –, begriffen sie, dass sie sich für eine Zukunft in Beige-Grün nicht neun Jahre lang durchs Gymnasium hätten quälen müssen.

29

Am nächsten Morgen besorgte Süden die Unterlagen zur Beförderung in den gehobenen Dienst, und wiederum drei Jahre später fanden sie sich in der Mordkommission wieder, wo damals dringend neue Kommissare gesucht wurden. Mit Anfang dreißig wechselten sie in die Vermisstenstelle.

Zu dieser Zeit hatte Martin Heuer bereits eine graue Haut.

Seine wenigen Haare waren zu einem Nest geformt, unter seinen Augen hingen dunkle Tränensäcke. Schon lange war er nicht mehr schlank, sondern dürr. Unter seiner Bomberjacke kam ein ausgemergelter Körper zum Vorschein, und wenn er es eilig hatte, dann, so verriet er manchmal zu später Stunde, würden die gläsernen Kobolde, die in ihm hockten, bei jeder Bewegung einen Splitter verlieren, der ihn stumm aufschreien ließ.

Alle Versuche von Süden und seinen Kollegen, Martin Heuer in die Obhut eines Arztes zu geben, scheiterten.

Einmal bei der Mordkommission und einmal während eines Einsatzes für die Vermisstenstelle wurde auf Heuer geschossen. Die Verletzungen waren jedes Mal nur leicht, aber den Schock hatte er nie überwunden. Er redete nicht darüber, er ertränkte diesen Zustand wie jeden anderen.

Als Süden eine Beziehung mit seiner Kollegin Sonja Feyerabend begann, schien Heuer eine Zeitlang aus seinem Schatten zu treten. Zu dritt gingen sie ins Kino und in Lokale, sie fuhren zum Schwimmen an nahe gelegene Baggerseen, sie verbrachten den Heiligen Abend zusammen. Doch mit Südens allmählicher Entfernung von Sonja kehrte auch Heuer zu seinem Nachtgeschwader aus Trinkern und gestürzten Engeln zurück, Süden erreichte ihn nur noch in seiner Funktion als Kriminalhauptkommissar und immer seltener als Freund, der seine Bomberjacke auszog, um sich erkennen zu lassen.

Sie stritten, und sie schrien sich an. Süden fegte die unvermeidliche Zigarettenschachtel seines Freundes vom Tresen oder ließ ihn einfach auf dem Bürgersteig hocken, wenn Martin wieder einmal beschlossen hatte, auf der Stelle zu krepieren.

In einer dieser vom ersten Glas an ausweglosen Nächte packte Süden ihn an der Schulter, hob ihn hoch, schüttelte ihn wie eine Puppe und schleuderte ihn auf die Schienen, direkt vor dem Augustiner-Stüberl in der Tegernseer Landstraße. Mit lautem Klingeln und kreischenden Bremsen kam die Tram zum Stehen. Der Fahrer stieß Flüche aus, die in den Dienstvorschriften des Münchner Verkehrsverbunds garantiert nicht unter »deeskalierende Maßnahmen bei Betriebsstörungen« aufgelistet waren.

Aus freien Stücken kehrte Martin Heuer einer laufenden Ermittlung den Rücken.

Aus freien Stücken kehrte er seinen Kollegen und seinem besten Freund den Rücken.

Aus freien Stücken fuhr er mit seinem verrosteten Opel, einem ehemaligen Dienstfahrzeug, nach Berg am Laim, um dort mit seiner Dienstwaffe in einen Müllcontainer zu steigen.

Warum war Süden nicht rechtzeitig zur Stelle gewesen?

Warum hatte er die letzten Zeichen nicht erkannt?

Warum hatte er Martin in der Nacht zuvor allein gelassen?

Martin Heuer hatte es ihm wieder und wieder erklärt. *Du konntest nicht da sein, das war unmöglich.*

»Vielleicht hätte ich trotzdem da sein müssen.«

Das redest du dir ein, du bist nicht schuld.

»Am Selbstmord eines anderen ist nie nur der Selbstmörder schuld.«

Glaubst du das wirklich?

»Ja«, hatte Süden wieder und wieder geantwortet.

So wenig, wie an einem Mord nur der Mörder schuld ist?

»Für den Mord ist der Mörder ganz allein verantwortlich.«

Dann bist du nicht auf dem neuesten Stand der Erkenntnisse.

»Das ist mir egal«, sagte Süden, als wäre er überzeugt davon.

Du sollst die Toten nicht anlügen.

Seine letzte Ruhestätte fand Martin Heuer auf dem Waldfriedhof, inmitten von Fichten, Tannen, Birken und Sträuchern,
neben dem Grab der Kolonialwarenhändlerswitwe Krescenzia
Wohlgemuth.

Zweihundertfünfzigtausend Tote lagen auf diesem Friedhof,
auf dem auch die Urnen all jener in der Erde vergraben waren,
die eine anonyme Bestattung verfügt hatten.

Einseinsnull ist die passende Zimmernummer für dich.

»Das Zimmer hat Rollo mir früher auch immer gegeben«, sagte Süden in die Dunkelheit.

Such den Wirt aus Sendling. Such deinen Vater, obwohl ich
befürchte, du wirst ihn nicht finden. Such die verschwundenen
Kinder. Die Leute warten auf dich.

»Niemand wartet auf mich«, sagte Süden. »Höchstens die Leute am Eigelstein, meine Gäste.«

Es genügt, wenn du mich anlügst, lüg dich nicht auch noch
selber an.

Süden wuchtete sich in die Höhe, schlug sich erst mit der
rechten, dann mit der linken Hand gegen den Kopf, stellte die
Beine auf den Boden, beugte sich nach vorn, röchelte und
erhob sich schwankend.

Er sah zum Fenster, wankte, ging hin und riss es auf. So weit
er konnte, streckte er den Kopf nach draußen und atmete mit
weit geöffnetem Mund die kalte Luft ein. Dass er schon wieder
mit seinem toten Freund redete, gefiel ihm nicht.

Da war mindestens eine Stimme zu viel in seinem Kopf.

Süden horchte.

Die Stimme seines Vaters war verstummt.

Aus der Ferne näherte sich ein Auto. Die St.-Martin-Straße
war menschenleer.

Sein Vater sprach nicht mehr. In seinem Kopf Sirren und Rauschen.

Morgen, dachte er, wollte er das gesamte Viertel durchstreifen, Obdachlosenheime aufsuchen, an den Bahnhöfen und in

32

den Untergeschossen Ausschau halten. Hauptsache, er tat etwas und dachte nicht ständig an die Sätze, die sein Vater ihm am Telefon hinterlassen hatte.

Und wenn es gar nicht sein Vater war, der angerufen hatte?

Auf diesen Gedanken kam er jetzt zum ersten Mal.

Wer sollte so etwas tun?

Süden drehte sich um und sagte: »Wer sollte so etwas denn tun?«

Martin Heuer schwieg, wie es sich für einen Toten gehörte.

5 Süden schnaufte eine Zeitlang vor sich hin. Dann zog er sich nackt aus, legte sich bei offenem Fenster ins Bett, deckte sich zu und verschlief die Hälfte des nächsten Tages.

Eigenartigerweise musste er das Zimmer jedes Mal lange suchen. Es lag im vierten Stock, das wusste er genau, aber der Aufzug fuhr immer entweder in den fünften oder in den dritten Stock.

Süden stieg aus, lief durch lange, mit Teppichen ausgelegte Flure, durchquerte Hinterzimmer von Restaurants, in denen niemand saß, fand sich auf einer breiten, geschwungenen Treppe wieder, die, davon war er überzeugt, in den vierten Stock führte.

Als er dort ankam, hatte er seine Zimmernummer vergessen. Allerdings hatte er eine vage Vorstellung von der Lage des Zimmers. Die Angestellten und die wenigen Gäste, die ihm begegneten, traute er sich nicht anzusprechen, er genierte sich für sein Verhalten. Zu seiner Überraschung fand er, nachdem er mehrmals die Richtung gewechselt hatte und im Kreis gelaufen war, die richtige Tür. Zumindest bildete er sich ein, sie wiederzuerkennen, denn sie hatte, im Gegensatz zu den übrigen Türen, keine Nummer.

Er steckte den Schlüssel, den er wie selbstverständlich aus der Tasche zog, ins Schloss und öffnete die Tür.

Das Zimmer glich seinem eigenen zu Hause: ein schmales Fenster, links das Bett, rechts die Tür zum Bad, ein runder Tisch voller Bücher und Zettel. Auf einem Stuhl lag ein aufgeklappter schwarzer Koffer, der ihm, dachte Süden sofort, nicht gehörte. Aus dem Koffer hingen ein Hemd und eine Hose heraus. Jetzt bemerkte er, dass das Bett zerwühlt und benutzt aussah.

Von nebenan hörte er Wasserrauschen. Kurz darauf kam ein jüngerer Mann in Jeans und T-Shirt aus dem Bad, grüßte mit einer schnellen Handbewegung und zeigte zum Bett. Tut mir leid wegen der Unordnung, sagte er, ich war dermaßen fertig heut Nacht, kommst mit, was trinken?

Süden begriff, dass der Mann in diesem Zimmer wohnte, aber er brachte keinen Ton heraus.

Er wachte auf.

Mit schweren Schritten ging er ins Bad, trank Wasser aus dem Hahn, wich dem Anblick seines Gesichts im Spiegel aus, taumelte zurück zum Bett.

Irgendwann am Nachmittag schaffte er es, sich anzuziehen und nach unten zu gehen.

Da war niemand, also verließ er das Hotel. Der Stadtteil war nicht gerade berühmt für seine Kaffeehausdichte, vielmehr als Geburtsstätte der Lichtgestalt Beckenbauer und Heimstatt des Turn- und Sportvereins 1860 München, dessen ruhmreiche Zeit im Paläozoikum lag.

Auf der Tegernseer Landstraße, fiel Süden ein, gab es eine Konditorei mit angeschlossener Gastronomie. Der Laden befand sich gegenüber dem Postamt, das, wie er verblüfft feststellte, heute auch eine Metzgerei und einen Drogeriemarkt beherbergte.

Das Café existierte nicht mehr, ebenso wie das Kaufhaus nebenan.

Erschöpft vom zwecklosen Ausschauhalten kehrte Süden ins Hotel zurück, ließ sich aufs Bett fallen und las im Roman eines chilenischen Schriftstellers, dessen Titel »Kater und Katzenjammer« lautete.

Den nächsten Tag verbrachte er mit der Suche nach Spuren und Stimmen, nach Menschen, die wie Branko Süden in Schlupfwinkeln hausten, notgedrungen oder – *aus freien Stücken*.

Branko Süden war freiwillig fortgegangen, damals. Niemand hatte ihn vertrieben, wie nach dem Zweiten Weltkrieg, als er mit seinen Eltern aus dem Sudetenland flüchtete. Niemand hatte ihn gezwungen, Taging zu verlassen.

Er schrieb einen Brief, in dem er versuchte, etwas zu erklären. Der Tod seiner Frau, Tabors Mutter, drei Jahre zuvor, habe ihn aus der Welt fallen lassen und ihm jede Zuversicht geraubt, ihm fehle die Kraft, ein Kind zu erziehen ...

Die Sätze kamen dem sechzehnjährigen Jungen verlogen vor. Er verachtete seinen Vater für dessen Feigheit. Jahre vergingen, bis er den letzten Satz des Briefes halbwegs begriffen hatte. »Gott ist die Finsternis«, schrieb sein Vater in einer nach Tabors Meinung gestelzten Schrift, »und die Liebe das Licht, das wir ihm schenken, damit er uns sehen kann.«

Den Brief trug Süden durch ganz München mit sich herum. Er zeigte ihn niemandem. Einige der alten Sätze gingen ihm nicht mehr aus dem Kopf, wie die Stimme seines Vaters.

Doch anstelle seines Vaters begegnete er jemand anderem aus der Vergangenheit.

6 Er gönnte sich keine Pause. Er aß im Gehen, trank hastig im Stehen, sprang aus Straßenbahnen und rannte los, schwitzte und schnaufte und stellte immer wieder dieselben Fragen.

Ein Foto seines Vaters hatte er nicht dabei. Er besaß keines. Nicht ein einziges. Er hatte ein vergilbtes Bild im Kopf.

Er tat, als käme es auf jede Minute an. Als könnte jede Stunde die letzte sein, die er zur Verfügung hatte, um seinen Vater doch noch ausfindig zu machen.

Die Obdachlosen, die er ansprach, hatten keine Ahnung. In den Heimen und Krankenhäusern war Brankos Name unbekannt. An den Bahnhöfen traf er auf Männer und Frauen, in deren Stimmen Schnee fiel.

Von einem Münztelefon rief er bei Martin Heuers Eltern in Taging an, um zu erfahren, ob sein Vater sich vielleicht in seinem alten Dorf herumgetrieben hatte. Sie verneinten und fragten, wie es ihm gehe und ob er sie besuchen käme. Vielleicht, sagte er und beendete schnell das Gespräch.

Aus der Innenstadt war er zu Fuß zum Pariser Platz gelaufen und hatte von dort telefoniert, jetzt bestellte er in einer Kneipe an der Ecke Pariser und Wörthstraße ein Helles und anschließend ein zweites.

Den Brief seines Vaters hatte er seit mehr als zehn Jahren zum ersten Mal wieder gelesen, als er allein in seinem Zimmer im Kölner Ost-West-Hotel das verstummte Telefon anstarrte.

Er holte den zusammengefalteten Zettel aus der Zigarrenkiste, die oben auf dem Bücherregal seines Hotelzimmers stand, und strich ihn glatt. Seine Hände begannen zu zittern. Während er las, hörte er die Stimme seines Vaters am Telefon, sie vermischte sich mit der des Briefes, die Süden gehört hatte, als er zum Taginger See hinuntergerannt war, das zerknitterte Papier in der Hosentasche, und geglaubt hatte, sein Herz schlage über ihn hinaus.

»Haben Sie in letzter Zeit einen hinkenden Obdachlosen gesehen?«, fragte Süden am Pariser Platz den Barkeeper, und dieser erwiderte: »Etliche. Noch ein Erfrischungsgetränk?«

Draußen war es dunkel geworden. Aus einem Grund, den er
nicht begriff, machte Süden sich auf den Weg zum Kaufhaus
am Bordeauxplatz, wenige hundert Meter vom Pariser Platz
entfernt. Aus alter Gewohnheit und als bräuchte er tatsächlich
Nachschub für anstehende Ermittlungen, suchte er in der
Schreibwarenabteilung nach einem bestimmten Block.
Versteckt zwischen unterschiedlichen Formaten entdeckte er,
was er suchte: einen kleinen karierten Block mit der Spirale
am oberen Rand. Es war der einzige in der Art. In seiner Zeit
als Hauptkommissar hatte er nie einen anderen Block für seine Notizen verwendet, auch dann nicht, wenn er damit rech-
nen musste, dass eine Vernehmung mehrere Stunden dauern
würde. Die fünfzig Blatt dicken Blocks waren sein Gedächtnis,
mehr brauchte er sich nicht zu merken.
Er kaufte auch noch einen billigen Kugelschreiber mit blauer
Mine.
»Da steht kein Preis drauf«, sagte die Kassiererin und betrach-
tete den Block wie das größtmögliche Ärgernis kurz vor La-
denschluss.
»Ein Euro fünfzig«, sagte Süden.
»Wo haben Sie den her?«
»Aus dem Regal da hinten.«
»Bei den Sonderangeboten?«
»Darauf habe ich nicht geachtet.«
»Ich kann ja nicht irgendeinen Preis berechnen.«
»Ein Euro fünfzig«, wiederholte Süden.
Sie hielt nach einer Kollegin Ausschau. Die einzige Angestell-
te, die zu sehen war, verschwand gerade im Aufzug.
»Der Kuli ist ein Euro«, sagte die Kassiererin und tippte den
Preis ein. »Können Sie keinen anderen Block nehmen?«

Die Kundin, die hinter Süden stand, klopfte mit zwei gelben Rollen Geschenkpapier auf die Ablagefläche. Süden sagte: »Ich kann nur mit diesem Block arbeiten.«

Zeit verging, während die Kassiererin durch das Erdgeschoss blickte und die Kundin hinter Süden sich vor Stöhnen fast verschluckte.

»Also gut«, sagte die Kassiererin. »Das macht dann zwei Euro fünfzig. Ist doch immer dasselbe.«

Was ihrer Meinung nach immer dasselbe war, blieb ungewiss.

Süden verließ das Kaufhaus, überquerte den Platz, auf dem die Trinker und Stadtstreicher, die er schon befragt hatte, noch immer in Dispute verstrickt waren, und ging auf die Haltestellen vor dem Ostbahnhof zu. Von dort wollte er mit dem Bus in den Englischen Garten fahren.

Vielleicht, redete er sich ein, trieb sein Vater sich in der finsteren Anonymität des weitläufigen Parks herum.

Der Busfahrer stand neben der offenen Tür und rauchte eine Zigarette. Süden fragte ihn, ob er bei ihm einen Fahrschein kaufen könne, der Fahrer deutete auf den blauen Automaten bei den Wartesitzen.

Als Süden das Geld einwarf, hörte er Schritte, die ihm eigentümlich vertraut vorkamen. Ein staksiges Gehen, wie tausend andere eigentlich. Doch unwillkürlich drehte er den Kopf.

»Süden?« Die Frau blieb stehen und schaute ihn aus Augen an, die so grün waren wie seine eigenen.

Sie trug einen knielangen dunklen Mantel, eine lederne Schirmmütze, schwarze Stiefel und einen kleinen modischen Rucksack. Ihr Gesicht mit der hohen Stirn und der leicht nach oben gebogenen Nasenspitze wirkte schmaler, als Süden es in Erinnerung hatte. Sie sah erschöpft und auf eine für sie schon wieder typische Weise gereizt aus.

»Servus, Sonja«, sagte er.

Mehr als zehn Jahre hatten sie gemeinsam auf der Vermisstenstelle gearbeitet, Sonja Feyerabend und Tabor Süden. Einen Teil dieser Zeit waren sie ein Liebespaar gewesen, anfangs auf die übliche, überschäumende Weise, bald verhaltener, am Ende gefangen in partnerschaftlicher Unnähe.

Sie trennten sich, ermittelten weiter Tür an Tür, gingen sich aus dem Weg. Manchmal beobachtete er sie heimlich, wie sie den Kopf senkte und ihre Hände zu Schalen formte, als wollte sie Tränen darin auffangen.

Seit Süden sie kannte, war sie eine eigenbrötlerische, zu Ingrimm neigende Frau gewesen, mit einer Aura von Traurigkeit. Er hatte sich oft vorgestellt, sie an der Hand zu nehmen und loszulaufen, bis der schwere Atem aus ihr herausgeströmt wäre und sich ihr Herz in ein beschwingtes Organ verwandelt hätte.

Anders als Martin Heuer jedoch erlaubte Sonja der Schwermut nicht, sie vollständig zu besetzen. Sie verscheuchte die Wolken, indem sie spontane Reisen auf die Kanarischen Inseln oder nach Asien unternahm. Und anders als Süden zelebrierte sie ihr Alleinsein nicht mit Ritualen, sondern hielt es einfach aus.

Zu seiner Verabschiedung aus dem Dienst hatte sie ihm einen kurzen Brief geschrieben, mehr einen Zettel, den sie ihm in einem Kuvert überreichte. Sie bezweifelte, dass seine Entscheidung richtig und klug sei und wünschte ihm »einen sich öffnenden Horizont«.

»Wie geht's dir?«, fragte er, weil er ihr stummes Dastehen nicht länger als Schweigen empfand, sondern als Tottreten von Worten.

»Gut. Und dir?«

»Gut.«

»Bist du wieder in der Stadt?«

»Ich bin auf Besuch«, sagte er.

Sie biss sich auf die Unterlippe, früher ein Zeichen für Gefahr im Verzug.

»Und du?«, sagte Süden schnell. »Was machst du hier in der Gegend?«

»Ich wohn nicht weit von hier.«

»Du bist umgezogen.«

»Schon vor einer Weile.«

Süden sah, wie der Busfahrer die Kippe austrat, hustete und in den Bus stieg. »Isst du immer noch gern Erdbeerkuchen?«

Der Busfahrer ließ den Motor an.

»Hast du jemanden?«, fragte Süden.

»Ja«, sagte Sonja. »Mich.«

Vor der nächsten Frage zögerte er einen Moment. »Hast du am Telefon jemandem die Nummer von Paul Weber gegeben?«

»Wem denn?«

»Einem Bekannten von mir.«

»Nein.«

Süden stieg in den Bus, setzte sich auf die Rückbank und sah Sonja mit eckigen Schritten bei Rot über die Straße gehen, wie es von jeher ihrer Art entsprach.

Als Martin Heuer und er einmal im Sommer mit Sonja an den Ostersee waren, zeigte sie ihnen eine blühende Sonnenblume am Ufer. Die Männer staunten, denn es war die größte Sonnenblume weit und breit. Sie habe, erzählte Sonja, eine Woche nach dem Tod ihres Vaters an dieser Stelle Kerne in der Erde vergraben, in der Gewissheit, sie würden eines Tages aufgehen. Das war vor fünfunddreißig Jahren gewesen. Sonja hatte recht behalten. Ihre Sonnenblume thronte über allem Gesträuch, jedes Jahr von neuem.

Jedes Jahr von neuem.

Damals vielleicht, dachte Süden, hätte Sonja sie beide, Martin und ihn, an der Hand nehmen und losrennen sollen, den Hügel hinauf und über die Wiesen und durch die Wälder bis nach Seeshaupt und noch weiter, so lange, bis ihnen, Martin und ihm, die ganze schwere Luft ausgegangen wäre.

7 Sein Vater blieb unsichtbar wie die Nymphe Echo, und nur seine Stimme hallte durch Südens Kopf wie durch einen schwarzen Wald. Und er wusste nicht einmal, ob es überhaupt die Stimme seines Vaters war und nicht womöglich die eines Fremden, der im Namen seines Vaters angerufen hatte, aus welch dunklem Grund auch immer.

Am Sonntag verließ Süden das Hotel nicht ein einziges Mal. Mittags trank er Kaffee, abends Bier zum Cordon bleu, das der Wirt ihm unaufgefordert hinstellte. Nachts in seinem Zimmer kritzelte er wahllos Buchstaben in seinen neuen Block, wie Morsezeichen aus einem Verlies unter der Erde.

Am Montag irrte er durch die Stadt.

Er suchte nicht mehr.

Er schaute wenig, er folgte seinen Schritten. Er sah die prachtvollen Neubauten am St.-Jakobs-Platz und anderswo. Mit halben Blicken registrierte er die gutgekleideten jungen Leute rund um den Odeonsplatz, die lässig schlendernden Touristen und die Bettler vor der Theatinerkirche. Und weil er gerade in der Nähe war, stellte er sich an den Rand des Bürgersteigs, mit dem Gesicht zur Maximilianstraße, so dass ihm die von sich selbst gedoubelten, beringten und bepelzten Passanten galant am Arsch vorbeigingen.

Er war zurück in seiner Stadt, wo er nie wieder hinwollte. Und er würde wieder verschwinden.

Möge es nützen!, sagte Martin Heuer in der Nacht, während Süden bereits die Stille des Ostfriedhofs zersägte.

Am nächsten Vormittag, Dienstag nach Ostern, fuhr er mit dem Taxi zum Waldfriedhof. Er besuchte das Grab seines Freundes, auf dem frische gelbe Tulpen in einer Vase standen.

Süden redete eine Weile mit Martin Heuer und war bereits auf dem Weg zum Ausgang, da hörte er einen Mann in einem

langen grauen Mantel und mit einer blauen Wollmütze zu
einem Grab sprechen.

Hinter einem Baumstamm blieb Süden stehen. Er wollte nicht
lauschen, aber mit seinen Schritten im knirschenden Kies
auch nicht stören.

»Am nächsten Dienstag kann ich nicht kommen«, sagte der
Mann. Er stand leicht nach vorn gebeugt, seine Arme hingen
herunter. »Da muss ich vor Gericht, du weißt, wegen der Sache
mit Constanze. Die Polizei hält mich für einen wichtigen Zeugen, weil ich sie angeblich als Letzter gesehen habe und mit
Reinhard befreundet bin. Glaubst du, er weiß, was passiert ist?
Mir hat er erzählt, er habe sie in der Nacht nach Hause gebracht, nachdem sie bei ihm war. Ich hab die beiden aus dem
Lokal wegfahren sehen. Ich kenne Reinhard seit meiner Schulzeit, er ist kein Verbrecher. Er mag Frauen, junge Frauen, sehr
junge Frauen, ist das ein Verbrechen? Früher hab ich mich
manchmal gefragt, ob er wegen dir so oft zu uns gekommen
ist.«

Er machte eine Pause, bewegte den Oberkörper vor und zurück, bis er wieder gekrümmt verharrte.

»Du warst vierzehn. Ich hätt ihn verprügelt, wenn er dich an-
gefasst hätt. Und er war oft da. Im Sommer haben wir gegrillt,
im Winter Karten gespielt und getrunken, das mochtest du
nicht. Du hast dich geekelt, das tut mir immer noch leid. Einmal hab ich euch zusammen in der Stadt gesehen, vor der
Eisdiele am Rotkreuzplatz. Du hast ein Eis gegessen, er hat mit
dir geredet. Fast hätt ich euch im Vorbeifahren zugewinkt,
aber es war viel Verkehr, überall Radfahrer und Leute, die
einfach über die Straße rannten. Außerdem wartete ein Kunde
seit einer halben Stunde auf uns. Pepe saß mit mir im Auto, er
hat dich auch gesehen und den Reinhard. Jetzt denk ich
grad ... Verzeih mir.«

Er schwieg, bewegte sich nicht, sekundenlang.

»Das kommt mir nach der langen Zeit nur so vor. Ich dachte

grad ... Ich dachte, er wär wieder öfter bei uns gewesen in der Zeit vor deinem ... vor deinem Tod. Täusch ich mich? Bestimmt. Ab und zu hast du nach ihm gefragt, das ist wahr. Du warst siebzehn und meine Tochter. So etwas hätt er nie getan, nicht mit dir, nicht mit mir. Niemals.

Die Constanze war ganz anders als du, leichtgläubiger, aufreizender. Sie zog sich gern so an, dass man nicht wegschauen konnte. Als Mann. Reinhard hat jedenfalls immer hingeschaut. Nach all den Jahren steht er jetzt vor Gericht. Er sagt, er hat nichts getan. Beweise fehlen, wie du weißt. Niemand weiß, wo Constanze steckt, vielleicht lebt sie ja noch. Das wär doch möglich, meinst du nicht?

Die Polizei hat mir unangenehme Fragen gestellt. Unangebracht waren die, provozierend, sie haben mich in die Mangel genommen, das hab ich dir schon erzählt. Fast ein Jahr lang haben sie ermittelt, und was kam raus? Reinhard soll's gewesen sein. Inzwischen verweigert er die Aussage, das ist sein Recht. Nach deinem Tod hat er nicht mehr gesprochen, wochenlang. Wieso eigentlich?

Als deine Mutter ausgezogen ist, hat er sich am Telefon verleugnen lassen, ich hätt seine Hilfe dringend gebraucht. Er hat mich hängen lassen. Übrigens hat wieder jemand Blumen für dich hingelegt, unter der Brücke. Hab ich ganz vergessen, dir zu sagen. Rote Rosen. Die Menschen haben dich nicht vergessen.«

Eine Krähe schrie, der Mann warf einen schnellen Blick zu den Baumwipfeln.

»Und ich hab auch nichts vergessen. Ich werd meine Aussage machen, aber die wird Reinhard nichts nützen. Schaden wird sie ihm auch nicht, glaub ich. Wenn sie mich fragen, ob er was mit dem Mädchen hatte, werd ich antworten: keine Ahnung. Das hab ich den Polizisten auch gesagt, sie haben mir nicht geglaubt. Ob Constanze noch woanders war, nachdem sie von Reinhard weg ist, wen interessiert das? Sie wollen ihn drankriegen, und das schaffen die auch mit ihren Methoden. Im Gefängnis werd ich ihn auf jeden Fall nicht besuchen, ich krieg da Klaustrophobie. Bis in zwei Wochen, mein Engel.« Er bekreuzigte sich, senkte den Kopf tief, streckte den Rücken und wandte sich zum Gehen.

Süden wartete, bis der Mann das Tor erreicht hatte. Die Krähe im Geäst schrie ein zweites Mal, bevor sie sich in die Luft schwang und mit raschelndem Gefieder in die Schatten der Bäume tauchte.

Vielleicht hatte es etwas mit dem Monolog des Mannes im grauen Mantel zu tun, dass Süden dem Taxifahrer wie selbstverständlich die Adresse der Detektei Liebergesell nannte.

Vielleicht folgte er einem alten Impuls, den er glaubte vergessen zu haben.

Vielleicht erkannte er die Welt wieder, die der Mann am Grab seiner Tochter in ihm wachgerufen hatte – ebenso wie die Welt der Männer und Frauen, denen er in den vergangenen Tagen am Grab ihrer Träume begegnet war. Er ahnte, dass er immer Teil dieser Welt gewesen war und immer sein würde, zwischen welchen Wänden auch immer er seinen Alltag fristen und sosehr er sich einbilden mochte, draußen und woanders zu sein.

Trotzdem zögerte er zunächst, oben im vierten Stock des Hauses am Sendlinger-Tor-Platz, auf die entscheidende Frage von Edith Liebergesell eine klare Antwort zu geben.

8 Die Prozedur dauerte keine fünfzehn Minuten. Edith Liebergesell überreichte ihm ein grünes Kuvert und schüttelte ihm die Hand. Ihre beiden Mitarbeiter applaudierten, was ihn irritierte. Dann bekam er ein Glas Prosecco, an dem er aus Höflichkeit nippte, und musste ein wenig aus seiner Vergangenheit erzählen.

Das weiße Hemd, das er trug, hatte er neben drei weiteren Hemden und einer schwarzen Jeans neu gekauft. Die Hose schonte er allerdings noch, er hatte eine seiner alten angezogen, die er frisch gewaschen aus Köln mitgebracht hatte.

Obwohl er den ganzen gestrigen Tag über seine Entscheidung nachgedacht und sie auf geradezu beklemmende Weise als unvermeidlich empfunden hatte, fremdelte er in der ungewohnten Umgebung.

Er wusste, dass seine finanziellen Vorräte aufgebraucht waren und er seit fast einem Jahr von der Hand in den Mund lebte. Sein Lohn als Kellner im Erhard-Treff am Kölner Eigelstein reichte für die Miete, das eine oder andere Buch und seine regelmäßigen Besuche im Gaffel-Treff. Zum Essen ging er in den Erhard-Treff, und wenn er mehr als ein Glas trinken wollte oder musste, sowieso. In der Kneipe brauchte er nichts zu bezahlen. Jupp, der Wirt, lud ihn an Festtagen wie Weihnachten und Ostern ausdrücklich zum Bratenessen ein, und Süden schaffte es nie, nein zu sagen. Er war, dachte er oft, auf dem Weg zum Schmarotzer. Diese seit Jahren andauernde Phase seiner Existenz beschämte ihn, er zerbrach sich den Kopf über neue Möglichkeiten und hoffte auf eine Wendung, einen Ausweg.

Dass er nun bei Edith Liebergesell vorsprach, deren Nummer er all die Jahre über aufbewahrt hatte, erschien ihm an diesem Vormittag dann fast konsequent.

»Süden wird«, sagte die Detektivin in die Runde und wiederholte ihre Worte von vor zwei Tagen, »für die Straße und die Zimmer zuständig sein. Er kümmert sich ausschließlich um Vermisste und bekommt auf eigenen Wunsch keinen Schreibtisch, was bedeutet ...« Sie wandte sich an ihn. »Du musst den Schreibkram zu Hause erledigen, wo immer das in Zukunft sein wird.«

»Du könntest bei mir wohnen«, sagte Leonhard Kreutzer, ein kleiner schmächtiger Mann Ende sechzig mit einer Brille wie aus den sechziger Jahren des vorigen Jahrhunderts. »Ich hab genug Platz. Würde mich sehr freuen.«

Edith lächelte. Süden schwieg. »Überleg es dir«, sagte sie. Dann trank sie ihr Glas aus und stellte es auf den Schreibtisch. »Anders als in deinem alten Beruf darfst du nie sagen, wer du bist. Du wirst dich dran gewöhnen müssen zu lügen. Es wird Situationen geben, in denen du dich wie ein Spitzel fühlen wirst. Das ist unvermeidlich. Du bist jetzt Detektiv. Niemand ist verpflichtet, dir Auskünfte zu geben oder dir die Tür aufzuhalten. Alles, was du vorzuweisen hast, ist eine Visitenkarte, die du noch von mir kriegst. Die Druckkosten ziehe ich dir zur Hälfte vom Honorar ab.«

»So ist sie, unsere Chefin«, sagte Patrizia Roos. Sie trug schwarze Leggings, einen blauen, weit ausgeschnittenen Pullover und verströmte einen herb-süßen Parfümgeruch.

»So bin ich.« Edith Liebergesell dachte einen Moment nach, bevor sie weiterredete. »Wie man Leute zum Reden bringt, das weißt du besser als wir drei zusammen. Du musst aber daran denken, dass sie dir als Detektiv oft noch mehr Märchen erzählen, als wenn du Polizist wärst. Für viele unserer Klienten sind wir Fußabstreifer, sie klopfen den Dreck ihrer Schuhe bei uns ab und wollen, dass wir ihn beseitigen. Sei froh, dass du dich nicht mit Fremdgehen und Mitarbeiterbespitzelung herumschlagen musst. Mit solchen Aufträgen verdienen wir viel Geld, aber es ist oft erniedrigend, für alle Beteiligten. Wenn du einen Fotoapparat brauchst, lass es mich wissen, wir haben mehrere zur Auswahl. Übrigens trägt keiner von uns eine Waffe. Wir würden zwar alle problemlos einen Waffenbesitzschein kriegen, aber wozu sollten wir uns selber gefährden?

Und Objekt- oder Personenschutz machen wir nicht. Obwohl Patrizia das irgendwann vorhat.«

Die junge Frau schüttelte den Kopf. Die Fransen ihrer Ponyfrisur, die ihre Augenbrauen berührten, hüpften hin und her. »War nur so eine Idee, ich wollt halt mal Bodyguard sein. Aber ich glaub, das ist mir doch zu stressig, da wird man den ganzen Tag rumkommandiert. Hinter meinem Tresen bin ich die Herrin.«

»Patrizia arbeitet drei Tage in der Woche im Grizzlys in der Müllerstraße«, sagte Edith Liebergesell. »Sie ist als Barfrau mindestens so geschickt wie als Ermittlerin. Leo dagegen würde sieben Tage in der Woche für mich arbeiten, wenn es sein müsste.«

»Hab ich auch schon gemacht«, sagte Kreutzer und zupfte an seiner grauen Windjacke, die ihm nach Südens Einschätzung etwas Rentnerhaftes verlieh.

»Leo hatte früher ein Schreibwarengeschäft, wahrscheinlich eines der bestsortierten in der Stadt. Schüler und Eltern haben ihm die Bude eingerannt. Mit achtundfünfzig hatte er einen Herzinfarkt, daraufhin hat er sein Leben geändert.«

»Ich bin jeden Morgen um vier aufgestanden«, sagte Kreutzer, »auch am Samstag. Den Urlaub haben meine Frau und ich daheim verbracht, zwei Wochen im Jahr. Nach dem Infarkt hab ich den Laden verpachtet, und dann ist's mir fad geworden. Die Inge, meine Frau, ist dann verstorben, das war eine schwere Zeit, das ging alles so schnell. Aber die Edith kannte ich schon lang, ich kannte auch ihren Sohn, er hat bei mir Spitzer und Lineale und Hefte für die Grundschule eingekauft, ein pfiffiger Bursche, der Ingmar, ein beschwingtes Wesen, hat meine Frau immer gesagt. Ja.« Mit großen Augen sah er Edith Liebergesell an, als suche er in ihrem Gesicht nach Worten.

»Einen Tag nachdem ich die Detektei eröffnet hatte, hat er gefragt, ob er mitmachen kann«, sagte sie. »Er habe zwar keine Ahnung, was ein Detektiv so macht, aber eine Lupe könne er zur Verfügung stellen.«

Kreutzer nickte erfreut. »Die Lupe haben wir bisher nicht gebraucht«, fuhr sie fort, »aber ohne Leo hätte ich die neun Jahre wahrscheinlich nicht durchgehalten. Er ist wachsam und besonnen, hartnäckig bei Observierungen und praktisch unsichtbar, wenn es drauf ankommt.«

»Ich schau aus wie ein stinknormaler Rentner.« Kreutzer klopfte auf seine Windjacke und schob die Brille zurecht. »Mich nimmt niemand wahr, ich bin einer aus der Masse.«

»Eine Idealbesetzung«, sagte Edith Liebergesell.

»Du bist so still, Süden«, sagte Patrizia. »Alles okay mit dir?«

»Ja«, sagte Süden.

Die drei sahen ihn an. Er stand da, mit dem Proseccoglas, aus dem er kaum getrunken hatte, in der einen und dem grünen Kuvert in der anderen Hand und machte einen ratlosen Eindruck.

Nach einem Schweigen sagte Edith Liebergesell zu ihm: »Die Akte Zacherl liegt in der roten Mappe. Wenn du willst, kannst du gleich loslegen. Vorher solltest du dein Geld zur Bank bringen.«

Den Vorschuss von fünftausend Euro hatte ihm die Detektivin als Grundstock für ein neues Konto gegeben.

»Ich empfehle die Sparkasse«, sagte Kreutzer. »Die ist gleich gegenüber und außerdem krisensicher.«

»Das glaubst auch bloß du«, sagte Patrizia, leerte ihr Glas und verzog das Gesicht. »Wenn Prosecco warm wird, schmeckt er grausam.«

»Hast du noch Fragen, Süden?«, sagte Edith Liebergesell.

Wieder ein Schweigen, das die anderen offensichtlich nicht gewohnt waren. Kreutzer zog die Stirn in Falten. Patrizia stöhnte. Edith Liebergesell legte den Kopf schief und kniff die Augen zusammen.

»Normalerweise«, sagte die Chefin, »pflegen wir bei uns das direkte Gespräch, jeder sagt, was er denkt, was er meint, was er dringend loswerden muss. Ist das in Ordnung für dich?«

Süden nickte.

9 Das Verschwinden des damals dreiundfünfzigjährigen Raimund Zacherl am Karsamstag vor zwei Jahren erschien ihm wie der klassische Fall eines Mannes, den niemand kannte.

Solche Fälle waren Süden in seiner Zeit auf der Vermisstenstelle hundertfach begegnet, und sosehr sie sich nach außen hin ähnelten, hatten sie doch kaum Übereinstimmungen, was den inneren Kreis der Beteiligten betraf.

Angehörige verharrten am »Abgrund der Sprachlosigkeit«, wie Vermisstenfahnder den ersten Schockzustand in der Familie bezeichneten. Ihre individuell geschnürten Lügenpakete trugen die Familienmitglieder wie eine Monstranz vor sich her, in der Hoffnung auf den Segen der Polizei und der Nachbarn.

Fast nie gab es nur *einen* Grund für das plötzliche Verschwinden eines Menschen, meist entstanden im Lauf von Monaten oder Jahren für andere unsichtbare, immer weiter wachsende Staubknäuel, die den Zimmerling allmählich ersticken ließen. Anfangs wehrte dieser sich noch, riss das Fenster auf, fuchtelte mit den Armen. Da niemand in seiner Umgebung angemessen reagierte, zog er sich in einen noch halbwegs staublosen Winkel zurück, bis er auch dort keine Luft mehr bekam und keine andere Möglichkeit mehr sah, als all dem an Ort und Stelle ein Ende zu bereiten oder das Haus zu verlassen, um anderswo zu sterben.

Von den etwa siebentausend Erwachsenen und Jugendlichen, die Jahr für Jahr in Bayern zunächst spurlos verschwanden – eintausendsechshundert allein in München –, waren die meisten aus einem Erziehungsheim oder einer Klinik geflüchtet oder hatten die Absicht, ihrem Leben freiwillig ein Ende zu setzen. Dies wiederum gelang den wenigsten. Sie wurden entweder im letzten Moment gerettet oder brachten dann doch nicht den Mut auf.

Von jenen Vermissten, die Süden in seiner Funktion als Fahnder nur noch tot wiedergefunden hatte, waren mehr als zwei

Drittel Selbstmörder, der Großteil der übrigen war verunglückt und höchstens einer von ihnen Opfer einer Straftat geworden. Gewöhnlich dauerte die Suche nicht länger als eine Woche. Vermissungen, deren Aufklärung auch nach einem Jahr noch nicht abgeschlossen waren, bildeten die Ausnahme. Nach zehn Jahren galten die Personen als verschollen.

Viele Ehefrauen hielten ihren vermissten Mann bereits nach einer Woche für verschollen. Was sie nach Meinung von Süden dabei übersahen, war, dass ihr Mann auch vorher schon verschollen gewesen war, sie hatten es nur nicht bemerkt, weil er nach wie vor neben ihnen schnarchte oder auf der Straße einen Schatten warf.

Ilona Zacherl war überzeugt, ihr Mann habe noch einen Tag vor seinem Verschwinden einen »normalen und gesunden Eindruck« gemacht, es hätte keinerlei Hinweise »auf was anderes« gegeben, geschweige auf »so was Fürchterliches wie einen Selbstmord«. Das sei ja »pervers, so was zu behaupten«. Ihr Mann sei stets »ein heiterer Geselle« gewesen.

Außerdem, las Süden in den Protokollen, hatte Zacherl vor etwa vier Jahren das Restaurant seiner Frau überschrieben, er habe beschlossen, in Zukunft ausschließlich »seiner Leidenschaft als Koch zu frönen« und die geschäftlichen Dinge ihr, Ilona, zu überlassen.

Süden las die Passage mehrere Male. Er begriff nicht, warum die Kommissare nicht nachgefragt und Edith Liebergesell und Leonhard Kreutzer bei ihren Nachforschungen die Ermittlungsergebnisse der Kripo praktisch übernommen hatten.

Er wollte den Fall jetzt nicht länger von außen bewerten, sondern ihn vollständig für sich vereinnahmen, wie er es früher als Kommissar getan hatte und wie es ihm entsprach.

Er war wieder Vermisstensucher.

Er hatte einen Auftrag, eine Chefin, ein Konto. Seit genau einer Woche war er zurück in seiner Stadt, und es spielte keine Rolle, was andere dazu meinten.

»Hast du einen Bierschaden?«, sagte Kerman, der Pächter des Ost-West-Hotels, am Telefon. »Schmeiß ich jetzt deine Sachen auf den Müll, oder was mach ich, oder was?«

»Und wer bedient?«, sagte Jupp, der Wirt vom Erhard-Treff, am Telefon. »Ich hab keine Zeit, ich bin allein hier. Wann kommst du wieder?«

Süden wusste es nicht. Die beiden Männer warfen ihm unfreundliche Dinge an den Kopf, die er übertrieben fand. Wie hätte er ihnen seine Entscheidung erklären sollen? Er selbst hatte nur mickrige Worte dafür. Er brauchte Geld, das zumindest war eine Tatsache, alles andere musste er erst noch mit sich ausmachen.

Für Selbstgespräche hatte er im Augenblick keine Zeit.

10

Wenn Benedikt mit sich selber redete, war er weniger allein, das hatte er schon vor langer Zeit begriffen. Er erzählte sich dauernd Sachen, und er hörte genau zu, was er sagte.

Schön war das.

Draußen schneite es.

Das stimmte nicht ganz, aber die kleinen weißen Punkte sahen aus wie Schneeflocken, und vielleicht waren es auch welche.

Benedikt stand hinter dem grauen, schmutzigen Fenster und schaute hinaus.

Benedikt war zwölf Jahre alt und niemand vermisste ihn. Das machte ihm fast nichts aus.

In dem ebenerdigen, von Sträuchern und schrumpeligen Bäumen zugewucherten Haus mit der kaputten Garage davor hatte vermutlich schon seine Oma gewohnt. Einen anderen Grund konnte er sich nicht vorstellen, wieso seine Mutter ausgerechnet hierher mit ihm gezogen war. Vorher hatten sie in einer hellen Wohnung in der Wasserburger Landstraße gewohnt. Seine Mutter meinte, ihr wäre es da zu laut. Dabei war sie eh nie da, wenn er von der Schule kam und Hunger hatte und die Sonne durchs Fenster schien und ihm trotzdem kalt war.

Benedikt fürchtete sich nicht vor dem Alleinsein.

Das stimmte nicht. In der Nacht horchte er auf die Geräusche im Treppenhaus, die Stimmen, die unheimlich klangen, und das Schlagen der Türen. Manchmal schrie jemand, meist eine Frau, dann sah er kurz darauf das Blaulicht auf der Straße, bewaffnete Männer stiegen aus und liefen zum Haus.

Immer hatte er Angst, seiner Mutter könnte etwas zugestoßen sein und sie käme nicht mehr zurück. Doch sie kam immer zurück. Und auch wenn sie nach Zigaretten und anderen Dingen roch, die Benedikt nicht mochte, schlang er die Arme, so fest er konnte, um sie, und sie umarmte ihn genauso. Und sie standen im Flur, mitten in der Nacht oder schon am frühen

Morgen, und bewegten sich nicht. Er wünschte, sie würde nie wieder gehen und wenn doch, dass sie wiederkäme, bloß um ihn an sich zu drücken, als wäre er noch ein Baby und es gäbe keine Schule, keine Nacht und keine Stimmen im Hausflur.

»Es ist noch viel zu früh«, sagte er. »Sie hat den Bus verpasst und kommt erst mit dem nächsten. Das ist doch immer so.«

»Du schwindelst.«

»Ich schwindel gar nicht, ich kenn mich aus, du hast keine Ahnung, was los ist. Außerdem ist es erst drei am Nachmittag.«

»Es ist schon fast vier.«

»Na und? Ich will jetzt was essen. Mach mir was zu essen.«

»Nein.«

»Wieso denn nicht? Mach was zu essen, los!«

»Hab keinen Hunger.«

»Ich schon.«

»Du auch nicht.«

»Das ist gemein.«

»Wollen wir was spielen?«

»Nein.«

»Wir spielen Detektiv, wie gestern, ich bin der Verdächtige, und du musst mich ausfragen, bis ich gesteh, dass ich's getan hab.«

»Das ist blöd.«

»Das ist nicht blöd. Du bist der Detektiv. Du bist John Dillinger, und ich bin Frank Black, du musst mich ausquetschen.«

»Ich hab dich gestern schon ausgequetscht.«

»Aber nicht genug.«

»Ich mag nicht.«

»Dann bin ich John Dillinger, und du bist Frank Black, und ich quetsch dich aus.«

»Keine Lust.«

»Sie sind gesehen worden, Frank Black, eine alte Frau aus der

Nachbarschaft hat Sie beobachtet, wie Sie über den Zaun geklettert sind, geben Sie's zu.«

»Ich geb gar nichts zu.«

»Das wird Ihnen noch leidtun. Die Zeugin steht nämlich draußen im Flur, und wenn ich sie hereinhole, wird sie Sie wiedererkennen. Besser, Sie sagen die Wahrheit. Los!«

»Ich bin nicht über den Zaun geklettert.«

»Sie lügen, Frank Black.«

Manchmal redete Benedikt auch mit Gott, das war schwieri-
ger, weil Gott wenig Zeit hatte, eigentlich gar keine. Benedikt
vermutete, dass er sauer war, weil seine Mama ihn, den Bene,
so oft allein ließ und kein Essen kochte.

Sie musste viel arbeiten, sie musste das Geld verdienen, denn
sein Vater bezahlte keinen Cent, sagte seine Mama. Und deshalb war sie den ganzen Tag und die halbe Nacht in der Stadt
unterwegs, um für sie beide zu sorgen.

So war das, aber der Liebe Gott hörte nie richtig zu. Immer
wusste er alles besser, es war nervig, ihm dauernd alles erklären zu müssen.

Vor ein paar Tagen, an Ostern, hatte Benedikt Gott angeschrien und beschimpft. Er rannte durch die Wohnung, von
einem Zimmer ins nächste, es waren nur drei, aber sie hatten
alle Wände, und er brüllte jede einzelne Wand an. Er wollte
wissen, wieso Gott so bescheuert war und nicht kapierte, dass
seine Mama an Ostern keine Sekunde Zeit hatte, dass sie im
Geschäft sein musste, weil die Leute tausend Sachen einkauf-
ten. Das kapierte doch jeder Depp.

Wieso ist sie an den Feiertagen nicht da?, fragte Gott die ganze Zeit. Wieso nicht, wenn alle Geschäfte geschlossen haben
und die Leute mit ihren tausend Sachen daheim sitzen und
nicht mehr rausgehen, bevor sie alles aufgegessen haben?

So eine arschblöde Frage!, hatte er den Lieben Gott angeschrien. Benedikt stand so nah vor der Wand, dass sein Atem
in sein Gesicht zurückprallte. Als wäre Gott an einem Feiertag

noch nie am Bahnhof oder am Flughafen gewesen, sind da keine Geschäfte? Ist da alles verriegelt? Sind die Bahnhöfe und die Flughäfen dann geschlossen?

Benedikt kannte sich aus. Seine Mama hatte ihn schon oft am Sonntag zum Ostbahnhof geschickt, und er hatte eine gefrorene Pizza oder Nudeln und was zum Trinken mitgebracht. Und sie hatten in der Küche gesessen, und es war schön. Er erzählte ihr von den Leuten am Bahnhof und dem, was er alles auf der Fahrt erlebt hatte.

Du Deppengott!, hatte er geschrien und war ins andere Zimmer gelaufen und hatte ihm gleich noch mal seine Meinung gesagt. Und noch mal, und den ganzen Tag bis zum Abend, bis er heiser war und vor lauter Heulen keine Luft mehr kriegte.

Zum Glück tauchte dann John Dillinger auf, und sie hatten beide eine Menge zu erledigen.

Vor dem Fenster schneite es immer noch nicht, aber Benedikt war ruhig. Wegen der Sträucher konnte er auf der Straße kaum etwas erkennen. Gegenüber parkte ein rotes Auto, das stand schon seit Tagen dort, und niemand stieg ein.

In der Wohnung war es nicht kalt, die Heizung funktionierte. Im Gefrierschrank lagen noch zwei Pizzen, eine Packung Fischstäbchen und ein Beutel Pommes frites. Die Flasche Himbeersirup im Kühlschrank war noch fast voll.

Seit einer Woche war seine Mutter nicht mehr nach Hause gekommen.

11

»Das hab ich alles schon erzählt.«

Mit ihrem Kaffeelöffel klopfte Ilona Zacherl auf den Rand der Tasse, legte ihn auf den Unterteller und blies leise in den schwarzen Kaffee. »Es ist eine Erleichterung für mich, dass Frau Liebergesell Sie geschickt hat, damit Sie weiter nachforschen. Aber was ich über das Wesen meines Mannes zu sagen habe, steht alles in dieser Akte drin.«

Sie hob die Tasse, trank behutsam und setzte die Tasse wieder ab.

Wie eine Witwe war sie schwarz gekleidet – schwarzer Rock, schwarze Bluse –, ihr Blick wirkte müde und resigniert. In ihren ergrauten dunklen Haaren steckte eine rote Spange. Sie hatte ein schmales, schönes Gesicht, es war ungeschminkt und grau. Zwischen den Sätzen malte sie manchmal mit dem Zeigefinger Kreise auf der weißen Tischdecke.

Sie saßen am Fenster, durch das kaum Licht hereinfiel. Die drei Fenster waren klein und quadratisch, verdeckt von Gardinen. Auf jeder Fensterbank stand eine weiße Vase ohne Blumen.

Das Restaurant mit der niedrigen Holzdecke und den dunkel getäfelten Wänden hatte zwölf Tische, an denen jeweils sechs Gäste Platz fanden. Auf den Tischen standen weiße Kerzen, an der Wand gegenüber den Fenstern hing eine schwarze Tafel, auf der mit Kreide die Namen der Gerichte geschrieben und drei davon durchgestrichen waren. Von seinem Platz aus konnte Süden die Schrift nicht entziffern.

Aus der Küche hinter dem Tresen war kein Laut zu hören. Die Eingangstür war abgesperrt, die Luft im Raum kühl und abgestanden. Süden hatte ein Halbliterglas Mineralwasser vor sich stehen.

»Eine Erleichterung«, wiederholte er. »Weshalb sind Sie erleichtert, Frau Zacherl?«

»Bitte?«

»Beschreiben Sie Ihre Erleichterung.«

»Bitte?« Sie warf ihm einen ratlosen Blick zu. Er wartete, und sie setzte zweimal an, bevor sie ein Wort herausbrachte. »Dass Frau Liebergesell nicht aufgibt, deswegen ... Ich bin doch nicht erleichtert, weil ... Was denken Sie denn von mir?«

Sie griff nach dem Blatt Papier neben ihrer Tasse, überflog die Zeilen, legte es hin und schob es von sich weg. Es war die Bestätigung von Edith Liebergesell, dass Tabor Süden in ihrem Auftrag handelte. Solange er noch keine Visitenkarten besitze, hatte sie ihm erklärt, solle er diese Form der Legitimation benutzen.

»Was ist denn los mit Ihnen?«, sagte Ilona Zacherl. »Haben Sie was gegen mich? Wieso lassen Sie mich dermaßen auflaufen? Wo haben Sie Ihren Job gelernt? Oder sind Sie ein arbeitsloser Polizist? So einen hatte die Frau Liebergesell schon mal, vor zwei Jahren. Der hat gedacht, er ist was Besonderes. Der wollt mich einschüchtern, das schafft niemand. Das hat er dann einsehen müssen. Später hat Frau Liebergesell sich von ihm getrennt, wahrscheinlich verhielt er sich nicht nur mir gegenüber unmöglich.«

»Niemand verschwindet ohne Grund«, sagte Süden. »Und in der Akte steht kein einziger.«

»Weil's keinen gibt«, sagte sie lauter als bisher.

»Das glaube ich nicht.«

Die Wirtin ertrug sein ständiges Schweigen nicht. »Seit Sie hier sind, machen Sie sich wichtig. Genau wie der Polizist damals. Bestimmt waren Sie auch Polizist. Ja? Hab ich recht? Ich hab meinen Mann verloren, und die Polizei hat nichts getan, um ihn wiederzufinden. Sie haben im Keller nachgeschaut, große Leistung, auf dem Dachboden. Ich hab einen Kripomann gefragt, wieso, und wissen Sie, was der mir geantwortet hat? Er hat gesagt, manche Männer gehen in den Speicher oder in den Keller, um sich aufzuhängen. Hat der mir ins Gesicht gesagt.

Dann waren sie in unserer Wohnung in der Johann-Clanze-Straße, hätte noch gefehlt, dass sie unterm Bett nachschauen. Mein Mann ist erwachsen, hieß es, der kann gehen, wohin er will. Das freie Selbstbestimmungsrecht des Bürgers. Schöne Sache, ganz bestimmt. Was hat das mit meinem Mann zu tun? Glauben Sie, der nimmt sein freies Selbstbestimmungsrecht in Anspruch und haut einfach ab? Das ist ja lächerlich. Nach einer Woche frag ich mal nach, sie sagen, sie haben seinen Namen im Computer, sie könnten nicht mehr tun als warten. Soll das ein Witz sein?, sag ich. Warten kann ich selber, da brauch ich keine Polizei dazu. Nach einem Monat dasselbe Spiel. Jeder Gast fragt mich nach dem Mundl, und ich fang jedes Mal an zu heulen. Ob er depressiv gewesen ist, fragen alle, ob er sich verändert hätte. Natürlich hat er sich verändert, jeder Mensch verändert sich, besonders Männer in der Midlife-Krise, das kennt man doch.

Der Mundl hat sich schon verändert, er wollt in Ruhe kochen und weniger Stress haben, mit der Brauerei, mit dem Finanzamt, mit den Gästen. Deswegen hat er das Lokal an mich übergeben, und alles war gut.

Ich bezahl doch jetzt nicht auch noch Sie, damit Sie nichts Besseres tun als zu warten, so wie die Polizisten.«

»Ich warte nicht«, sagte Süden. »Ihr Mann hat Ihnen das Lokal während seiner Midlife-Krise überschrieben.«

»Bitte?« Ihr Mund zuckte und formte ein kaltes Grinsen. »Was sind Sie denn für einer? Haben Sie diesen Zettel selber geschrieben?« Sie nickte zu dem Blatt auf dem Tisch. »Vielleicht zeigen Sie mir mal Ihren Ausweis. Wie heißen Sie noch mal?«

»Süden.«

Er holte seinen Reisepass aus der Innentasche seiner Lederjacke, die er nicht ausgezogen hatte, und legte ihn aufgeschlagen auf den Tisch. Ilona Zacherl betrachtete das Dokument, ohne es in die Hand zu nehmen.

»Ihr Mann war nicht niedergeschlagen, er war nicht ungewöhnlich euphorisch, alles in allem war er ruhig. Und trotzdem ist er von einem Tag auf den anderen verschwunden, ohne Anlass, ohne die geringste Erklärung, ohne Vorboten. Das ist das, was Sie gegenüber der Polizei und Frau Liebergesell ausgesagt haben. Warum haben Sie das getan, Frau Zacherl?«

»Bitte?« In ihre Augen kehrte ein unscheinbares Flackern zurück. »Was hab ich getan? Was reden Sie mir schon wieder ein?«

»Ich rede Ihnen nichts ein. Ich höre Ihnen zu, ich lese Ihre Aussagen. Ich mache mir ein Bild von Ihrem Leben und dem Ihres Mannes. Und ich wundere mich, dass Sie sich noch einmal an die Detektei Liebergesell gewandt haben. Aus Ihrer Sicht ergibt das gar keinen Sinn.«

Er trank einen Schluck Wasser und überlegte, ob es für ein Helles noch zu hell draußen war. Durch die Fenster kam immer weniger Licht herein, am Tresen brannte eine einzige trübe Lampe.

Nachdem sie mit dem Finger mehrere Kreise auf dem Tisch gemalt hatte, lehnte sie sich zurück und verschränkte die Arme. Sie beobachtete ihr Gegenüber eine Zeitlang, dann hob sie das Kinn. »Denken Sie, nur Sie können bedeutungsschwer nichts sagen? Kann ich auch.«

»Können Sie nicht«, sagte Süden. »Wenn Sie nichts sagen, lügen Sie.«

Mit einem Ruck beugte sie sich vor, zeigte mit dem Finger auf ihn. »Mir langts jetzt. Ich ruf die Frau Liebergesell an und sag ihr, sie soll wen anderen schicken. Ich lass mich doch von Ihnen nicht in einer Tour provozieren.«

»Bleiben Sie sitzen«, sagte Süden, weil Ilona schon die Arme auf den Tisch stützte. »Sie haben die Polizei und Frau Liebergesell und Ihre Gäste angelogen und sich selber auch. Vielleicht wissen Sie nicht genau, warum Ihr Mann vor zwei Jahren plötzlich verschwunden ist, aber Sie ahnen es, und Sie

60

haben es schon damals geahnt. Ich bin hier, damit Sie endlich die Wahrheit sagen, mir entwischen Sie nicht, Frau Zacherl. Ich habe Zeit. Ich bleibe hier sitzen, und Sie sagen mir, was damals passiert ist. Jetzt würde ich gern ein Bier trinken.«

Sie schaute ihn unentwegt an, die Arme noch immer auf den Tisch gestützt, nach vorn gebeugt, kurz davor aufzustehen. Sie kam nicht von der Stelle.

Auf der Straße bellte heiser ein Hund, es war das Kläffen eines Winzlings, das erst endete, als eine Frauenstimme ertönte. Dann schrillte eine Fahrradklingel. Dann war es still – bis auf das schwere Atmen der Wirtin und das Rascheln ihrer schwarzen Kleidung.

Süden sah zur Theke, deren Leere für ihn niederschmetternd war.

»Bitte ein Helles«, sagte er zu Ilona Zacherl. »Oder schenken Sie heute nichts aus?«

Mit abwesender Stimme erwiderte Ilona: »Heut ist zu.«

»Für mich nicht.«

Sie sackte auf den Stuhl, legte beide Hände an die Wangen, blieb so, eine halbe Minute lang.

»Ich hab niemand angelogen«, sagte sie.

Sie sprach wie zu sich selbst, mit abgewandtem Kopf. »Den Mann hat doch niemand verstanden, nicht nur ich nicht. Er war der Wirt, Mundl, jeder nannte ihn so, er war mit allen per Du, wie das bei einem Wirt so ist, der mit seinen Gästen an einem Tisch sitzen will.

Zu später Stunde drehte er seine Runden, redete, stellte Fragen, gab einen Ratschlag, wenn's gewünscht war, und zog zum nächsten Tisch weiter. Ein Ritual. Jahrelang. The same procedere as every day. So war das mit dem Mundl.

Ich kenn ihn seit zwanzig Jahren. Damals war er der Wirt vom Schlegel-Stüberl, das ist gleich bei unserer Wohnung. Er hat damals schon in dem Haus gelebt, wir haben uns eine Dreizimmerwohnung genommen, die wurde grad frei. Ich hab bedient bei ihm im Stüberl.

Dann kamen wir über die Brauerei hierher. Das Lokal war ihm angeboten worden, erst hat er gezögert wegen der Lage, ziemlich abgelegen, aber dann hat er gesagt, er will mal ein richtiges Restaurant aufmachen, und so ist er eingestiegen.

Vorher war das hier Niemandsland, eine Kneipe für die Abgestürzten. Die waren schnell weg, mit solchen Typen hatte der Mundl Erfahrung aus dem Stüberl. Bald kamen neue Gäste, die ein gutes, einfaches Essen zu schätzen wussten. Die Küche hat sich rumgesprochen, so was geht schnell. Die Leute kamen aus der ganzen Gegend, fuhren extra mit dem Auto her. Das hat sich nicht geändert. Ein wenig vielleicht, ein paar Gesichter hab ich schon länger nicht mehr gesehen. Aber das kann auch an der allgemeinen Situation liegen. Dass die Leute mehr aufs Geld schauen und weniger ins Wirtshaus gehen. Muss nicht daran liegen, dass der Mundl nicht mehr da ist. Ich bin ja noch da. Ich bin immer noch da.«

Ohne Süden anzusehen, stand sie auf und ging zum Tresen. Sie holte ein Glas aus dem Schrank und drehte den Zapfhahn auf. Während sie wortlos das Bier einschenkte, zum Tisch zurückkam, das Glas vor Süden hinstellte und sich wieder setzte, zog er seinen neuen karierten Block und den blauen Kugelschreiber aus der Tasche, machte sich Notizen und legte den Block auf die rote Akte.

»Kann schon sein, dass da was war«, sagte Ilona Zacherl. »Er fing ja an, nichts mehr zu sagen. So wie Sie. Hockte auf einem Stuhl neben der Theke und rührte sich nicht. Wie sieht das denn aus? Schweigender Wirt, starrt vor sich hin. Ein Stillleben, das niemand braucht. Stur konnte der sein wie ein Stall voller Esel.«

Sie hob die Tasse an die Lippen, zögerte, trank einen Schluck und schüttelte den Kopf. Sie stellte die Tasse hin, hielt den Kopf gesenkt.

Süden trank sein Bier. Nichts deutete darauf hin, dass er etwas sagen wollte.

In dem Moment, als Ilona Zacherl den Mund öffnete, stand er auf, und sie zuckte zusammen.

»Einen Moment«, sagte er.

Er zog die Lederjacke aus, hängte sie über die Stuhllehne, nahm seinen Block und den Kugelschreiber und ging zur Theke. Verfolgt von den verwirrten Blicken der Wirtin, setzte er sich auf den niedrigen Stuhl mit dem weiß-blau karierten Sitzkissen und den gebogenen Armlehnen, steckte Block und Stift in die Brusttasche, legte die Arme auf die Lehnen, faltete die Hände vor der Brust. Mit unlesbarer Miene blickte er in die Gaststube.

Ilona Zacherl schaute ihn an wie eine Erscheinung.

Keiner von beiden sagte ein Wort, mindestens eine Minute lang. Als Ilona Zacherl wieder anfing zu sprechen, klang ihre Stimme verändert, weniger kontrolliert.

»Da sitzen Sie jetzt, genau wie der Mundl. Auch wenn Sie natürlich eine andere Figur haben als er, massiger. Nein, massig ist falsch. Auffallender. Ja, Sie sind eher einer von den Auffälligen, Mundl dagegen ist eher der unscheinbare Typ. Obwohl er der Wirt war und mit jedem reden musste und am Ende auf dem Stuhl saß, wie Sie, und jeder hinschauen konnte und musste.

Er war nicht abweisend. Können Sie das begreifen? Er tat nicht so, als dürfe man ihn nicht registrieren, als müsse man praktisch an ihm vorbeischauen, weil er sonst grantig geworden wäre oder so was. Grantig! Genau ein einziges Mal im Jahr war der Mundl grantig, an Weihnachten, und zwar nur am Heiligen Abend. An den zwei Feiertagen war er wieder normal. Vor dem Heiligen Abend hatt ich jedes Jahr einen Bammel. Wieso er so war? Fragen Sie ihn, wenn Sie ihn finden, ich hab es nie herausgefunden. Das Brimborium nervte ihn einfach, glaube ich.

Wär es nach ihm gegangen, hätten wir keine Dekoration hier
gehabt, keine Sterne, kein Lametta an den Tannenzweigen, die
ich aufgestellt hab. Und Nikoläuse für die Kinder hätt es auch
keine gegeben. Da kriegten wir jedes Jahr fast Streit, ich musste mich massiv durchsetzen. Sonst hätten unsere Gäste noch
gedacht, wir sind nicht ganz dicht, weil wir das einzige Lokal
in der Stadt gewesen wären, in dem kein Weihnachten statt-
findet. Und: Was sagt Ihnen das alles?«
Süden dachte dasselbe wie in dem Moment, als er die Akte
Zacherl zum ersten Mal gelesen hatte: ein Mann, den niemand
kannte.
»Ihr Mann hat sein Leben geändert«, sagte er.
»Und warum?« Sie erwartete keine Antwort. »Sein Leben geändert! Macht man das? Setzt sich aufs Stuhlkissen und sagt
sich: Jetzt ändere ich mein Leben. Was für eine Änderung soll
das sein? Ich bin jetzt kein Wirt mehr, ich bin jetzt nur noch
Koch, und wenn ich grade nicht koche, lege ich die Hände in
den Schoß und verwirre meine Gäste, indem ich sie anstie-
re?«
»Er hat seine Gäste angestiert.«
»Nein. Das ist auch falsch. Das hat er gar nicht getan. Glaube
ich. Das wollt ich nicht sagen, ich bin ganz durcheinander, Sie
verunsichern mich, seit Sie sich von mir weggesetzt und genau seinen Platz eingenommen haben. Wie sind Sie bloß auf
so eine Idee gekommen? Auf dem Stuhl saß seit zwei Jahren
kein Mensch, nicht einmal ich. Das Polster saug ich regelmäßig ab, weil die Putzfrau das nicht macht, die vergisst das
immer. Und jetzt sitzen Sie da. Und je länger ich Sie anschau,
desto klarer seh ich ihn da hocken, in seiner Strickjacke über
dem weißen Hemd und seiner Kochhose, regungslos, die Hände vor dem Bauch, genau wie Sie.«

12 »Er sitzt da und jeder weiß: Es ist wieder so weit, der Mundl will seine Ruhe, man darf ihn nicht ansprechen und keine Bemerkungen machen. Dabei stimmt das gar nicht.«

Sie saß immer noch am Tisch, Süden auf dem Stuhl neben dem Tresen.

»Wenn Kinder da waren und sich vor ihn hingestellt haben, hat er sich schon ansprechen lassen. Die Kinder genieren sich ja nicht, er hat immer schön geantwortet und war höflich und keineswegs mufflig. Die Kleinen haben dann von selber begriffen, dass man den Mann besser in Frieden lässt, und kümmerten sich nicht weiter um ihn. Für alle anderen Leute auf dem Planeten war er tabu, jedenfalls haben alle sich so verhalten, inklusive mir. Bloß nichts Falsches sagen, bloß nicht einmal zu viel hinsehen, bloß nicht tuscheln oder sonst was Verräterisches tun. Was dann passiert wär?

Niemand weiß das, alle haben sich einfach so verhalten, ganz automatisch. Eigenartig. Lächerlich, oder nicht? Niemand wusste, was in ihm vorging, niemand fragte ihn nach seinem Befinden.

Natürlich habe ich ihn am Anfang zur Rede gestellt. Als er plötzlich diese neuen Gewohnheiten annahm. Damals im Juni vor fast vier Jahren, am fünfzehnten Juni genau. Das war der Tag. An diesem Tag setzte er sich zum ersten Mal auf den Stuhl und blieb hocken.

Ein paar Stammgäste waren noch da. Der Roman Trove, der Arnold Ridasen, die beiden Bierfahrer, die fast jeden Abend kamen, und noch zwei, drei andere haben sich das Schauspiel angesehen. Stumm. Ein Stummfilm lief da ab.

Als der Mundl zur Toilette ging, haben sie mich gefragt, ob mit ihm was nicht in Ordnung wär. Was hätt ich antworten sollen? Ich sagte, sie sollen ihn selber fragen, aber sie trauten sich nicht.

Also habe ich ihn gefragt, später, in der Wohnung, und da fiel mir auf, wie bleich er im Gesicht war und dass er nervös wirkte. Das ist das falsche Wort. Fahrig. Er hörte nicht zu, er vergaß, die Zahnpastatube zu verschließen, er ließ das Licht im Wohnzimmer an. Solche Sachen werden auf einmal bedeutsam, wenn sie nicht mehr stimmen. Wenn der Ablauf Risse kriegt, verstehen Sie mich, Herr Süden?

Ich hab mir keine schweren Gedanken gemacht, damals, ich hab es registriert. Im Nachhinein erst, in den folgenden Wochen und Monaten, fand ich den Abend beunruhigend, die Art, wie Mundl auf dem Stuhl saß und nichts sagte, seine Fahrigkeit. Und die Wochen und Monate hörten nicht auf.«

»Die Monate hörten nicht auf«, sagte Süden, »weil Ihr Mann sich jeden Abend auf den Stuhl setzte und keine Erklärung abgab und ansonsten so war wie früher, was seine Arbeit betraf. Aber Sie wussten jeden Morgen, wie der Tag enden würde, und Sie täuschten sich nie.«

»Und das ging ein Jahr so weiter«, sagte Ilona Zacherl. »Haben Sie eine Vorstellung, wie lang ein Jahr sein kann, wenn Sie morgens um sechs schon wissen, was nachts um zwölf sein wird?

Sie schleppen sich durch den Tag und erwarten nichts. Die Stunden ähneln sich immer mehr, Sie wissen ja, worauf alles hinausläuft. Sie fangen an, auf die Uhr zu schauen, und stellen fest, die Zeit vergeht nicht, es ist immer dieselbe Zeit. Sie erledigen Ihre Arbeit mit dem Gefühl, keinen Zentimeter von der Stelle zu kommen. Das zermürbt Sie. Den Gästen fiel nichts auf, abgesehen von den Stammgästen, die meinten, dass der Mundl leicht wunderlich geworden sei, aber sie störten sich nicht daran. Das Bier bleibt dasselbe, die Leute sind genügsam, vor allem nach zweiundzwanzig Uhr. Sie sind mit sich selber beschäftigt, Hauptsache, sie werden aufmerksam bedient.

Wenn der Wirt spinnt, ist das sein Problem, solange der Zapfhahn nicht deswegen einrostet. Und manchmal redete er sogar. Manchmal war er geradezu leutselig wie in alten Zeiten. Falls man von einem Mann, der am liebsten auf einem Stuhl sitzt und vor sich hin schaut, von leutselig sprechen kann.

Manchmal rief er dem Roman oder jemand anderem etwas zu, von seinem Platz aus. Ließ eine launige Bemerkung fallen, gab einen Kommentar ab, redete sogar mit mir, besprach mit mir die Speisenkarte vom nächsten Tag, mäkelte an den Blumen auf den Fensterbrettern rum wie früher, maßregelte unseren Schankkellner oder die Bedienung. Und dann wieder Stummheit und Schwerkraft. Kein Laut aus seinem Mund. Jede Bewegung von mir, jeder Gang an ihm vorbei zogen mich nach unten, als wären Eisengewichte an meinen Füßen. Die Zeit stand wieder still. Am liebsten wär ich auf und davon, raus und weg und nie mehr zurück.

Jetzt hänge ich hier fest und bin mein eigenes Gewicht. Soll ich Ihnen Ihr Bier bringen?«

»Nein.«

Nach einem Schweigen sagte Süden: »Was ist an jenem fünfzehnten Juni vor vier Jahren passiert? Sie müssen doch eine Ahnung haben, Frau Zacherl.«

»Eine Ahnung?«

Mit einem traurigen Lächeln blickte sie durch den Raum, zu den leeren Tischen, von einem zum anderen. »Ich hab aufgehört, meine Ahnungen zu zählen. Ahnungen sind die schlimmsten Gewichte, die ziehen eine Frau tiefer nach unten als alles andere. Was ahnt man denn? Man ahnt, der Mann hat etwas zu verbergen. Eine Freundin? Eine Geliebte? Lächerlich. Wie soll ein Wirt, der den ganzen Tag im Wirtshaus steht, zu einer Geliebten kommen? Und warum sollte er sich dann so träge und trüb verhalten?

Normalerweise führt eine Geliebte bei Männern zu Beschwingtheit, soweit ich weiß. Sie kurbelt den Mann an, bringt ihn dazu, sich anders zu kleiden, sich jünger zu geben, sich eher zum Affen zu machen als zum Stockfisch. Vergessen wir also die Geliebte.

Was noch? Krumme Geschäfte. Das wär denkbar. Mundl hatte ein paar Bekannte aus seiner Zeit im Schlegel-Stüberl, die waren ständig in irgendwelche Geldgeschäfte verstrickt. Ich weiß nichts Genaues, aber gelegentlich hatte ich den Eindruck, er ist auf die eine oder andere Weise darin verwickelt. Ich wollte ihn nicht hinhängen, deswegen hab ich der Polizei nichts davon erzählt, der Frau Liebergesell schon, aber sie und ihr Kollege haben nichts rausgefunden. Diese Leute sind dann auch nicht wieder aufgetaucht, seit Mundl verschwunden ist. Allerdings waren sie schon davor nicht oft hier. Im Stüberl hingen sie fast jeden Tag rum, unangenehme Gesellen, vier Männer um die vierzig, mit dieser halbscharigen Freundlichkeit von Trinkern, gewaltbereite Kerle, denen die Verachtung aus jeder Pore quillt. Ich bin froh, dass ich die nicht mehr sehen muss.«

Sie betrachtete Südens Bierglas. »Das ist eine schale Veranstaltung da drin, ich bring Ihnen ein frisches.«

Sie stand auf und nahm das Glas. Vor Süden, der unverändert neben dem Tresen hockte, blieb sie stehen. »Eine Ahnung war, dass ihm was fehlte, dass es was Ernstes war. Er trank viel, aß viel, rauchte. Er war nie übergewichtig, und er wurde auch nie ausfallend oder böse, wenn er betrunken war, eher ruhig, fast apathisch. Aber zum Arzt hätten Sie ihn prügeln müssen, zum Zahnarzt ging er erst, wenn er vor Schmerzen nicht mehr schlafen konnte und der Schnaps nicht mehr wirkte. Ärzte waren für ihn der Alptraum. Oder seine Gesundheit war ihm egal, ich weiß es nicht. Er hat nie darüber geredet.«

Sie versank in Gedanken.

Dann gab sie sich einen Ruck und ging an Süden vorbei.

13

So lange hatte sie ihn noch nie allein gelassen. Aber Benedikt hatte Geduld. Es waren Ferien, noch bis nächsten Montag. Bis dahin würde sie wieder da sein und ihm frisch gewaschene Kleidung raussuchen und ihm in der Früh einen Kakao hinstellen und nicht zu viel sprechen. Denn nach dem Aufstehen brauchte er Stille um sich.

Was er schade fand, war, dass sie kein einziges Mal angerufen hatte. Er hatte sein Handy extra ans Ladegerät angeschlossen und darauf geachtet, dass es angestellt blieb. Seine Mutter hatte ihm das Handy zu Weihnachten geschenkt, damit sie sich erreichen konnten, wenn er unerwartet nicht nach Hause käme oder in der Schule etwas passierte, was er ihr sofort mitteilen musste, oder wenn sie länger als geplant in der Stadt unterwegs war.

Vielleicht hatte sie diesmal geplant, länger unterwegs zu sein, und nur vergessen, es ihm zu sagen. Das war möglich.

Einmal hatte sie vergessen, seine Sportsachen zu waschen. Und die Zettel, die er zum Unterschreiben von der Schule mit nach Hause brachte, lagen oft tagelang herum, jeden Morgen dachte sie wieder nicht daran.

So war sie, seine Mama.

Er vermisste sie zum Sterben hart.

Das stimmte gar nicht. Das Vermissen war bloß so hart, weil er ihr die Schneeflocken vor dem Fenster zeigen wollte.

»Das ist die Zeugin«, sagte John Dillinger. »Sie hat dich gesehen, du Lügner.«

»Ich lüg nicht.«

»Haben Sie diesen Mann über den Zaun klettern sehen, Misses Parker? Schauen Sie ihn sich genau an. Dieser Mann hat Ihren Nachbarn Max erschossen, mit einer Acht-Millimeter-Pistole der Marke Magnum.«

»Ich hab niemand erschossen.«

»Ist das der Mann, Misses Parker?«

»Ja, das ist der Mann.«

»Sie lügen. Die Frau ist blind.«

»Haben Sie eine Brille, Misses Parker?«, fragte John Dillinger.

»Nein, ich sehe sehr gut. Dieser Mann ist in der Nacht über den Zaun geklettert und in das Haus meines Nachbarn eingebrochen.«

»Lüge.«

»Sie dürfen gehen, Misses Parker. So, Frank Black, jetzt ist dein Spiel aus, jetzt musst du gestehen, dass du den Mann erschossen hast, um seinen Safe zu knacken und das Geld zu rauben, siebzigtausend Dollar.«

»Ich hab nichts getan, die Frau hat sich geirrt, ich bin unschuldig.«

»Niemand, der auf diesem Stuhl sitzt, ist unschuldig, das können Sie mir glauben, Frank Black.«

»Ich bin unschuldig.«

»Erzählen Sie mir, wie alles passiert ist. Sie haben keine Wahl. Fangen Sie an, sonst lasse ich Sie sofort einsperren, und zwar für immer.«

14

Das Bier, das sie ihm in einem schmalen Glas in die Hand drückte, hatte eine Schaumkrone und genau den richtigen Anteil an Kohlensäure, so dass Süden, noch bevor Ilona Zacherl sich wieder an den Fenstertisch gesetzt hatte, bereits die Hälfte getrunken hatte. Er leckte sich die Lippen, stellte das Glas neben den Stuhl auf den Boden und genoss den Geschmack im Gaumen. Er hatte Hunger, aber das spielte keine Rolle.

»Welche Ahnungen hatten Sie noch?«, fragte er.

»Dass er eine Entscheidung getroffen hat, die er sich nicht zu sagen traut.« Wieder strich Ilona Zacherl mit dem Zeigefinger über die Tischdecke, scheinbar abwesend, in einer bedächtigen, schwerfälligen Bewegung. Sie sah zum Fenster, vor dem es dunkel geworden war. »Ich hab befürchtet, er will das Lokal zusperren. Dass es ihm langt mit der Speisegastronomie, dass er wieder zurück will in die Nachbarschaft. Ich wusste, dass die Brauerei einen neuen Pächter für das Schlegel-Stüberl suchte. Er hat nie über solche Pläne gesprochen, aber das heißt nichts. Pläne!

Damals hatte er mir auch nichts davon erzählt, dass er eine Speisewirtschaft aufmachen will. Eines Morgens kam er an und sagte, er hat da was an der Hand auf der anderen Seite des Rings, im Wohngebiet, was ein Risiko wär wegen der Parkplätze. Andererseits habe er schon mit dem KVR und der Brauerei geredet, sie sähen realistische Möglichkeiten. Alles hinter meinem Rücken.

Er ist niemand, der diskutiert. Er denkt sich was aus, wägt alles ab und trifft eine Entscheidung. Und die Umwelt wundert sich. Es interessiert ihn nicht, was die anderen denken, das ist wie mit der Weihnachts- und der Osterdekoration.

Sehen Sie hier irgendwo Palmkätzchen oder bemalte Ostereier? Gibt's nicht mehr. Seit zwei Jahren. Ist jetzt so, wie er es immer wollte. Weihnachten und Ostern finden bei uns nicht mehr statt.«

»Deswegen hatten Sie Ostern geschlossen«, sagte Süden. »Seit Ihr Mann verschwunden ist, beschwören Sie seine Abwesenheit, indem Sie das tun, was er immer wollte. Warum, Frau Zacherl?«

»Warum?«

Süden schwieg.

»Warum fragen Sie mich das? Was soll die Frage? Was meinen Sie damit: Ich beschwöre seine Abwesenheit. Ich beschwöre gar nichts.«

Sie rutschte zum Rand des Stuhls, stützte die Hände auf den Tisch, lauernd.

»Ihr Mann ist nicht hier«, sagte Süden. »Sie könnten den Raum nach Ihren Wünschen gestalten, niemand redet Ihnen drein. Haben Sie heuer damit gerechnet, dass Ihr Mann an Ostern zurückkommt?«

»Was?«

»Hatten Sie eine Ahnung? Warum haben Sie Frau Liebergesell noch einmal beauftragt, nach Ihrem Mann zu suchen? Haben Sie einen neuen Verdacht?«

»Was hab ich?« Ihre Stimme klang wieder hart und abweisend wie zu Beginn. »Ich weiß gar nichts von meinem Mann. Was wollen Sie mir da einreden, Sie?«

»Ich rede Ihnen nichts ein. Ich will wissen, warum Sie zwei Jahre nach dem Verschwinden Ihres Mannes sich so verhalten, als würde er jeden Moment zur Tür hereinkommen. Wäre das möglich? Warum benötigen Sie dann die Hilfe von Frau Liebergesell und warten nicht einfach ab, so wie jetzt? Sie sitzen hier und horchen auf Schritte oder ein Auto.«

»Was tu ich?« Vielleicht war sie sich ihrer Verwirrung nicht einmal bewusst. »Ich bin doch wegen Ihnen hier. Weil Sie das so wollten. Weil Sie nicht bei uns zu Hause mit mir sprechen wollten. Sondern hier, in der Gaststube, unbedingt, wie Sie ausdrücklich betont haben.«

»Unbedingt«, sagte Süden. »Und Sie ahnen, was mit Ihrem

Mann passiert ist oder immer noch passiert, und Sie wollen sich diese Ahnung nicht eingestehen, deshalb haben Sie bisher mit niemandem darüber gesprochen. Mit mir müssen Sie darüber sprechen, Frau Zacherl, ich bin Ihr letzter Zuhörer.«

Vor Schreck stieß sie mit der Hand gegen die Tasse, und das Klirren des Löffels erschreckte sie erneut.

»Wieso sind Sie mein letzter Zuhörer?«, sagte sie mit beinah zitternder Stimme. Ihre Augen waren groß und dunkel.

»Niemand sucht mehr nach Ihrem Mann«, sagte Süden. »Ich bin der letzte Sucher. Und wenn Sie mir nicht die Wahrheit sagen, rate ich Ihnen, den Lindenhof in Zukunft entweder nach Ihren eigenen Vorstellungen zu gestalten oder ihn zu verkaufen und ein neues Leben anzufangen, das alte bekommen Sie nicht wieder zurück. Sie werden auf sich allein gestellt bleiben. Noch sitze ich hier und trinke Bier und habe keine Eile.«

Er hörte seinen Magen knurren, und Ilona Zacherl hörte es auch.

Bei der Wirtin lösten Südens Worte Empfindungen aus, mit denen sie nicht im Geringsten gerechnet hatte. Sie wusste nicht, was sie mit der Wut anfangen sollte, die in ihr aufstieg, mit der Traurigkeit, die sie seit mehr als einem Jahr nicht mehr zugelassen hatte, mit dem Entsetzen und gleichzeitig der Sehnsucht, von der sie überrumpelt wurde und die sie wehrlos machte.

Mit einem Mal, mit dem Verklingen des letzten Wortes, das der unbeirrbare Mann auf dem Stuhl neben dem Tresen gesprochen hatte, begann der Furchtklumpen, mit dem sie jeden Morgen aufwachte und der danach mit jeder Stunde größer wurde, bis sie schließlich mehr lebensmüde als todmüde ins Bett sank, sich allmählich aufzulösen.

Noch ärgerte sie sich über das platzhirschartige Dahocken des Mannes. Noch schüchterte sein Blick sie ein. Seine Sätze drangen wie Nägel in die selbstgezimmerten Baracken ihrer Erinnerungen, scheuchten sie zwischen den vertrauten Wänden umher, gaben keine Ruhe, rissen sie aus der Erstarrung, an die sie sich so sehr gewöhnt hatte.

Diesem Mann, das ahnte sie, würde sie nicht entwischen – genau wie er es gesagt hatte. Und sie war selbst schuld. Sie hatte ihn gerufen, wenn auch nicht ausdrücklich ihn, aber dass er jetzt hier war, erschien ihr konsequent und wie eine raffinierte Volte der Detektivin, die sie genauso angelogen hatte wie die Polizei.

Nein, dachte Ilona Zacherl, sie hatte nicht gelogen, sie hatte bloß ihre Ahnungen, Vermutungen und Herzensverkrustungen für sich behalten. Dazu hatte sie ein Recht. Dass trotzdem keiner der professionellen Sucher Mundl wiederfinden würde, hatte sie für ausgeschlossen gehalten.

Jeden Tag, anfangs jede Stunde, rechnete sie mit einer positiven Nachricht.

Wo sollte sich denn ein phlegmatischer Gasthäusler wie Mundl verkriechen, wenn nicht in einer abgeschmackten Pension oder bei einem seiner dubiosen Freunde, über die er aus guten Gründen nie ein Wort verlor? Mundl war das Gegenteil eines Untertauchers. Er schwamm an der Oberfläche wie die meisten Menschen, die meisten Männer, da konnte er noch so viel vor sich hin brüten und ein Geheimnis um Sachen machen, die es nicht wert waren.

Drei Monate lang schmunzelte Ilona Zacherl bei dem Gedanken, Mundl habe sich aus dem Staub und wie ein verwegener Cowboy auf den Weg nach Westen gemacht. Dann hörte sie auf zu schmunzeln.

Sie stemmte sich in die Höhe, blickte, wie Hilfe suchend, zu Süden und setzte sich wieder.

Süden sagte: »Ich bringe Ihnen etwas zu trinken. Auch ein Bier?«

Sie nickte.

Kurz darauf setzte er sich wieder ihr gegenüber an den Tisch, und sie hoben die Gläser.

»Möge es nützen!«, sagte er.

»Ist das Ihr Trinkspruch?«

»Er ist von einem toten Freund. Er bringt ihn immer noch.«

»Sie reden mit ihm«, sagte Ilona Zacherl. »Sie unterhalten sich mit einem Toten.«

»Selbstverständlich.«

Sie trank, betrachtete stumm das Glas, fuhr mit dem Zeigefinger über den Rand, so wie sie vorher Kreise auf dem Tischtuch gemalt hatte. »Ich hab als Kind auch lang mit meiner toten Mutter gesprochen. Meine Freundinnen haben mich ausgelacht. Ich habe ja nicht in mich hineingeredet, sondern ins Zimmer rein. Als ich Mundl davon erzählt hab, meinte er, ob ich immer noch Geister beschwören würde. Verständlich. Er redete nie mit seinen Eltern, auch nicht, als sie noch lebten. Das habe ich vor langer Zeit kapiert: Er redet grundsätzlich nicht gern.«

»Aber Sie reden mit ihm«, sagte Süden. »Immer noch.«

»Immer noch, unbelehrbar.« Sie griff nach dem Glas, trank aber nicht, warf Süden einen Blick zu.

»Er hat Ihnen etwas anvertraut, was Sie nicht begreifen«, sagte er. »Bis heute begreifen Sie es nicht.«

»Das ist jetzt drei Jahre her.«

Sie klopfte mit dem Fingernagel gegen das Glas, als trommele sie einen Rhythmus zu ihren Sätzen, als treibe sie ihre Gedanken voran. »Ich hab da wen, sagte er allen Ernstes eines Nachts zu mir. An diesem Tisch haben wir gesessen, er auf dem Stuhl, auf dem jetzt ich hock, ich auf Ihrem. Es war August, die Tür stand offen, ein brütend heißer Sommer. Die letzten Gäste waren weg.

Als alle draußen waren, schenkten Mundl und ich uns noch einen Schnitt ein, und ich wunderte mich, wieso er sich an den Tisch setzt und nicht wieder auf seinen Stammplatz beim Tresen. Das ging seit einem Jahr so, mit dieser Marotte, diesem Irrwitz. Nein, diesmal steuerte er den Tisch an und sagte, er müsse noch was loswerden. Spannung.

War lang her, dass er mal was loswerden wollte in meiner Gegenwart oder in der Gegenwart von irgendwem.

Gut, sag ich und setz mich zu ihm, und er trinkt seinen Schnitt in einem Zug aus und sagt, er hätt da wen. Punkt. Schweigen.

Kam mir wie ein Witz vor. Ich hab da wen. Wen denn? Einen neuen Koch? Einen Steuerberater? Einen Doppelgänger?

Eine Frau, sagt er. Er habe eine Geliebte, und mit der wolle er in Zukunft leben. Das waren die Stichworte. Geliebte, Zukunft, Leben.

Ich brachte keinen Ton raus. Hab vergessen zu trinken, mein Kopf war wie einbetoniert. Ich saß da, schaute zur offenen Tür und wollte was sagen. Aber es kam nichts raus.

Weiß nicht, wie lang ich so dagesessen hab. Minutenlang. Mundl gab auch keinen Ton mehr von sich.

Erst, als mir wieder auffiel, dass da ein Bierglas vor mir steht, das hatte ich nämlich völlig vergessen, brachte ich meinen Mund wieder auf. Was ich sagte, muss hirnrissig geklungen haben.

Ich sagte: Das bedeutet, du ziehst weg und lässt mich allein zurück.

Das war mein Satz: Das bedeutet, du ziehst weg und lässt mich allein zurück. Nicht etwa: Du Hund, du Dreckskerl, ich stech dich ab, wenn du mit einer anderen daherkommst. Nein.

Und er, was sagte er darauf?

Er sagte: Kann ich dir noch nicht sagen.

Ach so.

Ja, denn er hätt da wen, und mit der würd er demnächst leben.

Demnächst.

Ach so.

76

Das war das Ende des legendären Monologs.
Ein Jahr später war er weg. Zum Wohl, auch wenn es nichts
nützt.«

Sie hob das Glas, trank und verzog wie angewidert den Mund.
Süden machte sich auf seinem Spiralblock Notizen, sie sah
ihm dabei zu.
»Sie sind ein erfahrener Mensch«, sagte sie. »Ist es möglich,
dass ein Wirt ein Doppelleben führt? Darf ich Sie fragen, was
Sie getan haben, bevor Sie für Frau Liebergesell gearbeitet
haben? Entschuldigen Sie meine Sprunghaftigkeit, ich hab
grad ein massives Ehrlichkeitsbedürfnis, das zermürbt mich
ganz. Es scheint nur so, als wär ich gelassen und überlegt. In
Wahrheit bin ich außer mir.«
»Das ist gut«, sagte Süden. »So gewinnen Sie Abstand von
sich. Ich war früher Polizist, Hauptkommissar auf der Ver-
misstenstelle.«
»Und das haben Sie aufgegeben? Freiwillig?«
»Ja.«
»Wieso denn?«
»Ich hatte meine Gründe«, sagte Süden. »Und meiner Erfah-
rung nach ist jeder Mensch zu einem Doppelleben fähig.«
»Unmöglich.«
»Sie führen auch ein Doppelleben, Frau Zacherl.«
»Bitte?«
»Nach außen hin geben Sie die besorgte, sogar verzweifelte
Ehefrau, und im Innern haben Sie mit Ihrem Mann längst
abgeschlossen, seit dem Moment im Sommer an diesem Tisch,
als er Ihnen mitteilte, er hätte da wen. Vorhin haben Sie so
getan, als wäre die Vorstellung einer Geliebten im Leben Ihres
Mannes absurd, jetzt hören Sie endlich auf, sich zu belügen.
Das hat lang gedauert. Macht nichts. Und Sie wollen auch
nicht mehr, dass Ihr Mann zurückkommt.«
»Was will ich denn Ihrer Meinung nach?«

»Sie wollen Gewissheit. Sie wollen wissen, wo und mit wem er heute lebt. Oder Sie wollen, dass wir seine Leiche finden.«

»Rücksichtsvoll ist das nicht, was Sie da sagen.« Ilona Zacherl trank und wischte sich mit dem Handrücken den Mund ab, als wäre sie unbeobachtet.

Süden schwieg.

Eine Weile saßen sie sich gegenüber, sie mit lauerndem Blick, er mit unbewegter Miene, die Hände im Schoß.

Dann beugte er sich vor, und sie zog unwillkürlich den Kopf ein.

»Die Frage, ob Ihr Mann ein Doppelleben führte, stellen wir uns nicht«, sagte Süden. »Er hat es getan, und Sie haben es nicht bemerkt.«

»Niemand hat was bemerkt.«

»Sind Sie sicher?«

»Was?«

»Haben Sie mit jemandem darüber gesprochen?«

»Natürlich nicht.«

Sie dachte einen Moment nach. »Und mit mir hat auch niemand gesprochen. Glauben Sie etwa, alle wussten Bescheid, bloß ich nicht? Wie in diesen Filmen? Dass alle hinter dem Rücken der Frau tuscheln und sich lustig machen? Bei uns im Lokal?«

Mit großen Augen blickte sie zu einem der Tische. »Dass der Roman gewusst hat, was der Mundl plant? Und der Arnold auch? Niemals, Herr Süden. Die wussten gar nichts, denen hätte der Mundl niemals was erzählt, weil sie ihre Klappe gar nicht hätten halten können, das weiß doch jeder. Wenn die schon mal was zu erzählen haben, dann tun sie es auch. Die fallen als Zeugen auf jeden Fall weg.«

Sie wandte sich an Süden. »Sie haben mich mit Ihrer Bemerkung erschreckt. Das ist die falsche Spur. Von den Gästen hat niemand einen Verdacht, da leg ich meine Hand ins Feuer.«

»Jemand wusste etwas«, sagte Süden und trank, weil er schon

mal dabei war, das Glas leer. »Sie hatten wechselnde Bedienungen.«

»Ständig wechselnd. Junge Frauen. Viel konnten wir nicht bezahlen, die meisten blieben fünf oder sechs Monate, die talentierten haben sich bald eine lukrativere Stelle gesucht. Die weniger talentierten blieben etwas länger bei uns, entweder bis sie von sich aus aufhörten oder wir einsehen mussten, dass sie den Job nicht begriffen haben.«

»Wie viele waren es in den vergangenen Jahren?«

»Sieben oder acht bestimmt.«

»Und keine fiel Ihnen besonders auf.«

»Sie meinen ihr Verhalten in Gegenwart meines Mannes.«

»Ja.«

»Nein.«

»Hatten Sie auch wechselnde Köchinnen oder anderes Servicepersonal?«

»Nein, gekocht hat der Mundl meist gemeinsam mit dem Charly. Außerdem hatten wir immer einen Spüler, einen jungen Mann, den wir über die Arbeitsagentur bekommen haben, einen, der nicht ständig auf die Uhr schaut.«

»Wer kocht jetzt bei Ihnen?«

»Seit Anfang des Jahres Max Bregens, ein junger begabter Koch, der gerade seine Gesellenprüfung abgelegt hat. Absolut zuverlässig, ich war froh, dass er einspringen konnte. Eigentlich wollte er nach einem Monat wieder weg, zurück nach Erding, wo sein Bruder ein Gasthaus betreibt und er in der Küche ausgeholfen hat. Aber dann ist er doch geblieben, zum Glück. Hier ist er mehr oder weniger sein eigener Chef, er macht seine Sache sehr gut. Ohne ihn hätte ich längst zusperren müssen.«

»Ihr früherer Koch, Charly, ist nicht mehr bei Ihnen.«

»Karl Schwaiger. Mein Mann und er waren eng befreundet. Leider hat der Charly irgendwann angefangen zu trinken, er hat's einfach nicht mehr hingekriegt. Familiäre Nöte, Stress bei der Arbeit, wir waren ja manchmal total ausgebucht, jeden Abend, an sich eine großartige Zeit. Mundl musste ihn entlassen, das war hart. Vor etwa drei Jahren war das. Hab nichts mehr von ihm gehört, angeblich lebt er von Hartz IV, das hat Roman mal erzählt. Aber ob das stimmt?«

»Ich brauche die Namen der Bedienungen«, sagte Süden.

»Vergebliche Müh.«

»Das Doppelleben Ihres Mannes fand also außerhalb des Lindenhofs statt.«

»Bitte?«

»War Ihr Mann viel unterwegs?«

»Im Großmarkt, bei der Brauerei, einmal im Jahr auf der Wiesn, ab und zu bei seinem Kollegen Johann im Alten Posthof in Perlach. Ist das genug unterwegs?«

»Nein.«

Sie starrte ihn an, als katapultierten sie die lapidare Antwort und der kühle Tonfall endgültig aus der letzten Sicherheit, in deren Ruinen sie sich seit einer Stunde zu verstecken versuchte.

15

Nachdem er Frank Black ins Gefängnis gebracht hatte, ging John Dillinger in die Küche und mixte sich einen Drink. Wie immer, wenn niemand zuschaute, füllte er nicht so viel Wasser ins Glas, damit der Sirup richtig süß schmeckte.

Auf dem Weg ins Kinderzimmer wischte er sich die Tränen aus den Augen und achtete darauf, das Glas gerade zu halten und nichts zu verschütten. Er setzte sich aufs Bett, trank einen Schluck und gleich noch einen. Ein blödes Empfinden stieg in ihm hoch, das wollte er jetzt nicht haben. Es war noch nicht mal sieben Uhr abends.

Draußen war alles dunkel.

Im Zimmer brannte die kleine elektrische Lampe neben dem Computer, dessen Bildschirm schwarz war. Mittags hatte er bei den Lokalisten ein paar Freunde besucht. Sie teilten ihm mit, was sie so trieben, und er erzählte ihnen von John Dillinger, aber das interessierte niemanden. Er meldete sich daraufhin nicht mehr. Als er den Computer ausschaltete, liefen ihm Tränen über die Wangen, die er nicht bemerkte.

Jetzt, auf seinem Bett sitzend, mit dem roten Getränk in der Hand, dachte er an seinen Vater. Er hatte lange nichts von ihm gehört. Die Idee, ihn anzurufen, beschäftigte ihn immer mehr.

Dann sprang er auf, rannte auf der Suche nach seinem Handy durch die Wohnung, schleuderte mit dem Fuß Hosen und Socken und Comichefte, die überall herumlagen, durch die Luft und wurde zornig. Da fiel ihm ein, dass das Telefon im Bad lag. Er nahm es immer dorthin mit, denn falls seine Mutter anrief, während er gerade auf der Toilette saß, könnte er sofort drangehen.

»Ich bin's, der Bene«, sagte er ins Telefon. »Papa?«

Barfuß ging er in der Wohnung hin und her, presste das Gerät ans Ohr, wippte in den Knien. »Hörst du mich? Ich bin's, der Bene.«

Am anderen Ende war laute Musik zu hören, ein Schnaufen, Stimmen im Hintergrund. »Papa! Ich bin's. Ich bin's.«

Nach einer Minute, in der er durch die Wohnung tigerte, im Bad die Stirn an den Spiegel presste und im Flur mehrmals gegen die Wand trat, schleuderte er das Handy auf die Couch. Er ließ sich auf den Boden fallen, streckte den Arm nach der Fernbedienung aus, die unter den Schrank mit den DVDs und Videokassetten gerutscht war, und schaltete den Fernseher ein.

Dann zog er die Beine an den Körper, schlang die Arme um sie, stützte sein Kinn auf die Knie und hielt die Luft an, bis er fast erstickte.

16

Vor dem Restaurant drehte Süden sich noch einmal um.

Durch eines der Fenster, halb verdeckt von der Gardine, sah er Ilona Zacherl am Tisch sitzen, aufrecht und reglos.

Über dem schmalen Tor zum Garten, wo im Sommer Tische und Stühle standen und manchmal Lampions hingen – »falls der Mundl nichts dagegen hatte« –, war ein geschwungenes Holzschild mit dem Namen der Gaststätte: »Lindenhof«.

Am Zaun oberhalb der Speisekarte war das blaue Straßenschild angebracht: »Kuhfluchtstr. 12«.

Schon bei seiner Ankunft hatte Süden eine Zeitlang davorgestanden und überlegt, wo der Name herkam. Ilona Zacherl wusste es nicht. Das Lokal lag an der Ecke zur Seehauser Straße in einer Gegend, die von einstöckigen Einfamilienhäusern mit gepflegten Thujenhecken und Nadelbäumen in weitläufigen Gärten geprägt war. Am Straßenrand parkten Mittelklassewagen, die meisten sahen so sauber und gepflegt aus wie die Fassaden und Vorgärten.

Niemand war unterwegs an diesem Donnerstagabend gegen neunzehn Uhr. Von fern drang das Verkehrsbrummen der A 95 herüber.

Von der Haltestelle in der Höglwörther Straße hätte Süden mit dem Bus in die Innenstadt zurückfahren können, doch er brauchte die kalte, frische Luft und einen Auslauf nach der stundenlangen Vernehmung.

Er legte den Kopf in den Nacken und schloss die Augen.

Er war kein Ermittler mehr, die Zeit der Vernehmungen war vorüber. Jetzt reichte seine Befugnis nur noch für Befragungen und getarnte Beobachtungen.

Aber, dachte er und setzte seinen Weg in Richtung Mittlerer Ring fort, hatte er früher wirklich Vernehmungen durchgeführt und nicht doch viel eher sein Zuhören geschult und auf Fragen hauptsächlich verzichtet? Die Leute redeten von sich

83

aus, wenn man sie gewähren ließ und ihr Zögern, ihr stummes Tricksen, ihr mühsam einstudiertes Tun nicht unterbrach. Das Schlimmste, Ungesündeste und Zeitfressendste an seinem Beruf war das Verfassen akribisch zusammengestellter Protokolle gewesen, Grundlage für eine mögliche Anklageerhebung durch die Staatsanwaltschaft.

In den ersten Jahren bei der Kripo hatte er noch auf einer mechanischen Schreibmaschine getippt, umzingelt von Tipp-Ex-Fläschchen und Löschpapierblättern. Dann hatte das Innenministerium elektrische Maschinen genehmigt, vorerst eine für jede Abteilung.

Später kamen die braunen Computer mit ihrem gespenstischen Eigenleben und die ersten Laptops und schließlich die dem technischen Fortschritt angemessenen Geräte, mit denen die Arbeit am Schreibtisch merkwürdigerweise nur unwesentlich schneller voranging.

Süden und sein Kollege und Freund Martin Heuer hatten ihre Berichte in der gleichen bedächtigen Art geschrieben wie früher. Und so, wie sie auch kein Handy besaßen und lieber, wenn es pressierte, von öffentlichen Münzfernsprechern oder aus Gaststätten ihre Gespräche führten, benutzten sie ihren Computer nur zum reinen Schreiben und missachteten dessen Möglichkeiten zum Erstellen von Listen und Tabellen.

Detaillierte und persönlich unterschriebene Berichte würde er auch in Zukunft abliefern müssen. Das wurde ihm klar, als er, ohne vorher den Plan gefasst zu haben, in die Johann-Clanze-Straße einbog, die nicht unbedingt auf dem Weg zum Harras lag, von wo aus er mit der U-Bahn zum Sendlinger-Tor-Platz hatte fahren wollen. Andererseits lag die Straße auch nicht zu weit abseits.

Außerdem hatte er Durst.

»Schnitzel mit Kartoffelsalat«, sagte der Wirt, der eine grüne Schürze über der Hose trug und eine Selbstgedrehte hinters

Ohr geklemmt hatte. »Oder Würstel. Ein Fleischpflanzerl hab ich auch noch.«

Süden bestellte das Schnitzel. Als der Wirt das Bier brachte, fragte er ihn: »Kennen Sie den Mundl Zacherl?«

»Ja, ist er wieder da?«

»Ich suche nach ihm.«

»Löblich. Von der Polizei?«

»Ich arbeite für eine Detektei, mein Name ist Tabor Süden.«

»Ich bin der Huber Edi. Da fragen Sie am besten die beiden Herren da drüben, die haben ihn besser gekannt.«

Süden wandte sich um. An einem der Tische an der Wand saßen sich zwei Männer gegenüber, von denen der eine, dessen Gesicht Süden sehen konnte, einen schmalen Backen- und Kinnbart und eine Brille trug. Seine Stirn weitete sich nach oben zum Haarrest hin, Schweißperlen glänzten im Licht der Tischlampe. Der andere Mann hatte breitere Schultern als sein Kumpel und saß vornübergebeugt da, die Ellenbogen auf dem Tisch. Beide hatten einen Blaumann an und tranken Weißbier.

»Der Roman und der Arnold«, sagte der Wirt, »sie waren Stammgäste beim Mundl, schon, als er noch hier der Pächter war. Gehen Sie ruhig hin, die tun Ihnen nichts.«

Während er über den Subtext dieser Formulierung nachdachte, nahm Süden sein Bier und ging in den hinteren Teil des Lokals. Am Tresen saßen zwei Gäste und an einem Tisch beim Eingang ein Mann und eine Frau. Sie bestellten abwechselnd Averna, Ramazotti und Fernet, und der Mann, der zusätzlich Bier trank, machte sich auf einem Block Notizen.

Süden hatte sich vorgestellt. Die beiden Männer im Blaumann nickten, schauten ihn an und zogen die Stirn in Falten. Der mit den breiten Schultern hatte ebenfalls eine fliehende Stirn und verschwindende Haare, aber er trug weder einen Bart noch eine Brille. Ansonsten wirkten sie wie ein eingespieltes Team.

85

»Wer von Ihnen ist Roman?«, sagte Süden.

Zeit verging. Dann sagte der Mann mit der Brille: »Ich. Was ist?«

»Ich bin auf der Suche nach Raimund Zacherl, ich war gerade bei seiner Frau. Ich arbeite für die Detektei Liebergesell.« Zunächst trank Roman einen Schluck und stellte sein Glas hin, dann tat Arnold das Gleiche. Jeder von ihnen hatte eine Schachtel Marlboro vor sich liegen, darauf ein billiges Feuerzeug, das von Roman war grün, das von Arnold blau. Die drei Männer unternahmen nichts, um das Schweigen zu stören.

Süden, der immer noch vor dem Tisch stand, trank einen Schluck, behielt das Glas in der Hand und bemerkte, dass sowohl der Wirt als auch die beiden Thekenhocker zu ihm hersahen.

In der Kneipe hing eine schwere, muffige Luft. Im Radio liefen Oldies aus den Siebzigern, die in Süden merkwürdige Empfindungen heraufbeschworen. Die Lautstärke war der ideale Rahmen für persönliche Gespräche, falls hier jemand das Bedürfnis verspürte, solche zu führen. Sogar die Magenbitterkoryphäen hatten aufgehört zu schmatzen. Zwei Strophen lang reagierte kein Mensch auf das SOS von Abba, dann sagte Roman Trove: »Hinsetzen ist schon erlaubt.«

Süden nahm sich einen Stuhl vom Nebentisch und setzte sich zu den beiden Bierfahrern.

»Sie haben vermutlich vor zwei Jahren schon alles, was Sie über Mundl wissen, der Polizei erzählt.« Es gehörte, was Süden schnell merkte, zu ihrer Art, Wahrheiten nicht zu kommentieren. Er sagte: »Etwas haben Sie verschwiegen. Mundl hatte eine Freundin, und Sie wussten von ihr.«

In dem Moment, als die beiden Männer ihr Weißbierglas hoben, brachte der Wirt den Teller mit dem Schnitzel und dem Kartoffelsalat. Das Besteck war in eine rote Papierserviette gewickelt.

86

»Mahlzeit.«

Die Bierfahrer murmelten das Gleiche. Süden begann zu essen, wortlos, begleitet von den wieder aufgeflammten Gesprächen am Tresen und den leisen Diskursen des Paares bei der Tür, das gelegentlich in Gelächter ausbrach.

Zwischendurch zog Süden seine Lederjacke aus, hängte sie über die Stuhllehne, betrachtete die gesenkten Köpfe der zwei Männer rechts und links von ihm und überlegte, wonach das Fleisch schmeckte. Wegen der Dominanz der Pannade fand er es bis zum letzten Bissen nicht heraus. Ein Ex-Schwein, dachte er und trank sein Glas leer, weiter nichts. Und für drei Euro neunundneunzig musste genügen, dass das Schnitzel heiß auf den Tisch kam und der fertig gekaufte Salat fast nach Kartoffeln schmeckte.

»Schnaps zum Bier?«, fragte der Wirt.

»Nein.«

Zwei Helle und zwei Weißbiere später saßen die drei Männer nach wie vor friedlich da, ertrugen Bonny M. und sich selbst und warfen sich hin und wieder einen Blick zu, als teilten sie ein Geheimnis.

Auf diese Weise verging eine Stunde, in der weder er noch die beiden anderen Männer ein Wort sprachen. Mittlerweile stellte der Wirt das Helle unaufgefordert vor Süden hin und zog einen weiteren Strich auf dem Deckel.

Abwechselnd taumelte einer der beiden Schwarzschnapskonsumenten zur Toilette und kehrte beschwingt zurück.

Am Tresen fiel das eine oder andere laute Wort, vielleicht diente es nur der verbalen Niederknüppelung von Sängern wie Ralph McTell oder Chris Norman.

Seit genau einer Woche war Süden zurück in München. Wenn er darüber nachdachte, wo er sich gerade befand und vor wenigen Stunden befunden hatte, kamen ihm die sieben Jahre seiner Abwesenheit von solchen Orten und Leuten wie eine geliehene Erinnerung vor, die er beim Verlassen des Zuges dem Schaffner zurückgegeben hatte, von dem er sie sich zum Zeitvertreib ausgeborgt hatte.

In dieser Gegenwart, dachte Süden und dachte dabei an seine Kollegen Martin Heuer, Paul Weber und Sonja Feyerabend und an jene verschatteten Wesen, deren verstreute Biographien sie von Berufs wegen gesammelt hatten, behielten die Dinge ihren immer gleichen Rhythmus – wie die Isar und das Springen der Hunde im Englischen Garten. Womöglich hatte er die Straße, zu der seine Schritte gehörten, nie verlassen, sondern vorübergehend nur die Schuhe gewechselt.

»Jetzt langt's aber«, sagte Roman Trove zu seinem Weißbierglas, bevor er Süden in die Augen sah. »Mundl hat uns nicht eingeweiht, das allein ist schon eine Gemeinheit.«

»Was noch?«, fragte Süden.

»Was was noch?«

»Was ist noch eine Gemeinheit?«

Ridasen, der gerade einen Schluck getrunken hatte, neigte sein Glas und zeigte damit auf seinen Kollegen, als erwarte er ebenfalls eine klare Antwort.

»Er hätt ja mal was andeuten können.« Jetzt war es Trove, der Ridasen anschaute, als begreife er nicht im Geringsten, was dieser mit seiner Geste ausdrücken wollte. »Wir kennen uns seit zehn Jahren.«

»Länger«, sagte Ridasen, stellte das Glas ab und verschränkte die Arme. Etwas irritierte Trove daran. Er zog die Stirn in Falten und schüttelte den Kopf.

»Dann länger«, sagte Trove mürrisch. Er steckte sich eine Zigarette in den Mund, griff nach dem Feuerzeug und nahm die Zigarette wieder in die Hand. »An dem Platz hier, das ist unser Stammplatz, da haben wir gesessen, und Mundl war der Wirt.«

»Das ist über zehn Jahre her, fünfzehn wahrscheinlich«, sagte

Ridasen, als hätte ihn jemand gefragt. Trove hatte garantiert nicht zugehört, er sah unvermindert Süden an.

»Dass da was lief, war ja klar«, sagte Trove. »Er hat immer so getan, wie wenn die Mädchen ihn nicht interessierten, er war geschickt, das muss man zugeben. Die Ilona hat nichts mitgekriegt, wetten?«

»Aber Sie haben etwas mitgekriegt«, sagte Süden.

»Ich hab auch nichts mitgekriegt.«

Süden schwieg. Elton John flog zum Mond. Trove und Ridasen rauchten.

Nachdem er zu Ende geraucht und die Kippe intensiv im Aschenbecher ausgedrückt hatte, sagte Trove: »Der ist doch nicht einfach so stumpfsinnig geworden, das glaubt doch auch bloß die Ilona. Eines der Mädchen hat ihn sitzenlassen, und dann hat er sich selber sitzenlassen. Er hat ja nur noch dagesessen die ganze Zeit.«

»Was ist das denn für eine Philosophie?« Plötzlich kam Bewegung in den seit langer Zeit wie gelähmt wirkenden Mann links von Süden. »Das Mädchen hat ihn sitzenlassen, und dann hat er sich selber sitzenlassen? Was soll das bedeuten? Wo ist da die Weisheit? Das ist doch nackte Willkür. Der Mann hatte einen seelischen Konflikt, deswegen konnte er nicht mehr arbeiten, nicht mehr sprechen, er wollte es, aber er schaffte es nicht mehr. Hast du ihn nie richtig angesehen?«

»Schrei doch nicht so«, sagte Trove.

Ridasen hatte die Arme immer noch vor der Brust verschränkt, was seine Erregung nicht eindämmte. Er ruckte mit dem Oberkörper und schaute niemanden direkt an. »Ob da eine Frau im Spiel war, ist egal, bei dem Mann ging's ums Leben, der hatte seinen Glauben verloren ...«

»Woran denn?«

»Unterbrich mich bloß nicht, Roman. Wir haben versucht, mit ihm zu reden.« Er sah an Süden vorbei, aber immerhin in dessen Richtung. »Spätnachts, wenn wir allein mit ihm waren

und die Ilona schon gegangen war. Nichts zu machen. Er gab
uns Bier aus, und wenn er von seinem Stuhl aufstand und ihn
an die Wand stellte, wussten wir, es ist Zeit zu verschwinden.
Aber geredet hat er nicht. Roman hat ihn gelöchert wegen der
Frauen, aber der Mundl hat nichts zugegeben. Ich hab ihn
verstanden. Ich war nicht überrascht, als es hieß, er wär abge-
taucht. Der lebt jetzt wo und fängt sich wieder.«
»Und dann kommt er wieder zurück, oder was?«, sagte Trove.
»Woher willst du das wissen? Wichtig ist, er ist draußen und
hat was getan. Ich kenn solche Leute, mein Vater ist daran
kaputtgegangen. Der war sein Leben lang Polier und musste
die Familie ernähren, mich und meine zwei Brüder. Aber er
wär viel lieber durch die Welt gefahren, auf einem Schiff, das
war sein Traum, und diesen Traum hat er einbetoniert, verstehst du das? Der Krebs war da logisch. Und der Mundl wollt
keinen Krebs kriegen, der wollt sich wehren, und das hat er
dann auch getan, und keiner hat's kapiert. Eine Frau ist da
bloß eine Randerscheinung, wenn's ums ganze Leben geht.
Die Geschichte mit der Frau redet sich die Ilona ein, weil das
für sie wichtig ist, und ich widersprech ihr nicht, das macht
man nicht. Wir gehen nicht mehr so oft hin wie früher. Aber
wenn wir da sind, lassen wir sie in Ruhe. Wir trinken unser
Bier und denken an den Mundl und stoßen auf ihn an.«
»Stimmt«, sagte Trove, hob sein Glas und wartete, bis Ridasen
und Süden mit ihm anstießen.
»Trotzdem halten Sie es für möglich, dass er eine Affäre mit
einer Bedienung hatte«, sagte Süden.
Die beiden Männer warfen sich einen Blick zu. Dann nickte
Ridasen seinem Freund zu. »Davon geh ich aus«, sagte Trove.
»Und ich bin nicht der Einzige.«
»Wissen Sie einen Namen?«
Trove kratzte sich mit dem Zeigefinger an der Schläfe. »Da
waren mehrere, die da gearbeitet haben. »Die Sissi ...«
»Die Anna«, sagte Ridasen. »Lilli ... Sarah ... die Carla ...«

90

»Die lebt, glaub ich, nicht mehr«, sagte Trove.

»Könnt sein. Die Vroni ...«

»Fiona hieß die.«

»Genau. Die Sissi ...«

»Hab ich schon erwähnt.«

»Kennen Sie den ehemaligen Koch des Lindenhofs?«, sagte Süden.

»Den Charly Schwaiger?«, sagte Trove. »Lang nichts mehr von dem gehört. Du?«

Ridasen schüttelte den Kopf. Süden hatte den Eindruck, der Bierfahrer näherte sich allmählich wieder seinem weißbierbedingten Erstarrungszustand.

»Darf ich euch zu einem Schnaps einladen?«, sagte Süden.

Keiner von beiden gab eine Antwort, doch ihre Blicke ließen erkennen, dass sie dem Detektiv eine derart überflüssige Frage niemals zugetraut hätten.

17

Beim Überqueren der Passauer Straße winkte Süden einem Taxi, obwohl er sich vorgenommen hatte, zumindest bis zum Goetheplatz zu Fuß durchzuhalten.

Beinah wäre er sogar schon am Eichendorffplatz, wenige Meter vom Schlegel-Stüberl entfernt, in ein wartendes Taxi gestiegen, doch da hatte er noch einmal Schwung genommen. Auf dem Weg entlang der Bodenseestraße kam ihm dieser Schwung mehr und mehr abhanden, bis er sich eingestehen musste, dass er glorios bebiert war.

Der Taxifahrer wählte die Strecke über den Mittleren Ring zum Sechziger-Stadion, um nach Giesing zu gelangen, was Süden beutelschneiderisch fand, er aber in seinem Zustand nicht kritisieren wollte. Sein Trinkgeld fiel unwesentlich aus, und der Taxifahrer blieb ganz bei sich, erwiderte Südens Gruß beim Aussteigen nicht, drückte aufs Gas und raste bei Dunkelgelb über die Kreuzung.

Süden beschäftigten die offenen, seltsamen Fragen und die Informationen, die er erhalten hatte und die kein Bild ergaben, die Widersprüche und Unstimmigkeiten, die Leerstellen und Zwischenräume.

»Wenn Zacherl deprimiert war«, sagte Süden in seinem Zimmer, öffnete das Fenster und zog seine rauchgetränkte Kleidung aus, »woher dann dieser Zustand? Wenn er eine Freundin hatte, wieso war er dann niedergeschlagen und antriebslos?«

Sie hat ihn verlassen, sagte Martin Heuer, mit dem er solche Situationen schon unzählige Male durchexerziert hatte.

»Wann hat sie ihn verlassen? Warum hat sie ihn verlassen?«

Erst mal musst du die Zeitabläufe neu ordnen.

»Am Karsamstag vor zwei Jahren verschwindet Raimund Zacherl«, sagte Süden, der nackt bis auf die Unterhose am Fenster stand und seinen Kopf von der feuchten Luft umspielen ließ.

Eigenartig, sagte Heuer. *Am Gründonnerstag letzter Woche bist du nach München zurückgekehrt. Weiter: Ein Jahr vor seinem Verschwinden teilt Zacherl seiner Frau mit, er habe eine Freundin und wolle mit ihr seine Zukunft verbringen.*
»Was er dann nicht getan hat.«
Wie meinst du das?
»Ein verheirateter Mann Anfang fünfzig, der eine jüngere Frau kennenlernt, sich verliebt und mit ihr leben will, fängt sofort damit an, er hat keine Zeit zu verlieren. Aber was macht Zacherl?«
Er bleibt auf seinem Stuhl hocken. Ein Jahr lang passiert gar nichts, dann ist er plötzlich wie vom Erdboden verschluckt.
»Vor vier Jahren geschieht eine Veränderung mit ihm, die offensichtlich niemand vorhergesehen hat.«
Am fünfzehnten Juni.
»Am fünfzehnten Juni setzt er sich zum ersten Mal auf den Stuhl neben dem Tresen, betrachtet seine Gäste, lässt die Dinge laufen. Er bietet seiner Frau die Geschäftsübergabe an. Ohne überzeugende Erklärung.«
Er sagt, er will nur noch kochen und sich nicht länger mit Bürokratie beschäftigen.
»Eigenwillige Begründung.«
Völlig unglaubwürdig.
»Trotzdem fragt niemand nach. Ilona Zacherl übernimmt das Restaurant. Ihr Mann steht mit seinem Freund Karl Schwaiger in der Küche, bis dieser anfängt zu trinken und Zacherl ihn entlassen muss.«
Warum fängt Karl an zu trinken?
»Persönliche Nöte, behauptet Ilona. Was immer das heißen mag. Ich werde mit ihm reden, seine Adresse steht in der Akte. Seine Aussagen geben nichts her, bis jetzt.«
Warum hat Zacherl seiner Frau von der Geliebten erzählt? Und hat dann nichts getan?
»Und wo hat er sie kennengelernt? Im Lokal, wo sonst? Oder

im Alten Posthof in Perlach bei seinem Freund Johann. Oder im Großmarkt.«

Vermutlich im Lindenhof.

»Wahrscheinlich. Aber wie haben die beiden sich verständigt? Wo haben sie sich getroffen? Haben sie miteinander telefoniert? In den Akten der Polizei steht nichts davon, die Überprüfung der Telefonate vom Festnetz und vom Handy, das er bei seinem Verschwinden nicht mitgenommen hat, ergaben keinen Hinweis auf eine Geliebte.«

Was war am fünfzehnten Juni vor vier Jahren?

»Ilona Zacherl behauptet, sie wisse es nicht. Ich glaube ihr.«

Aber sie merkte sich das Datum.

»Sie merkte sich eine Menge«, sagte Süden. »Nur gemerkt hat sie anscheinend nichts.«

Zacherl setzt sich auf einen Stuhl und schaut seine Gäste an.

»Was sah er?«

Süden schloss das Fenster, legte den Kopf in den Nacken und rieb an dem blauen Stein an seiner Halskette. »Welche Bilder prägte er sich ein, wenn er so dasaß? Welche Bilder kamen aus seiner Erinnerung zurück? Wie hielt er diesen Zustand so lange aus? Nach einem Jahr erzählt er seiner Frau von der angeblichen Geliebten, nach einem weiteren Jahr verschwindet er. Und alles begann am fünfzehnten Juni vor vier Jahren.«

Und was ist mit den vier Männern um die vierzig? Mit denen war Zacherl nach Aussage seiner Frau in zwielichtige Geldgeschäfte verwickelt.

»Zwei von ihnen wurden von Edith Liebergesell und Leonhard Kreutzer befragt, ihre Aussagen führen zu nichts. Ich werde trotzdem noch einmal mit ihnen reden, genau wie mit den Bedienungen und vor allem mit dem Koch.«

Glaubst du, dass Raimund Zacherl noch lebt?

Diese Frage hatte Süden sich im Lauf der vergangenen Stunden mehrmals gestellt und vorläufig für unwichtig erklärt. Doch sie ging ihm nicht aus dem Kopf, jetzt rumorte sie wieder in ihm, so lange, bis er die Geduld verlor. Er schaltete die Deckenlampe aus. Das trübe Licht der Straßenbeleuchtung fiel ins Zimmer.

Eine Zeitlang stand Süden im Halbdunkel bei der Tür und staunte: Den ganzen Tag hatte er kein einziges Mal an seinen Vater gedacht.

18 Den ganzen Tag hatte sie an ihren Sohn gedacht und es doch nicht geschafft, das Handy vom Boden aufzuheben und ihn anzurufen.

Vielleicht bildete sie sich das jetzt auch nur ein: dass sie an ihn gedacht hatte. Wenn sie ehrlich war, wusste sie nicht mehr, was sie den Tag über so alles gedacht hatte. Die meiste Zeit saß sie im Dunkeln, bei heruntergelassenen Rollos, und schaute zum Fernseher, aus dem kein Ton kam, zum Glück.

Die Stille war ein Glück.

Bevor er ging, hatte sie ihn gebeten, den Fernseher anzustellen, aber nicht den Ton. Er hatte ihr den Wunsch erfüllt. Er war gut zu ihr. Sie war auch gut zu ihm, das sagte er ihr auch. Er fragte sie nichts.

Jedes Mal, nachdem sie zusammen geschlafen hatten, kam er, nach Rasierwasser duftend, aus dem Bad zurück und küsste sie auf die Stirn, jedes Mal, drei-, viermal am Tag.

Wenn im Fernsehen die Nachrichten begannen, drehte sie sich weg. Sie wollte nichts wissen, es war ihr gleichgültig, was draußen passierte. Was passierte, passierte, und es passierte genauso gut ohne sie. Außerdem hatte sie vor etwas Angst.

Wenn sie an die Angst dachte, dachte sie an ihn, und das durfte sie nicht. Wenn sie nicht an ihn dachte, hatte sie auch keine Angst.

Die Nachrichten irritierten sie, das war dumm.

Bevor der Mann am Abend die Wohnung verlassen hatte, hatte er sie gebeten, etwas zu essen. Sie solle sich eine Suppe machen oder Nudeln oder wenigstens ein Brot mit Käse und Schinken. Das klang beinahe fürsorglich. Dabei war er vielleicht froh, wenn sie endlich verschwand. In seinem Blick lag manchmal, wenn er aus dem Bad zurückkam und nach Rasierwasser roch, so etwas wie eine stumme Aufforderung, eine kühle Zurückweisung, etwas in der Art.

Womöglich bildete sie sich das nur ein. Seit sie hier war, hatte er keine Andeutungen in dieser Richtung gemacht. Er hatte sie bereitwillig mitgenommen, wie früher schon einmal, und ihr Wein und Wodka angeboten. Und dann hatten sie sich gegenseitig ausgezogen und miteinander geschlafen. Er war ausdauernd und fordernd, das gefiel ihr.

Sie dachte nicht weiter darüber nach. Zum Nachdenken war später noch Zeit, viel später, irgendwann nach Ostern. Ostern war längst vorbei, das wusste sie. Doch welcher Tag heute war, wusste sie nicht.

Sie hatte Lucas fragen wollen, dann hatte sie es vergessen. In jüngster Zeit wurde sie vergesslich, das fiel ihr auf, sie vergaß Termine und Sachen. Einmal hatte sie sogar vergessen, zur Arbeit zu gehen. Sie war aufgewacht, hatte den Wecker abgestellt, sich zur Seite gedreht und weitergeschlafen. Hinterher erinnerte sie sich, dass sie sich eingeredet hatte, sie hätte an diesem Tag frei, deswegen sei sie sofort wieder eingeschlafen. Am Nachmittag rief sie im Drogeriemarkt an, und der Filialleiter teilte ihr mit, sie sei entlassen. Zuerst lachte sie, weil Kitzinger so eine hohe Stimme hatte und alles, was er sagte, immer irgendwie ulkig klang. Dann wiederholte er seinen Satz, und sie begriff, dass er es ernst meinte.

Trotzdem fragte sie: Wieso denn? Er forderte sie auf, ihre Sachen zu holen, die Schürze, ihre Papiere, den übrigen Krempel, und zwar heute noch. Nach dem Gespräch ging sie sofort zum Fenster und zog das Rollo herunter und setzte sich auf den Boden. Sie lehnte sich an die Wand, schlug die Knie gegeneinander und summte dazu.

Als sie sich endlich aufraffte, die Wohnung zu verlassen, war es acht Uhr abends, und der Drogeriemarkt hatte seit einer Stunde geschlossen. Niemand war mehr da, nicht einmal Kitzinger. Sie ging einfach weiter, die Weißenburger Straße entlang bis zum Pariser Platz, wo ein Obdachloser sie anquatschte, den sie beinah bespuckt hätte, weil er sie nicht in Ruhe ließ und die Hand nach ihr ausstreckte. Sie lief bis zur Rosenheimer Straße und traute sich nicht, sie zu überqueren, weil sie sich auf der anderen Seite nicht auskannte. Sie fürchtete, sie könnte sich verlaufen und zu spät zu ihrem Sohn zurückkommen.

Dann kehrte sie schnell in einer Bar nahe dem Weißenburger Platz ein. Da saß Lucas am Tresen. Sie kamen ins Gespräch, obwohl sie gar nicht sprechen wollte, und inzwischen war sie sich nicht sicher, ob sie überhaupt etwas gesagt hatte.

Er nahm sie mit, das ergab sich so, und in der Nacht bezahlte er ihr sogar das Taxi. Dabei wäre sie auch bis zum Morgen bei ihm geblieben.

Zu Hause stand ihr Sohn im Dunkeln. Als sie ihn umarmte, drückte er sie so fest an sich, dass sie fast keine Luft mehr bekam. Er war erst zwölf, aber er konnte Kräfte mobilisieren wie ein Mann.

Ein neuer Spielfilm fing an. Sie nahm die Fernbedienung, die neben dem Handy auf dem Teppich vor der Couch lag, und schaltete den Ton ein.

19 Die folgenden zwei Tage verbrachte Süden damit, freundlichen Leuten freundliche Fragen zu stellen, auf die er freundliche Antworten erhielt, die ihn nicht im mindesten erfreuten.

Es kam ihm vor, als wolle jeder ihm alles recht machen. Als hätte jeder sein Kommen erwartet. Als begegneten beide Seiten einander in souveräner Routine.

Im Grunde hatte er keine Befugnis, Zusammenhänge herzustellen, die das Verschwinden Raimund Zacherls mit einem außerfamiliären Umfeld in Verbindung brachten. Er tat es trotzdem, und niemand schien sich zu wundern.

Für die Inhaber des Transportunternehmens Mielich, Jobst und Kai Mielich, stellten solche Überlegungen kein Problem dar. Die beiden Brüder luden Süden zu einem Frühstück ein, und als er ablehnte, ließen sie von ihrer Sekretärin Kaffee und mit Salami und Käse belegte Semmeln bringen und nahmen sich für das Gespräch zwei Stunden Zeit.

Aus den Unterlagen der Detektei Liebergesell und der Kriminalpolizei ging hervor, dass die beiden Männer regelmäßig im Schlegel-Stüberl verkehrt und für Zacherl hin und wieder einen Auftrag erledigt hatten. So brachten sie für ihn Früchte und Wein aus der Türkei und Griechenland mit. Auf die Frage, wieso der Wirt solche Dinge – wie andere Lebensmittel auch – nicht im Großmarkt einkaufte und wozu er überhaupt Weine wie den süßen Mavrodaphne oder spezielle Muskatellerweine von der Peloponnes, griechische Oliven, Datteln und Schafskäse oder türkische Smyrnafeigen und Tee benötigte – seine Gäste bevorzugten eher Bier, Brezen und Schnitzel –, reagierten die Brüder mit einem Lächeln.

Zacherl habe diese Sonderwünsche vor allem sich selbst und seinem Freund Johann Giebl vom Alten Posthof erfüllt. Es seien immer nur geringe Mengen gewesen, die beim Transport kaum ins Gewicht fielen, »Liebhaberportionen«, wie Jobst Mielich sich ausdrückte.

Welche Verbindung zwischen den Mieliechs und Zacherl und zwei Geschäftsleuten namens Radhauser und Schelski bestand, wollte Süden wissen, und Kai Mielich erwiderte ohne Umschweife:»Die Verbindung besteht immer noch, natürlich ohne Zacherl, unseren Freund.«

In der Schwanthalerstraße, im ausfransenden Viertel südlich des Hauptbahnhofs, leitete Oswald Radhauser die Pension Evi, auf dem Papier ein gewöhnliches Garni-Hotel, das von Touristen besonders während des in der Nähe stattfindenden Oktoberfests genutzt wurde. Allerdings konnte man im Evi auch nur eine Stunde verbringen. In der Gegend reihte sich eine Nachtbar an die andere.

Nicht weit entfernt, in der Schillerstraße, betrieb Gregor Schelski seit mehr als dreißig Jahren seinen stadtbekannten Schiller-Imbiss. Die Kneipe hatte nur zwei Stunden am Tag geschlossen, von sechs bis acht Uhr morgens. Offensichtlich belieferte das Unternehmen Mielich bei Bedarf beide Läden, darüber hinaus jedoch verband die vier Geschäftsleute hauptsächlich eine persönliche Beziehung, die sie nicht näher definierten.

»Man trifft sich mal zum Essen und Trinken«, sagte Kai Mielich zu Süden,»früher halt beim Mundl in der Wirtschaft.« Woher sie Zacherl kannten, war leicht zu beantworten.»Ich hab eine Zeitlang dort gewohnt, Mainburger Straße«, sagte der neunundvierzigjährige Kai Mielich, der vier Jahre jünger war als sein Bruder.»Da bin ich oft rüber, hat mir gepasst, das Lokal, Mundl war von Anfang an ein Freund. Mein Bruder kam dann auch regelmäßig von Solln rüber. Hat sich so entwickelt.«

Heute bewohnten die Brüder eine Villa in Harlaching, umgeben von einem zweihundert Quadratmeter großen Grundstück mit altem Baumbestand und einer drei Meter hohen Thujenhecke. Auf der Terrasse war das Trompeten von Elefanten und das Schreien von Pfauen zu hören. Unterhalb des Isarhochufers lag der Tierpark Hellabrunn.

Mit inszeniertem Interesse nahm Süden die Geschichten von griechischem Wein und Schafskäse, türkischen Datteln und Ziegenkäse zur Kenntnis, Balladen über Lebensmittel, die aus Nächstenliebe Tausende von Kilometer bis nach München transportiert wurden. Dazu aß er eine Semmelhälfte mit Salami und trank starken schwarzen Kaffee, dessen Herkunft ihm egal war.

Ebenso wie Edith Liebergesell und die Polizei – und wahrscheinlich auch Ilona Zacherl – vermutete er hinter der Fassade aus betonierter Kumpelhaftigkeit haarklein eingefädelte illegale Geschäfte im Zusammenhang mit Drogenschmuggel und Geldwäsche. Den Ermittlern fehlten bisher konkrete Hinweise. Das Finanzamt stellte keinerlei Unregelmäßigkeiten in der Buchhaltung fest, weder bei den Mielichs noch bei Radhauser und Schelski und schon gar nicht bei Raimund Zacherl, dessen Steuererklärungen seine Frau als »vorbildlich« bezeichnete.

Trotzdem hatte Zacherl mit dem Quartett ein geheimes Abkommen, davon war Süden überzeugt, und die Möglichkeit, dass der Wirt, aus welchen Gründen auch immer, beseitigt worden war oder untertauchen musste, bestand nach Südens Einschätzung weiter.

20 »Dann viel Erfolg auf dem weiteren Lebensweg«, sagte Johann Giebl, nachdem Süden dem Wirt behutsam von seinen Vermutungen erzählt hatte. »Trinken Sie ein Bier, dann funktioniert Ihr Gehirn gleich wieder.«

»Es ist halb eins«, sagte Süden.

»Sind Sie von der Heilsarmee?«

Als er später den Alten Posthof in der Lorenzstraße verließ, hatte er auf relativ nüchternen Magen drei kleine Biere getrunken, der Freitag begann zu flippern, mit Süden als Kugel. Vorher aber hatte ihm Johann Giebl ausführlich das Wesen seines Freundes Mundl erklärt.

»Dieser Mann«, sagte der Wirt und sog an einer filterlosen Camel und missachtete das Rauchverbot in seinem Gasthaus, »versteht sein Geschäft, und dieses Geschäft hat nichts mit zwielichtigen Motten aus der Bahnhofsgegend zu tun. Hör mir auf mit diesem Radhauser oder dem Schelski. Ich kenn die. Was die machen, juckt mich nicht, und den Mundl hat das auch nicht gejuckt. Die sind bei ihm ein und aus gegangen, und er wurd sie nicht los. Die haben große Zechen gemacht, das war das Wichtigste. Sonst nichts.

Was Sie mir da eigentlich unterjubeln wollen, das hab ich schon verstanden.

Sie versuchen, dem Mundl einen miesen Leumund zu verpassen, da sind Sie bei mir genau richtig. Ich kenn den Mann ewig, wir haben uns Dinge erzählt, von denen weiß sonst kein Mensch was. Wenn der Mundl hier auftauchte, wusste ich, jetzt muss ich Zeit haben, jetzt sind die persönlichen Belange dran. Das war bei ihm genauso, wenn ich ihn besucht hab und was zu reden hatte.

Drücken Sie sich klar aus: Was soll der Mundl verbrochen haben, weswegen er jetzt weg ist und nicht mehr auftaucht? Hat die Mafia ihn einbetoniert, oder was? Und wieso? Hat er Don Corleone beleidigt?

Spucken Sie aus, was Sie denken. Sagen Sie die Wahrheit. Hören Sie auf, hier rumzuorakeln und an Ihrem Bier zu nippen. Sie spielen hier den Sittenwächter, das passt mir nicht. Sie behaupten, Sie würden nach Mundl suchen, aber meine Vermutung ist, Sie wollen ihm was anhängen, und seiner Ilona auch. Sagen Sie klar, worum es geht, sonst muss ich Sie bitten zu gehen, ich bin nicht verpflichtet, mit Ihnen zu reden. Haben Sie mich verstanden?«

»Sehr gut«, sagte Süden. »Ich bin wegen nichts anderem hier als wegen der Suche nach Raimund Zacherl. Ich bin kein Polizist. Ich bin nicht von der Steuer. Ich versuche, seine Spur wieder aufzunehmen, zwei Jahre später, und ich halte es für möglich, dass er sich auf Geschäfte eingelassen hat, die er nicht mehr kontrollieren konnte.«

»Das haben Sie alles schon gesagt.« Giebl warf einen Blick in die Gaststube, wo vier Gäste beim Mittagessen saßen.

Eine junge Bedienung spülte hinterm Tresen Gläser und stellte sie ins Regal. Süden und der Wirt hatten sich an einen runden Tisch an der Eingangstür gesetzt.

»Bei Mundl lief alles legal ab. Kapieren Sie das? Alles klar?«

Süden schwieg.

»Dieser Mann, der Mundl, lebte für seinen Laden. Er war Wirt mit Leib und Seele, er hatte keine Ambitionen, was die Größe der Gaststätte angeht, er wollte in Ruhe seine Arbeit machen, basta. Als er hörte, dass der Lindenhof frei wird, hat er zugegriffen. Warum? Weil er gelernter Koch ist und sein Handwerk ausüben wollte, in einem richtigen Restaurant, nicht bloß in einem Stüberl. Das begreift ja sogar mein Hund.«

»Ich begreife es auch«, sagte Süden.

»Da haben Sie dann mit meinem Girgl was gemeinsam.« Der Wirt zündete sich eine Zigarette an. Die Bedienung hinter dem Tresen schüttelte stumm den Kopf.

»Ihr Hund heißt Girgl.«

»Haben Sie da was dagegen?«

»Der Hund heißt Girgl Giebl«, sagte Süden.

Der Wirt wandte sich zum Tresen. »Bring dem Detektiv noch ein Helles, Fiona.« Er rauchte, sah Süden aus schmalen Augen an, sprach kein Wort, bis die Bedienung das Bier brachte.

»Sie haben früher im Lindenhof gearbeitet«, sagte Süden zu der jungen Frau.

»Nein. Wieso?«

»Aber Sie kennen Raimund Zacherl.«

»Mundl, den Wirt? Ja.«

»Sie haben im Schlegel-Stüberl bei ihm gearbeitet.«

Verunsichert sah Fiona ihren Chef an. »Der Mann sucht nach dem Mundl«, sagte Giebl. »Er war auch schon bei Ilona. Wie lang warst du in dem Stüberl? Ein Jahr?«

»Acht Monate.«

»Dann haben Sie aufgehört«, sagte Süden.

»Genau.« Sie bewegte den Kopf, als halte sie nach einem Gast Ausschau, für den sie etwas tun könnte.

»Sie haben nicht freiwillig aufgehört.«

»Langt schon.« Giebl nahm die Bedienung am Arm und schob sie vom Tisch weg. »Das ist keine Verhörstube hier. Die Fiona weiß auch nicht, wo der Mundl steckt. Sie hat keine Zeit für so was, sie studiert an der Uni. Sag ihm, was du studierst.«

»Kunstgeschichte«, sagte sie beinahe verlegen. »Schon sechs Semester lang, ich will meinen Magister schaffen.«

»Sonst bleibst bei mir.« Giebl zündete sich eine neue Zigarette an und nahm einen schnellen Zug. »Ich stell dich fest an, das ist eine sichere Sache.«

»Sie mochten Zacherl nicht, Fiona«, sagte Süden.

Sie zögerte keinen Moment. »Doch«, sagte sie. »Er war nett, supernett, wirklich höflich. Bloß, er hat mich immer so angeschaut, so, als erwarte er irgendwas von mir. Als sollt ich zu ihm sagen, dass ich ihn mag, oder so was. Das war verwirrend für mich. Er hat mich nicht belästigt, auf keinen Fall. Er war ein guter Chef, er hat mir alles erklärt, was ich machen muss,

104

ganz geduldig, und er hat nie geschimpft, wenn ich Mist gebaut hab. Ich fand, er hatte fast so was wie eine Ausstrahlung, eine traurige halt, aber eine Ausstrahlung. Ich hab ihn mir immer als Wirt von einem echten Restaurant vorgestellt, gut gekleidet, im dunklen Anzug, der jeden seiner Gäste persönlich begrüßt. Ich weiß nicht, wieso, ich fand, das Stüberl war überhaupt nicht der passende Ort für ihn. Als ich gehört hab, dass er ein richtiges Gasthaus übernommen hat, hab ich mich gefreut. Fast hätt ich ihn mal besucht, aber dann hab ich's vergessen.«

»Sie haben im Stüberl aufgehört, weil Sie nicht mehr wussten, wie Sie sich verhalten sollten«, sagte Süden.

»So ungefähr. Ich dachte, vielleicht wird er doch noch aufdringlich, wenn ich nicht mach, was er erwartet, auch wenn er kein Wort darüber verliert. Ich hab mich nicht mehr wohl gefühlt. Eigentlich hat mir das hinterher leidgetan. Aber ich war erst siebzehn, und das war mein erster Job in der Gastronomie. Ist jetzt zwölf Jahre her. Der Mundl war ein ehrlicher und gerechter Mensch. Halt so komisch traurig immer.«

»Na also«, sagte Johann Giebl. »So war er, der Mundl, so ist er. Aber traurig ist die falsche Formulierung.«

»Doch«, sagte Fiona. »Traurig ist schon richtig.«

Einer der Gäste hob die Hand, und die Bedienung ging zu ihm.

Süden hatte schon wieder sein Glas geleert. Er fragte sich, wie lange das Gespräch mit der jungen Frau gedauert haben mochte.

»Ist was?«, fragte der Wirt. »Wieso starren Sie das leere Glas an? Wir haben noch Bier da, keine Sorge.«

Bevor er nach mehrmaligem Umsteigen von einer Straßenbahn in die nächste und schließlich mit einem sich durch den Verkehr quälenden Linienbus in Perlach angekommen war, hatte Süden im Anschluss an seine Begegnung mit den Mielich-Brüdern die zweiunddreißigjährige Elisabeth Holzinger in der Belgradstraße im Norden der Stadt aufgesucht.

Sie war gerade dabei, die Fenster ihrer Einzimmerwohnung zu putzen und schien von der Unterbrechung beglückt zu sein. Hastig zog sie ihre rosafarbenen Gummihandschuhe aus, setzte Teewasser auf und lief wie aufgescheucht in ihrem Zimmer hin und her, während Süden reglos bei der Tür stand.

Elisabeth Holzinger, von allen Sissi genannt, kannte Zacherl als umsichtigen, »nie grantigen« Chef. Sie habe früher nie darauf geachtet, wie er sich in der Gegenwart anderer Leute verhielt. Sie habe nur samstags, sonntags und an Feiertagen im Lindenhof gearbeitet, an den Werktagen bediente Carla, an deren Nachnamen sie sich nicht mehr erinnere, meinte Sissi.

Nach knapp einem Jahr habe sie gekündigt, weil sie eine Festanstellung als gelernte Optikerin bekommen habe und auch am Samstag im Geschäft sein musste. Dass ihr der Aushilfsjob im Lindenhof überhaupt angeboten worden war, hatte sie einem Freund zu verdanken gehabt, der in der Gaststätte kochte.

»Charly Schwaiger«, sagte Süden.

Sissi nickte, trank gierig einen Schluck Tee und tigerte weiter durch die Wohnung. Ihr blauer Kittel raschelte, und Süden hatte Mühe, den Schwung ihrer Hüften nicht allzu auffällig zu bewundern.

Im Moment, sagte Sissi, sei sie arbeitslos, schon seit sechs Monaten. Wegen der schlechten Auftragslage habe ihr Chef drei von fünf Angestellten entlassen, solche Kündigungen hätten auch bei der Konkurrenz stattgefunden. Über den Wirt eines Gasthauses in der Nähe ihrer Wohnung, wo sie an drei Tagen in der Woche aushalf, habe sie sich als Bedienung auf dem Oktoberfest beworben. Ihre Chancen stünden nicht schlecht, meinte sie.

Vielleicht, dachte Süden, trainierte sie mit ihrer unaufhörlichen Lauferei bereits für den Marathon im Bierzelt und mit ihren ausladenden Hüftbewegungen das Wegscheuchen aufdringlicher Besucher.

An Stammgäste im Lindenhof erinnerte sie sich nur vage. Es sei immer viel zu tun gewesen, und Zacherl habe »absolut Wert auf Freundlichkeit gegenüber jedem und jeder« gelegt. Er selbst habe sich stets bemüht, jedem Tisch einen Besuch abzustatten »und einen kurzen Plausch« zu halten. Dass er sich auf einen Stuhl beim Tresen gesetzt und abwesend in die Runde geblickt habe, hielt Sissi für ein Gerücht. »So was hätt der nie getan, der war leutselig und unterhaltsam, der hat das abgelehnt, wenn ein Griesmut aufkam.«

Mitten im Gehen kicherte Sissi und blinzelte Süden mit beiden Augen eigenartig zu. Er nickte und hob seine Teetasse, aus der er kaum getrunken hatte. Der Kaffee der Mielich-Brüder nagte immer noch an seinen Magenwänden.

Das alles bedeutete, sagte Süden, Sissi habe vor mehr als vier Jahren im Lindenhof gearbeitet. Wieso?, wollte sie wissen.

Süden ging nicht darauf ein, sondern bat sie, nachzurechnen.

»Kommt hin«, sagte sie, als sie die Tasse auf dem viereckigen Klapptisch aus grauem Holz abstellte. »Ist lang her, die Zeit vergeht. Danach war ich nie wieder dort. Was heißt das eigentlich, dass der Herr ... jetzt fällt mir doch der Name gleich nicht ein ... Zacherl ... dass der verschwunden ist? Ich erinnere mich, dass der ältere Herr von Ihrer Detektei damals kurz da war, den Namen weiß ich nicht mehr ... Kreutzer? Möglich. Er hat mir ein paar Fragen gestellt, aber was hätt ich ihm sagen sollen? Und jetzt ist der Herr Zacherl immer noch verschwunden? Das ist ja beunruhigend.«

Auf diese Weise redete sie noch eine Zeitlang weiter, bis ihr auffiel, dass Süden kein Wort sagte. Sie entschuldigte sich für ihr »Palaver« und seufzte und schaute ihn eindringlich an, als nähme sie ihn zum ersten Mal wahr. Sie wollte etwas sagen, behielt es aber für sich.

Mit den Namen Radhauser, Schelski und Mielich, nach denen
Süden sie ein zweites Mal fragte, konnte sie nichts anfangen.
Dann fiel ihr etwas anderes ein. »Meine Kollegin, die Carla, ist
die nicht gestorben? Ich dachte grad, ich hätt das damals gehört, vom Charly Schwaiger, glaub ich. Wir kannten uns
kaum, die Carla und ich, wir haben uns höchstens zwei- oder
dreimal gesehen.«
Auf die Frage, warum sie sich gesehen hätten, da Carla doch
andere Dienstzeiten hatte, wusste sie keine Antwort.
Beim Abschied drückte sie Süden aus Versehen beinah einen
Kuss auf die Wange. Im letzten Moment zog sie den Kopf wieder zurück.

»Wissen Sie etwas über den Tod dieser Carla?«, fragte Süden
Johann Giebl. Der Wirt schüttelte den Kopf.
Als die Bedienung wieder am Tisch vorbeikam, stellte Süden
ihr dieselbe Frage, obwohl er sich wegen der zeitlichen Diffe-
renz – Fiona arbeitete etwa zehn Jahre vor Carla bei Zacherl –
nichts davon versprach.
»Nein«, sagte Fiona. »Aber ich weiß noch, dass Mundl nicht
wollte, wenn jemand den Namen Lilli erwähnte. Das war eine
seiner Bedienungen vor mir. Ich hab immer gedacht, das hat
was mit der zu tun, dass er so traurig schaut.«
»Lilli«, sagte Süden. Er sah den Wirt an, aber dieser schüttelte
den Kopf.
Süden holte seinen kleinen karierten Block aus der Tasche, um
seinem Gedächtnis eine Gehhilfe zu verpassen.
Früher, zu der Zeit, als Zacherl Wirt im Schlegel-Stüberl war,
gab er, zumindest nach Fionas Meinung, eine traurige Figur
ab.
Später, im Lindenhof, blühte er auf und verhinderte das Auf-
kommen jeglichen Griesmuts, zumindest in der lückenhaften
Erinnerung von Elisabeth Holzinger. Dann jedoch, vor etwa
vier Jahren, schlug seine Stimmung abermals um, und er ver-

sank vor den Augen seiner Gäste auf einem Stuhl beim Tresen in Trübsal.

War Lilli das Verbindungsglied zwischen diesen Zuständen? War sie zurückgekehrt? Wer war sie?

In den Unterlagen tauchte der Name Liliane-Marie Janfeld auf, ohne besonderen Vermerk, sie hatte wohl nur für kurze Zeit im Lindenhof gearbeitet. Und Ilona Zacherl hatte keine Lilli erwähnt.

»Noch ein Helles?«, fragte Giebl.

Süden betrachtete seine Notizen. Seine Handschrift, so schien ihm, hätte auch eine Fußschrift sein können.

»Haben Sie von Zacherl regelmäßig Früchte, Wein oder Schafskäse aus der Türkei und Griechenland erhalten?«, fragte er.

»Sehr regelmäßig«, sagte Giebl mit Nachdruck. Süden zweifelte keine Sekunde daran, dass der gordische Knoten im Vergleich zur Verbindung der beiden Wirte ein durchlöcherter Leerdamer war.

21

Trotz der engen Freundschaft zwischen den beiden Kollegen hatte der Wirt des Alten Posthofs in Perlach keine Ahnung. Ist das glaubhaft?, fragte Süden auf der Toilette den unrasierten Mann im Spiegel, mit dem er schon am Morgen eine vage Begegnung gehabt hatte. Vielleicht, erwiderte der Rotäugige, von dem Süden genau wusste, dass er eigentlich grüne Augen hatte.

Wenn Giebl von den dramatischen Änderungen im Leben seines Freundes nichts wusste, musste Zacherl ein misstrauischer oder verunsicherter oder extrem einsamer Mensch sein, der sich seit jeher niemandem anvertraute. Nach den Aussagen der Ehefrau hielt Süden die dritte Variante für möglich.

Aus seiner Erfahrung mit Tausenden von Vermissungen bei der Kripo wusste Süden, dass manchmal ein auch für den Betroffenen selbst nicht mehr zu entwirrendes Geflecht von Verletzungen, unausgegorenen Wünschen, Panik und Frust zu einer radikalen Entscheidung führen konnte. Jahrelang hatte so ein Mensch unter etwas gelitten, das Süden einmal Zimmerlastigkeit genannt hatte, die Not eines Zimmerlings, dem jedwede Nähe entglitten war.

Die offenen Wunden, die jemand durch sein Verschwinden seiner Umgebung zufügte, bluteten auch nach der Rückkehr des Vermissten weiter und nachdem die Polizisten und Psychologen mit ihren professionellen Verbandskästen längst wieder weg waren.

Manchmal hatten ein Ehemann, eine Ehefrau oder Eltern in ihrer Not Süden gebeten, noch einmal zu ihnen zu kommen. Er stand dann im Zimmer des Rückkehrers, das, obwohl kein Sonnenstrahl hereinfiel, mit Schatten angefüllt und unterirdisch kalt war, und hörte dem Gestammel der Zimmerlinge zu. Er wusste, allein sein Zuhören linderte ein wenig das Entsetzen der Angehörigen angesichts des heimgekehrten Fremden, der seine Abwesenheit wie einen Mantel trug, den er sich weigerte abzulegen.

Grausamere Echos riefen nur die Unauffindbaren hervor, jene, deren Spuren hinter dem Horizont der Nacht im scheinbaren Nichts verschwanden. Solche Langzeitvermissten wurden nach und nach zu Verschollenen und schließlich zu Schattenmenschen, die durch den Alltag der Hinterbliebenen geisterten und an Feiertagen oder Geburtstagen an extra für sie gedeckten Tischen Platz nahmen und die Gesichter der Anwesenden in Stein verwandelten.

22

»Totauffindung«, sagte Süden zu Liliane-Marie Janfeld, die mit Lilli angesprochen werden wollte, »wird zu einem Erlösungswort, begreifen Sie das?«

»Wir duzen uns schon.«

»Begreifst du das?«

»Dein Rumstehen bringt totale Unruhe hier rein, ich mag das nicht. Der Korbstuhl ist superbequem, hock dich endlich hin. Außerdem brauchst du dann nicht die ganze Zeit dein Glas festzuhalten, das wird bloß warm und schmeckt nicht mehr.«

Den Namen des Getränks hatte Süden vergessen. Das erste Glas hatte er wie ein Erfrischungsgetränk weggekippt, obwohl Lilli ihn gewarnt hatte. Und obwohl die sofort einsetzende Wirkung ihn verwirrte, war er unfähig, zum zweiten Glas nein zu sagen.

»Totauffindung heißt«, sagte er, gegen die Tür gelehnt, mit dem Duft von Vanillekerzen in der Nase, »der Schatten verschwindet, keine nutzlosen Gedecke mehr am Tisch, kein beschwörendes Hoffen mehr. Kein leeres Bett muss an jedem Jahrestag frisch bezogen werden. Ein Grab ist ein Ort, den man besuchen kann, und kein Zimmer, das einen verstößt, wenn man zu lange darin verweilt.«

»Von mir aus kannst du so lange bleiben, wie du willst. Ich muss erst morgen um vier wieder raus.«

»Was machst du so früh?«

»Ich trag Zeitungen aus. Normalerweise fahr ich danach zum Briefesortieren, aber morgen hab ich frei.«

»Und was machst du sonst?«

»Sonst? Ich bin hier.«

»Du hast keine Arbeit«, sagte Süden.

»Bist du high? Ich sag doch grad, ich trag Zeitungen aus und sortier Briefe. Sechs Tage in der Woche.«

»Entschuldige«, sagte Süden. Er schwitzte, schaffte es aber nicht, seine Lederjacke auszuziehen.

Die Fragen, über die er auf der Fahrt von Perlach in die Innenstadt nachgedacht hatte, lagen ihm auf der Zunge, klemmten in seinem Mund.

Mit der S6 war er bis zum Isartor gefahren. Doch anstatt sofort in die Rumfordstraße zu gehen, wo Liliane-Marie Janfeld wohnte, schlenderte er durchs Gärtnerplatzviertel. Er warf einen Blick in Kneipen, die er von früher kannte, und stellte fest, dass das Rondell vor dem Theater neu begrünt und teilweise befestigt worden war.

In Erinnerung an friedvolle Betrinknisse mit Martin Heuer kehrte er im Zwingereck ein, einer ehemals dunklen, verrauchten Kneipe, deren Tische und Bänke heute in hellem Holz erstrahlten. Wegen des allgemeinen Rauchverbots würde die Farbe vermutlich noch eine Zeitlang erhalten bleiben. Die Biersorte hatte nicht gewechselt, und Süden bestellte noch ein zweites Augustiner.

Wenn er sich nicht täuschte, war die Wirtin dieselbe wie damals, auch die Stammgäste kamen ihm beinahe bekannt vor. Als die Wirtin ihn fragte, ob er etwas zu essen wünsche, verlangte er die Rechnung und eilte nach draußen, bevor ihn die Zwingereck-bedingte Bierseligkeit zum Bleiben zwang.

In dem Moment, als er vor die Tür trat, bog mit einem rasselnden Klingeln eine Straßenbahn um die Ecke.

Süden schwankte, kniff die Augen zusammen und atmete mit offenem Mund. Er machte einen Schritt auf die Straße, ein lautes Hupen ertönte. Mit einem Ruck blieb er stehen, nahm das durchs offene Fenster gebrüllte Fluchen eines Taxifahrers entgegen. Aus der Entfernung hörte er das Klingeln einer zweiten Straßenbahn. Sekundenlang bewegte er sich nicht von der Stelle, dachte an Edith Liebergesell, die ihn nicht für nostalgische Kapriolen bezahlte, und entschied, aus diesem Grund erst recht noch ein Bier zu trinken.

Im Billardsalon gegenüber dem Zwingereck herrschte der übliche Trubel. Die Mehrzahl der Gäste bestand nach wie vor aus kartenspielenden und sich angeregt unterhaltenden Osteuropäern, doch die Ausstattung hatte sich vollständig verändert.

Das großräumige Lokal war renoviert und in zwei Bereiche unterteilt worden, in einen für die Spielautomaten und neubezogenen Billardtische und einen anderen für die lange Theke und mehrere Fernsehapparate, auf denen ununterbrochen Sportsendungen liefen.

Süden verließ den Billardsalon wieder. Minutenlang teilte er seine Ratlosigkeit mit einem weißbärtigen Mann, der mehrfach Anstalten machte, die Straße zu überqueren, dann aber jedes Mal umkehrte. Stattdessen starrte er auf die Getränkekarte neben der Eingangstür des Billardsalons. Daraufhin trat er an den Straßenrand, harrte aus und kehrte zu Süden zurück, ohne ein Wort zu sprechen.

Für den Fall, der Unentschlossene würde von einer plötzlichen Anhänglichkeitsattacke mitgerissen, ging Süden erst bei Grün über die Ampel. Doch der Mann stand schon wieder, auf der Stelle trippelnd, vor dem Schaukasten.

Süden stellte fest, dass die Adresse, die er in der Rumfordstraße suchte, mit der eines griechischen Restaurants übereinstimmte, das er ebenfalls kannte. Er zögerte nicht.

Auch in diesem Lokal war er früher regelmäßig mit Martin Heuer gewesen, zu der Zeit, als sie noch Ouzo zur Verdauung tranken, weil das ölgetränkte griechische Essen sie schon im Vorhinein zum Ergreifen von Verdauungsmaßnahmen zwang.

Nach dem ersten Bier trank er ein zweites, weil ihm eingefallen war, dass er noch nie einen gastronomischen Betrieb nach nur *einem* Bier verlassen hatte. Diese Erkenntnis lenkte ihn von seinem knurrenden Magen ab.

Bevor er am Haus nebenan klingelte, stand er eine Weile auf dem Bürgersteig, sog die kühle Abendluft ein und sammelte seine Gedanken.

Als Lilli im dritten Stock die Wohnungstür öffnete, entstand sofort wieder ein Verhau in seinem Kopf, was nur bedingt am Aussehen der jungen Frau lag.

»Würde es dir etwas ausmachen, wenn du dir was drüberziehst«, sagte Süden.

»Ja.«

»Du bist halbnackt.«

»Bist du von der Heilsarmee?«

Die Heilsarmee, dachte Süden, schien während seiner Abwesenheit zu einer einflussreichen Größe in der Stadt geworden zu sein.

»Nein«, sagte er. »Aber ich schaue dich sonst zu oft an.«

»Ich schau dich auch an, das macht man so, wenn man sich unterhält, das ist höflich.«

Sie trug einen weißen Slip und einen weißen BH, der ihren Busen nur unwesentlich bedeckte. Sie hatte eine ebenso schlanke wie üppige Figur, was ihre Brüste und den Hintern betraf, aber keine ausladenden Hüften und keinen auffallend vorstehenden Bauch. Süden fand ihre Erscheinung unkonventionell und herausfordernd. Und der süße Geruch nach Kerzenwachs und Parfüm trug zu seiner Verwirrung nicht weniger bei als das Getränk, das Lilli ihm bereits zum zweiten Mal in die Hand gedrückt hatte. Jetzt fiel ihm der Name wieder ein: Russian Sprizz.

»Bist du gefährdet?«, sagte Lilli und lächelte und zog die Beine an den Körper.

Sie hockte in einer Ecke ihrer bordeauxroten Ledercouch auf einer bunten Wolldecke. Auf dem handgestickten Vorlegeteppich standen ihr Glas und daneben eine Schale mit Erdnussflips.

Als Süden hereingekommen war, hatte sie den Film im Fernsehen angehalten, die Szene füllte den breiten Flachbildschirm immer noch aus. »Hast du ein Frauendefizit? Warst du lang im

115

Gefängnis? Fällst du später über mich her? Wirst du aggressiv, wenn du getrunken hast?«

»Nein«, sagte Süden.

»Worauf genau bezieht sich das Nein jetzt?«

»Erzähl mir etwas über Raimund Zacherl. Mundl.«

Er durfte nichts mehr trinken.

Russian Sprizz.

Was bedeutete der Name? Sie hatte ihm die Zutaten nicht genannt, nur erklärt, es schmecke erfrischend. Das stimmte. Was nicht bedeutete, dass er sich erfrischt fühlte.

Er schaute zu Lilli hinüber, sie lächelte, und er schaute tatsächlich weg.

»Dein Glas ist schon wieder leer«, sagte sie.

Wie aus Verlegenheit wechselte er es von der rechten in die linke Hand. »Du hast zweimal bei Zacherl gearbeitet. Du hast ihm etwas bedeutet, dein Name durfte nicht genannt werden.«

»Wer behauptet denn so was?«

»Zacherl wurde wütend, wenn dein Name fiel, er wollte ihn nicht hören. Wie alt warst du, als du bei ihm im Stüberl bedient hast?«

»Was willst du eigentlich von mir? Glaubst du, ich weiß, wo der Mundl ist? Ich hab keinen Kontakt mit dem. Schon lang nicht mehr.«

»Vor vier Jahren hast du wieder bei ihm gearbeitet«, sagte Süden.

»Aber nicht lang.« Sie beugte sich vor, trank aus ihrem Glas, nahm zwei Erdnussflips aus der Schale und kaute mit offenem Mund.

»Das ist unhöflich«, sagte Süden.

Sie bemühte sich, noch lauter zu kauen. Dann schüttelte sie den Kopf, leckte sich die Lippen, warf Süden einen amüsierten Blick zu.

»Reg dich nicht auf. Ja, ich war noch mal bei ihm, er hat mich angerufen, weil er verzweifelt war. Eine seiner Bedienungen ist plötzlich gestorben, und er fand keinen Ersatz. Das glaubt man nicht, oder? Die Stadt ist voller Kneipen und Restaurants, aber wenn du dringend jemanden für den Service brauchst, ist keiner da. Lauter Nieten. Behauptet der Mundl. Ich war so was wie seine letzte Rettung. Nach drei Monaten hat's mir gereicht. Ich mag den Job nicht mehr, ich hasse es zu bedienen, ich hasse es, wenn die Leute mich anglotzen und was von mir wollen, ich will niemanden sehen. Außerdem: Seine Frau war eh froh, als ich wieder weg war, die hätt mich erstochen, wenn ich noch einen Tag länger geblieben wär.«

»Was hast du ihr angetan, Lilli?«

»Ich hab ihr gar nichts getan. Die ist abseitig, die Alte, die hat einen Wahn im Kopf. Hast du mal mit der geredet?«

Er hatte sogar zweimal mit ihr geredet. Nachdem er von Fiona Lillis Namen erfahren und sich daran erinnert hatte, dass Ilona Zacherl ihn mit keinem Wort erwähnt hatte, rief er bei ihr an.

»Kenn ich nicht«, sagte Ilona Zacherl. Sie schwieg in den Hörer.

Süden wartete. Er stand an einer Säule in der Nähe der S-Bahn-Station Perlach, der Wind blies ihm ins Gesicht.

»Ist noch was?«

Süden schwieg mit.

»Sind Sie noch da?«, fragte sie.

»Ja.«

»Warum sagen Sie nichts?«

»Ich habe Ihnen eine Frage gestellt, Frau Zacherl.«

»Und ich habe die Frage beantwortet.«

»Nicht wahrheitsgemäß.«

»So, so.«

»Die Frau hat bei Ihnen gearbeitet.«

»Bei mir nicht.«

»Bei Ihrem Mann.« Süden hoffte, der schneeige Wind würde das Bier in ihm vertreiben, aber er schnitt ihm nur ins Gesicht.

»Diese Frau existiert für mich nicht. Wenn mein Mann wieder auftaucht, können Sie ihn fragen. Ich muss mich jetzt ums Geschäft kümmern.«

»Sie öffnen morgen das Restaurant«, sagte Süden.

»Um elf Uhr. Sie haben mich dazu gebracht weiterzuarbeiten. Insofern bin ich Ihnen dankbar.«

»Bitte«, sagte Süden. »Wann passt es Ihnen, dass ich zu Ihnen nach Hause komme?«

»Was wollen Sie bei mir?«

»Ich will mich in das Büro Ihres Mannes setzen.«

In der Leitung blieb es still. Süden warf einen weiteren Euro in den Apparat, den zweiten in der kurzen Zeit.

»Was wollen Sie da?« Ilona Zacherls Stimme klang eigenartig unsicher.

»Das weiß ich noch nicht, ich will auf seinem Stuhl sitzen und seinen Blick einnehmen.«

»Wie im Lindenhof.«

»Wann kann ich kommen?«

»Nächste Woche.«

»An welchem Tag?«

»Am Mittwoch, da hab ich Ruhetag.«

»Das ist zu spät, Frau Zacherl.«

»Vorher gehts nicht.«

»Ich komme am Montag zu Ihnen.«

»Am Montag habe ich im Geschäft zu tun«, sagte sie und bemühte sich, jede Silbe zu betonen.

»Das macht nichts«, sagte Süden. »Ich komme, bevor Sie am Abend wieder öffnen, und bleibe dann in Ihrer Wohnung, wenn Sie gehen.«

»Spinnen Sie jetzt?«

»Sie bezahlen mich dafür, dass ich nach Ihrem Mann suche.«

»Das heißt noch lang nicht, dass Sie in meiner Wohnung rumschnüffeln dürfen.«

»Ich schnüffele nicht.«

Nach einem Schweigen sagte Ilona Zacherl: »Darüber muss ich erst mit Frau Liebergesell sprechen. Sie sind mir suspekt. Außerdem hab ich Ihnen alles erzählt, was ich weiß. Mehr, als ich wollte.«

»Was war mit Frau Janfeld?«

23

»Hattest du ein Verhältnis mit Raimund Zacherl?«, sagte er zu Lilli und schaffte es im letzten Moment, sein Glas festzuhalten. Es wäre ihm beinahe aus der Hand gerutscht, er zuckte zusammen und schlug mit dem Rücken gegen die Tür.

Das Zimmer, so schien ihm, nahm eine andere, ovale Form an. Er stieß sich von der weißen Tür ab, machte einen Schritt in den Raum, wobei das Knirschen des Parketts ihn irritierte, so dass er abrupt stehenblieb.

Er hob den Kopf. Mit ausdrucksloser Miene sah die junge Frau ihn an, die Arme um die Beine geschlungen, das Kinn auf den Knien. Durch die geschlossenen Doppelfenster hörte Süden das Brummen der in schnellem Tempo vorüberfahrenden Straßenbahn.

Das Zimmer kam ihm jetzt höher vor, auf eine unlogische Weise heller als bisher. In den mit Videokassetten und DVDs vollgestellten Regalen und auf den kleinen antiken Tischchen brannten Kerzen unterschiedlicher Größen, alle in Weiß. Auch in der Durchreiche zur Küche standen zwei Teller mit Kerzen, sie verströmten einen angenehmen, verwirrenden Duft, den Süden immer wieder einsog und dem er nachschnupperte.

Zwischendurch dachte er an Lillis Frage, ob er ein Frauendefizit habe. Die Frage amüsierte ihn. Jedenfalls bildete er sich ein, sie würde ihn amüsieren, in Wahrheit raubte sie ihm – neben dem Alkohol – einen erheblichen Teil seiner Konzentration.

Er überlegte, wann ein Frauendefizit begann und ob man die Frage verallgemeinern konnte, so wie Lilli es getan hatte. Sie kannte ihn nicht, woher sollte sie wissen, von welcher Frauenzahl an bei ihm das Defizit begann?

Die erste Antwort, die ihm unkontrollierbar durch den Kopf schoss, während er dastand, krampfhaft bemüht, die Frau auf der Couch nicht anzuglotzen, lautete: von der ersten Frau an.

Fast hätte er laut aufgelacht. Er war sich nicht einmal sicher, ob er nicht tatsächlich einen Laut von sich gegeben hatte. Lilli zeigte keine Reaktion.

Er hatte kein Frauendefizit. Die Frage, wann er zum letzten Mal mit einer Frau geschlafen hatte, spielte im Moment nicht die geringste Rolle. Auch wenn er, seit er wieder in München war, jeden Tag mit einer anderen Frau zusammen gewesen wäre, hätte er die praktisch unbekleidete Frau auf der Ledercouch nicht ignorieren können.

»Noch ein Glas?«

Wieso sie plötzlich vor ihm stand, begriff er nicht.

Er schaute an ihr vorbei zur Couch, aber dort lag bloß die bunte Wolldecke zusammengerafft in der Ecke. Lillis Parfüm war weniger süß als der Kerzenduft. Sie und Süden waren gleich groß. Er sah in ihr rundes, weiches Gesicht, in ihre dunkelbraunen, weit geöffneten Augen, auf ihre kleine Nase und ihre blassen, kräftigen Lippen. Der Impuls, der ihn trieb, war mächtig, aber nicht mächtig genug.

»Eins noch«, sagte er und hielt ihr das Glas hin. Als sie es nahm, spürte er ihre kalten Finger. Und er fühlte die Berührung immer noch, als sie ihn schon wie ein Möbel zur Seite geschoben hatte und er hinter sich das Klirren der Flaschen im geöffneten Kühlschrank hörte.

Er drehte sich um, ohne zu ihr zu gehen. »Was kommt eigentlich in den Russian Sprizz rein? Was ist das überhaupt für ein Name: Sprizz?«

»Du kennst Sprizz nicht?« Sie holte drei Flaschen aus dem Kühlschrank und schraubte sie auf. »Wo hast du denn die letzten Jahre gelebt? Auf dem Mond?«

»Am Eigelstein.«

»Wo ist das?«

»In Köln.«

»Da gibt's kein Sprizz?«

»Nicht im Erhard-Treff.«

»Sehr gesund, das Getränk«, sagte Lilli.

Mit zwei Gläsern, gefüllt mit einer rosafarbenen Flüssigkeit, stand sie vor ihm, weniger nah als zuvor. »Da ist Aperol drin und Prosecco, deswegen Sprizz, und Wodka und Eis, deswegen Russian. Zum Wohl, der Herr.«

Er nahm ihr ein Glas aus der Hand, ohne ihre Finger zu berühren. Sie hob ihr Glas, ging zur Couch, setzte sich, trank und stellte das Glas auf den Kelim neben die Schale mit den Flips.

»Möge es nützen!«, sagte Süden zu sich selbst, trank einen Schluck und dachte, dass es klüger wäre, das Glas irgendwo abzustellen und zu vergessen.

»Mach bitte die Tür zu«, sagte sie.

Er drehte sich um, schloss die Tür zum Flur, wandte sich wieder dem Zimmer zu, und ihm wurde schwindlig.

Er umklammerte das Glas mit beiden Händen, bis das Kreisen vor seinen Augen verschwand. Er durfte auf keinen Fall lallen, dachte er und sagte: »Hassest du ein Verhältnis mit Sacherl?«

»Du meinst mit Zacherl?«, sagte Lilli und verzog keine Miene.

Süden schwieg besser.

»Wir machen einen Deal«, sagte Lilli. Ihre Stimme klang vollkommen ruhig. »Ich erzähl dir was aus meinem Leben, und du erzählst mir was aus deinem Leben. Oder du erfährst gar nichts von mir.«

»Wir machen keinen Deal.«

»Wie du möchtest.«

Süden schwieg. Dann trank er, fast aus Versehen, einen Schluck. Der Cocktail fing erneut an, ihm zu schmecken. Die nächsten Worte kamen aus ihm heraus wie Atem, er hatte keine Kontrolle über sie. »Ich bin Polizist, ich krieg sowieso raus, was ich wissen will.«

»Was?«

Wütend warf Lilli die Decke von sich. Ihr Körper wühlte Süden nicht weniger auf als das, was er gerade gesagt hatte. »Du hast mich ausgetrickst? Du bist ein verlogener Bulle?«
Sie hatte geschrien, ihre Stimme dröhnte in seinen Ohren.
»Nein«, sagte er und redete einfach weiter.

»Ich bin kein Polizist, ich habe mich versprochen, entschuldige, Lilli. Ich weiß nicht, warum ich mich versprochen habe. Das ist mir noch nie passiert.
Ich bin seit sieben Jahren kein Polizist mehr. Ich war auf der Vermisstenstelle, zwölf Jahre lang, davor war ich vier Jahre bei der Mordkommission, ich war seit meinem achtzehnten Lebensjahr bei der Polizei.
Mein Freund Martin hat mich damals überredet. Er lebt nicht mehr. Er hat sich umgebracht. Ich konnte ihm nicht helfen, ich bin gescheitert. Ich wurde für mein Scheitern bezahlt.
Fast jeden, der verschwunden war, habe ich gefunden. Das war mein Alltag, Tag und Nacht.
Verheiratet war ich nie. Nur beinahe. Eine Zeitlang haben Sonja und ich uns vorgestellt, dass wir heiraten würden. Sonja war eine Kollegin. Sie arbeitet immer noch bei der Polizei. Stell dir vor, ich habe sie gestern auf der Straße getroffen. Oder vorgestern?
Seit eineinhalb Wochen bin ich wieder in der Stadt, wegen meines Vaters. Mein Vater ist auch verschwunden. Ich habe nach ihm gesucht. Oder auch nicht. Nicht auffindbar. Verschollen. Und dann ruft er mich an, nach all den Jahren, fünfunddreißig Jahre später. Wir sprechen am Telefon miteinander. Die Verbindung bricht ab, wie damals, als ich sechzehn war. Mit einem Schlag bricht alles ab. Deswegen bin ich zurückgekommen.
Aber er ist nicht da.
Stattdessen suche ich nach jemand anderem, nach Raimund Zacherl, dem Wirt, den du gut kennst und der deinen Namen

in seiner Gegenwart nicht duldete. Niemand weiß, warum, nur du.

Ich suche nach ihm und lande bei dir, und du ziehst dir nicht einmal etwas an, obwohl ich ein unberechenbarer Fremder für dich bin, ein unrasierter, nach Alkohol riechender Mann in einem komplizierten Alter.

Weißt du, wie alt ich bin?

Einundfünfzig.

Vermutlich könnte ich dein Vater sein.

Ich habe keine Kinder. Das ergab sich nie. In meinem Beruf habe ich viele Kinder kennengelernt, die meisten von ihnen sind Einzelgänger gewesen, Einzelgeher, sie weigerten sich, zu einer Gruppe zu gehören, das habe ich verstanden. Aber was nützt es, Kinder zu verstehen? Sie schleppen ihr Alleinsein wie einen Rucksack voller Erde mit sich, sie verstecken sich, laufen weg, ducken sich ins Dunkle, und ich? Ich leuchte in ihre Höhlen hinein und zerre sie ans Tageslicht und erfülle meine Pflicht und bringe sie zurück in eine Welt, zu der sie nicht gehören wollen. Das sind die Dinge.

Geboren wurde ich in Taging, kennst du den Ort? Er liegt am Taginger See, nicht weit entfernt von hier. Meine Mutter starb, da war ich dreizehn.

Mein Vater flog mit ihr, als sie schon schwer krank war, zu einem Schamanen nach Amerika, und er nahm mich mit. Ich war neun. Bis heute ist es mir ein Rätsel, woher er das Geld hatte und den Medizinmann kannte, dessen Namen ich vergessen habe.

Diese Kette hat er mir geschenkt, auf dem blauen Stein ist ein Adler. Der Adler symbolisiert angeblich das Licht der Erkenntnis. Ich weiß nicht.

Ich trage die Kette in Erinnerung an meine Mutter und meinen Vater und die Tage der Erkenntnis, dass keine Rettung mehr möglich sein würde.

Auch habe ich noch ein paar Tierknochen, die der Sioux-

Schamane meinem Vater gegeben hat. Mit den Knochen sollte er ein Sechseck bilden, das ihm und meiner Mutter Kraft verleiht. Sie starb.

Und eine Trommel aus Lärchenholz, bespannt mit Rentierleder, brachten wir auch aus Amerika mit.

Ich weiß gar nicht mehr, wie lange wir dort waren, vielleicht zwei Monate.

Warum fällt mir das jetzt alles ein? Warum rede ich darüber?

Meine Nachbarin, hörst du, beschwerte sich oft, wenn ich mitten in der Nacht auf meine Trommel schlug in der Deisenhofener Straße 111. Frau Elsa Schuster.

Das ist alles lange her.

Und nicht zu vergessen der lederne Tabaksbeutel und eine Pfeife aus Ton mit einer Adlerfeder, alles Geschenke. Oder mein Vater kaufte die Sachen in einem Sioux-Shop.

Vielleicht habe ich alles nur geträumt, und als ich aufwachte, lagen die Geschenke neben meinem Bett, als Trost, weil meine Mutter gestorben war.

Aber mein Freund Martin war da, wir gingen gemeinsam in den Fasan, das war ein Jugendclub in unserem Dorf. Wir verbrachten unsere Jugend zusammen. Er hatte die Idee mit der Polizei, weil uns nach dem Abitur nicht einfiel, was wir werden sollten. Auf keinen Fall wollten wir zur Bundeswehr, also bewarben wir uns bei der Polizei.

Martin wäre lieber Streifenpolizist geblieben, aber ich wollte nicht mein Leben lang eine Uniform tragen. So kamen wir in den gehobenen Dienst. Das heißt so.

Dort suchten wir am Ende nach Verschwundenen und verbrachten noch immer viel Zeit miteinander, auch als ich mit Sonja zusammen war und Martin mit Lilo, einer Prostituierten, bei der er oft übernachtete.

Er fürchtete sich vor den Nächten. Und er trank so viel und rauchte so viel und schlief so wenig und fand nicht mehr heraus aus sich.

Hunderte von Reiseprospekten, die er zeit seines Lebens gesammelt hat, habe ich nach seinem Tod weggeworfen. Er hortete auch Stadtpläne und Landkarten, schnitt Reiseberichte aus Zeitungen und Zeitschriften aus, klebte Fotos von fernen Ländern und exotischen Städten in eine vergilbte Kladde. Dabei ist er nie verreist. Interessierte ihn nicht, war ihm zu aufwendig, zu teuer.

Ihm genügte, im Sommer ein paarmal an die Osterseen zu fahren, mit Sonja und mir. Dann lagen wir im Gras, Sonja schwamm ihre Runden, und wir schwitzten uns einen ab und fragten uns, warum wir nicht in der kühlen Stadt geblieben waren, in einem schattigen Biergarten unter Kastanien.

Wir waren so dumm, und die Zeit verging. Und wir arbeiteten wie blöde, und die Zeit verging. Und Sonja trennte sich von mir. Und Martin tröstete mich auf seine Art, wir zogen durch die Stadt, als hätten wir kein Zuhause, und das hatten wir auch nicht.

Und das habe ich immer noch nicht. Deswegen stehe ich jetzt in deiner Wohnung und erzähle dir Sachen, die dich nichts angehen, und rede und rede und mir zerbröselt die Zunge und ich begreife nicht, warum ich mich dermaßen ausziehe vor dir.«

24

Ihr Lächeln brachte Süden in die Gegenwart zurück. Er schämte sich vor ihr und wusste nicht mehr, was er alles von sich preisgegeben hatte. Und warum um alles in der Welt.

»Ich nehme deine Entschuldigung an«, sagte Lilli.

Im ersten Moment wusste er nicht, was sie meinte. Dann fiel ihm ein, dass er sich als Polizist bezeichnet hatte, und sagte: »Ich bin aus der Zeit gefallen, ich sollte jetzt gehen.«

»Wohin denn?« Lilli setzte sich auf, stieß einen Seufzer aus, der nicht beschwert klang, bückte sich nach dem Glas, und die Bewegung dirigierte Südens Blick unweigerlich zu ihrem Busen. »Wie hast du gesagt: Möge es nützen? Möge es nützen!« Sie tranken beide. Lilli behielt das Glas in der Hand, verharrte, lehnte sich zurück und schaute zum Fernseher mit dem unveränderten Standbild. »Den hat mir mein Vater geschenkt«, sagte sie. »Wie die ganze Wohnung, er hat sie gekauft und mir überlassen. Wenn ich wollte, könnte ich total auf seine Kosten leben. Aber das will ich nicht. Ist dir schlecht?«

Süden hatte die Hand an den Bauch gelegt und schwankte leicht, als habe er Schwierigkeiten, sich auf den Beinen zu halten.

»Hock dich hin«, sagte Lilli. »Willst du mir irgendwas beweisen? Standhaftigkeit? Männlichkeit? Du hast die Prüfung bestanden, setz dich.« Sie deutete auf den Korbstuhl, und weil er weiter zögerte, zeigte sie mit Nachdruck hin, und endlich bewegte er sich.

Vor dem Stuhl blieb er stehen, betrachtete das weiße flache Kissen auf der Sitzfläche, wechselte aus unerfindlichen Gründen das Glas wieder von der einen in die andere Hand, nickte dem Stuhl zu und nahm überaus behutsam Platz.

Nach einem kurzen, wie prüfenden Innehalten ließ er sich gegen die Rückenlehne fallen, den linken Arm mit dem Glas ungelenk von sich gestreckt. Er gab einen brummenden Laut von sich. Daraufhin ruckte er nach vorn, stellte das Glas auf den Boden, legte die Arme auf die Oberschenkel und sah zu Lilli hinüber.

»Der Stuhl ist auch von deinem Vater«, sagte er.

»Den hab ich mir gekauft. Genau wie alle Videos und DVDs. Mein Vater will mich in seiner Nähe halten, wie früher, als ich für ihn anschaffen ging. Gut, dass er das jetzt nicht gehört hat. Er glaubt nämlich bis heute felsenfest, ich wär freiwillig auf den Strich gegangen.

Nein, ich bin ja gar nicht auf den Strich gegangen. Unsinn. Ich war keine Hure. Ich war ein Mädchen mit einem eigenen Willen, ich probierte was aus, das Leben, sagt mein Vater.

Er war nicht mein Zuhälter, nein, und Ossi, sein Freund, war auch kein Zuhälter. Beide Männer sind Geschäftsleute, keiner von ihnen hat je einen Cent von mir abgezweigt. Jeden Cent, den ich verdient habe, durfte ich behalten. Natürlich haben sie hinter meinem Rücken abkassiert, alle beide, Ossi und mein Vater. Sie dachten, ich wüsste das nicht. Sie dachten, ich bin zu klein und zu deppert dazu. Was ich ja auch war.

Bis ich die Zusammenhänge kapiert habe, war ich schon zwanzig. Mit siebzehn hab ich mich gewundert, warum ein Mann mir dreihundert Mark gibt, bloß, weil ich mit ihm geschlafen habe. Dreihundert Mark waren das damals, heute würde ich dreihundert Euro kriegen.

Ich schlief gern mit Männern. Vermutlich hat mein Vater das sofort gemerkt. Und meine Mutter? Sie hatte keine Chance. Mein Vater hat sie ausbezahlt. Sicher bin ich mir nicht, er hat nie ein Wort darüber verloren, aber ich glaube es. Meine Mutter zog zurück nach Wien, dort ist sie geboren, im siebten Bezirk, wie sie immer betont hat. Keine Ahnung, wo das ist, ich war nie dort.

Ich war immer hier, verreisen hat mich nie gereizt, so wenig wie deinen Kumpel Martin. Aber Prospekte hab ich nicht gesammelt.

Und heute? Schau dich um. Ich brauch nicht rauszugehen, ich

habe alles hier, was ich brauche, Videos, Serien, DVDs, tausend Folgen. Ich trag Zeitungen aus und sortiere Briefe, mehr nicht. Ich will niemanden sehen.

Wenn mein Vater mir diese Wohnung nicht gekauft hätte, würde ich in einem billigen Appartment zur Miete wohnen, in Sendling oder in Milbertshofen, da, wo mich niemand kennt, wo ich sicher sein kann, dass kein Mann von früher mich wiedererkennt.«

»Und Zacherl?«, sagte Süden. »Der würde dich immer und überall wiedererkennen.«

»Der Mundl hat sich auch sofort an mich erinnert, vor vier oder fünf Jahren, als ich bei ihm einspringen sollte. Nach der ganzen Zeit! Ich hab schon fast nicht mehr an ihn gedacht, den alten Schwerenöter.«

»Du warst sehr jung, als du im Schlegel-Stüberl gearbeitet hast.«

»Grade achtzehn geworden. Mein Vater hat mich vermittelt. Ich hatte eine Ausbildung als Friseurin begonnen, er wollte das nicht, er wollte was Besseres für mich. Keine Ahnung, wieso ich deswegen ausgerechnet in einem Stüberl anfangen sollte.«

»Hast du ihn nicht gefragt?«

»Er sagte, ich soll mir keine Sorgen machen, er bezahlt alles für mich, er habe ein paar Ideen für meine Zukunft. Eine Ausbildung bräuchte ich nicht, ich käme auch so gut und begütert durchs Leben. Gut und begütert, das waren seine Lieblingsworte. Also fing ich als Bedienung an. Der Mundl gab mir jeden Monat dreihundert Mark extra.«

»Damit du mit ihm schläfst.«

»Ja, und er wollte nichts Besonderes. Er tat mir auch nicht weh, er verlangte nichts, er schlief mit mir, das war alles. Genauso gut hätte er mit seiner Frau schlafen können, das wär billiger für ihn gewesen.«

»Du warst siebzehn.«

»Achtzehn.«

»Du hast ausgesehen wie siebzehn«, sagte Süden.

»Ich hab ausgesehen wie sechzehn, mein Freund.« Sie trank einen Schluck und lächelte und schmatzte dabei.

»Dein Vater war ein Zuhälter, und du willst das nicht bemerkt haben?«

»Wahrscheinlich hatt ich's längst kapiert. Es war mir egal. Er behandelte mich nicht schlecht, und das ist bis heut so geblieben. Dass er es geschafft hat, gut und begütert zu leben, bezweifle ich. Ein paar Dinge sind schiefgelaufen. Immerhin besitzt er diese Wohnung, und wenn er mal selber einziehen will, weil er keine Lust mehr hat, seinen Imbiss weiterzumachen, dann zieh ich aus, kein Problem. Das hab ich ihm versprochen.«

»Dein Vater betreibt einen Imbiss.«

»Den Schiller-Imbiss in der Schillerstraße. Läuft sehr gut, seit Jahrzehnten. Da bleibt einiges an Kohle hängen.«

»Dein Vater ist Gregor Schelski«, sagte Süden.

»Du kennst den Imbiss«, sagte Lilli. »Ja, du bist der Gast für so einen Laden. Ich mein das nicht abfällig. In meinen Augen bist du der klassische Imbiss-Stüberl-Gast. Du schätzt das Überschaubare, die kleine Einkehr am Wegesrand. In solchen Kneipen fühlst du dich zu Hause.«

»Die kleine Einkehr am Wegesrand«, wiederholte Süden. »Was erzählst du da über mich? Du warst damals schon ein Hassobjekt für Zacherls Frau, und du wurdest es vor vier Jahren wieder. Hattest du wieder ein Verhältnis mit ihm?«

»Nein. Er wollte nur, dass ich aushelfe, sonst nichts. Er war fast abweisend zu mir, das war schon abseitig. Erst macht er mich irre, dass ich unter allen Umständen kommen soll, weil er niemanden findet, und dann bin ich da, und er beachtet mich fast nicht. Scheucht mich rum, schaut mir nicht mal in die Augen, tut so, als wär ich eine Fremde, die er noch nie vorher gesehen hat. Und seine Frau natürlich genau so. Die hat mir nicht mal die Hand gegeben. Ich hab den Koch gefragt, was mit dem Mundl los ist, aber der gab mir keine Antwort, druckste bloß rum, wich mir aus. Alle sind mir praktisch aus dem Weg gegangen. Das war ein dermaßen deppertes Arbeiten, deswegen hab ich bald wieder aufgehört. So was brauch ich nicht, da bin ich lieber allein.«

»Hatte Zacherl öfter Verhältnisse mit Frauen, die viel jünger waren als er?«

»Woher soll ich das wissen? Hast du Hunger, soll ich den Pizzaservice anrufen?«

Über das Alibi und mögliche Motive von Ilona Zacherl gaben die Unterlagen keinerlei Auskunft, dachte Süden, während er ungeniert Lillis Körper betrachtete. Niemand hatte Ilona ernsthaft vernommen. Die Zeit im Schlegel-Stüberl blieb in den Ermittlungsakten von Polizei und Detektei ein weißer Fleck. Niemand traute der Ehefrau eine Beteiligung am Verschwinden ihres Mannes zu. Aufgrund ihres zurückgenommenen, trauerflorumrankten Auftretens galt sie bei den Fahndern fast zwangsläufig als das Unschuldslamm von Mittersendling. Außerdem: Die Geschäftsleitung gehörte ihr bereits, welchen Grund sollte sie haben, ihren Mann zu beseitigen?

25

»Also?«, sagte Edith Liebergesell bei der Besprechung am Montagmorgen in ihrer Detektei zu Süden. »Welches Motiv sollte die Frau haben?«

Er stand in der Nähe der Tür und blätterte in seinem kleinen Spiralblock, dessen Blätter er beidseitig bekritzelt hatte.

»Sie hat gelogen, was Lilli angeht«, sagte er. »Zacherl hatte ein Verhältnis mit einer Achtzehnjährigen, und seine Frau hat es verschwiegen. Als Lilli später noch einmal bei ihm jobbte, hat Ilona sie ignoriert und dazu gebracht, nach drei Monaten wieder zu verschwinden. Sie hat euch und die Polizei ausgetrickst.«

»Ob Zacherls Verschwinden damit zusammenhängt, wissen wir trotzdem nicht«, sagte Leonhard Kreutzer. Seine graue Jacke erinnerte Süden an die schlichte, abgenutzte Kleidung seines Freundes Martin. Immer wieder warf er dem dürren Mann mit der schwarzen, schweren Brille einen Blick zu. Eine Zeitlang zog er sogar in Erwägung, doch ein Zimmer in dessen Wohnung zu nehmen.

Kreutzer schrieb mit einem schmalen, silbernen Kugelschreiber in eine linierte Kladde, in großer akkurater Schrift.

»Und nirgendwo stand«, sagte Süden, »dass Lilli die Tochter von Gregor Schelski ist. Ilona Zacherl wusste es und verlor kein Wort darüber.«

»Ist schon ein Hammer«, sagte Patrizia Roos, die einen blauen grobmaschigen Pullover und darunter einen schwarzen BH trug. Jedes Mal, wenn sie über den Tisch langte, um nach der Wasserflasche zu greifen, musste Süden an etwas anderes denken. »Und dann kommst du daher und fächerst in zwei Tagen den Fall völlig neu auf. Wie hast du das geschafft? Hast du mit Lilli geschlafen?«

Draußen regnete es. Der Tag war grau und grieselig. Die grüne Lampe am Schreibtisch der Chefin und die Art-déco-Lampe auf dem Konferenztisch spendeten ein feines, weiches Licht, welches das Schauen der drei Detektive besonders zur Geltung brachte.

»Du sprichst mit einer Zeugin«, sagte Edith Liebergesell, »und gehst mit ihr sofort ins Bett? In der ersten Nacht? Bei der ersten Vernehmung?«

In unregelmäßigen Abständen schlug ein Regenschauer gegen das Fenster. Kreutzers Brillengestell klackte unmerklich, als er die Brille abnahm, sich mit Daumen und Zeigefinger die Augen rieb und sie wieder aufsetzte.

»Hättst du damit nicht noch etwas warten können?«, sagte die Barfrau.

»Auf was?«

Edith Liebergesell ruckte mit den Schultern, zupfte am Revers ihres schwarzen Blazers, beugte sich über die Akte, die aufgeschlagen vor ihr lag. Ohne den Kopf zu heben, sagte sie: »Schelski hat seine Tochter damals also an Zacherl verkuppelt. Womöglich haben er und sein Freund ... Wo steht der Name?«

»Radhauser«, sagte Kreutzer.

»Womöglich haben die beiden mehr mit allem zu schaffen, als wir bisher gesehen haben. Was hat dir der ehemalige Koch erzählt, Süden, der kennt doch die beiden auch.«

»Der Koch führt uns zu einem neuen Vermisstenfall«, sagte Süden.

Erst jetzt sah Edith Liebergesell ihn wieder an.

»Er behauptet, seine Frau sei verschwunden. Sie leben getrennt, aber er macht sich Sorgen. Das heißt, ob er sich Sorgen um sie macht, weiß ich nicht. Vielleicht macht er sich Sorgen um seinen Sohn.«

»Wieso?«, fragte Patrizia.

»Der Bub lebt bei der Mutter.«

»Und woher weiß der Vater, dass seine Ex-Frau verschwunden ist?«

»Sie wollte ihn vor Ostern anrufen und mit ihm besprechen, wann er den Buben nehmen soll. Das hat sie nicht getan. Und sie sei nicht zum ersten Mal weg, ohne jemandem Bescheid zu geben.«

»Und was sagt der Junge?«, fragte Kreutzer.

»Sein Vater war nicht bei ihm.«

»Bitte?«, sagten Edith Liebergesell und Patrizia gleichzeitig.

»Ich war gestern vor dem Haus, niemand hat geöffnet.«

»Heute ist der erste Schultag nach den Ferien«, sagte Edith Liebergesell. »Der Junge muss in die Schule. Warten wir ab, ob dieser Fall noch auf uns zukommt. Hat der Vater Neues im Zusammenhang mit dem Fall Zacherl zu berichten, das ist im Augenblick für uns entscheidend.«

»Vielleicht. Falls ich seine Sätze richtig verstanden habe.« Süden blätterte in seinem Block, suchte aber keine bestimmte Stelle. »Wo ich hinkam, wurde heroisch getrunken. Es war ein hartes Wochenende.«

»Vor allem für dich«, sagte Patrizia. »Erzähl doch mal: Wie war das mit der Lilli? Hat sie dich verführt? Wie? Du bist doch viel älter als sie, mindestens fünfundzwanzig Jahre.«

»Zwanzig«, sagte Süden.

»Egal. Wir sind hier unter uns, kein Wort verlässt diesen Raum. Hast du sie betrunken gemacht und ihr dann die Kleider vom Leib gerissen?«

Süden sagte: »Welche Kleider?«

26

Sie ging an ihm vorbei. Er saß nach vorn gebeugt im Korbstuhl und hob den Kopf und roch ihr Parfüm, oder ihre nackte Haut, ihre Hüften, ihre Beine. Sie blieb vor ihm stehen. Er betrachtete ihren Bauchnabel und den hellen, leicht gewölbten Bauch und fragte sich, warum sie stehen geblieben war, unmittelbar vor ihm, in Hautnähe. Aber vielleicht fragte er sich auch nichts, er wusste es später nicht mehr.

Er packte sie mit beiden Händen, klemmte seine Beine zwischen ihre, bog ihren Oberkörper zu sich herunter, und es kam ihm vor, als wehrte sie sich nur ein wenig.

Auf dem Weg zur Couch knöpfte sie sein Hemd auf, öffnete den Gürtel seiner Hose, und er half ihr dabei. Bevor er dazu kam, am Verschluss ihres BHs zu nesteln, hatte sie ihn schon abgestreift, genau wie ihren Slip.

Sie kniete sich auf die Couch, wölbte ihren Rücken und streckte ihm den Hintern entgegen, dessen Größe ihn ebenso verblüffte wie befeuerte.

Keine fünf Minuten später lief ihm der Schweiß übers Gesicht, seine Beine zitterten. Er stand immer noch hinter ihr, die Arme um ihren Bauch geschlungen, keuchend und ziemlich erledigt, wofür er sich genierte.

Es war fast zwei Jahre her, seit er zum letzten Mal mit einer Frau geschlafen hatte. Das war keine Entschuldigung. Behutsam richtete Lilli sich auf, schweigend, leise seufzend. Dann drehte sie sich zu ihm um, strich ihm über den Bauch, spielte so lange mit ihren Fingern, bis seine Erregung zurückkehrte, setzte sich, ohne ihn loszulassen, auf die Couch, spreizte die Beine und erwartete ihn.

Er spannte den Bauch an, denn ihn einzuziehen war kaum möglich, griff unter Lillis Hintern, hob ihn hoch, zog ihn zu sich heran, hielt sie weiter fest und kniete am Rand des Lederkissens, während sie sich beide hart und gleichmäßig bewegten, mehr als fünf Minuten lang. Bis zu einem bebenden, gemeinsamen Schreien, das Süden ewig nicht mehr gehört hatte.

Als er aus dem Badezimmer zurückkam, klopfte Lilli mit der flachen Hand auf die Couch neben sich. Er setzte sich auf die Decke, Lilli legte ihren Kopf auf seine Beine und schaute zu ihm hinauf.

Er schwieg, obwohl er lieber etwas gesagt hätte. Die Kühle des Parketts an seinen nackten Füßen empfand er wie eine Erfrischung.

Dem Sirren in seinem Kopf horchte er nicht länger nach, auch wenn es stärker wurde. Er sollte, dachte er, noch einen Russian Sprizz trinken und außerdem endlich den Mund aufmachen.

»Woran denkst du?«, fragte Lilli. »Hast du ein schlechtes Gewissen?«

»Ich habe kein schlechtes Gewissen.« Die Formulierung fand Süden rührend, wie aus einer anderen Zeit.

»Bist du verheiratet? Hast du eine Freundin?«

»Nein.«

»Wieso nicht?«

Süden schwieg.

Dass der Kopf der jungen Frau, die er gerade erst kennengelernt hatte, und zwar aus dringenden, zwingenden beruflichen Gründen, wie selbstverständlich in seinem Schoß lag, versetzte ihn in einen Zustand zunehmender Beschwingtheit, der ihn beunuhigte. Er bemerkte Lillis Blick und legte seine Hand auf ihren Bauch, und sie zog sie zwischen ihre Beine und drückte sie tiefer.

»Schau nicht so geschockt«, sagte sie.

»Ich bin nicht geschockt.«

»Dann ist's gut.«

Seine Hand war nass und heiß. Er spürte ein Pochen direkt unter ihrem Kopf und geriet noch mehr in Verwirrung.

Auf einmal dachte er an Edith Liebergesell als seine neue Chefin. Womöglich untersagte sie Sexualbegegnungen im Dienst und ahndete sie mit einer Konventionalstrafe. Süden lachte, und sein Bauch vibrierte.

»Was ist los?«, sagte Lilli. Sie hob den Kopf und wartete, bis sein Bauch sich beruhigt hatte.

Nach einem Schweigen sagte Süden: »Du kennst auch die Brüder Jobst und Kai Mielich.«

»Maulpfauen, der eine wie der andere.«

»Maulpfauen.«

»Schlagen ein Rad, wenn sie reden. Finden sich großartig. Sie machen Geschäfte mit meinem Vater und mit Ossi, wie kommst du jetzt auf die? Das ist ja völlig abseitig.«

»Ist Zacherl in diese Geschäfte verwickelt?«

Sie ließ seine Hand los, Süden legte sie wieder auf Lillis Bauch.

»Das ist mir egal. Ich weiß davon nichts. Klar ist der verwickelt, der ist in alles verwickelt. Mein Vater hat ein Auge auf den Mundl, seit ich das erste Mal bei ihm war. Der Zacherl ist im Grunde ein schwacher Mann, kein schlechter, feiger Mann, bloß ein schwacher. Er war immer nett zu mir, nie aufdringlich, schüchtern eigentlich.«

Süden dachte an die Worte der Bedienung Fiona, die ihren ehemaligen Chef ähnlich beschrieben hatte.

»Er wollte ein schönes Leben haben, der Mundl«, sagte Lilli. »Den Ausspruch hab ich mir gemerkt. Ich möcht mal ein schönes Leben haben, hat er gesagt, in einer schönen Umgebung, wo ich alt werden kann und zufrieden bin. Manchmal hat er solche Sprüche abgelassen.«

»Er war ein Träumer«, sagte Süden.

»Ein Alpträumer eher. Er war Wirt in einem Stüberl, er hat diese Frau geheiratet, was kein Mensch je verstanden hat. Sie ist auch noch älter als er.«

»Zwei Jahre«, sagte Süden.

»Sie sieht jedenfalls zehn Jahre älter aus. Und sie ist auch zehn Jahre älter als er. Wenn du an der vorbeigehst, versteinerst du. Kein Wunder, dass der Mundl sich nach einem schönen Leben gesehnt hat.«

»Warum hat er sie geheiratet? Warum ist er bei ihr geblieben?«

»Manche Leute sind so, ordnen sich unter, hören auf, sich zu wehren, wachen eines Morgens auf und kapitulieren. Mich darfst du so was nicht fragen, ich wollt nie so leben. Ich wollt immer für mich bleiben, und das hab ich auch geschafft. Bei allen Kompromissen, und es waren heftige Kompromisse dabei. Die Zeit bei Ossi war ein Grauen, aber ich hab mir nichts anmerken lassen, ich wusste immer, ich komm da wieder raus und dann bin ich weg. So war's dann auch. Jetzt bin ich hier. Und wenn zufällig ein Süden vorbeikommt, dann wärm ich mich an ihm. Ansonsten halt ich mich von allen Machthabern fern.«

»Zum Machthaber Oswald Radhauser bist du über deinen Vater gekommen.«

»Über wen sonst? Die Pension Evi war früher ein Club, Bahnhofsgegend, armselige Männer, junge Frauen aus Warschau, aus Prag, und ich. Du denkst, ich war eine Nutte, aber ich war keine Nutte, ich war die Einzige, die ordentlich bezahlt wurde. Ich bekam einen Stundenlohn, und das Geld gehörte mir. Ich ließ mich nur bezahlen, wenn ich arbeitete. Wenn ich frei haben wollte, hatte ich frei, niemand konnte mich zwingen, nicht mal mein Vater. Das hat jeder respektiert, sogar der Ossi, auch so ein Maulpfau. Die Frauen aus Osteuropa weinten sich bei mir aus, ich musste sie trösten, ich sagte ihnen, das Leben ist zu ihnen so, wie sie zum Leben sind. Das haben sie nicht verstanden und weitergeweint.«

»Was wolltest du ihnen damit sagen?«

Sie schaute ihm in die Augen. Dann küsste sie seinen Bauch und legte ihre Hand auf seine, die immer noch auf ihrem Bauch ruhte.

»Du darfst nicht erwarten, dass sich das Leben nach dir richtet, das Leben bist du selber, ist doch logisch. Jedenfalls hier ist das so, bei uns. Wenn du in Afrika geboren bist, musst du das Leben nehmen, wie es ist, hier nicht. Wir sind frei, alle wissen es, alle reden davon, aber die wenigsten handeln danach. Die warten ab, zaudern durch die Gegend, schauen nach rechts und links, checken, was die anderen so treiben und über dich denken.

Deswegen ist das auch mit dem schönen Leben vom Mundl nichts geworden. Der dachte nämlich, eines Tages öffnet sich die Tür seines Stüberls, und es kommt hereinstolziert, das schöne Leben, und hält ihm die Hand hin, und er braucht bloß mitzugehen, und tschüs. Da konnt er lange warten.

So war der, so sind die meisten Leute. Versuch das mal einer siebzehnjährigen Polin zu erklären, die mit einem Schlepper nach München kommt und denkt, die Stadt ist das Tor zum Paradies. Die denkt, das Paradies wird sich schon um sie kümmern, wenn sie erst mal da ist. Das Paradies macht eine Prinzessin aus ihr, denkt die, und das funktioniert ganz automatisch. Die meisten Leute glauben, das Leben funktioniert irgendwie automatisch. Ende der Weisheit.«

Mit einem Ruck setzte sie sich auf, kratzte sich am Kopf, erhob sich. »Ich brauch jetzt ein Bier, und dann geh ich schlafen. Bleibst du hier heut Nacht?«

Süden saß da und schaute vor sich hin. Er war nackt, und neben ihm stand eine nackte junge Frau, und egal, wohin er schaute, sein Penis ließ sich nicht beirren.

»Okay«, sagte Lilli. »Wenn du so ausgehungert bist, dann trinken wir das Bier hinterher.«

»Und dann?«, fragte Patrizia Roos. »Hast du bei ihr übernachtet?«

»Ja«, sagte Süden, der seinen neuen Kollegen keine Einzelheiten über die Nacht erzählt hatte. Es entging ihm nicht, dass Edith Liebergesells Miene mit jedem Blick zu ihm missmutiger wurde. Sie sagte nichts, zündete sich eine Zigarette an, ruckte mit der Schulter. Durch den weit geschnittenen Blazer wirkte ihr Oberkörper voluminös und etwas unförmig.

»Sie hat also schon als Jugendliche ihren Körper verkauft«, sagte Kreutzer. »Freiwillig, wie sie behauptet. Später war sie in einer Nachtbar und tat nichts anderes. Ihr Vater verkuppelte sie an ältere Männer, auch an unseren Vermissten Raimund Zacherl. Und all das hat Frau Janfeld ohne innerliche Blessuren überstanden, die ganzen Jahre, in denen sie von Männern benutzt und wahrscheinlich misshandelt wurde, was ja unvermeidlich in dem Gewerbe ist. Sie macht niemandem einen Vorwurf, nicht mal ihrem Vater. Sie lässt sich sogar die Wohnung von ihm bezahlen, in der sie sich ein gemütliches Zuhause eingerichtet hat und gelegentlich einen ehemaligen Polizisten zum Schäferstündchen empfängt. Eindrucksvoll. Sie hat ihr Leben im Griff.«

Dazu schwieg Süden.

»Vier Jahre lang«, sagte Lilli, als sie nebeneinander unter der blauen Seidendecke im Bett lagen, »war ich eine anorektische Frau, zwischen meinem zwanzigsten und vierundzwanzigsten Lebensjahr. Ich hatte alles so satt, ich hab nur noch gekotzt. War wer zur Stelle? Niemand. Hat das Leben zu mir gesagt: Nur die Ruhe, wir schaffen das? Ich hab's allein geschafft. Bin zu einer Ärztin gegangen, die meinte, ich hätt eine große Leistung vollbracht, dass ich freiwillig zu ihr gekommen sei. Von mir aus. Ich hab's hingekriegt. Niemand hat was gemerkt. Als ich beim Mundl eingesprungen bin, war ich grad übern Berg. Deswegen hat mich das beschäftigt, dass die Bedienung, die gestorben ist, früher die gleiche Krankheit hatte.«

»Hat dir Zacherl davon erzählt?«

»Der doch nicht. Der Charly Schwaiger, der Koch, wusste das und hat sich drüber lustig gemacht. Ich hätt ihm fast eine reingehauen, aber ich wollt mich nicht verraten. Der hat den

Wein, den er ins Essen tun sollte, immer selber gesoffen. Den musst du fragen, der weiß garantiert, wo der Mundl steckt.«

»Bisher hat er nichts Konkretes ausgesagt.«

»Maulpfau. Dem musst du die Federn stutzen, sonst pariert der nicht.« Sie drehte sich zu Süden um, schlug die Decke zur Seite und beugte sich über ihn.

Kurz nach fünf Uhr morgens verließ Süden das Haus in der Rumfordstraße, nachdem Lilli schon zwei Stunden zuvor zum Zeitungaustragen verschwunden war.

Neben dem Hauseingang lehnte er sich an die Wand, legte den Kopf in den Nacken und schloss die Augen.

Er bildete sich ein, nicht mehr betrunken zu sein. Aber nüchtern war er beileibe nicht. In seiner Blutbahn trieben glühende Krümel, seine Nervenstränge schienen aus Schmirgelpapier zu bestehen. In seinem Körper herrschte Aufruhr und in seinem Kopf ein Gedankengetöse wie schon lange nicht mehr.

Er schlotterte. Er lief in Schlangenlinien wie ein Betrunkener, zum Rand des Bürgersteigs und mit gleichmäßigem Schwung zurück zur Hauswand, die Hände in den Jackentaschen, mit gestrecktem Rücken, den Blick wie zielvoll nach vorn gerichtet. Meter für Meter legte er so zurück, am Hotel Deutsche Eiche vorbei, auf den Gärtnerplatz zu, wo auf einer Parkbank ein Obdachloser schlief, und um das Rondell herum weiter in die Reichenbachstraße.

Er ging jetzt schnurgerade, genau in der Mitte des Bürgersteigs. Autos mit eingeschalteten Scheinwerfern kamen ihm entgegen. Aus einem Fenster drang Musik.

An der Ecke zur Fraunhoferstraße passierte das, was er schon beim Einbiegen in die Reichenbachstraße befürchtet hatte. Unweigerlich warf er einen Blick nach links. Die Kneipe dort hatte nicht geschlossen, sondern geöffnet, immer noch, und wahrscheinlich war er zu lange weg gewesen, um sie ignorieren zu können.

Also schob er die Tür zur Fraunhofer Schoppenstube auf und sah, dass noch ein Gast an einem der Nischentische saß, gemeinsam mit Gerti, der Wirtin. Sie winkte ihn herein. Und wer war er, dass er ein Frühstücksbier in einem der gastlichsten Lokale der Stadt verschmähte, nachdem er die halbe Nacht in ekstatischer Aushäusigkeit verbracht hatte?

27 Durch das geöffnete Fenster drang der Lärm der Straße und gelegentlich das metallische Rauschen von Güterzügen. Hupen und Geschrei wechselten in regelmäßigen Abständen, der Geräuschpegel blieb konstant hoch. Es kam Süden so vor, als träfen sich an der Kreuzung Lindwurm-, Ruppertstraße alle paar Minuten die ungeduldigsten Verkehrsteilnehmer der Stadt zu einem Klassentreffen, unter ihnen Fahrradfahrer, die nach Meinung von Süden, der vom zweiten Stock aus eine Weile das Treiben beobachtete, im wahren Leben vermutlich als Stuntmen arbeiteten.

Als er auf Bitten seines Gastgebers das Fenster schloss, sah er, wie oberhalb des hektischen Blechgetümmels gemächlich ein Zug mit braunen Waggons über die Brücke in Richtung Südbahnhof fuhr, wie aus einer fernen übersichtlichen Zeit, im immer gleichen Rhythmus der Räder, unbeirrt über alle Weichen hinweg.

»Ich will schon lang hier raus«, sagte Karl Schwaiger, der mit einer Kaffeetasse ins Zimmer kam und sich an den mit Zeitungen übersäten Tisch setzte. »Erst letztes Jahr haben sie die Fenster erneuert, angeblich wegen Schallschutz und Wärmedämmung. Man hört trotzdem noch was, und es zieht immer noch. Wollen Sie wirklich keinen Kaffee?«

»Nein«, sagte Süden.

Er blieb mit dem Rücken zum Fenster stehen und fröstelte. Nachdem er in der Fraunhofer Schoppenstube zu Ende gefrühstückt hatte, war er, ohne zu stolpern, in eine Straßenbahn gestiegen und bis zu seinem Hotel gefahren. Anschließend hatte er vier Stunden geschlafen.

In der Gaststube trank er zwei Tassen Tee, aß zwei Semmeln mit fruchtloser Marmelade und nahm zwei Aspirin ein, während er seine Notizen durchsah und eine Vielzahl von Wörtern rekonstruierte.

An drei Tischen saßen Gäste beim Mittagessen. Roland Zirl hatte sie persönlich begrüßt, um ihnen seine Kalbsmedaillons zu empfehlen. Bei Süden hatte er auf die Empfehlung aus naheliegenden Gründen verzichtet, allerdings schlug er ihm vor, statt der Aspirintabletten ein Weißbier zu trinken.

Obwohl Süden ausführlich geduscht hatte, erschnupperte er immer noch Lillis Geruch an seinen Händen und auf seinen Armen, und jedes Mal brach eine wohlige Unruhe in ihm aus. An ihrer Wohnungstür hatten sie keine Zukunftsworte getauscht, nur Blicke, zwei Küsse und den Geruch.

»Der Mundl, der Mundl«, sagte Schwaiger mit einem schnellen Blick auf die vor ihm ausgebreiteten Zeitungen. »Ich hab den nie verstanden. Er konnte recht gut kochen, er hatte ein Gespür für Gewürze, für die Feinheiten am Rande, die man nicht bewusst schmeckt. Heut sind sie ja alle groß im Fernsehen mit ihren exotischen Gewürzen, fuchteln mit ihren Ingwerwurzeln rum und majoranisieren alles nieder, was in die Pfanne kommt. Schauen Sie sich Kochsendungen an?«

»Nein.«

»Ich schon.« Er nickte zu dem kleinen viereckigen Fernseher, der auf einem Hocker in dem karg eingerichteten Zimmer stand. »Den Ton stell ich ab, das halt ich nicht aus, wenn die mir ihre Rezepte erklären. Alles Gelaber. Glauben Sie, da sitzt irgendjemand vor dem Fernseher und schreibt mit? Und kocht das Zeug nach? Never. Aber es macht was her, alles sauber, kein Fett spritzt, niemand schneidet sich in die Finger. Es gab Zeiten, da hab ich mit acht Pflastern an den Fingern gearbeitet. Und ich war nicht besoffen oder zu blöd zum Kochen. Obacht. Ich war halt schnell, manchmal zu schnell.«

»Zacherl hat Sie entlassen«, sagte Süden. »Sie sollen bei der Arbeit getrunken haben.«

»Hab ich auch. Später dann. War Scheiße. Ich war drin in der Mühle, in der Alkoholmühle. Das Glas wird zur Gewohnheit, schon in der Früh. Zu viel Stress auch. Sieben Tage die Woche. Dann führte er den Mittwoch als Ruhetag ein, war auch schon egal. Hab ich am Mittwoch daheim weitergetrunken. Wissen Sie, was Mundl manchmal zu mir gesagt hat? Er sagte: Ich bin ein Kollateralschaden des Lebens, also er, er war der Kollateralschaden.«

Schwaiger trank schlürfend seinen Kaffee.

»Was meinte er damit?«, fragte Süden.

»Wahrscheinlich, dass er eine Delle hat, oder was Schlimmeres. Einen Achsenbruch.«

»Ein metaphernreicher Ort, der Lindenhof.«

»Nur kein Neid. Er meinte das im Zusammenhang mit allem, mit seinem Leben als Wirt, der dauernd aufs Geld schauen muss, der möchte, dass die Gäste genügend verzehren und nicht nur zum Saufen kommen. Mit seinem Leben als Mensch überhaupt, als Ehemann, das war oft nicht leicht.«

»Mit seiner Frau war es nicht leicht«, sagte Süden.

»Der Ilona darf man keine Vorwürfe machen. Die Sache mit ihren Eltern hat sie nie verwunden, das muss man verstehen. Sie kennen die Geschichte.«

»Nein.«

»Hat sie Ihnen das nicht erzählt? Steht das nicht in den Akten?«

»Nicht in denen, die ich gelesen habe.«

»Ihr Vater hat seine Frau erschossen, Ilonas Mutter, da war sie sieben oder acht Jahre alt. Ausgelöscht, erst die Mutter, dann sich selbst. Sie kam dann zu einer Tante, die ziemlich streng gewesen sein muss. Ilona machte immer bloß Andeutungen. Ich glaube, der Mundl erfuhr von der Sache erst, als er schon mit ihr verheiratet war. Er fand eine Todesanzeige von damals, die war anscheinend seltsam formuliert. Man schreibt ja da nicht direkt rein, wenn jemand sich umgebracht hat, das muss verschwiegen werden. Soviel ich weiß, war der Mundl ihr erster Mann, und sie ist bei ihm geblieben. Und er bei ihr.

Er war eher ein phlegmatischer Mensch, würde ich sagen, auch wenn er seinen Laden im Griff hatte und sich um alles kümmerte und auch mutig war, als er den Lindenhof übernahm.«

»Seine Frau bezeichnet ihn als heiteren Gesellen«, sagte Süden.

»Was soll sie sagen? Er hat sie sitzenlassen. Sie redet sich die Vergangenheit schön, das muss man verstehen.«

»Sie haben ausgesagt, Sie wüssten nicht, was mit ihm passiert ist.«

»Weiß ich auch nicht.« Schwaiger trank einen Schluck, hustete, tastete nach einem Kugelschreiber, der unter den Zeitungen lag, und zog einen Kreis auf einer der Seiten.

Vom Fenster aus konnte Süden nicht erkennen, worum es ging.

Ohne den Blick von den Zeitungen zu heben, sagte Schwaiger: »Er hatte ein kleines Reisebüro, Ilonas Vaters, zwei oder drei Busse bloß, aber das Geschäft lief gut. Die Leute fuhren damals wie ferngesteuert nach Italien, und er kutschierte sie hin. Bella Italia. Auf dem Brenner hatte einer seiner Busse einen Unfall, drei Touristen starben, sein Geschäft war erledigt. Der Busfahrer war nicht einmal schuld, ein Lastwagen fuhr in den Bus rein, den Fahrer hatte angeblich die Sonne geblendet. Ilonas Vater hat sich die Schuld gegeben und die Konsequenzen gezogen. Irrsinn. Raubt der Tochter die Mutter. Egoismus. Ich hab die Ilona immer respektiert, trotz ihrer Launen und allem, was Mundl über sie erzählte. Eine direkte Lebensfreude ging von ihr wohl nicht aus. Er hat sie trotzdem nicht verlassen.«

»Aber vor zwei Jahren hat er sie sitzenlassen«, sagte Süden.

»Wegen einer anderen Frau.«

»Das weiß ich nicht, sag ich doch. Zu dem Zeitpunkt habe ich nicht mehr bei ihm gekocht. Jedenfalls stellte er gern eher junge Bedienungen ein, der hatte gern junge Frauen um sich.

Aber er wurde nie aufdringlich, das garantier ich Ihnen, so einer war der nicht.«

»Vielleicht lebt er noch.«

»Was? Ja, stimmt. Vielleicht lebt er noch. Aber wo? Irgendwo auf einer Südseeinsel? Warum nicht?«

»Er ist ein phlegmatischer Mensch.«

»Ja, aber wenn er etwas will, versucht er es zu kriegen. Er hatte geheime Pläne, da bin ich sicher.«

»Hat er Ihnen von den Plänen erzählt?«

»Der Mundl erzählt doch nichts. Ich kannte ihn lang, ich hatte so meine Ahnungen.«

Wie Ilona, dachte Süden und sagte: »In welche Richtung gingen Ihre Ahnungen, Herr Schwaiger?«

»Ich dachte oft, eines Morgens hält er eine Ansprache an die Belegschaft und teilt uns mit, dass er beschlossen hat, den Laden zuzusperren und auszuwandern. Mit oder ohne Ilona. Etwas in dieser Richtung. Er las Reiseberichte, heimlich, er interessierte sich für spezielle Filme im Fernsehen, Reportagen über ferne Länder, solches Zeug. Unauffällig. Ilona hat nie was gemerkt, da bin ich sicher.«

»Kannten Sie einige der jungen Bedienungen näher?«

»Wie näher?«

»Näher als nur vom Geschäft.«

»Sexuell?«, sagte Schwaiger. »Auf keinen Fall. Ich darf Ihnen was verraten, was Sie nicht unbedingt gleich weitererzählen müssen: In den letzten zehn Jahren sind mir Männer lieber als Frauen. Ich hab einen Sohn, und ich bin froh, dass ich einen habe. Aber erstens sehe ich ihn selten und seine Mutter praktisch nie mehr, und zweitens ist er noch zu jung, um mit ihm über solche Sachen zu reden. Der Abstand ist also eher hilfreich für mich. Die Dinge entwickeln sich manchmal anders, als man denkt, und ich komme gut zurecht damit. Ich spreche nie darüber, ich weiß gar nicht, ob Mundl Bescheid wusste, ich glaube nicht. Nein, ich fand die meisten Bedienungen sehr nett, einige waren attraktiv, die Gäste hatten ihre Freude an ihnen, aber sonst habe ich mich nicht weiter um sie gekümmert.«

»An welche Frauen erinnern Sie sich besonders?«

»An die Lilli natürlich, die war schon im Stüberl dabei. Mit der hatte ich damals eine Affäre, der Mundl auch, hinter Ilonas Rücken, er konnte da sehr ausgefuchst sein. War die Lilli überhaupt schon volljährig? Vergessen. Ich glaube, ihr Vater war Zuhälter, unangenehmer Typ, Stammgast. Mundl und er hockten immer zusammen. Die Lilli. Die kam dann später noch mal, als die Carla verunglückt ist. Das war ein Schock für uns alle, die Carla war sensationell schnell und gewissenhaft, aufmerksam, ein einziger Sonnenaufgang, wenn die zur Tür reinkam. Einige Gäste kamen nur wegen ihr. Wir brauchten dann schnell einen Ersatz, und wer tauchte wieder auf? Lilli. Aus der Frau bin ich nie schlau geworden, die war mir irgendwie zu hoch. Ilona konnte sie nicht ausstehen, die Lilli blieb dann auch nicht lang. Haben Sie sie mal kennengelernt?«

»Ja«, sagte Süden.

»Und?«

»Sie ist eigenwillig.«

»So kann man es auch nennen.«

»In den Akten taucht der Name Carla nicht auf.«

»Sie ist tot. Ricarda hieß die in Wirklichkeit, glaub ich. Ricarda.«

»Wie ist sie gestorben?«

»Flugzeugabsturz. Dann war da noch die Sarah, gleich nach der Lilli. Und die Sissi, die war hauptsächlich an den Wochenenden da, wenn ich mich nicht täusche.«

»Vor ungefähr drei Jahren sagte Zacherl zu seiner Frau, er hätte eine Geliebte und wolle mit ihr in Zukunft leben. Wen meinte er damit?«

»Mysterium«, sagte Schwaiger und stellte seine leere Tasse an den Rand des Tisches, als erwarte er, dass eine Bedienung sie abholen kam. »Er hat nie ein Wort darüber verloren. Ein paar Wochen später bin ich dann gegangen worden.«

Er klopfte mit dem Zeigefinger auf den Tisch. »Am Anfang hab ich nichts getan, außer zu trinken. Dann hab ich am Bahnhof gejobbt, in dem bayerischen Restaurant, dann in einem Hotel, dann in drei oder vier Gasthäusern. Im Moment bin ich wieder auf der Suche, schau mir die Stellenanzeigen an. Fürs Fernsehen reicht's bei mir nicht, ich muss richtig kochen, für echte Gäste, sonst geh ich ein.

Wenn ich heut trinke, dann gezielt. Drei Jägermeister auf nüchternen Magen, danach vier Weizen, maximal fünf. Das funktioniert. Heut Nacht hatte ich Probleme aufzuhören, aber es ging. Ostern war ich überhaupt nicht aus. Hätte eigentlich meinen Sohn nehmen sollen, aber Nike hat sich nicht gemeldet, Benes Mutter. Sie ist eher unzuverlässig, was das betrifft. Es ist schon vorgekommen, dass sie den Bene einfach vorbeigebracht hat, ohne Vorankündigung. Das war nicht immer günstig, manchmal war ich in einem schlechten Zustand.

Ehrlich gesagt, sorg ich mich gerade ein wenig. Normalerweise ruft sie wenigstens an und teilt mir mit, dass sie den Jungen jetzt doch behält. Sie taucht manchmal einfach ab. Verschwindet. Lässt das Kind allein. Der Bene ist sehr selbständig für sein Alter, er ist zwölf. Trotzdem darf man so einen Jungen nicht sich selbst überlassen.«

»Haben Sie nicht nachgesehen?«

»Nein. Ich bin auch gern mal ganz allein. Sitz dann hier und schau aus dem Fenster wie ein Opa. Runter auf die Straße, wo das Leben pulsiert. Bild ich mir halt so ein. Ich hab keinen festen Freund, das passt schon so. Zu zweit kann man noch alleiner als allein sein, das ist meine Erfahrung. Denken Sie an den Mundl, er war verheiratet, aber was hat's ihm genützt? Hat die Lilli Ihnen nichts erzählt?«

»Was hätte sie mir erzählen sollen?«

»Mundl hat viel mit ihr gesprochen, durfte natürlich niemand wissen. Ich weiß nicht, warum er aus allem ein Geheimnis machte. Wenn jemand etwas über ihn weiß, dann sie. Jetzt einen Kaffee?«

Er stand auf, nahm die Tasse, streckte den Rücken, stöhnte.

»Ja«, sagte Süden und dachte an Lilli, deren Schweigen er vor lauter Körpertrunkenheit tatsächlich überhört hatte.

28

Beim ersten Mal lief er an dem ebenerdigen, hinter Büschen und Sträuchern und einer Garage versteckten Wohnhaus vorbei. Das Grundstück wirkte verwildert und verlassen. Und weil auf der Straße niemand unterwegs war, den er hätte fragen können, ging Süden jeden Meter von dem achteckigen, ehemaligen Wasserturm in Richtung U-Bahn-Station Moosfeld noch einmal ab.

Endlich entdeckte er das Gebäude. Putz blätterte von den Wänden, hinter den verschatteten Fenstern brannte kein Licht. Süden klingelte an der Gartentür. Niemand reagierte.

Die Adresse stimmte. Karl Schwaiger hatte sie ihm gegeben, von einem möglichen Umzug war nicht die Rede gewesen. Vielleicht waren Nike Schwaiger und ihr Sohn spazieren oder ins Kino gegangen. Es war Sonntagnachmittag, kurz nach sechzehn Uhr.

Dann stellte er fest, dass die wacklige Holztür nur angelehnt war. Er ging durch den zugewachsenen schmutzigen Garten zur Haustür und drückte auf die Klingel. Drinnen war kein Ton zu hören. Also klopfte er mehrmals heftig. Alles blieb still.

Er riss ein Blatt aus seinem Block und schrieb darauf: »Tabor Süden, Detektiv«, dazu die Telefonnummer und einen Gruß. Den Zettel klemmte er in die Tür, nachdem er vergeblich versucht hatte, den Knauf zu drehen. Bevor er sich umdrehte, klopfte er noch einmal. Nichts rührte sich.

Als er die Gartentür hinter sich schloss, lugte hinter der grauen Gardine Benedikts blasses Gesicht hervor.

29

Am Samstagabend hatte er von einer Telefonzelle beim Ostfriedhof, nicht weit von seinem Hotel entfernt, Liliane-Marie Janfeld angerufen.

»Ich möchte Carlas vollständigen Namen wissen«, sagte Süden.

»Von wem?«

»Kann ich vorbeikommen?«

»Nein.«

»Warum nicht?«

»Ich schau grad eine neue Staffel von ›All about Sam and Samantha‹ auf DVD, da möcht ich nicht gestört werden.«

»Wer sind Sam und Samantha?«

»Die Hauptfiguren einer amerikanischen Sitcom. Hast du keinen Fernseher?«

»Nein.«

»Das ist ja abseitig.«

Süden sagte: »Du hast mir nicht alles erzählt, was du weißt.«

»Nein, weil ich gedacht hab, wir sehen uns mal wieder. Dann gibt's die Fortsetzung. Das ist wie bei einer Serie.«

»Ich muss den Namen wissen und auch, ob die Frau etwas mit dem Verschwinden von Zacherl zu tun haben könnte.«

»Hast du mich das nicht schon gefragt? Sie ist tot. Die Carla ist bei einem Flugzeugunglück ums Leben gekommen.«

»Hatte Zacherl ein Verhältnis mit ihr?«

»Das spielt keine Rolle mehr.«

»Für mich schon. Ich suche nach einer Spur, Lilli.«

»Woher willst du wissen, dass ich überhaupt was über sie weiß?«

»Karl Schwaiger hat mich draufgebracht.«

»Maulpfau.«

»Wie hieß die junge Frau mit vollem Namen? Und wo finde ich ihre Verwandten?«

»Sie hieß Ricarda Bleibe«, sagte Süden in der Dienstbesprechung am Montagvormittag. »Ihre Eltern wohnen in Neuhausen.«

»Und? Hatte sie eine Beziehung mit dem Wirt?«, fragte Leonhard Kreutzer.

»Vermutlich. Aber als er seine Geliebte gegenüber seiner Frau erwähnte, war Ricarda schon seit mindestens einem Jahr tot. Ich fahre hernach zu ihren Eltern, und mit Lilli muss ich auch noch einmal ernsthaft reden.«

»Gutes Stichwort«, sagte Edith Liebergesell. »Was diese Frau und dein Verhalten betrifft ...« Das Telefon auf ihrem Tisch klingelte. Sie nahm den Hörer ab. »Wen willst du sprechen? Nicht so schnell. Ja, der ist hier, worum geht's denn?« Sie schaltete die Mithöranlage ein.

»Das muss ich ihm selber sagen.«

Süden ging zum Schreibtisch, die Detektivin hielt ihm den Hörer hin.

»Hier ist Tabor Süden.«

»Ich bin der Bene, der Benedikt. Haben Sie den Zettel an die Tür gehängt?«

»Ja. Ich habe geklopft. Hast du mich gehört?«

»Ja«, sagte Benedikt Schwaiger mit leiser Stimme. »Ich möcht, dass Sie meine Mama suchen, die ist weg und kommt nicht wieder.«

»Sie ist schon ziemlich lang weg«, sagte Süden.

»Seit Ostern und davor auch schon.«

»Und du warst die ganze Zeit allein zu Hause, Bene.«

»Nicht ganz allein. John Dillinger war da und Frank Black auch, mit denen ist immer was los.«

»Das sind deine unsichtbaren Spielkameraden.«

»Ich seh die schon.«

»Du bist nicht in der Schule«, sagte Süden.

Der Junge schwieg.

»Hast du deinen Vater angerufen, Bene?«

»Am Wochenende mal, aber er hat sich nicht gemeldet. Der meldet sich nie.«

»Wo könnte deine Mama denn sein?«

»Weiß ich nicht.«

»Hast du was gegessen?«

»Brot und Fischstäbchen. Die mach ich heiß und ess Majo dazu.«

»Willst du, dass ich zu dir komme«, sagte Süden. »Oder soll ich deinem Vater Bescheid sagen?«

»Besser, Sie kommen vorbei.«

»Ich bin in einer Stunde da.« Bevor er noch etwas erwidern konnte, hatte der Junge aufgelegt.

Eine Stunde später stand Süden in einem menschenleeren Zimmer.

Zweiter Teil

SALZMESSER

30

Es war fast wie damals, als sein Großvater gestorben war. Da war er auch allein in einem Zimmer und hatte niemanden, auf den er hätte eintrommeln können. Seine Mutter hatte ihn an der Tür umarmt, und er hatte sich an sie geschmiegt, wie so oft am Abend, bevor er ins Bett ging. An jenem Mittag vor fünf Jahren schlug ihr Herz anders als sonst, viel schneller. Er hatte sie losgelassen und ihr ins Gesicht geschaut. Wenn sie ihn morgens weckte, ging ihr Gesicht wie eine weiße Sonne neben ihm auf, und er sog ihren Geruch ein, den er manchmal noch im Klassenzimmer erschnupperte, obwohl sein Nachbar wieder nach Zwiebeln oder Schweiß roch.

Über ihre geröteten Wangen rannen Tränen, er fing an zu zittern, und wusste nicht, wieso. Und seine Mutter sagte: Jetzt ist dein Opa nicht mehr da. Aber das war doch klar, dachte er sofort: Sein Opa war im Schwabinger Krankenhaus, seit dem ersten Advent. Und er sagte: Das weiß ich schon. Er sagte es fast gelangweilt, weil er Hunger hatte und die Riemen des Schulranzens ihn an den Schultern drückten. Und es roch überhaupt nicht nach Essen, was bedeutete, seine Mutter würde ihm bloß wieder ein Brot schmieren, ihn ins Zimmer schicken und weggehen.

An jenem Tag war sie aber nicht weggegangen. Und sie hatte ihn trotzdem ins Zimmer geschickt. Da saß er dann, drei Stunden lang, allein am Tisch, und hatte keinen Hunger. Er schaute das Brot mit dem gekochten Schinken, den er so gern mochte, nicht an.

Er dachte an seinen Vater. Der hatte die ganze Zeit, während seine Mutter weinte und seltsame Sachen sagte, stumm am Küchentisch gesessen und nichts getan. Vom Kinderzimmer ging sie zurück in die Küche. Doch es kam ihm vor, als ginge sie weiter weg als je zuvor und als wäre er nicht einfach allein, sondern alleiner als jemals. Und die Welt war nicht still vom Schnee, der die Stadt eingehüllt hatte, sondern für alle

Zeit verstummt. Weil die Welt eigentlich gar nicht mehr da, sondern gestorben war wie sein Großvater. Und weil die weiß bemalte Sonne bloß noch deswegen an der blauen Gardine vorbei ins Zimmer fiel, weil der Liebe Gott in der Eile vergessen hatte, sie mitzunehmen.

Der Liebe Gott war nämlich auch nicht mehr da.

Der siebenjährige Benedikt redete mit ihm, aber er bekam keine Antwort. Das war noch nie passiert, und das war eigentlich das Schlimmste: dass der Liebe Gott erst seinen Opa abgeholt hatte und dann verschwunden war.

Später vergaß er, dass der Liebe Gott verschwunden war, und glaubte wieder an ihn.

Jetzt, an diesem Montag im April, an dem es fast geschneit hatte, fiel ihm jener Montag vor fünf Jahren wieder ein, und er schlang die Arme um seinen schlotternden Körper und hüpfte eine Minute lang von einem Bein auf das andere. Er warf den Kopf hin und her, keuchte mit offenem Mund und rannte barfuß in den Flur, entriegelte die Tür und stürzte hinaus in den Garten, wo ihm ein kalter Wind ins Gesicht schlug.

Benedikt zuckte zusammen und dachte: Jetzt hat der Liebe Gott mir eine Watschn gegeben. Und weil er das Gleichgewicht verlor, ruderte er mit den Armen und stieß einen Schrei aus, den er nicht hörte.

Als er kurz darauf den Mann beobachtete, der an der offenen Haustür klopfte, in deren Innenschloss der Schlüssel steckte, presste er beide Hände auf seine Brust, weil er glaubte, sein Herz schlüge über ihn hinaus.

Der Mann war derselbe, der gestern hier gewesen war und den Zettel in die Tür gesteckt hatte. Benedikt sagte zum Lieben Gott: »Der sieht aus wie Billy the Cat.« Aber Gott hatte wieder einmal keine Ahnung oder hörte nicht richtig zu, wie schon die ganze Zeit seit Ostern. »Das ist der Komplize von Frank Black«, erklärte der Junge. Und weil er immer noch keine Antwort bekam, fügte er flüsternd hinzu: »Der ist total schlau, der schleicht sich an wie eine Katze, und nachts wird er unsichtbar.«

Süden stand im Türrahmen und atmete die warme, leicht klebrige Luft ein. Auf dem Boden lagen Hefte mit bunten Zeichnungen, fünf verschiedenfarbige Socken, ein Turnschuh, eine schwarze Jeans, eine braune Schlafanzughose, zerknüllte Schokoladenpapierchen, ein weißes Blatt mit Telefonnummern und ein blaues Handy. Die Gardinen waren zugezogen, der gelbe Vorhang an der Terrassentür geschlossen, die Heizung rauschte.

Auf der roten Decke, die über die Couch gebreitet war, lagen Videokassetten und DVDs, davor auf dem Teppich leere Schachteln. Auf dem Schrank neben der Couch standen zwei Joghurtbecher mit aufgerissenen, noch festhängenden Deckeln. Der Fernseher war ausgeschaltet, am Videorecorder und DVD-Spieler leuchteten rote Punkte.

In der Nähe der Tür stand ein rechteckiger Tisch mit einer Tischdecke, deren Rot weniger blass wirkte als das der Decke auf der Couch. Auf dem Tisch lag nichts als eine Fernsehzeitschrift, aufgeschlagen am heutigen Tag. An der rechten Wand ein Schrank mit Gläsern und Geschirr, an der linken, zwischen Couch und Tisch, hing ein Spiegel mit einem antiken oder auf antik gemachten Rahmen wie von einem Ölgemälde.

Auf Süden wirkte der Raum wie ein menschenleeres, von jeher verlassenes Zimmer.

Dieser Eindruck überraschte ihn nicht.

Noch bevor er gestern das Grundstück betreten hatte, ahnte er, was ihn erwarten würde. Und er war bereit dafür. Das, vielleicht, war das eigentlich Verblüffende in diesem Moment gewesen. Als er seinen kleinen karierten Block herausgeholt hatte, um eine Nachricht darauf zu kritzeln und sie in die Tür zu stecken, war ihm klar, dass er endgültig in die Gegend zurückgekehrt war, aus der er stammte und deren Behausungen und Pfade ihm so vertraut waren wie seine Kindheit. Er folgte den Echos vorausgegangener Schritte. Er identifizierte im Dunkeln Schatten. Er synchronisierte die Lügen der Leute mit seinem Schweigen. In den verborgensten Ecken stöberte er die zerknüllten Atemreste eines notgedrungen Verschwundenen auf.

Er wandte sich um und rief zur Wohnungstür hinaus: »Du darfst wieder reinkommen.«

Vorhin, beim Anblick der angelehnten Tür, hatte er den Kopf gedreht, und der Junge hatte es nicht geschafft, mit seinem Rotschopf schnell genug unter das kleine verdreckte Garagenfenster zu tauchen. Süden hatte so getan, als habe er nichts bemerkt. Er schob die Tür auf und rief Benedikts Namen in die Wohnung.

31

Zwanzig Minuten lang saßen sie einander stumm gegenüber.

Sie sahen sich an und wieder weg. Und während der Junge eine Weile zur Decke starrte, senkte Süden den Kopf und dachte an seinen Vater, was in ihm eine seltsam fremde Stimmung auslöste. Mehr und mehr verlor er die Vorstellung von ihm, sein Gesicht verblasste, die Konturen seines Körpers fransten aus und schienen sich aufzulösen. Dabei entsprang das Bild, das er von seinem Vater hatte, vollkommen seiner Phantasie. Jahr um Jahr hatte er sich ausgemalt, wie sein Vater aussehen mochte, welche Kleidung er trug, welchen Klang seine Stimme hatte. In einer Schuhschachtel bewahrte er eine Handvoll vergilbter Schwarzweißfotos auf, die ihn als kleinen Jungen in der Lederhose zeigten, auf zweien stand seine Mutter neben ihm, mit dem gleichen schiefen Kopf wie er selbst. Auf einem Bild saß seine Mutter allein auf einer Holzbank vor einem Bauernhaus, auf einem anderen balancierte er auf einem Kinderfahrrad mit Stützrädern und machte einen angespannten Eindruck. Und auf einem Foto, das wie die anderen einen gezackten Rand hatte, stand er gemeinsam mit seinem besten Freund Martin in einer Wiese und hatte den Arm um dessen Schultern gelegt.

Die Schachtel lag im Schrank seines Zimmers im Ost-West-Hotel am Kölner Eigelstein, auf dem Regal über der Kleiderstange, hinter seiner Unterwäsche. Seit Jahren hatte er die Fotos nicht mehr in der Hand gehabt. Wenn er an seinen Vater dachte, entwickelte sich in seiner Vorstellung wie automatisch ein Bild: Es zeigte einen Mann, den er, obwohl er überzeugt war, ihn zu sehen, nicht hätte beschreiben können. Süden versuchte es auch gar nicht. Ihm genügte, dass er da war.

Jetzt, auf dem Küchenstuhl, an diesem ergrauten Nachmittag mit den Schneewolken am Himmel, verwandelte sich das Bild seines Vaters Branko in eine Figur aus Nebel, deren Umrisse im Nichts verschwanden.

Süden ruckte mit dem Kopf und riss die Augen auf. Der Junge zuckte zusammen und stieß einen unterdrückten Schrei aus. Süden wollte sich entschuldigen, aber er brachte keinen Ton heraus. Mit halb offenem Mund hockte er da, nach vorn gebeugt, und starrte vor sich hin, als sähe er etwas Furchtbares. Er wusste nicht, was er sah, und konnte doch nicht wegsehen.

Da war eine graue, schattenhafte Wand, eine unüberwindbare, undurchdringliche Mauer, die immer höher wuchs und dicker wurde, während er hinschaute. Die Mauer kam auf ihn zu wie früher die Wände seines Zimmers in der Deisenhofener Straße, wo er vor lauter innerer Enge manchmal beinah erstickt wäre.

Ohne es zu begreifen, streckte er den Arm aus und hob die Hand, als brächte er so die vorrückende Mauer zum Stillstand. Erst allmählich spürte er die Kälte in seiner Hand, den Schauer, der seinen Arm durchströmte.

»Willst du Nudeln essen?«, fragte Benedikt und ließ Südens Hand los, die er umklammert hatte, weil er sie unheimlich fand. Der Junge sprang vom Stuhl und blinzelte eine Weile auf den komischen Mann hinunter.

»Unbedingt«, sagte Süden.

Am liebsten hätte er den rothaarigen, dürren Jungen an sich gedrückt. Das Bild seines Vaters war jetzt vollkommen verblasst.

Nachdem er sie zugeschraubt hatte, stellte Benedikt die Flasche jedes Mal auf den Kopf und genau zwischen seinen und Südens Teller. Die Spaghetti versanken in dem roten Brei. Wenn er umrührte oder mit der Gabel auf den Haufen drückte, entstand ein schmatzendes Geräusch, das der Zwölfjährige mit einem Grinsen und einem schelmischen Blick begleitete. Süden aß die Nudeln ohne Ketchup. Gern hätte er Maggi drüber geträufelt, aber es gab keines. »Mag meine Mama nicht«, hatte Benedikt erklärt.

Die Nudeln waren verkocht und schmeckten labberig. Süden aß in der gleichen Geschwindigkeit wie der Junge. Und tatsächlich legten sie im selben Moment die Gabel in den leeren Teller. Mit gelben Papierservietten, die Benedikt wie selbstverständlich aus der Schublade geholt, gefaltet und unter die Gabeln gelegt hatte, wischten sie sich den Mund ab, tranken aus ihren Gläsern und nickten.

Sie nickten beide, als wären sie nicht nur mit einem soeben genüsslich und mit Kennerschaft verzehrten Mahl zufrieden, sondern auch mit sich und der Welt und schmeckten bereits den heißen Espresso auf der Zunge.

Süden hatte die Ärmel seines weißen Hemdes hochgekrempelt. Immer wieder betrachtete der Junge die helle Haut und die Hände. Er schien über etwas nachzudenken.

»Das hat gut geschmeckt«, sagte Süden. »Danke, dass du für mich mitgekocht hast.«

»Du hast dich schon bedankt, als ich die Nudeln ins Wasser getan hab. Hast du das vergessen?«

»Nein.«

Wie aus Versehen warf der Junge einen Blick zum Flur. Die Küchentür war ausgehängt. Süden wollte noch warten, bevor er anfing, über das Verschwinden von Nike Schwaiger zu sprechen, das ihn mehr beunruhigte, als er dem Jungen gegenüber zugegeben hätte.

Nachdem Benedikt aus der Garage zurück in die Wohnung gekommen war, hatte Süden ihn gefragt, ob er inzwischen etwas von seiner Mutter oder seinem Vater gehört habe. Benedikt hatte nur den Kopf geschüttelt und sich in die Küche gesetzt und zur Decke gestarrt.

In den ersten Minuten hatte Süden sich innerlich in der Stille zurechtgefunden, dann verirrte er sich, und das Bild seines Vaters tauchte auf.

»Wieso sagst du nichts?« Der Junge schaute ihn an, mit einem müden, flackernden Blick.

163

Nach einem Schweigen sagte Süden: »Du hättest zu den Nachbarn gehen müssen.«

»Wieso denn?«

»Sie hätten sich um dich gekümmert und die Polizei angerufen, damit sie nach deiner Mutter sucht.«

»Ich kenn keine Nachbarn.«

»Da sind doch Häuser nebenan, in der ganzen Straße.«

»Ich kenn keinen.«

»Wie lange wohnst du mit deiner Mutter schon hier?«

»Seit dem Tod von meinem Opa.«

»Wie lang ist das her?«

Benedikt senkte den Kopf, hielt die Luft an und sagte dann: »Ungefähr fünf Jahre.«

»Wo habt ihr vorher gewohnt?«

»In der Wasserburger Landstraße, da war's gut.« Er hüpfte vom Stuhl – beinah beschwingt, wie Süden fand –, lief um den Tisch herum und stellte sich neben seinen Gast. Er berührte ihn mit dem Oberkörper sacht am Oberarm und bewegte sich nicht von der Stelle. Benedikts Arme hingen herunter, er roch ein wenig nach Schweiß und alter Kleidung, und er blinzelte wieder.

Nach einer Weile, in der es in der Wohnung so still war wie vor dem Essen, sagte Süden: »An welchem Tag hast du deine Mama zum letzten Mal gesehen, Bene?«

Der Junge dachte keine Sekunde lang nach. »Am Mittwoch.«

»Danach hast du nichts mehr von ihr gehört.«

Der Junge schüttelte den Kopf, so lange, bis Süden zu ihm aufschaute, dann hörte Bene sofort damit auf.

»Deinen Vater hast du angerufen«, sagte Süden. »Aber er hat nicht mit dir gesprochen.«

»Nein.«

»Warum, glaubst du, hat er nicht mit dir gesprochen?«

»Er war wahrscheinlich besoffen.«

»Danach hast du es nicht wieder versucht.«

»Was versucht?«

»Ihn anzurufen.«

Bene schüttelte den Kopf. »Bei meiner Mama springt immer gleich die Mailbox an, das ist ganz blöd.«

»Ist sie schon einmal für so lange Zeit weg gewesen?«

»Nein.«

»Wir müssen die Polizei einschalten«, sagte Süden.

»Du bist doch Polizist.«

»Ich bin Detektiv.«

»Das ist doch dasselbe.«

»Nein«, sagte Süden. »Ich war früher Polizist.«

Dann schwiegen sie wieder, jeder reglos an seinem Platz, am viereckigen Tisch mit dem geblümten Tischtuch und den leeren Tellern und Gläsern, den zerknüllten gelben Servietten und der auf dem Kopf stehenden Ketchupflasche, im mickrigen Licht eines unentschlossenen Nachmittags.

Je mehr Süden sich anstrengte, nicht daran zu denken, was mit Nike Schwaiger passiert sein könnte, welche Maßnahmen seine ehemaligen Kollegen augenblicklich ergreifen müssten und welches Ausmaß die Geschichte des über Ostern mutterseelenallein in einer unaufgeräumten Wohnung zurückgelassenen Kindes in den Medien annehmen würde, desto stärker versetzte ihn sein tatenloses Ausharren in einen Zustand zitteriger Ungeduld.

Dass die Frau drei Kilometer entfernt in einer fremden Wohnung auf der Couch liegen könnte, unverletzt und freiwillig, hätte er niemals in Erwägung gezogen. Später fragte er sich, warum eigentlich nicht.

32 Die meisten Menschen, mit denen er in seinem Beruf zu tun gehabt hatte, balancierten über ein Seil, zu weit über der ihnen angemessenen Erde. Gelegentlich tänzelten sie oder tanzten, schlafwandelten oder liefen wie besessen von einem Ende zum anderen, missachteten die Tiefe und ihre Furcht, schlugen Purzelbäume und wunderten sich kaum, wenn sie abstürzten. Nie fragten sie sich, was schiefgegangen war.

Als zerrissene Erscheinung, stotternd oder sprachlos, wankten sie dann vor den Augen ihrer Angehörigen zurück in ihr Zimmer, wo alles wie immer war und niemand ihnen zuhörte, nicht einmal ihr Schatten, der in der Ecke auf sie gewartet hatte.

Warum sollte eine Frau nicht einfach weggehen und das Zimmer wechseln, weil sie sonst ersticken oder einen Mord begehen würde? Warum sollte sie Rücksicht auf ihr Kind nehmen, wenn sie nicht einmal Rücksicht auf sich selber nahm? Wer sollte ihr vorschreiben, dies zu tun und jenes nicht? Wem war sie Rechenschaft schuldig? War jetzt die Zeit, um aufs Seil zu gehen und ein freischwingendes Leben zu führen, bloß für zwei oder drei Tage, über Ostern und noch für ein paar Schwünge mehr? Wer hätte sie aufhalten sollen?

Wer hatte Raimund Zacherl aufgehalten?

Wer hat meinen Vater aufgehalten?, dachte Süden.

33

»Du musst mir helfen«, sagte er schnell und streckte den Rücken. Überrascht trat der Junge einen Schritt zur Seite. »Bleib da, Bene. Ich möchte, dass du mir genau erklärst, warum du die ganze Zeit allein geblieben bist und niemanden um Hilfe gebeten hast. Ich verstehe dich nicht. Setz dich auf deinen Stuhl und sprich mit mir.«

Bene ging um den Tisch, nahm seinen Stuhl, kam zu Süden zurück, stellte den Stuhl neben ihn und setzte sich. Wortlos legte er die Hand auf Südens Unterarm. Die Hand war wärmer als vorhin.

Einige Zeit saßen sie beide stumm da, schauten zur Spüle und zum Kühlschrank. Als Süden den Kopf in den Nacken legte und die Augen schloss, machte Benedikt dasselbe. Er blinzelte, um zu checken, was Süden tat, und als dieser den Kopf senkte, leckte Bene sich die Lippen. »Du hast gar keine Uhr«, sagte er. »Willst du nicht wissen, wie spät es immer ist?«

»Nein«, sagte Süden.

»Ich auch nicht. Vorhin hab ich an meinen Opa denken müssen. Das war komisch, weil ich gar nicht an ihn denken wollte. Kennst du das: Plötzlich denkst du an was und weißt nicht, wieso. Das Denken geht ganz von selber und du kannst nichts dagegen machen. Ich denk oft an was, wenn ich allein bin. Weiß nicht, warum ich allein bin und so. Weil meine Mama nicht da ist, deswegen. Das stimmt aber nicht ganz. Manchmal bin ich auch allein, wenn sie da ist. Eigentlich bin ich ziemlich oft allein. Das kommt mir halt so vor, weißt schon. Meistens bin ich dann doch nicht allein, John Dillinger und Frank Black sind bei mir, bei denen ist immer was los, und ich muss aufpassen, dass ich alles gut mitkrieg. Weißt du, dass du ausschaust wie Billy the Cat?«

»Wer ist das?«

»Das ist ein Freund von Frank Black, gerissen ist der. Schlau, weißt schon. Den kann man nicht austricksen, der hört alles und der sieht auch alles, aber ihn kann man nicht sehen.«

»Und ich sehe aus wie er.«

»Glaub schon.« Dann war Benedikt kurz still. »Vielleicht hat meine Mama bloß vergessen, nach Hause zu kommen. Die vergisst oft was, die ist echt wirr manchmal. Das ist nicht schlimm. Sie muss viel arbeiten und hat den ganzen Tag Stress. Sie ist Verkäuferin, die Leute mögen sie gern, sagt sie, und das stimmt auch. Sie ist nett. Sie schreit nie rum wie andere Mütter, sie lässt mich in Ruhe, wenn ich allein sein will. Sie fragt nicht tausendmal nach. So was nervt mich total. Mein Vater fragt immer was, fragt und fragt, und wenn ich ihm was erzähl, hört er nicht zu. Das seh ich. Er schaut dann bloß so, als würd er zuhören. Wahrscheinlich denkt er an ein Tier oder so.«

Süden sagte: »Wieso denkt dein Vater an ein Tier, wenn du mit ihm redest?«

»Weil er überlegt, wie es schmeckt. Er ist doch Koch.«

»Ich habe mit ihm gesprochen.«

»Echt? Was hat er gesagt? Warum wollte er nicht mit mir reden?«

»Das weiß ich nicht«, sagte Süden. »Er dachte, du wärst bei deiner Mutter.«

»Ach so.«

»Sie wollte, dass du über Ostern zu ihm gehst, aber dann hat sie sich nicht mehr gemeldet, und er dachte, du wärst versorgt.«

»War ich ja auch.«

»Ja«, sagte Süden, sekundenlang gelähmt von der Furcht, was mit Nike Schwaiger geschehen sein könnte, und von der Vorstellung, wie der Junge die vergangenen Tage und Nächte verbracht haben mochte. »Erzähl mir noch was von deinem Opa.« Das sagte er nur, um sich etwas einzureden, um sich selbst eine Rechtfertigung dafür zu geben, dass er weiter in der Küche saß und nichts unternahm.

Auf eine Weise, für die Süden noch keine Erklärung hatte, versöhnte ihn die Anwesenheit des Jungen mit etwas.

Es war nicht eigentlich ein Gefühl von Versöhnung, das er sich einbildete, wenn er Benedikts erschöpfte, aber mutvolle Stimme hörte. Es war vielleicht das ungewohnte Empfinden eines schwelendes Glücks im Untergrund seiner Erinnerungen, die ihn jahrzehntelang mit den immer gleichen Bildern, Störungen und Verwirrungen heimgesucht hatten.

So wie der Junge mit einfachen Worten sein ganzes Verlies vor seinem Zuhörer offenbarte – mit solch einer Unbeschwertheit und Eindeutigkeit –, hätte Süden früher gern sein leeres gelbes Zimmer in der Deisenhofener Straße durchquert, im Schatten der drohenden Wände, inmitten seines Gedankengerümpels.

Nun saß er hier, in einer schlecht beleuchteten Wohnung am Rand der Stadt, und der rothaarige Bub kam ihm vor wie ein Scheinwerfer, der Licht auf jenen anderen, verschatteten, bisweilen verwahrlosten Süden warf, dem er, der für alle sichtbare Süden, wie ein humpelnder, zerlumpter Greis seit seiner Jugend folgte, als wäre es seine Bestimmung.

War heute der Tag, an dem es aufhörte zu dunkeln?

»Schau!«, rief Benedikt. »Schau doch zum Fenster! Es schneit.«

Mit einem brummenden Laut drehte Süden den Kopf. Er sah die Flocken hinter der grauen Scheibe und stieß einen zweiten, höheren, kindhaften Laut aus.

»Was ist?«, fragte Benedikt.

»Es schneit«, sagte Süden.

»Seh ich doch.«

»Ich auch.«

»Bist du betrunken?«

»Vielleicht«, sagte Süden.

»Glaub ich nicht«, sagte Benedikt. »Betrunken ist anders. Willst du ein Bier?«

»Nein.«

»Hast du Angst?«

»Wie kommst du darauf?«

»Weil du so schaust.«

»Du siehst doch gar nicht, wie ich schaue.«

»Doch.« Bene sah Süden von der Seite an. Süden wandte den Blick nicht vom Fenster mit den weißen, tänzelnden Tupfern.

»Musst du weggehen?«

Sofort drehte Süden den Kopf. »Ich bleibe hier.«

»Wie lange?«

»Bis ich weiß, wo deine Mama ist.«

»Fällt dir das dann ein?«

»Du musst mir dabei helfen.«

»Wie denn?«

»Erzähl mir von deinem Opa, erzähl mir von deinen Eltern, erzähl mir von dir.«

»Und dann weißt du, wo meine Mama ist?«

»Vielleicht.«

»Und wenn nicht?«

»Fang an«, sagte Süden.

»Gleich.« Im nächsten Moment rannte der Junge aus der Küche und hinüber ins Wohnzimmer. Süden sah noch einmal zum Fenster.

Damals, am zweiundzwanzigsten Dezember, als sein Vater verschwand, hatte es nachts angefangen zu schneien. Er stand in dem kleinen Gästezimmer, in dem seine Tante und sein Onkel ein Bett für ihn hergerichtet hatten, und konnte nicht begreifen, warum die Nacht so große Augen hatte. Er war schon sechzehn, aber er kam sich vor wie ein verschrumpelter kindloser Junge.

»Willst du auch Schokolade?«

34

»Die hat meine Mama von einer Freundin aus Polen«, sagte Benedikt und hielt Süden die rechteckige Tafel mit dem silbrigen Papier hin.

Süden legte seine Hand unter die des Jungen, brach ein Stück Schokolade ab und steckte es sich in den Mund. Im ersten Moment dachte er, er würde sich einen Zahn ausbeißen. Doch dann knackte es, und ein süßer, kräftiger Geschmack überzog seinen Gaumen. Trotzdem stippte er mit dem Zeigefinger an den Zahn, um dessen Festigkeit zu testen.

Dabei fiel ihm ein, dass er seit mindestens drei Jahren nicht mehr beim Zahnarzt gewesen war. Als Kind hatte er regelmäßig unter Schmerzen und blutendem Zahnfleisch gelitten, was die Besuche bei dem übergewichtigen, monströsen Dentisten mit den Wurschtelfingern noch verschlimmerte. Während seiner Volksschulzeit legte seine Mutter oft Stoffwindeln zum Schutz auf sein Kopfkissen. Noch mit achtzehn sabberte er beim Schlafen, obwohl er sich jede Nacht krampfhaft bemühte, vor dem Einschlafen den Mund geschlossen zu halten. Erst nachdem er aus Taging weggezogen war und mit Martin Heuer ein Zimmer in Schwabing gemietet hatte, besserten sich seine Zahnprobleme. Und seit sein Gebiss vor allem aus Brücken, Kronen und wurzelbehandelten Zähnen bestand, vergaß er sogar die üblichen Reinigungstermine. »Psychodentales Landsyndrom« hatte Martin das Problem mit dem Zahnfleischbluten umschrieben.

Jedenfalls schien der polnische Brocken keinen Schaden hinterlassen zu haben.

Benedikt hatte sich wieder hingesetzt. Er kaute und schmatzte und schaute Süden neugierig und etwas irritiert dabei zu, wie dieser den Stuhl nahm und zur anderen Seite des Tisches trug und dort Platz nahm, dem Jungen gegenüber.

»Jetzt bist du ich«, sagte Benedikt mit verschmierten Lippen.

»Ich sehe gern dein Gesicht, wenn du mir was erzählst«, sagte Süden.

»Wieso?«

»Dein Gesicht gehört zu deiner Geschichte dazu.«

»Wieso?«

»Genau wie deine Hände und dein Körper.«

»Aber meine Füße kannst du nicht sehen.«

»Nein.«

»Du denkst, ich schwindel dich an.«

»Das denke ich nicht.«

»Doch«, sagte Benedikt. Er nahm ein schon abgebrochenes Stück aus dem Stanniolpapier, legte es auf die flache Hand und kippte es in seinen Mund, wo er es schmelzen ließ. »Ich blinzel nämlich schlimm, wenn ich was sag, was nicht stimmt.«

Süden schwieg, legte die Hände unter die Oberschenkel, beugte sich vor.

»Manchmal blinzel ich auch bloß so.« Der Unterkiefer des Jungen bewegte sich unaufhörlich. »Du schaust wie Billy the Cat, der ist supergefährlich.«

»Ich bin nicht supergefährlich. Warum hast du an deinen Opa denken müssen, Bene?«

Bene wischte sich mit dem Handrücken über den Mund, warf einen schnellen Blick zur Tür, zog die Stirn in Falten und stieß einen Laut aus, ähnlich wie Süden vorhin, bloß heller, mit leichterem Atem. »Hab nicht an ihn gedacht. Er hat an mich gedacht, und ich hab's gemerkt. Weißt schon. Das ist so. Er ist ja schon lang tot, und plötzlich ist er in meinem Kopf, ganz von selber. Wenn er wieder weg ist, bin ich traurig, weil ich ihn vermiss. Das ist zum Sterben hart, echt.«

Er nickte mit gesenktem Kopf und leckte sich die Lippen und zuckte mit den Schultern. Dann schnellte sein Kopf in die Höhe. »Du? Ich glaub, ich weiß jetzt, wieso ich in meinem Zimmer hab sitzen müssen und nicht bei den andern sein durfte.«

Süden schwieg. Aber da der Junge nicht weiterredete, sagte er: »Wann durftest du nicht bei den anderen sein?«

»Hab ich doch gesagt: als mein Opa gestorben ist. Und weißt du, wieso ich in dem Zimmer war? Weil mein Opa das so wollt! Der wollt, dass ich mit ihm red und er mit mir und dass wir zusammen sind und ich ihn nicht vermissen muss. Jetzt hab ich das kapiert.«

Er steckte sich ein weiteres Schokoladenstück in den Mund, lächelte und nickte. Nuschelnd und schmatzend redete er weiter. Obwohl Süden nicht jedes Wort verstand, unterbrach er den Jungen nicht.

»Und ich hab gedacht, ich red die ganze Zeit mit jemand anderem. Mit dem Lieben Gott nämlich. So ein Schmarrn. Mit dem Lieben Gott kann man gar nicht reden, der ist im Himmel, ich bin so ein Depp. Der Opa Schorsch war das, mit dem ich geredet hab, und ich hab's nicht gemerkt.« Hastig schluckte er runter. »Dann war das im Schuppen draußen auch der Opa Schorsch und nicht der Liebe Gott. Den hab ich mir nur eingebildet. Wie den John Dillinger und den Frank Black, weißt schon.«

»Und Billy the Cat«, sagte Süden.

Ein schwarzumrandetes Lächeln zierte Benes Gesicht. »Genau. Jetzt hab ich deinen Namen vergessen.«

»Tabor Süden.«

»Echt? Süden wie der Süden im Süden?«

»Wie der Süden im Süden.«

»Hast du Geschwister?«

»Nein.«

»Schad. Die würden dann Westen, Osten und Norden heißen.« Der Junge verzog den Mund und leckte sich wieder genüsslich die Lippen. »Tabor hab ich noch nie gehört.«

»Da bist du nicht der Einzige. Meine Eltern haben mich so getauft, aber ich habe nie erfahren, warum sie mir ausgerechnet diesen Namen gegeben haben.«

»Ich weiß auch nicht, warum ich Benedikt heiß. Glaubst du an den Lieben Gott?«

»Bitte?«, sagte Süden, weil er mit der Frage nicht gerechnet hatte.

Der Junge wartete ab, während er mit der Zunge um seinen Mund strich.

Über das Thema hatten Süden und Martin Heuer im Lauf der Jahre immer wieder gesprochen, ohne dass einer von ihnen zu einer klaren Einstellung gefunden hatte. »Manchmal«, sagte er. »Wenn es mir gutgeht.«

»Und wenn's dir nicht gutgeht? Wenn du total fertig bist? Wenn du ganz allein bist und Angst hast?«

»Dann versuche ich, an mich zu glauben.«

Benedikt zog die Stirn in Falten und machte ein vermummtes Gesicht. »Wie machst du das, wenn du an dich glaubst? Betest du dann zu dir?«

Süden sagte: »Ich rede mir ein, dass es mich wirklich gibt und dass ich keine Angst zu haben brauche, nur weil ich etwas nicht verstehe, zum Beispiel, warum jemand, den ich geliebt habe, viel zu früh gestorben ist. Die Erinnerungen sind mein schönster Besitz, und ich halte ihn in Ehren. Solange ich mich erinnere, bin ich nicht allein, und wenn ich begreife, dass ich nicht allein auf der Welt bin, habe ich keine Angst mehr. Und du, Bene, erinnerst dich so fest an deinen Großvater, dass du dir immer sicher sein kannst, er ist in deiner Nähe und passt auf dich auf.«

»Ja«, sagte Bene, »und auf meine Mama. Obwohl der Opa Schorsch nicht ihr Vater war, sondern der von meinem Vater. Aber mein Vater hat oft geschimpft, und als der Opa im Krankenhaus war, hat er ihn nicht besucht, nur meine Mama und ich sind zu ihm gegangen und haben ihm Saft mitgebracht und Schokolade, und wir haben mit ihm gesprochen. Das ist wichtig, sagt meine Mama, dass man mit den Menschen spricht, sonst gehen sie ein wie Blumen und sterben. Dass mein Opa nicht mehr lange leben wird, haben wir schon gewusst, meine Mama und ich. Weil er keine Luft mehr gekriegt hat und sein Blut nicht mehr rot gewesen ist, sondern weiß. Das stimmt.«

Seine Pupillen waren groß und hell, er schaute Süden unentwegt an. »In seinem Körper ist Schnee geflossen, deswegen hat er sterben müssen. Da war kein Blut mehr, nur noch Schnee, und der ist geschmolzen in seinem Herzen. So war das. Und ich hab die ganze Zeit gedacht, das hat mir der Liebe Gott erzählt. Aber in Wirklichkeit war's der Opa Schorsch selber. Und wenn du nicht hergekommen wärst, hätt ich das nie kapiert. Jetzt weiß ich es. Dafür kriegst du noch ein Stück Schokolade.«

Er nahm das zerknitterte Rechteck mit der Pappunterlage in beide Hände und hielt es Süden direkt vor die Nase. Süden roch die Schokolade, und als er sich ein Stück in den Mund schob, achtete er darauf, nicht zuzubeißen, sondern es behutsam in die Wange zu schieben und dort zu lassen.

Bis zu diesem Augenblick hatte er nicht bemerkt, dass sie im Dunkeln saßen. Nur das trübe Licht vom Flur fiel in die Küche und reichte kaum aus, ihre Gesichter zu erhellen. Das rote Haar des Jungen wirkte wie erloschen.

Von seinem Vater wusste der Junge wenig. Der Mann war Koch, das stand fest, und er hatte, glaubte Benedikt, in einem Gasthaus mit dem Namen Lindenhof gearbeitet, wo er oft Rehe und Hirsche gebraten habe.

Wenn er bei seinem Vater zu Besuch sei, würden sie gemeinsam fernsehen oder in die Hühnerbraterei in der Lindwurmstraße zum Essen gehen oder ins Kino am Goetheplatz oder in den Tierpark. Meistens aber saßen sie vor dem Fenseher und schauten Filme auf DVD oder Video. Über seine Arbeit sprach Karl Schwaiger offensichtlich nie mit seinem Sohn, außer dieser fragte etwas, zum Beispiel, welches Tier er zuletzt getötet hätte. Solche Fragen würden seinen Vater ärgern, meinte Bene, deshalb fragte er lieber nichts mehr.

Wenn sein Vater mit ihm zum Großmarkt fuhr, aßen sie nach dem Einkaufen gemeinsam Weißwürste mit Brezen. Sein Vater unterhielt sich mit Bekannten, trank Weißbier, rauchte Zigaretten und lächelte seinem Sohn immer wieder zu, als wären sie »total enge Kumpels«. Zu Hause breitete er die Lebensmittel in der Küche aus und kochte ein Essen, das jedes Mal »superlecker« schmeckte. Sonntagabends brachte er Bene zu dessen Mutter zurück.

Seit sein Großvater gestorben war, lebten seine Eltern getrennt, sagte Bene, und vorher seien sie »auch schon lang bloß so zusammen« gewesen.

Ob seine Mutter einen neuen Freund hatte, konnte der Junge nicht sagen. Manchmal telefoniere sie hinter verschlossener Tür mit jemandem. Wenn sie spät nachts nach Hause kam und er sie fragte, wo sie gewesen sei, gab sie ihm keine Antwort. »Hauptsach, sie ist wieder da«, sagte Bene.

Inzwischen brannte die Deckenlampe in der Küche, vor dem Fenster hatte die Dunkelheit die Schneeflocken verschluckt.

»Du hast noch nichts von deinen Omas und deinem anderen Opa erzählt«, sagte Süden.

»Die eine Oma ist schon lang tot, die von meinem Opa, der gestorben ist. Und die Eltern von meiner Mama kenn ich fast nicht, die sind in Italien.«

»Sind sie Italiener?«

»Wieso denn? Die haben da ein Haus, in der Tossdings.«

»Und sie besuchen dich nie?«

»Nein.«

»Warst du mal mit deiner Mutter in der Toskana?«

»Einmal«, sagte Bene. Seit einiger Zeit sah er wieder öfter zum Flur. Und, so glaubte Süden, der Junge horchte auf Geräusche, während er über den Tisch blickte und den Kopf weiter zur Seite neigte. »Da hat's geregnet, und es gab nur Gemüse und Salat und so Zeug zu essen. Meine Oma hat ein komisches Kleid angehabt, in dem sie total fett aussah, mein Opa hatte einen Strohhut auf und malte superpeinliche Bilder. Er hat gesagt, dass er jetzt Maler ist und die Natur abmalt. Weiß nicht, warum er was abmalt, was sowieso da ist und überhaupt nicht weggeht. Den ganzen Tag hat er Wein getrunken, genau wie meine Mama, das war schlimm. Wir sind dann nicht mehr hingefahren. Jetzt hab ich dir alles erzählt. Weißt du jetzt, wo meine Mama ist?«

Wie lange hätte der Junge noch allein in der Wohnung verbracht, wenn er, Süden, nicht in einem völlig anderen Zusammenhang über den ehemaligen Koch aus dem Lindenhof auf Benedikts Existenz gestoßen wäre? Und wenn er dem Jungen keine Nachricht hinterlassen hätte?

Und wann hätte Benes Vater sich endlich aufgerafft, nach seinem Sohn zu sehen oder ihn zumindest anzurufen? Und warum waren die Nachbarn in der Salzmesserstraße über Ostern allesamt erblindet?

Und wenn Nike Schwaiger nicht entführt – aus welchem Grund denn auch? – oder ermordet worden war, und wenn sie nicht Selbstmord begangen hatte – eine Tat, die Süden niemals ausschloss –, welcher irre Gott hatte sie dann gezwungen, ihren Sohn zu vergessen?

Eine Familie wie so viele, sagte sich Süden.

Und als er in das bleiche, kindheitsferne Gesicht des rothaarigen Jungen blickte, ging er zu ihm hin, umarmte ihn, drückte ihn an sich, ließ ihn los und sagte: »Auf geht's, Bene. Wo ist das Telefon?«

35 Unter der vierten, im Apparat gespeicherten Nummer meldete sich ein Mann mit einer heiseren Stimme, der zuerst »Einen Moment« sagte und dann verstummte. Vermutlich drückte er das Telefon an den Körper. Als er es wieder ans Ohr hielt, hörte Süden ihn rufen: »Und denk an das Besteck für die Salate! Wer ist dran?«

»Tabor Süden. Mit wem spreche ich?«

»Mills. Was wollen Sie?«

»Ich suche Nike Schwaiger.«

»Kenn ich nicht.«

»Ihre Nummer ist in ihrem Telefon gespeichert, sie ist seit Tagen verschwunden, wissen Sie, wo sie ist?« Süden stand mitten im Wohnzimmer. Unaufhörlich ging Benedikt mit schlurfenden Schritten um ihn herum, eine Weile in die eine, eine Weile in die entgegengesetzte Richtung. Durchs Telefon waren Stimmen, zischende Geräusche und das Klappern von Geschirr und Töpfen zu hören. Der Mann reagierte nicht. Süden wartete.

»Keine Ahnung«, sagte Mills. Trotz des Krachs im Hintergrund hörte Süden die Lüge heraus.

»Ich arbeite für eine Detektei ...« Eigenartigerweise scheute er sich vor der Formulierung »Ich bin Privatdetektiv«. Vielleicht musste er sich erst daran gewöhnen. Vielleicht irritierte ihn seine neue Berufsbezeichnung, zumal er früher als Polizist eher ungern mit Detektiven zusammengearbeitet hatte. Manche von ihnen hatte er hinter vorgehaltener Hand als Wegelagerer bezeichnet, sie kassierten ihre Klienten für etwas ab, was diese von der Polizei längst wussten und nur nicht wahrhaben wollten.

»Ich muss weitermachen«, sagte Mills. »Ich hab zwei neue Leute im Service, und die Gäste stehen Schlange.«

»Wo arbeiten Sie?«

»Ich bin Geschäftsführer vom Burger King am Hauptbahnhof. Und?«

»Wo ist Nike Schwaiger, Herr Mills?«

»Hören Sie mir nicht zu?«

»Ich höre Ihnen sehr gut zu. Wie lang sind Sie heute noch im Dienst?«

»Bis zehn, wieso?«

»Weil ich die Polizei bitten werde, Sie gleich vor Ort zu befragen.«

Benedikt wechselte die Richtung und berührte Süden dabei am Arm, als wolle er sich kurz festhalten. Süden nahm das Telefon in die linke Hand.

»Ich bin nicht verantwortlich für die Alte«, sagte Mills.

»Wo ist sie?«

»Als ich weggegangen bin, war sie bei mir.«

»Was macht sie da?«

»Fernsehen. Rumhängen. Pennen. Sie ist freiwillig bei mir, ich hab sie zu nichts gezwungen, ist das klar? Ich hab sie im Vivo kennengelernt, wir haben was getrunken, der normale Ablauf. Sie ist sofort mitgekommen. Und sie wollt nicht mehr weg. Beim ersten Mal hab ich ihr ein Taxi direkt aufdrängen müssen, was weiß denn ich, was mit der los ist. Die geht einfach nicht mehr weg. Ein paar Tage ertrag ich sie noch, wir haben ordentlich Sex, das geb ich zu. Langsam fängt sie an zu nerven. Aber sonst ist sie gesund und wohlauf. Gehen Sie hin, und holen Sie sie ab, vorausgesetzt, sie macht Ihnen die Tür auf. Ich garantiere für nichts. Sedanstraße achtzehn. Wer vermisst die denn? Ihr Mann?«

Süden sagte: »Ihr zwölfjähriger Sohn.«

»Die hat ein Kind?«

»Ja.«

»Das ist ein Witz.«

»Warum sollte das ein Witz sein, Herr Mills?«

»Weil die seit fast einer Woche bei mir rumhängt. Das ist ein Witz.«

»Nein.«

»Wie jetzt? Der Bub war zu Hause, und sie war bei mir?«
»Ja.«
»Die ist irre. Hab ich mir gleich gedacht. Eine Durchgeknallte. Holen Sie die bloß schnell ab. Ich hab damit nichts zu tun. Ich weiß nichts von der, ich weiß, dass sie Nike heißt und Kassiererin ist oder war. Sie ist rausgeflogen, glaub ich, sie hat so was erzählt. Ein Wunder, dass sie überhaupt mal geredet hat. Das müssen Sie sich mal vorstellen ... Hören Sie mich noch? Ich bin grad in die Halle rausgegangen. Diese Frau macht alles, was Sie wollen, zuerst hab ich gedacht, die ist aus dem Gewerbe und sie will gleich Geld von mir. Nichts. Keinen Cent. Macht rum, die ganze Zeit, dann schläft sie ein, wacht auf, macht wieder rum, aber nicht, wie Sie womöglich denken ... Sie ist keine Nymphomanin. Sie macht Sex und fertig. Und wieder von vorn. Ohne dabei auszuflippen, sie schreit nicht rum, verrenkt sich nicht bei der Nummer. Sie macht's einfach und aus. Und wieder von vorn ...«
»Ich hab's verstanden«, sagte Süden.
»Das glauben Sie einfach nicht. Diese Frau ist ein Phänomen. Oder so was Ähnliches. Jetzt kenn ich mich aus. Mein Nachbar, der Soll Franz, hat einen Schlüssel, der ist den ganzen Tag daheim. Klingeln Sie bei dem, der macht Ihnen auf, und dann nehmen Sie die Frau mit. Hat die ein Kind! Wenn ich das gewusst hätt. Schönen Gruß an den Franz.«
»Sie sollten ihn anrufen und ihm Bescheid sagen.«
»Kann ich machen. Der ist etwas eigen, der Franz, der hält jeden für verdächtig. Er denkt, er wird beschattet. Der BND war mal hinter dem her, die haben gedacht, er wär ein Terrorist. Der hat nicht mal einen Bart, und arabisch spricht er auch nicht, aber: Er war viel im Jemen, erst beruflich, als Radio- und Fernsehtechniker, dann oft privat. Er hatte ein paar Bekannte, junge Leute, die Deutsch konnten, weil sie in Hamburg studiert haben. Einer von denen war recht gläubig, rannte immer in die Moschee und hat den Allah vergöttert. Der

180

hatte irgendwelche Beziehungen zu zwielichtigen Gruppen, weiß kein Mensch, zu welchen genau. Der Franz hat Pech gehabt, hat zum falschen Zeitpunkt mit dem Falschen telefoniert, dessen Handy hatte der BND angezapft. Das glauben Sie nicht, wie schnell Sie da in ein Raster geraten und nicht mehr rauskommen. Sechs Monate U-Haft. Für was? Für nichts. Sein Anwalt war auch nicht gerade eine Leuchte. Katastrophe. Der Franz ist durchgedreht, hat sich aufgeführt, fing an zu schlägern, dieses Grischperl. Haut seinen Zellengenossen krankenhausreif. Als der wieder fit war, hat er den Franz krankenhausreif geprügelt, Rippenbrüche, vier Zähne raus, Nasenbeinbruch, fast das linke Auge verloren. Blanker Irrsinn. Sein Chef hat ihn rausgeschmissen, der dachte wirklich, der Franz hat einen heißen Draht zu al-Qaida. Seitdem hat er ein Problem mit seiner Mitwelt, der Franz. Ich ruf ihn an und sag, dass Sie kommen, dann ist er beruhigt. Wenn ich ihn nicht erwisch, ruf ich Sie auf dem Handy an. Geben Sie mir Ihre Nummer.«

»Ich habe kein Handy«, sagte Süden.

»Bitte? Sie sind Detektiv. Oder hab ich das missverstanden?«

»Nein.«

»Und Sie haben kein Handy?«

Sogar Benedikt hielt abrupt in seinem Kreislauf inne und sah Süden ungläubig an.

»Ich habe kein Handy. Sehen Sie die Nummer auf dem Display?«

»Ja. Ich ruf Sie gleich an. Und die Sache mit der Polizei ist damit vom Tisch?«

»Warten wir ab, wie es der Frau geht.«

»Als ich weg bin, ging's ihr gut. Abgesehen davon, dass sie irre ist. Wenn sie sich in der Zwischenzeit den Kopf blutig geschlagen oder sonst was Abartiges angestellt hat, bin ich nicht schuld. Klar?«

»Rufen Sie mich an.« Süden beendete das Gespräch und streckte den Arm aus. Benedikt, der wieder begonnen hatte, um ihn herumzugehen, blieb unmittelbar vor der Schranke stehen.

»Wir hatten Glück. Wir wissen jetzt, wo deine Mama ist.«

»Du bist der Beste«, sagte Benedikt.

»Zieh dich an, wir fahren gleich los, wenn der Mann angerufen hat.«

»Fahren wir mit deinem Auto?«

»Wir nehmen ein Taxi.«

»Das ist aber teuer.«

»Ausnahmsweise.«

Benedikt patschte Süden auf den Arm und rannte aus dem Zimmer. Die ganze Zeit, in der er barfuß durch die Wohnung gelaufen war, hatte er nichts als eine blau-grau gestreifte Schlafanzughose und ein gelbes T-Shirt getragen, und das, wie Süden vermutete, schon seit Tagen.

»Den schenk ich dir«, sagte Benedikt. Die Garage war vollgestellt mit sperrigen Umzugskartons, einem verwitterten Gartentisch mit Eisengestell, einer zerkratzten Waschmaschine, einem Trockner, verrosteten Gerätschaften für den Garten, prallgefüllten blauen Plastiksäcken, zwei Fahrrädern und einer Kommode aus dunklem Holz. Obenauf lagen verstaubte Bücher, Bilder in billigen Rahmen mit der Vorderseite nach unten, Schuhschachteln und andere, kleinere Kartons. Aus einem davon hatte Benedikt eine graue Figur gefischt, die er Süden in die Hand drückte.

»Das ist der Rollo. Den hab ich seit dem Kindergarten. Jetzt gehört er dir und ist dein Freund.«

»Der heißt ja wie der Gastwirt, bei dem ich wohne«, sagte Süden.

»Hat der auch so einen Schnurrbart und so eine Mütze?«

Süden betrachtete die Figur. Es war ein etwa fünf Zentimeter großer Seehund aus graulackiertem gebranntem Ton. Auf jeder Seite seiner gepunkteten Schnauze standen drei dünne schwarze Barthaare ab. In der Mitte war ein schwarzer Punkt als Nase, den die beiden Pupillen schielend zu fixieren schienen. Der rundliche, steinfarbene Körper ruhte auf vier knubbeligen Flossen. Auf dem Kopf trug Rollo eine blaue Bommelmütze. Wenn man ihn länger ansah und ein wenig drehte, strahlte er eine gewisse wehmütige Lebendigkeit aus. Süden hielt die Figur auf der flachen Hand in die Höhe.

»Schau«, sagte Benedikt, »er mag dich schon.«

»Wirst du ihn nicht vermissen?«

»Der gehört jetzt dir. Du darfst ihn nicht verlieren.«

Süden steckte den Seehund in seine Jackentasche und zog den Reißverschluss zu. Er dachte an eine Dienstreise, die ihn vor vielen Jahren nach Helgoland geführt hatte und auf der er lebende Seehunde hätte beobachten können – wenn er sich getraut hätte, aus dem Fenster der wackligen Chartermaschine hinunter auf die Nordsee zu schauen. Auf dem halbstündigen Flug hatte er das Betrachten seiner Schuhspitzen vorgezogen.

Er trat in den mit einer dünnen Schneeschicht bedeckten Garten hinaus, während der Junge die herunterhängende Schnur packte und mit einem geübten Schwung das Garagentor schloss.

Süden sagte: »Warum hast du dich da drin versteckt, bevor ich gekommen bin?«

»Wollt schauen, ob du dich traust, dazubleiben.« Benedikt kratzte sich am Kopf, der unter der Kapuze seines schwarzen Sweatshirts fast verschwand. Außerdem trug er eine braune Wolljacke, schwarze Jeans und blauweiße Chucks, deren Schnüre er nur flüchtig verknotet hatte.

»Ich bin extra gekommen, um zu bleiben.«

»Hat mein Vater auch immer gesagt, und dann ist er doch gleich wieder weg. Und meine Mama sagt auch immer, sie bleibt da.«

Auf der Straße hielt ein Taxi. Der Fahrer stieg aus und zeigte auf Süden und den Jungen. Süden nickte, der Fahrer setzte sich wieder hinters Lenkrad. Vor zehn Minuten hatte der Geschäftsführer vom Burger King angerufen und erklärt, sein Nachbar sei informiert. Ob die Sache mit der Polizei endgültig erledigt sei, wollte er wissen, und Süden hatte wiederholt, was er schon einmal gesagt hatte: Zuerst müsse er die Frau sehen.

»Nach Haidhausen.« Süden saß auf der Rückbank neben Benedikt, der aus dem Fenster sah und bis zum Aussteigen kein Wort mehr sagte.

Süden dachte daran, dass er am Nachmittag eigentlich Ilona Zacherl hatte aufsuchen wollen. Zudem wollte er die Spur der ehemaligen Bedienung Ricarda Bleibe über deren Angehörige verfolgen und ein ernstes Wort mit Liliane-Marie Janfeld reden, die ihn schamlos angelogen und betrunken gemacht hatte.

Bei diesen Überlegungen kam er sich sofort lächerlich vor. Seit seinem sechzehnten Lebensjahr hatte ihn niemand mehr betrunken gemacht, außer er sich selbst. Und schamlos war eine ungerechte Bezeichnung für Lillis Verhalten. Auch wenn sie sich vor ihm ausgezogen und ihn systematisch zu ihrem Körper hin magnetisiert hatte, entsprach alles, was sie tat, ganz der Situation und Südens innerem Zustand.

Die Geschehnisse, dachte er im Taxi, entsprangen einer ihnen angemessenen Logik, die Herzen der Beteiligten schlugen den Takt dazu und gaben den Rhythmus vor.

Etwas in der Art hatte er damals auch nach dem Tod von Martin Heuer gedacht. Und es hatte ihm geholfen, zumindest eine Zeitlang, und später, nach einer Phase absoluten schwarzen Unverständnisses, von neuem.

Bevor er jedoch wegen Edith Liebergesell und deren berechtigter Fragen nach der Effektivität seiner Arbeit ein maulendes Gewissen bekam, erreichten sie ihr Ziel, die Sedanstraße.

36 Das vierstöckige Haus mit der Nummer achtzehn hatte eine taubengraue Fassade und geriffelte Milchglasscheiben am Eingang. Zwanzig Parteien wohnten auf den drei Etagen und in dem ausgebauten Dachgeschoss, Lucas Mills und Franz Soll im ersten Stock. Im Treppenhaus roch es nach Braten. Süden und Benedikt leckten sich gleichzeitig die Lippen.

Nach dem zweiten Läuten war hinter der Wohnungstür ein Geräusch zu hören, dann wurde ein Schlüssel gedreht und die Tür einen Spaltbreit geöffnet. Ein glatzköpfiger, schlecht rasierter Mann Mitte fünfzig streckte den Kopf heraus. Er trug einen dunklen Mantel mit hochgeschlagenem Kragen. »Süden?«, sagte er.

»Soll?«, sagte Süden in ähnlichem Tonfall, weil ihm danach war.

Der Mann nickte und streckte, indem er die Tür mit der anderen Hand etwas weiter öffnete, seinen Arm vor. Süden nahm den Schlüssel, durch dessen Loch ein rotes Gummiband gewunden war. »Unten in den Briefkasten werfen. Oder Sie kommen im Ram's vorbei, da geh ich gleich zum Essen hin, Riesengarnelen.«

»Guten Appetit«, sagte Süden.

Franz Soll hatte die Tür schon wieder geschlossen. Süden sah zu dem Jungen, der vor der Tür gegenüberstand, reglos, immer noch stumm.

Als Süden sich neben ihn stellte, sagte Benedikt: »Ich hab Angst.«

»Dann warten wir noch einen Moment«, sagte Süden. »Bis deine Angst verschwunden ist.«

»Okay.«

Eine Zeitlang standen sie da, nebeneinander, vor der grauen Tür mit dem Namensschild über der Klingel. Dann griff der Junge nach Südens Hand und hielt sie fest, und sie standen eine weitere Minute stumm Arm an Arm. Das Licht im Treppenhaus ging aus. Sie rührten sich nicht von der Stelle. Süden wusste, dass Franz Soll sie durch das Guckloch beobachtete.

Mit einer schnellen Bewegung drückte Süden auf den Lichtschalter neben der Tür. Als sein Blick den Jungen streifte, hatte er einen seltsamen Gedanken: Er hätte ihn auffordern müssen, sich zu kämmen. Die roten Haare standen ihm struppig vom Kopf, einige ragten schräg heraus wie die Barthaare des Seehundes, den Süden in der Tasche trug.

»Ich hab immer noch Angst.«

Süden sagte: »Soll ich allein reingehen?«

Der Junge schüttelte den Kopf.

»Sollen wir klingeln?«

»Sie macht ja doch nicht auf.«

»Wovor hast du Angst, Bene?«

»Dass sie mich nicht sehen will.«

»Warum sollte sie dich nicht sehen wollen?«

»Weil sie allein sein will.«

»Nein«, sagte Süden. Er steckte den Schlüssel ins Schloss und öffnete die Tür.

In der Wohnung war es dunkel und still. An der Garderobe im engen Flur hingen Jacken und Mäntel, unzählige Paar Schuhe lagen herum, die Luft war muffig.

Benedikts Finger umklammerten Südens Hand. Vom Flur, der ins Wohnzimmer führte, gingen zwei Türen ab, eine ins Schlafzimmer, eine in die fensterlose Küche.

Süden sah die Frau als Erster. Sie lag auf der Couch und schien zu schlafen. Durch die kleinen Öffnungen in den Rollos fielen Lichtpunkte ins Wohnzimmer.

Benedikt riss sich von der Hand los und lief zur Couch, beugte sich hinunter, schüttelte die Frau an der Schulter.

»Mama«, rief er. »Wach doch auf. Wieso schläfst du nicht daheim?«

Wie mechanisch richtete die Frau sich auf. Süden war an der Tür stehen geblieben. Nike Schwaiger röchelte, drehte den

Kopf, erst zu dem Jungen, dann zu dem Mann an der Tür, dann zum ausgeschalteten Fernseher. Als Süden auf den Lichtschalter drückte, zuckte sie zusammen. Aus verquollenen Augen betrachtete sie den Jungen, der vor ihr stand, und flüsterte: »Bene, mein Liebster.« Fast im selben Moment schlug Benedikt zu.

Seine rechte Hand klatschte ins Gesicht seiner Mutter. Bevor Nike Schwaiger reagieren konnte, landete Benes Linke auf ihrer Wange. Nike Schwaiger stieß einen Schrei aus, und der Junge holte wieder aus. Wieder und wieder, mit dem rechten und dem linken Arm. Und das Klatschen und Schreien hörten nicht auf ...

»Du bist so dumm. Ich hab gleich gewusst, dass du weggehst und nicht wiederkommst. Du bist die gemeinste Mutter der Welt. Du kannst sterben, ist mir doch egal. Stirb doch endlich. Du bist sowieso schon tot, so wie du immer rumläufst und nie richtig da bist. Du bist ein Zombie, Mama ...«

... bis Süden sein erstarrtes Staunen überwand. Er ging zum Sofa, umklammerte Bene von hinten und zog ihn von seiner Mutter weg, wobei die Arme des Jungen weiter die Luft ohrfeigten. Nike schluchzte und schniefte und verfolgte mit tränenden Augen die rudernden Bewegungen ihres Sohnes, mit einem Ausdruck fassungsloser Furcht im eingefallenen Gesicht. In ihren engen weißen Jeans und dem dunklen, eng geschnittenen Rollkragenpullover wirkte sie dürr, zerbrechlich, ausgelaugt.

So unerwartet seine Schläge begonnen hatten, so abrupt ließ der Junge die Arme sinken. Mit einem Ruck befreite er sich aus Südens Umklammerung und sank zu Boden, rollte sich auf den Bauch und vergrub den Kopf unter den Armen. Seine Jacke und sein Sweatshirt waren hoch- und seine Hose heruntergerutscht, und Süden sah, dass er noch immer die gestreifte Schlafanzughose und das verwaschene gelbe T-Shirt trug.

Langsam, wie gegen ihren Willen, glitt Nike Schwaiger von der Sofakante auf den Boden. Sie fuhr mit den Handballen über ihr gerötetes Gesicht, gab wimmernde Laute von sich, die klangen wie die eines verletzten Tieres. Sie streckte die Beine aus, presste sie aneinander. Sie war barfuß, wie zu Hause ihr Sohn.

Als sie den Kopf hob, klemmte sie die Hände zwischen die Oberschenkel, ihre Lippen zitterten, ihr Mund klappte auf und zu. Es sah beinah komisch aus. Süden stand vor dem Fernseher, die Hände hinter dem Rücken. Wie ferne Echos klangen das Patschen der Schläge und die kreischende Stimme des Jungen in seinem Kopf nach. Bene lag auf dem Boden, die Hände über Kreuz am Hinterkopf, und weinte leise.

Im Treppenhaus schlug eine Tür. Gedämpfte Schritte waren zu hören, dann aus der Küche das Brummen des Kühlschranks.

Im hellen Schein der drei an der Decke montierten Strahler wirkten die unbeweglichen Personen wie das Tableau eines Theaterstücks, die billigen Möbel wie Kulissen, an denen die Farbe absprang. Der silberne Pokal auf dem Fichtenholzschrank hatte unter der Staubschicht jeden Glanz verloren, die Flaschen und Gläser in dem viereckigen offenen Schrank neben der Tür sahen leer und unbenutzt aus. Auf dem Tisch lag eine Fernsehillustrierte, nirgendwo Bücher, Schallplatten oder CDs. Auf den Glasflächen eines Rollwagens stapelten sich DVDs und leere Hüllen.

So schwer es ihm gefallen war zu begreifen, dass Benedikt tagelang allein in der Salzmesserstraße gewesen war, so wenig begriff er, wie es Nike Schwaiger so lange in dieser schäbigen, abgelebten Wohnung aushalten konnte.

Nike Schwaiger sah Süden an. Tränen tropften von ihrem Kinn. »Ich weine gar nicht«, sagte sie mit rissiger Stimme. »Ich hab schon lang nicht mehr geweint. Das sieht nur so aus. Ja, als Kind hab ich schon geweint. Hab im Finstern auf der

Schwelle im Treppenhaus gesessen und weiße Tränen geweint. Das hab ich mir so vorgestellt: Dass meine Tränen weiß sind und leuchten in der Dunkelheit und einen Schein ergeben. Für die Fliegen oder die Mücken. Ha. Wenigstens ein Tierchen schaut nach mir. Ha. Jetzt bin ich hier bei dem Lucas mit c. Hat er mir gleich am Tresen gesagt: Ich heiß Lucas mit c. Sind Sie Polizist? Wie heißen Sie?«

»Tabor Süden.«

Sie nickte. »Ich bin schon lang hier. Wenn er weg ist, wart ich auf ihn. Und jedes Mal vergess ich, dass ich was essen muss. Er erinnert mich dran und ist böse mit mir.«

»Warum sind Sie nicht nach Hause zu Ihrem Sohn gegangen?«

»Das wollt ich tun, dann bin ich eingeschlafen. Als ich aufgewacht bin, wollt ich gern dableiben und auf der Couch liegen und zur Decke schauen und nichts machen. Welcher Tag ist heut? Nachts wach ich manchmal auf und frier vor lauter Angst, dass ich was Wichtiges vergessen hab. Ulkig ist das. Mir fällt nie was ein, was ich vergessen haben könnt. Doch: Ich hätt zu einem Bewerbungsgespräch in der Hohenzollernstraße gehen müssen, die haben da eine Stelle als Kassiererin frei, in der Filiale eines Drogeriemarktes. Ich sollt mich vorstellen und anschließend bei einer anderen Firma unterschreiben, die vermittelt Leiharbeiter. Ganz legal ist das nicht, aber ich krieg lieber weniger Lohn als gar keinen. Hab ich vergessen. In der Nacht hab ich noch dran gedacht, dann nicht mehr. Woher kennen Sie meinen Sohn?«

»Ich habe ihn besucht, nachdem ich bei seinem Vater war.«

»Wieso?«

»Ich bin auf der Suche nach einem verschwundenen Mann«, sagte Süden. »Und Benes Vater hat bei ihm gearbeitet.«

»Der Zacherl Mundl.« Sie nickte wieder und seufzte und schlug mit den Knien aneinander. »Der ist weggegangen und nicht wiedergekommen. Das ist lang her, dass der Charly bei ihm war. Wie geht es ihm?«

»Gut.«

»Das glaub ich nicht. Dem Charly geht's nie gut. Der hadert viel und weiß nicht, was er ändern soll. In einer Sache hat er sich geändert, das muss ich zugeben, das war radikal, da hat er sich nicht abbringen lassen. Darüber darf ich nicht sprechen, er mag das nicht. Bestimmt weiß er auch nicht, wo der Mundl steckt. Ich weiß, wo der Mundl ist, ich weiß es genau.«

Sie sah Süden an, dann ihren Sohn, der weiter auf dem grauen Teppich lag und keinen Mucks von sich gab. Mittlerweile weinte er nicht mehr. Falls Süden sich nicht täuschte.

»Der Mundl war immer ein stummer Mensch«, sagte Nike. »Er war kein Sprecher, nicht so wie ich. Wenn ich mal anfang, werd ich recht gesprächig. Ich red auch mit mir selber, wenn niemand da ist. Das macht mir nichts aus. Finden Sie meine Stimme auch so schrecklich wie mein Sohn? Der will mir immer den Mund verbieten, vor allem in der Früh, keine Chance. Ich rede, wann's mir passt. Woher wussten Sie, wo ich bin?«

»Wo, glauben Sie, hält Raimund Zacherl sich auf?«, sagte Süden.

»Ich hab zuerst gefragt.«

»Herr Mills hat mir gesagt, wo Sie sind.«

»Wer?«

»Lucas mit c.«

»Seinen Nachnamen hab ich vergessen. Ja. Ich bin bei ihm geblieben.« Sie schaute zu ihrem Sohn. »Es tut mir leid, ich hätt dich anrufen sollen. Das wollt ich auch, ich schwör's bei Gott, ich weiß nicht, warum ich es nicht getan hab. Ich wollt einfach nicht nach Haus gehen.«

Mit einer heftigen Bewegung fuhr Benedikt herum, richtete sich auf, stützte sich mit den Fäusten am Boden ab und schrie: »Warum denn nicht?«

Ohne die Stimme zu heben oder sonst eine Regung zu zeigen, sagte seine Mutter: »Da ist alles so leer.«

»Ich bin doch da!«, schrie Benedikt.

»Aber sonst niemand. Ich sitz immer allein in der Küche, du bist in deinem Zimmer und spielst Computer. Und ich schau in der Küche aus dem Fenster.«

Lautlos kippte der Junge zur Seite, zog Arme und Beine an den Körper, hielt sich mit beiden Händen das Gesicht zu.

»Du hast schon recht. Ich bin tot. Bin schon gestorben. Lauf nur noch rum. Du bist schlau, du kennst mich. Ich will aber nicht tot sein, das will ich nicht, glaubst du mir?«

Nike betrachtete ihren Sohn, in ihrem Blick war ein kindliches Flehen. »Wenn ich jemand zum Lieben hätt, außer dich, mein Liebster, dann, ach dann ...« Sie beugte sich vor, streckte den Arm aus, ruckte noch ein Stück mit dem Oberkörper. Aber Benedikt lag zu weit weg. Sie kippte wieder gegen die Couch, stieß einen Seufzer aus und nickte eine Weile vor sich hin.

Nach einem Schweigen sagte Süden: »Wo könnte Raimund Zacherl sein, Frau Schwaiger?«

»Bei einer lieben Frau, wo denn sonst? Bei der Liebe ist der Mundl, bei der Liebe, die ihm niemand nehmen kann. Und Sie dürfen ihn da nicht stören, das ist verboten. Lassen Sie ihn in Frieden. Wieso suchen Sie denn nach ihm?«

»Seine Frau hat eine Detektei beauftragt.«

»Dann suchen Sie weiter, Sie finden ihn eh nicht. Das ist gut. Suchen Sie. Vielleicht ist er hier im Haus, klingeln Sie an den Türen, lauschen Sie durchs Schlüsselloch. Wer weiß, wer weiß.«

»Warum haben Sie Ihren Sohn eine Woche lang allein gelassen?«

»So lang war das nicht. Nein. War sein Vater nicht bei ihm? Der sollt doch da sein und was mit ihm unternehmen. Wieso hat er das nicht getan?«

»Sie haben sich nicht mehr bei ihm gemeldet.«

»Ach so. Hab ich versäumt. Denken Sie, ich bin Abschaum? Denken Sie, ich bin die letzte Mutter auf der Welt? Mein Sohn denkt das. Ich bin schuld. Deswegen darf er mich auch anschreien. Und mich schlagen. Warum hast du das getan?«

Benedikt lag da, gekrümmt und stumm, und reagierte nicht.

»Ich bin dir nicht bös«, sagte Nike und legte den Kopf schief und nahm den Blick nicht von dem Jungen. »Was hättest du sonst tun sollen? Ich hätt vielleicht dasselbe getan, wenn du so lange fort gewesen wärst. Jetzt willst du wissen, warum ich nicht zurückgekommen bin, und ich sag dir: Ich hab auf einmal in der Wohnung keine Luft mehr gekriegt. Ich bin fast erstickt am Morgen, ich hab alle Fenster aufgerissen, und du hast mich ausgeschimpft und dich beklagt, dass es so kalt ist und ich nicht ganz dicht im Kopf bin. Dicht im Kopf. Ha. Ich bin schon dicht im Kopf, da läuft nichts raus. Aber es läuft auch nichts rein. Da ist alles leer gewesen an dem Morgen. Und weil du nicht aufgehört hast zu toben und zu krakelen, hab ich die Fenster wieder geschlossen und bin gegangen. Und du bist nicht mal aus deinem Zimmer rausgekommen. Du hast mich nicht verabschiedet, es war dir egal. Alles egal. Und mir auch. Ich wusst gleich, wo ich hingeh. Mit der S-Bahn zum Ostbahnhof und dann ins Vivo. Das hatt aber noch geschlossen, es war ja erst Mittag. Also bin ich durchs Viertel gelaufen, unauffällig in die Sedanstraße, um zu schauen, ob der Lucas vielleicht grad aus der Tür kommt. Niemand kam. An der Rosenheimer Straße bin ich wieder umgekehrt. Ich war ganz wirr, aber ich wollt nicht mehr nach Hause, nie mehr wollt ich in die Salzmesserstraße. Ich wollt deinen Vater anrufen und ihm sagen, er soll sich um dich kümmern. Obwohl dein Vater noch nie ein Weltmeister im Sichkümmern war.«

Sie drehte den Kopf. »Ich war plötzlich frei. Jetzt weiß ich Ihren Namen nicht mehr.«

»Süden.«

»Ich war plötzlich frei, Herr Süden, und bin in jede Straße gegangen, in die ich gehen wollt, so weit, wie ich wollt. Und wenn ich nicht mehr wollt, bin ich umgekehrt. So war das.

Das war ein Glück. Dann hab ich im Ram's gewartet, bis der Lucas kam, und wir haben die Nacht zusammen verbracht. Die erste Nacht. Die zweite Nacht. Er hat mir nichts getan, außer das, was ich wollt. Er hat mich nicht gefangen gehalten, er ist unschuldig. Welcher Tag ist heut?«

Süden sagte: »Heute ist Montag.«

»Und welches Datum?«

»Der zwanzigste April.«

»Das kann nicht stimmen.«

»Warum nicht?«

Benedikt hob den Kopf und wandte sich zu seiner Mutter um.

»Heut ist nicht der zwanzigste April«, sagte sie.

»Doch«, sagte Süden.

»Dann hast du heut Geburtstag, Mama«, rief der Junge.

37 Das überraschende, unerklärliche Abtauchen eines Menschen, sagte der ehemalige Hauptkommissar Paul Weber vom Dezernat 11 oft, löse nicht nur Furcht und Sorgen bei Angehörigen aus, sondern gelegentlich auch »dauernde Apathie und Selbstverborgenheit«.

An diese Worte musste Süden denken, als er sich in der Halle des Ostbahnhofs von Nike und Benedikt Schwaiger verabschiedete, ohne dabei viele Worte zu verlieren.

Auf dem Weg von der Sedanstraße zur S-Bahn hatten sie höchstens vier Sätze gewechselt. Süden war vorausgegangen, Mutter und Sohn kamen Hand in Hand hinterher.

Apathie und Selbstverborgenheit – für Süden waren das keine Begriffe, die etwas erklärten. In seinen Augen ummantelten sie eher einen Zustand, um ihn für die Beteiligten erträglicher zu machen. Als Polizist hatte Süden sich häufig missverstanden gefühlt, die Leute glaubten, weil er ihnen zuhörte und ihnen Raum für Ausschweifungen, Abschweifungen, Ausschmückungen, tröstliche Lügen und schmallippiges Säuseln gewährte, wäre er auf ihrer Seite und würde sie vor aller Welt verteidigen. Das tat er nicht.

Stundenlanges Zuhören entsprach seinem Wesen, es war kein Zeichen von Nähe oder Fürsorge, nicht einmal von Geduld oder Neugier. Das Schweigen ebenso wie das Für-sich-Sein hatte er von Kindesbeinen an gelernt, er beherrschte sein Alleinsein. Und wenn er im Dienst Vernehmungen durchführte, verhielt er sich nicht anders als in einem Lokal, wo die Leute mit ihm oder an ihn hin redeten. Ihre Not war ihm vertraut, und er wandte sich nicht ab. Ihr Bedürfnis, Farbe und Größe ihres Containeralltags in einem glücklicheren Licht erscheinen zu lassen, kannte er aus eigener Erfahrung. Ihre Selbstbetrügereien verwunderten ihn nicht.

Das bedeutete nicht, dass er im Lauf der Jahrzehnte zu einem Umarmer geworden wäre. Als Benedikt seine Mutter ohrfeigte, hätte Süden beinah noch länger zugesehen. Und als Nike ihr

Gedankenstreugut vor ihm ausbreitete, war er kurz davor gewesen, sie zu unterbrechen und ihr zu sagen, er würde nun die Polizei und das Jugendamt informieren. Vermutlich hatte er sich nur deshalb anders, professionell, auf eine allgemeine Weise logisch verhalten, weil er für die Dinge in dieser Familie nicht zuständig war, sondern einen Auftrag zu erfüllen hatte, der eine andere Anwesenheit von ihm erforderte.

Trotzdem verschwanden manche Worte, Gesten und Blicke von Nike Schwaiger nicht aus seinem Kopf. Sie trieben ihn voran, zwangen ihn, Verbindungen zu knüpfen, Begegnungen zu vergleichen, den Echos nachzuhorchen.

Was Nike Schwaiger getan hatte, erschien Süden notgedrungen egozentrisch, nicht willkürlich oder bösartig. In ihrer Lebensbewegung hatte ein Sprung stattgefunden, und sie hatte sich, im vollen Bewusstsein ihrer seit jeher zementierten Verpflichtungen und Wegweiser, nicht dagegen gewehrt. Wie war das möglich? Woher hatte sie den Mut, den Übermut, die plötzliche Freiheit? Die trübsinnige Gegenwart eines Fremden ließ sie ihr Für-sich-Sein leichter ertragen als die unbedingte Nähe ihres Sohnes. Innerhalb weniger Tage entwickelte sie sogar eine große Unbekümmertheit. Sie war nicht apathisch, dachte Süden, sie war nicht einmal selbstverborgen, sie war da, einfach so, und hatte fast keine Not dabei.

38

Vor der Mauer des Ostfriedhofs beendete er sein gedankenvolles Gehen abrupt und blieb einen Moment stehen, bevor er mit kurzen, behutsamen Schritten weiterging.

Zwei Meter vor ihm trippelten, ziemlich vertraut, Seite an Seite, mit wackelnden Köpfen und munter schwingenden Schwanzfedern, zwei Krähen. Ihr Gefieder schimmerte schwarz im milchigen Schein der Lampen. Vor lauter Turteln und Nahsein nahmen sie lieber die Schwerkraft in Kauf, als die göttliche Erfindung ihrer Flügel zu nutzen.

Auf dem Weg zu seinem Hotel in der St.-Martin-Straße hielt Süden die kleine Seehundfigur in der Jackentasche fest umklammert. Und als Rollo ihm im Treppenhaus entgegenkam, wunderte er sich eigentlich nicht über das Auftauchen des Wirts.

»Jemand hat für dich angerufen«, sagte Roland Zirl. Er gab Süden einen Zettel, auf den er einen Namen und eine Telefonnummer gekritzelt hatte. Der Name war praktisch unleserlich.

»Zeit für ein Tagesabschlussgetränk?«

»Unbedingt.«

Süden hatte keine Ahnung, wie spät es war.

Kurz darauf saßen sie bei mickriger Beleuchtung in der Gaststube und stießen mit den Gläsern an. Süden hatte seine Lederjacke über die Stuhllehne gehängt und das graue Tier aus Ton mit der blauen Mütze vor sich auf den Tisch gestellt. Mit der Tatsache, dass Südens neues Maskottchen genauso hieß wie er, hatte Rollo kein Problem. Es war eine Ehre, wie er sich ausdrückte. Nach Südens Einschätzung hatte der Wirt einen gut bebierten Tag hinter sich, ausgelöst durch die beiden Trauergesellschaften, die nach den Beerdigungen auf dem gegenüberliegenden Ostfriedhof in der Brecherspitze eingekehrt waren.

»Es läuft also gut in deinem neuen Leben«, sagte Zirl.

»Ich habe kein neues Leben«, sagte Süden.

»Du hast einen neuen Job, oder nicht?«

»Aber kein neues Leben.«

»Haarspaltereien. Was wird jetzt aus dieser Mutter und ihrem Sohn? Hast du das Jugendamt eingeschaltet?«

Während Zirl die ersten Gläser eingeschenkt hatte, hatte Süden ein paar Andeutungen gemacht. »Sie müssen miteinander auskommen, sie haben keine andere Wahl. Und sie werden es schaffen.«

»Das sagst du, weil du ein guter Mensch bist und an das Gute im Menschen glaubst.«

»Ich bin kein guter Mensch«, sagte Süden.

Zirl trank sein Glas leer und stand auf. »Logisch bist du gut. Du warst den ganzen Tag bei dem Jungen und dann bei seiner Mutter. Wer macht so was? Ich würde es nicht tun. Wirst du dafür bezahlt? Dankt dir das jemand? Niemand. Du bist ein guter Mensch, Süden, da beißt der Seehund kein Barthaar ab.«

Er nahm Südens Glas und ging zum Tresen. Ohne sich umzudrehen, redete er weiter, auch als er die neuen Gläser aus dem Schrank holte, sie ausspülte, unter den Zapfhahn hielt und zum Tisch zurückkam. »So warst du schon immer. Seit ich dich kenne, nimmst du das Leben der Leute persönlich. Deswegen vertrauen sie dir. Deswegen hast du die Vermissten alle wiedergefunden. Du verfolgst keine Spuren, du arbeitest mit deinem Gehör, mit deiner Nase, du puschelst winzige Details zusammen ...«

»Was puschele ich?«

»Du puschelst, du puzz... Lass mich in Ruhe. Prost.« Er hob sein Glas und trank.

»Möge es nützen!«

Erst jetzt fiel Süden auf, dass er, abgesehen von zwei Gläsern Mineralwasser, seit mindestens zehn Stunden nichts getrunken hatte. Das Bier versetzte ihn sofort in einen beschwingten Zustand, mit dem er nichts anzufangen wusste, ähnlich wie mit Rollos ungelenken Ausführungen.

Zwischendurch dachte er immer wieder an den Anruf, den er versäumt hatte und wegen dem er es fast bedauerte, dass er kein Handy besaß. Gleich morgen früh wollte er zurückrufen, schon jetzt von einer vagen Ahnung gequält, was Paul Weber ihm zu sagen hätte. Allmählich erschien ihm der vergangene Tag wie eine Reise durch eine verwilderte, verfinsterte Gegend, in der er ausschließlich seinen Instinkten gefolgt war, ohne zu erkennen, an welchen Abgründen er möglicherweise entlangbalancierte und welches Ziel er überhaupt verfolgte. Umso erstaunlicher klang für ihn deshalb Rollos offensichtlich unerschöpflicher Erklärungsfuror.

»Du spürst instinktiv, durch welche Tür du gehen musst, verstehst du? Sag was.«

Süden schwieg.

»Deswegen wirst du dich auch in deinem neuen Leben nicht verirren. Die meisten Leute stolpern bloß so durchs Leben, und dann wundern sie sich, wenn sie sterben. Oder wenn ihr Partner oder ihr bester Freund stirbt. Dann sitzen sie hier bei mir und saufen sich in eine Ratlosigkeit hinein, das kannst du dir nicht vorstellen. Was, glaubst du, treibt die Leute um, die nach einem Begräbnis hier aufschlagen? Ich sag's dir: Die treibt um, dass sie keine Ahnung haben. Manche denken an ihr Erbe, das ist logisch, oder sie denken: Endlich ist der Depp unter der Erde. Geschenkt. Die meisten Leute, die hier sitzen, begreifen gar nichts, die wundern sich sogar, wieso sie heulen und so schlecht drauf sind.«

Süden sagte: »Du spinnst.«

»Du bist erschöpft, ich hab Nachsicht mit dir, wenn du mir nicht folgen kannst. Es ist aber so: Der Tod ist für die meisten Menschen eine einzige Verblüffung. Warum? Weil das Leben sie genauso verblüfft hat. Das kapieren sie aber erst nach der Beerdigung. Ein großes AAHH an den Tischen, du kannst es hören. *Du* würdest es hören, Süden, denn du hörst solche Sachen. Und deswegen ...«

Zirl trank, hielt sein Glas eine Weile schief, als habe er darin etwas entdeckt, eine Fliege oder einen Gedanken, und leerte es dann in einem Zug. »... Deswegen ruft so ein Junge dich an und macht dir die Tür auf, und du sitzt bei ihm im Zimmer. Er braucht dir gar nichts zu erzählen, weil du eh alles hörst und siehst und schmeckst, was in der Wohnung los ist. Die Mutter zu finden ist ein Kinderspiel für dich. Bestimmt hat sie dir ihr halbes Leben vor die Füße gekippt, oder ihr ganzes. Das ist so. Und was ich dir noch sagen wollte: Falls du zwischendurch eine Auszeit vom Aufspüren brauchst und das Bedürfnis nach einem geistigen und seelischen Alltagsfasching verspürst, kannst du bei mir als Kellner anheuern. Das ist lustig, strengt unwesentlich an, und du bist trotzdem unter Leuten. Darauf einen Dujardin.«

Den Werbespruch hatte Süden seit Jahrzehnten nicht mehr gehört. »Spinnst du?«, sagte er zum zweiten Mal.

»Erfrischungsgetränk dazu?«

Süden schwieg, weil er keine Wahl hatte. Dass er dann tatsächlich Cognac zum Bier trank, fand er für sein vom Wirt derart beschworenes neues Leben absolut unangemessen.

Am nächsten Morgen hatte er das Gespräch mit Roland Zirl vergessen.

Die Sätze, die ihn auf dem Weg nach Sendling ähnlich aufwühlten, wie ihn bei seiner Ankunft in München die Stimme seines Vaters erschüttert hatte, stammten von Paul Weber. Süden hatte ihn gleich nach dem Aufstehen angerufen. Es waren Sätze, die wirr und schief klangen wie die Echos eines verrutschten Lebens. Und doch hatte Süden, maßlos erschrocken, sie augenblicklich für wahr gehalten.

Was der pensionierte Hauptkommissar ihm schon gestern hatte mitteilen wollen, war, dass ihn ein Mann angerufen habe, dessen Stimme er »mit hoher Wahrscheinlichkeit« wiedererkannt habe.

Derselbe Mann, erklärte Weber, habe sich vor zwei Wochen nach Südens Aufenthaltsort und Telefonnummer erkundigt. Danach verstummte Weber eine Weile, weil er die heftiger werdenden Atemzüge am anderen Ende der Leitung hörte. Eine Minute lang sagte keiner von beiden ein Wort, dann bat Süden seinen Freund, die Sätze seines Vaters zu wiederholen. Seltsamerweise stockte Weber zunächst. Er hatte Schwierigkeiten mit dem Wortlaut und keine Erklärung dafür. Der Anrufer hatte höchstens dreißig Sekunden gesprochen, in einfachen, abgehackten, tonlosen Sätzen. Schließlich gab Weber einen brummenden Laut von sich, trank einen Schluck, hustete nervös. Anscheinend war er aufgeregt, vielleicht noch verschlafen. Er entschuldigte sich, dass er das Telefonat nicht »protokolliert« habe, aber er sei so überrascht und zudem schon fast eingeschlafen gewesen.

Sprich!, hatte Süden ihn aufgefordert, und Weber machte eine lange Pause, bevor er begann. Wie Süden schnell begriff, hatte der Anrufer keinerlei neue Information zu bieten, er schwadronierte lediglich über seinen Gemütszustand, raunte etwas von »unerfüllten Wünschen« und brachte sein Bedauern über ein wodurch auch immer fehlgeschlagenes Ereignis zum Ausdruck. Er benutzte die Worte »Liebe«, »Fernweh« und »Wahrheit«, ohne dass Weber im Nachhinein für den Satz, in dem sie vorkamen, einen nachvollziehbaren Zusammenhang hätte herstellen können. Es sei ohne die Liebe das Fernweh keine Wahrheit, zitierte Weber, korrigierte sich sogleich und meinte, der Mann, Branko Süden, habe den Satz so nicht gesagt, vielmehr wären »Liebe« und »Wahrheit« in einem anderen Kontext aufgetaucht, sofern man bei dem kryptischen Monolog von einem Kontext reden konnte.

Ob der Anrufer betrunken gewesen sei, wollte Süden wissen. Weber bejahte ausdrücklich. Trotzdem musste der Mann einen Grund gehabt haben, sich nach zwei Wochen erneut zu melden. Bevor Weber eine Frage stellen konnte, hatte der andere aufgelegt. »Eingehängt«, sagte Weber und war sich sicher, dass der Anruf vom Hauptbahnhof gekommen war. Im Hintergrund war die hallende, durchdringende Stimme einer Zugansagerin zu hören gewesen. Solche Lautsprecherdurchsagen gab es in den anderen Bahnhöfen nicht.

War das wirklich mein Vater?, fragte Süden zweimal. Weber bejahte, und als Süden den Hörer in seinem Hotelzimmer auflegte, verdoppelte sich sein Schweigen.

Ohne einen Kaffee zu trinken und den Gruß der unermüdlich lächelnden rumänischen Angestellten zu erwidern, die seit sechs Uhr das Frühstück für die wenigen Gäste vorbereitete, verließ Süden das Hotel.

Was hatte der Anrufer gesagt? Was hatte Weber wiedergegeben?

Und warum nannte er, Süden, den Mann jetzt einen Anrufer? Und nicht Vater? Traute er der Stimme nicht? Er traute ihr nicht im Geringsten. Sich selbst traute er ebenso wenig. Und der alte Weber schien überfordert gewesen zu sein. Vorhin hatte er gestottert, und je öfter er betonte, er halte den Anrufer unbedingt für Branko, desto mehr misstraute ihm Süden.

Warum misstraute er seinem alten Freund? Weil er sich selbst misstraute. Er hatte kein Vertrauen mehr in seine Zuversicht. Er glaubte nicht mehr, dass sein Vater ihn nach all den Jahren angerufen und ihm ein Treffen vorgeschlagen hatte. An so etwas zu glauben war dumm, sagte sich Süden auf dem Weg über die Reichenbachbrücke und ging die Fraunhoferstraße entlang zum Sendlinger-Tor-Platz und weiter unter den aufblühenden Bäumen der Lindwurmstraße.

In welch armseligem Aufzug musste ein einundfünfzigjähriger Mann vor seinem Spiegelbild erscheinen, dass er sich einbildete, sein verschollener Vater würde plötzlich hinter ihm auftauchen, mit einer wiedererkennbaren Stimme, mit schlenkernden Armen und hochgezogenen Schultern, wie auf dem grieseligen Film, der früher nachts auf seiner Herzensleinwand lief?

Hatte er die Stimme wiedererkannt, in seinem Zimmer im Ost-West-Hotel?

Wie sollte Weber die Stimme identifiziert haben, er hatte Branko Süden nie kennengelernt?

In welch einem Kellerloch musste einer innerlich hausen, der eine hohle, dreiste und verlogene Stimme für Gesang hielt und ein Versprechen für den Tag?

Ich werd das Hatschen nicht mehr los, hatte die Stimme gesagt. Und? Hatte sie das Hinken beim zweiten Anruf erwähnt? Weber konnte sich nicht daran erinnern. Der zweite Anruf war ein Witz und der erste ein Alptraum, dachte Süden und blieb vor einer Telefonsäule stehen.

Vielleicht hatte Rollo, der Wirt, recht, vielleicht hatte zwar nicht ein neues Leben, aber doch ein neuer Abschnitt begonnen, und Süden war gerade dabei aufzuwachen und sich aus den abgenutzten Schatten zu schälen.

»Für dich hat niemand angerufen«, sagte Kerman, der Pächter des Ost-West-Hotels. »Wo bleibst du eigentlich? Die Leute fragen schon nach dir.«

»Ich komme nicht zurück«, sagte Süden.

»Was willst du da unten? Du bist fertig mit der Stadt.«

»Ich fange gerade erst an.«

»Bist du betrunken?«

»Kannst du Jana fragen?«, sagte Süden. »Vielleicht hat sie einen Anruf für mich entgegengenommen.«

»Hat sie nicht. Wo soll ich jetzt deine Bücher, die Platten und die CDs hinschicken?«

Süden versprach, ihm in den nächsten Tagen eine Adresse zu nennen, und hängte ein. Eine milde Sonne tauchte hinter den Wolken auf. Die noch immer schneeige Luft füllte sich mit den Gerüchen des Frühjahrs, der Straßen und Passanten.

Die meiste Zeit des Winters hatte Süden hinter geschlossenen Türen verbracht, entweder im Kreis von Menschen, die unermüdlich tranken und Sachen erzählten, die er zum Teil aus rein sprachlichen Gründen nicht verstand, oder allein in seinem Zimmer. Dort las er Gedichte, hörte Dylan oder verfolgte im Fernsehen Fußballspiele, wie früher, als er ein Kind war und eine Zukunft als Torwart für möglich hielt. Seine Mutter hatte ihn ermutigt zu spielen, wie sie ihn überhaupt immer zu allem ermutigt hatte, ganz gleich, ob sein Mut dazu reichte: zum Klettern, zum Tauchen, zum Hechten zwischen zwei Pfosten auf steinigem Acker. Vermutlich hätte sie ihn auch ermutigt, zur Polizei zu gehen, nicht wegen des sicheren Beamtenstatus, sondern wegen des aufregenden Alltags. An mögliche Gefahren oder die allgemeine Hinterhältigkeit, davon war Süden überzeugt, hatte sie nie gedacht.

Und sein Vater? Der hatte ihn nie zu etwas ermutigt. Er hatte ihn auch nicht entmutigt oder mit Erwachsenensprüchen verunsichert, er war einfach nie anwesend. Er arbeitete zehn Stunden in der Fabrik, und wenn er nach Hause kam, umarmte er seinen Sohn und seine Frau, aß, setzte sich in den braunen Sessel im Wohnzimmer, blätterte in der Zeitung und ging ins Bett. Beim Reden machte er nicht viele Worte. Er schonte vielleicht seine Stimme, dachte Süden früher, so wie seine Mutter die Kopfkissen schonte, indem sie in Südens Bett Stoffwindeln ausbreitete, weil er in der Nacht oft Zahnfleischbluten hatte.

Bevor sein Vater für immer verschwand, sagte er kein Wort. Er hinterließ einen Brief, in dem er nichts erklärte.

Woher sollte so ein Mann inzwischen eine Stimme haben? Wozu sollte so ein Mann sich melden? Was hätte er zu sagen? Und was hätte er, sein Sohn, ihm zu sagen?

Obwohl die Stimme ihn innerlich in die Irre geleitet hatte, war Süden angekommen. Er hatte das Gehen nicht verlernt. Als die Tür, vor der er stand, geöffnet wurde, lächelte er und bemerkte es nicht.

39

Ilona Zacherl sah ihn an, nickte und führte ihn in ein Zimmer am Ende des Flurs, eine fensterlose Kammer, in der gerade Platz für einen kleinen Holztisch, einen Stuhl, einen niedrigen Schrank mit vier Schubladen und einen quadratischen Bastkorb war, auf dem zwei grüne Kartons standen. An der Tischkante klemmte eine längliche Schreibtischlampe, deren weißes Licht auf das helle Fichtenholz fiel. Sonst war der Tisch leer, keine Büroartikel, keine persönlichen Dinge.

»Die Regale und den alten Drehstuhl hab ich zum Sperrmüll gebracht«, sagte die Wirtin. In ihrem schmalen Gesicht traten die Wangenknochen hervor, was sie, auch wegen der streng nach hinten gekämmten und zusammengebundenen Haare, hart und bleich aussehen ließ. Wieder trug sie ein dunkles Kleid, das formlos an ihr herunterfiel. Sie verlor kein Wort darüber, dass er erst heute bei ihr auftauchte. »Wenn Sie fertig sind, sagen Sie Bescheid. Ich hab zu bügeln.« Sie ging in den Flur hinaus und wandte sich noch einmal um. »Soll ich die Tür zumachen?«

»Bitte.«

Sie schloss die Tür, und Süden hörte ihre Schritte auf dem Parkettboden. Beinahe hätte er sie um ein Glas Wasser oder einen Kaffee gebeten, denn er hatte vergessen, unterwegs etwas zu trinken. Von sich aus hatte sie ihm nichts angeboten.

Der Stuhl war unbequem, trotz des Sitzpolsters. Süden streckte den Rücken, legte die Hände auf den Tisch. Im Lichtschein sah die Haut seiner Hände genauso leichnamig aus wie die von Ilona Zacherl. Eine Zeitlang saß er reglos da.

Das war das Büro von Raimund Zacherl. Hier war der Wirt ganz für sich gewesen, unbeobachtet von Gästen, vordergründig mit Abrechnungen und anderen buchhalterischen Pflichten beschäftigt, selbstverständlich gewissenhaft. Gleichzeitig führte er hier, auch wenn seine Frau dies nicht für möglich hielt, ein Doppelleben, oder, dachte Süden: Er probte hier sein

Doppelleben. Irgendwo musste er damit beginnen und später in Übung bleiben. Die Leute um ihn herum waren wachsam, vor allem seine Frau, sie verfolgten jede seiner Bewegungen, sie horchten auf jedes Wort von ihm, unbewusst kontrollierten sie seine komplette Anwesenheit. Warum auch nicht? Er war der Wirt, sie waren seine Gäste, sie hatten ein Recht auf seine Gegenwart, auf eine Ansprache, auf das gemeinsame Zusammensein. Sie schauten ihn an und glaubten ihn zu sehen. Sie redeten mit ihm und glaubten ihn zu verstehen. Seine Frau führte mit ihm eine Ehe und glaubte, er lasse sich führen.

Niemand begriff, dass Mundl ein anderer geworden war. Und in dieser Kammer hatte dieser Andere Gestalt angenommen. An diesem dürftig ausgeleuchteten Ort hatte er beschlossen, seinen Schatten zu tauschen. Und als er dann zum ersten Mal vor die Tür getreten war, innerlich neu ausstaffiert und mit Bewegungen, die genau zu seinem lautlosen Tanz in der Kammer passten, hatte niemand Verdacht geschöpft.

Das Einzige, was zunächst ein wenig Verwirrung stiftete, war sein stures Hocken neben dem Tresen. Eine Spinnerei, wieso nicht? So ging das Denken und Flüstern rundum, und ansonsten war er doch ganz der Alte, unser Mundl.

In den grünen Kartons fand Süden sorgfältig abgeheftete Quittungen, Rechnungen und Belege, Bewirtungsblöcke, Kontoauszüge, Kaufverträge, Strafzettel, ein leeres Scheckheft, ein Kuvert mit Pfennigstücken und verschiedenen D-Mark-Scheinen.

In den Schubladen hatte Zacherl Aktenordner und Schnellhefter mit Pkw-Unterlagen und Papieren aus der Gastronomie aufbewahrt, Kuverts in verschiedenen Größen, Heftklammern, Stifte, Radiergummi und anderes Büromaterial, zwei Bildbände über die Kanarischen Inseln und die Nordsee, ein zerfleddertes deutsches Wörterbuch mit veralteten Rechtschreibregeln, einen vergilbten Weltatlas, vier mit Gummibändern verschnürte Fotos, auf denen Zacherl mit Gästen zu sehen war, die in die Kamera prosteten und im Gegensatz zu ihm lustig dreinschauten.

Der viereckige Bastkorb war bis oben hin angefüllt mit Krempel: Musikkassetten mit und ohne Schachteln, Verlängerungskabel und Stecker, Bilderrahmen, Kartenspiele, unzählige Heftromane, vor allem Krimis und Science-Fiction, kitschig bemalte Porzellantiere, Hunde, Schweine, ein Elch, Bierkrüge, Aschenbecher, Zigarrenschachteln, ein steinhartes Lebkuchenherz vom Oktoberfest mit einer weißen 50, vermutlich alles Geburtstagsgeschenke, die Zacherl entsorgt hatte, ohne sie in den Müll zu befördern.

Und unter all dem Krimskrams, versteckt unter einem ausrangierten altmodischen ovalen Anrufbeantworter, entdeckte Süden ein graues, klobiges Handy und einen zusammengefalteten Zettel. Er zog beides heraus, betrachtete das Handy und schaltete es ein. Nichts passierte, der Speicher war leer. Auf dem Zettel stand eine vierstellige Nummer.

Im Wohnzimmer stand Ilona Zacherl am Bügelbrett, über das sie eine weiße Bluse gelegt hatte. Als Süden hereinkam, schaute sie nicht auf.

»Gehört dieses Handy Ihrem Mann?«

Sie bügelte weiter, stellte das Eisen senkrecht hin, hob unwillig den Kopf. »Nein.«

»Es war bei seinen Sachen.«

»Sein Handy hat er mitgenommen.«

»Wann haben Sie zuletzt versucht, ihn zu erreichen?«

Sie nahm das Bügeleisen, tippte mit den Fingern auf die Unterseite und wandte den Blick von Süden. »Am Karfreitag«, sagte sie. Da Süden sich nicht von der Stelle bewegte, sah sie ihn noch einmal an. »Ich habe Ihnen alles erzählt, mehr, als ich wollte, mehr, als Sie etwas angeht. Sie haben mich massiv unter Druck gesetzt, das ärgert mich immer noch. Sie schnüffeln in den Privatsachen meines Mannes, ich weiß nicht ge-

nau, warum ich das zulasse. Gestern hab ich mit Frau Liebergesell telefoniert, und sie sagte mir, Sie seien ein eigenwilliger,
aber vertrauenswürdiger Ermittler, wenn Sie mich ausfragen,
soll ich gewissenhaft antworten und mich auch vor unange-
nehmen Wahrheiten nicht scheuen. Keine Sorge, ich scheue
mich schon nicht. Und die Wahrheit ist, ich habe keine Ahnung, wie dieses Handy ins Büro meines Mannes kommt.
Vielleicht hat er es früher mal benutzt, ich kann mich jedenfalls nicht dran erinnern. Haben Sie sonst was gefunden, was
Ihnen weiterhilft? Wenn nicht, dann möcht ich Sie bitten zu
gehen. Es ist mir nicht recht, dass Sie hier sind.«
Süden sagte: »Ich werde bald gehen und bestimmt nicht wiederkommen.« Irritiert hob Ilona Zacherl den Kopf, aber Süden
kehrte ihr schon den Rücken zu.
Hinter der geschlossenen Bürotür kramte er noch einmal in
dem Bastkorb, wühlte mit beiden Händen darin herum, bis
ihm einfiel, dass das Teil, nach dem er suchte, in einer der
Schubladen sein könnte. Er hatte recht. Von einem Verlängerungskabel umwickelt, lag das Aufladegerät zwischen Doppel-
und Dreifachsteckern. Er schob es in die Steckdose neben
der Tür und das Kabel ins Handy, drückte die Taste an der
vorderen Schmalseite. Das Symbol für den Ladevorgang erschien. Süden tippte die PIN vom Zettel ein, und am unteren
Rand des Displays stand »Menü«.
Süden drückte auf die geschwungene Taste mit dem grünen
Strich: »Verzeichnis« und ein sich aufblätterndes Buch. Keine
Eintragungen. »Kurzmitteilungseingang«: keine Mitteilungen
empfangen, und daneben ein gepunktetes Quadrat mit einem
Häkchen. »Kurzmitteilungsausgang«: keine Mitteilungen ge-
sendet. Bildmitteilungen: zwei gestrichelte dampfende Kaffee-
tassen, eine Szene am Strand mit Sonnenschirm und Liege-
stuhl, ein tanzendes Paar, eine lachende Sonne, ein Geburts-
tagskuchen mit Kerzen. Nachrichtendienst: Aus. Nummer der
Sprachmailbox: 14. Anruflisten: »Anrufe in Abwesenheit«:

Keine neuen Nummern. »Angenommene Anrufe«: Liste leer. »Gewählte Rufnummern«: Gewählt 1: 017134258081. Anrufzeit: Uhrzeitangabe d. Anrufs fehlt. Gewählt 2: 017134258081. Gewählt 3: 0171 ... Gewählt 4: 0171 ... Gewählt 5: 0171... Bei »Gewählt 33« brach die Liste ab.

Anrufdauer: jeweils zwischen zwanzig und fünfzig Sekunden.

Auf der Mailbox befanden sich keine Nachrichten, sie waren vermutlich automatisch gelöscht worden. Süden tippte die Nummer, obwohl er ahnte, dass es keinen Sinn hatte. »Die Rufnummer ist uns nicht bekannt ...«

Das Handy fühlte sich schwer und unhandlich an, Schrift und Grafik waren veraltet, keine Extras, keine Farben, ein auch schon zu seiner Zeit schmuckloses Gerät, das man kaufte, weil man es selten benutzte oder weil man bereits ein Handy besaß und ein billiges in Reserve halten wollte.

Nach dem, was Ilona Zacherl gesagt hatte, war Süden überzeugt, dass ihr Mann zwei Handys besessen hatte, eines davon heimlich. Vielleicht wickelte er auf diese Weise seine Geschäfte mit den Mielich-Brüdern ab, vielleicht hielt er Kontakt mit seinen Bedienungen außerhalb der Gaststätte und sorgte so dafür, dass seine Frau ihm nicht auf die Schliche kam.

Vielleicht verabredete er sich mit einer anderen Frau, deren Mobilfunknummer er gespeichert hatte.

Wie kann ein Wirt ein Doppelleben führen?, hatte Ilona Zacherl spöttisch gefragt und eine Affäre ihres Mannes dennoch für möglich gehalten.

»Kennen Sie diese Nummer?« Süden hatte die Ziffern auf seinen kleinen karierten Block geschrieben. Ilona warf einen kurzen Blick darauf und schüttelte den Kopf. Ob er telefonieren dürfe, wollte er sie nicht fragen, also verabschiedete er sich. An der Wohnungstür gaben sie sich die Hand.

»Ich habe ganz vergessen, Ihnen etwas anzubieten«, sagte Ilona Zacherl.

»Sie haben es nicht vergessen«, sagte Süden.

Bei der Suche nach einem Verschwundenen – das hatte er in den zwölf Jahren auf der Vermisstenstelle der Kripo gelernt oder sich angewöhnt – war es notwendig, von einem bestimmten Moment an bedingungslos auf dessen Seite zu stehen, unabhängig von Motiven und Umständen, ungeachtet aller Beschwörungen aus dem Umfeld und der begründeten Vermutungen erfahrener Kriminalisten.

Nur die absolute Identifikation mit dem Gesuchten hatte Süden oftmals den einen Blick ermöglicht, mit dem er dann zu jenem geheimen Zimmer vordrang, von dem kein Mensch, kein Hund etwas wusste. Südens Verhalten nahm dann scheinbar sonderbare Züge an. Mit einem Mal teilte er nicht mehr die Trauer, den Schrecken und die Unsicherheit von Angehörigen, Freunden oder Wegelagerern, er teilte ausschließlich die Gegenwart eines Abwesenden. Er schwieg wie dieser, drehte sich weg wie er, ließ, wie er, die anderen einfach stehen.

»Hallo?«, rief Ilona Zacherl, über das Geländer gebeugt, in den zweiten Stock hinunter. »Hallo?«

Aber Süden ging ohne innezuhalten weiter, mit einem metallischen Krachen fiel hinter ihm die Haustür ins Schloss.

»Was bilden Sie sich eigentlich ein?«, rief Ilona Zacherl der verlassenen Treppe zu. »Hallo?«

40 Auf der Straße hupte ein Autofahrer einen Radfahrer nieder, deswegen drückte Süden den Hörer ans Ohr. »Diese Rufnummer ist uns nicht bekannt«, sagte die monotone Stimme wieder. »Bitte fragen Sie bei der Auskunft nach.«

Südens Auskunft hieß Weber.

»Ich kenn eine Kollegin beim Mord«, sagte Paul Weber. »Wir haben öfter zusammengearbeitet, die kann ich fragen. Wieso fragst du nicht Sonja?«

»Das ist schwierig«, sagte Süden.

»Ihr habt euch doch getroffen.«

»Dieser Zufall war nicht ihr Lieblingshund.«

»Bitte?«

Süden hatte keine Erklärung für das, was er gerade gesagt hatte. »Ich warte hier in der Nähe und rufe dich in zehn Minuten wieder an.«

»Wo bist du denn?«

»Nicht weit von dir entfernt, in Sendling.«

»Scheint die Sonne?«

Süden schwieg.

»Bist du noch dran?«

»Ja.«

»Ich lieg im Bett«, sagte Weber. »Mag nicht raus, die Rollos sind noch unten, wie spät ist es?«

»Ich habe keine Uhr. Mittag.«

»Erst? Ruf wieder an.«

»Soll ich vorbeikommen?«

»Was willst du bei mir? Mit mir schweigen?«

»Warum nicht?«

»Kannst du machen, wenn ich tot bin. Bis gleich.« Weber beendete das Gespräch.

Süden behielt den Hörer in der Hand, schnupperte wie ein Hund und sah hinüber zum Schlegel-Stüberl, wo er am Tisch der beiden Bierfahrer gesessen und die Namen der Bedienun-

gen erfahren hatte, die bei Raimund Zacherl ein und aus gegangen waren. Er überlegte, ob er noch einmal hingehen und
weitere Fragen stellen sollte. Dann dachte er an seinen ehemaligen Kollegen, der im Bett lag und den Tag verweigerte.
Und ohne es verhindern zu können, dachte Süden wieder an
seinen Vater, der ihm sein halbes Leben verweigert hatte, und
er würde nie erfahren, wieso.
Die Vögel sangen. Kirchenglocken schlugen zwölfmal.

Rätsel sind die Koordinaten des Lebens. Das hatte Süden oft
gesagt, wenn er am Schreibtisch saß und das Zerrbild einer
menschlichen Existenz bewunderte, das eine Handvoll oder
hundert Zeugen durch ihre Aussagen, Beteuerungen, Lügen
und Aufschreie angefertigt hatten, mit der ganzen Inbrunst,
zu der sie fähig waren, in der Überzeugung, eine einzigartige
Wahrheit zu vermitteln.
Aus der Sicht der Zeugen mochte das sogar stimmen, aus der
Sicht von Süden spielten die Beweise fast keine Rolle, sie
dienten vor allem einer protokollarischen Ordnung, sie füllten
die Akte, die am Ende geschlossen werden konnte, sie verlie-
hen der Tätigkeit aller Beteiligten einen angenehmen Sinn.
Zur Aufklärung der Rätsel trugen sie nichts bei, sie verschön-
ten sie manchmal eher.
Der bei seinem Verschwinden dreiundfünfzig Jahre alte Gast-
ronom Raimund Zacherl, genannt Mundl, hatte dreiunddreißigmal versucht, eine Frau namens Ricarda Bleibe, genannt
Carla, anzurufen, die eine Zeitlang in seinem Lokal als Bedienung gearbeitet hatte.
Niemand wusste von diesen Anrufen, nicht einmal seine Frau.
Er führte die Gespräche von einem geheimen Telefon aus, und
er war nie zurückgerufen worden. Ricarda Bleibe war eine der
Frauen, von der die Bierkutscher im Schlegel-Stüberl gesprochen hatten, der Koch Karl Schwaiger und die Zeitungsausträ-
gerin und Einsiedlerin Liliane-Marie Janfeld.

Carla war Mundls Doppelleben, aber sie lebte nicht mehr.

Sie starb vor vier Jahren bei einem Flugzeugunglück in Thailand. Wie alle Opfer von Katastrophen galt die fünfundzwanzigjährige Frau aus München zunächst als vermisst, so dass die Vermisstenstelle in der Bayerstraße für ihre Identifizierung zuständig war. Wie sich herausstellte, wurden bei der verunglückten Landung der Maschine, die über die Rollbahn rutschte und in einen stillgelegten Tower krachte, der Pilot schwer und fünf Passagiere leicht verletzt. In den Trümmern der fast vollständig zerstörten Turboprop-Maschine kam nur ein einziger Mensch ums Leben: Ricarda Bleibe. Ob ihr Handy gefunden worden war, wusste Paul Weber nicht.

Nachdem Weber von seiner Bekannten bei der Mordkommission die Besitzerin der Handynummer erfahren hatte, erinnerte er sich vage an den alten Fall und fragte bei seinen ehemaligen Kollegen nach. Die Leiche war damals nach zwei Tagen identifiziert und der Fall abgeschlossen worden.

Wann genau Zacherl dreiunddreißigmal die Nummer gewählt hatte, lag im Dunkeln. Die Daten waren nicht gespeichert.

»Was wirst du jetzt tun?«, fragte Weber am Telefon.

»Ich werde ihn finden.«

»Sie starb vor vier Jahren, und er verschwand vor zwei Jahren. Das passt nicht zusammen.«

»Nein«, sagte Süden. »Das ist ein Rätsel. Bist du inzwischen aufgestanden?«

»Ich hab die Rollos hochgezogen. Schönes Wetter. Ich werd auf den Friedhof gehen.«

»Richte Elfriede einen Gruß von mir aus.« Süden verließ die Telefonzelle, bei der die Scheiben fehlten, legte den Kopf in den Nacken und schloss die Augen.

Carla, dachte er. Es war Carla, die Mundl die ganze Zeit angeschaut hatte, wenn er auf seinem Schemel beim Tresen saß. Mundls einziger wahrer Stammgast hieß Ricarda Bleibe.

41

Die tiefe Nacht begann, als Süden das kleine blaue Haus in Neuhausen verließ.

Drei Stunden lang hatte er mit Hanna Bleibe über deren Tochter gesprochen und ein paar Dinge erfahren, die, so schien ihm, alles erklärten und nichts bewiesen. Er konnte damit vor seiner neuen Chefin auftrumpfen und Ilona Zacherl endgültig als Lügnerin überführen.

Vor allem aber steigerte sich seine Verwirrung ins Maßlose, als er kurze Zeit später einem Mann begegnete, dessen Geschichte ihn in eine ähnliche Finsternis hüllte, wie der Tod von Ricarda Bleibe den Wirt vom Lindenhof in ein Verlies verwandelt haben musste.

»Möchten Sie einen Earl-Grey-Tee?«, hatte die neunundfünfzigjährige Hanna Bleibe ihn gefragt, und er hatte, als wäre es das Selbstverständlichste von der Welt, erwidert: »Ja.«

In den folgenden drei Stunden hatte er noch ein paarmal ja gesagt. Und Hanna Bleibe war erleichtert, dass er sie verstand und ihr zuhörte. Und er glaubte schon, er hätte alles begriffen und würde den Verschwundenen doch noch finden.

Wie hätte er ahnen sollen, dass er dabei war, aus der Zeit zu fallen?

Wie hätte er begreifen sollen, dass fünfunddreißig Jahre das gleiche Gewicht haben konnten wie vier? Dass die Zahl der Jahre keine Rolle spielte, nur das eherne Gesetz der Einsamkeit, vor dem jeder Mensch gleich war?

Hinterher erschien ihm alles so einfach, wie das Sterben und das Weiterleben. Aber jetzt sagte er: »Ihre Tochter plante also ein neues Leben.«

»Und ich hab nicht verstanden, wieso«, sagte Hanna Bleibe. Sie trug ein grünes weit geschnittenes Kleid und saß am Wohnzimmertisch in einem Korbstuhl, den sie mit mehreren Kissen ausstaffiert hatte. Süden hatte ihr gegenüber auf dem Sofa Platz genommen, weil sie ihn nicht bei der Tür stehen lassen wollte. Die vollgestellten Bücherregale reichten bis an die Decke, wertvolle Leinenausgaben, Bildbände, Lexika mit Goldschnitt, auch Taschenbücher und Ausgaben im Stil alter Karl-May-Bände.

Auf dem Fensterbrett brannte eine rote Kerze. Die Möbel waren in hellem Holz gehalten, schlicht, antikes Geschirr hinter Glas, an den Wänden gerahmte Familienfotos, das Parkett in warmen Brauntönen, gleichmäßig gemustert. Von allem ging eine ebenso behagliche wie irritierende Stille aus, als wäre Schweigen die angemessene Art des Aufenthalts in diesem Zimmer.

Tatsächlich machte Hanna Bleibe oft eine Pause zwischen ihren Sätzen und blickte durch den Raum, als horche sie ihren Worten nach. »Ihr Ziel war das Lehramt für Geschichte, Deutsch und Sport. Sie hatte nur noch zwei Semester vor sich. Sie lernte nicht gern, sie hatte es nicht eilig. Nein. Schon als Mädchen nicht.« Sie sah Süden an, eine halbe Minute lang, mit der Teetasse in der Hand. Dann stellte sie die Tasse ab und spitzte eigenartig den Mund. Wie bei einem Kuss, dachte Süden.

»Solange es ging, wollte sie ein Mädchen bleiben. Keine Jugendliche, wissen Sie, Herr Süden. Sie hatte keine besondere Freude daran auszugehen, sich mit ihren Klassenkameradinnen zu treffen, schicke Kleider anzuziehen, heimlich zu rauchen und zu trinken. Sie blieb lieber daheim, rannte in ihrem alten bunten Kleidchen herum, strumpfsockig, las Märchenbücher und schaute lustige Filme im Fernsehen.

Eigentlich ist sie nie traurig gewesen, oder launig oder zickig. Nicht, dass sie immer nur herumgealbert hätte, oft schon, das stimmt. Aber sie war kein oberflächliches Mädchen, sie konnte auch still und zurückgezogen in ihrem Zimmer sitzen und nichts sprechen. Und dann sprang sie wieder durch die Wohnung, schlug ein Rad, machte Purzelbäume, sang Pippi-Langstrumpf-Lieder. Da war sie schon vierzehn oder fünfzehn. Das war unsere Ricarda. Eine Springmarie, ein unbeschwertes kleines Mädchen.«

Und dazu, dachte Süden, der wortmüde, schwerfällige Wirt hinter dem Tresen, in der Küche, auf seinem Stuhl.

»Trotzdem erledigte sie zuverlässig ihre Pflichten, sie hatte auch einen Ehrgeiz, den man nicht auf den ersten Blick bemerkte, verstehen Sie, Herr Süden?«

»Ja.«

»Möchten Sie noch Tee?«

»Nein.«

»Schmeckt er Ihnen nicht?«

Süden sagte: »Eines Tages beschloss Ihre Tochter, ihr Leben zu ändern.«

»Vermutlich«, sagte Hanna Bleibe und verstummte eine Zeitlang.

Von draußen drang kein Geräusch ins Haus, die Fenster waren geschlossen, obwohl die Sonne schien und vom Garten bestimmt ein angenehmer Duft hereingeweht wäre. »Ich erinnere mich genau, es war Samstagnachmittag, mein Mann und ich wollten gerade zu einem Spaziergang in den Nymphenburger Park aufbrechen. Da kam sie ins Zimmer, mit ernster Miene, beinah feierlich, und sagte, sie habe von Montag an einen Job als Kellnerin.

Sie hat nie vorher gekellnert, wir haben nie darüber gesprochen, über keine Art von Job außerhalb der Universität oder des Gymnasiums, an dem mein Mann Deutsch und Geschichte unterrichtet hat.

Ricarda arbeitete gelegentlich als Praktikantin an der Schule und auch in der Uni, unbezahlt. Sie bekam von uns eine monatliche Apanage, sie brauchte sich keine Sorgen zu machen, was das Finanzielle anging.

Und dann hatte sie auch noch das Haus ihrer Tante Elise. Es gehörte ihr, sie hätte es verkaufen oder einfach gut vermieten können, als Ferienwohnung, das ist da oben kein Problem. Aber das wollte sie nicht.«

»Wo ist das Haus?«

»In Wenningstedt, das ist ein Ort auf Sylt. Wir waren regelmäßig dort, als Ricarda noch klein war, jedes Jahr im Sommer, ein- oder zweimal auch im Winter über Weihnachten. Elise, meine Schwester, liebte die Ricarda, und die Ricarda freute sich das ganze Jahr auf den Strand und die Dünen und den Milchreis in den Lokalen. Elises Mann starb bei einer Sturmflut, als er versuchte, Touristen in Sicherheit zu bringen. Die Leute wurden gerettet, ihn hat eine Böe erwischt und aufs Meer geschleudert. Er war ein ausgezeichneter Schwimmer, doch in diesem Moment verlor er offensichtlich die Kontrolle. Die Rettungsmannschaften zogen ihn zehn Minuten später aus dem Wasser, da war er schon ertrunken.

Meine Schwester war wegen ihm auf die Insel gezogen. Sie bauten das alte Haus vollständig um, neues Dach, neues Bad, neue Möbel, Terrasse. Sie machten Schulden, aber sie waren zuversichtlich, dass der Tourismusboom anhalten würde und sie in ein paar Jahren die Kredite zurückbezahlen könnten. Und das schafften sie auch.«

Hanna Bleibe trank einen Schluck Tee, spitzte die Lippen, stellte die Tasse auf den Unterteller und senkte den Kopf. »Und dann machte meine Schwester alles allein. Sie arbeitete Tag und Nacht, sie inserierte im Internet, nachdem sie einen Computerkurs besucht hatte, sie kochte, wusch die Wäsche, stellte einen Gärtner ein, fand Zeit, mit den Kindern der Gäste zu spielen, hatte für alle Fragen und Kümmernisse ein offenes Ohr.

Wir haben sie ein paarmal besucht, Ricarda, mein Mann und ich, und nie wollte sie sich helfen lassen. Immer sagte sie, wir wären ihre Gäste und sollten gefälligst die Finger von ihrem Geschäft lassen. Sie klang dann sehr rabiat. Finger weg von meinem Geschäft! Ihr seid zur Erholung auf der Insel, also erholt euch anständig. Immer sagte sie: mein Geschäft, und: die Insel. Sie war Teil der Insel geworden, sie gehörte dazu, und dabei sprach sie nach wie vor ihren bayerischen Dialekt. Wir sind beide im Chiemgau aufgewachsen, in Seeon, ich habe schon als Kind kaum Dialekt gesprochen, genau wie unsere Mutter. Natürlich trug Elise auch ein Dirndl, sie hatte die richtige Figur, ich ja nicht, das sehen Sie ja.«

»Ja«, sagte Süden, und sie warf ihm einen zweifelhaften Blick zu. Er streckte den Rücken und schüttelte den Kopf. Das gekrümmte Sitzen auf dem weichen Polster strengte ihn an und wölbte seinen Bauch unnötig.

»Ausformungen schaden einem Dirndl nicht«, sagte er, als wäre die Bemerkung angemessen. Hanna Bleibes Mundwinkel zuckten. Sie sah Süden lange an, bevor sie weitersprach.

»Die Verehrer standen bei ihr praktisch im Vorgarten, und sie war nicht abgeneigt. Bei unserem letzten Besuch vertraute sie mir ein paar Dinge an, und ich hatte den Eindruck, sie ist entschlossen, es noch einmal mit einem Mann und einer Ehe zu versuchen. Aber dann bekam sie ihre Diagnose und ordnete ihr Leben völlig neu. So war sie.

Sie sah der Welt in die Augen und handelte danach. Sie traf Entscheidungen, ohne lange vorher darüber zu reden oder gar zu diskutieren. So war sie schon als Jugendliche. Von einem Tag auf den anderen fing sie eine Lehre in der Schreinerei an, einen Tag nach dem Ende der Schule, praktisch noch mit dem Zeugnis der mittleren Reife in der Hand. Niemand wusste von ihrer Entscheidung. Sie ging mit uns zum Schwimmen, wie immer, wir machten mit den Jungs rum, wir gingen zur Schule, an den Wochenenden in die Disco. Und unsere Eltern waren überzeugt, wir würden nach der zehnten Klasse aufs Gymnasium wechseln und das Abitur doch noch schaffen. Ich war fest entschlossen. Meine Schwester auch. Dachte ich. Denkste. Sie fing beim Gerber Michel eine Lehre an.

Irgendwann erzählte er mir, dass Elise ab und zu bei ihm vorbeigeschaut und sich erkundigt hätte, was man als Schreiner alles können müsse, wie lange die Ausbildung dauere. Solche Dinge fragte sie ihn und redete nicht darüber, mit niemandem. So war die Elise.

Und als sie auf ihrer Insel krank wurde und der Arzt ihr erklärte, dass der Tumor in ihrem Magen unheilbar war, verfasste sie ihr Testament und überschrieb das Haus in Wenningstedt ihrer Nichte. Eines Tages hielt Ricarda den Brief in der Hand und konnte nicht fassen, was sie da las. Elise hatte nie mit ihr über die Möglichkeit einer Erbschaft gesprochen. Und wissen Sie, wie Ricarda reagiert hat, Herr Süden?«

»Ja.«

Ihr Erstaunen über seine schnelle Antwort brachte sie zum Lächeln, zum ersten Mal, seit Süden ins Sofa gesunken war. »Ach ja? Was hat sie denn gesagt, die Ricarda?«

»Sie nahm die Erbschaft an, sie diskutierte nicht darüber, sie war augenblicklich einverstanden.«

Ihr Lächeln verschwand. Schatten von Trauer fielen über ihre Augen. »Sie kennen sich aus mit den Menschen«, sagte Hanna Bleibe.

Er sagte: »Ich höre Ihnen zu«, und er dachte: Und dazu der Wirt, der ebenfalls nichts erklärt, sondern plötzlich seinen Platz wechselt, sein Geschäft an seine Frau übergibt und die Bürokratie verweigert.

»Ich werde auf die Insel ziehen und Gäste bewirten, sagte Ricarda wie selbstverständlich. Und ich weiß noch, dass im selben Moment mein Mann zur Tür hereinkam. Es waren gerade Osterferien. Er hörte so sprachlos zu wie ich. Und wenn ich Zeit hab, sagte sie, werde ich surfen oder segeln lernen, mal schauen, was mir mehr Spaß macht und was ich besser kann. Wie ihre Tante. Pragmatisch. Schauen, was geht. Rausfinden, was ich kann, und das mache ich dann, und was ich nicht kann, lass ich sein. Sein Schicksal in die Hand nehmen, das Unglück von vornherein vermeiden, so gut es geht. Ja, das war Ricardas Entscheidung an dem Tag, an dem sie den Brief aus Sylt erhielt. Dann sprach sie nie wieder davon.

Natürlich waren wir bei der Beerdigung. Die Leute fragten uns, wie es mit dem Haus Paulsen weitergehe. Paulsen hieß Elises Mann. Ricarda gab sich wortkarg, das war durchaus schwierig für meinen Mann und mich, denn natürlich hätten wir gern gewusst, wie unsere Tochter sich ihre Zukunft im Einzelnen vorstellt. Das Studium hatte sie bereits abgebrochen und als Kellnerin angefangen. Darüber konnte man anfangs mit meinem Mann überhaupt nicht sprechen. Er fand das Verhalten seiner Tochter geradezu beleidigend. Er neigt manchmal etwas zur Selbstgefälligkeit, das muss man übersehen. Er galt als einer der besten Pädagogen an der Schule, die Kinder verehrten ihn, trotzdem blieb ihm die Tür zum Direktorat versperrt. Vielleicht verhielt er sich in bestimmten Situationen nicht taktisch genug. Oder er hätte politisch mehr mit der richtigen Partei klüngeln sollen, wer weiß das. Das spielt keine Rolle mehr.

Nach dem Tod unserer Tochter war nichts mehr wie vorher, mein Mann ging in Frühpension, er schaffte den Alltag einfach nicht mehr. Möchten Sie etwas essen? Soll ich uns ein paar Brote mit frischem Schinken machen?«

»Für mich nicht«, sagte Süden. »Nach dem Tod Ihrer Schwester zog Ricarda aber nicht sofort auf die Insel.«

»Meine Schwester hatte einen Verwalter angestellt, Jens Nießen, er und seine Frau kümmerten sich um die Betreuung der Gäste. Sie hatten früher selbst eine Pension in Braderup, das ist der Nachbarort, der inzwischen zu Wenningstedt gehört. Auch für die beiden hatte Elise einen Vertrag abgeschlossen, sie fungierten als eine Art Pächter auf Abruf. Sie waren damit einverstanden, sie mochten Ricarda sehr und freuten sich auf ihr Kommen.

Warum auch immer: Ricarda hatte beschlossen, erst im nächsten Winter anzufangen. Vorher arbeitete sie weiter in diesem

Gasthaus, und für den Sommer plante sie einen ausgedehnten Urlaub in Asien. Als habe sie heimlich alles exakt festgelegt. Als bewahre sie irgendwo ein Koordinatensystem auf, nach dem sie ihr Leben ausrichtet, absolut punktgenau, auf geraden Linien, die nur sie kennt und deren Richtung sie irgendwann unwiderruflich bestimmt hat.

Aber dem Schicksal ist das scheißegal, was Sie bestimmt haben. Wenn Sie sterben sollen, dann sterben Sie, wurscht, wie entschlossen Sie vorher gewesen sind. Dann ist Schluss mit Ihrer Entschlossenheit.«

Sie sah zum Fenster, vor dem die Sonne schien. Dann stand sie auf und ging ohne ein weiteres Wort in die Küche. Süden stemmte sich aus dem Sofa, ächzte in sich hinein und ging zum Fenster. Er wandte sich um und blieb stehen, die Hände hinter dem Rücken, mit gestrecktem Rücken, in dem seine eingesperrten Muskeln Klopfzeichen gaben.

42 Mit einem runden Brett, auf dem zwei Hälften einer Mohnsemmel mit Butter und rohem Schinken lagen, kam sie ins Wohnzimmer zurück. Unter den linken Arm hatte sie ein Buch geklemmt. Irritiert sah sie zum leeren Sofa, dann zum Fenster, ging hin und streckte, wie ungelenk, den einen Arm mit dem Brett aus, während sie das graue Buch weiter an ihren Körper presste.

Süden zögerte einen Moment, bevor er eine Semmelhälfte nahm und sie sich unter die Nase hielt. Der Schinken, die Butter, der frische Teig und die Kruste – alles roch wie damals in Taging, wenn seine Mutter und er im Garten hinter dem Haus frühstückten, an einem Holztisch, auf Klappstühlen mit bunten Kissen. Seine Mutter trank schwarzen Kaffee, dessen Duft Tabor tief und verschämt einsog, und er roch auch die Wiese, vor deren Gatter sie saßen. Und immer war es Juni, wenn er daran dachte. Und obwohl er nur noch selten rohen Schinken aß, betrat er manchmal nur deshalb eine Metzgerei, um sich an den Geruch zu erinnern.

»Schmeckt es Ihnen?«, fragte Hanna Bleibe.

Er schmatzte und bemerkte es nicht. In seinem Gaumen war es Juni und er neun Jahre alt, und die Kühe glotzten herüber und schleckten mit ihren Zungen nach den Fliegen, als wären sie Mohnkrümel. Seine Mutter trank schwarzen Kaffee und war am Leben. Und er hätte fünf Mohnsemmeln wie nichts verputzen können und danach den Rest Schinken ohne Semmel. Und wenn sein Vater gegen halb sechs aus der Maschinenbaufabrik nach Hause kam und ihn fragte, was er den Tag über getrieben habe, sagte er: mit der Mama im Garten gefrühstückt und die Kühe geärgert.

Er bemerkte nicht, wie sie das Brett auf den niedrigen Bücherschrank legte und das Buch in ihren Händen betrachtete. Süden leckte sich die Lippen, atmete durch die Nase, fuhr sich mit der Zunge an den Zähnen entlang.

In diesem Moment dachte er wieder an seinen Vater und

glaubte, er würde wegen des Schinkens und der Semmel an ihn denken.

Doch er dachte an ihn, weil die tiefe Nacht wie eine schwarze Sonne in ihm aufstieg. Das begriff er bloß noch nicht.

»Das hier habe ich Ihnen mitgebracht.« Hanne Bleibe hielt ihm das schmale graue Buch hin. Er nahm es und betrachtete das Schwarzweißfoto des Autors auf dem kartonierten Umschlag. Der Mann mit dem slawischen Gesichtsausdruck blickte aus Basedow-Augen am Betrachter vorbei. Sein Schnurrbart umwuchs einen geschwungenen Mund und schien sich übers Kinn hinaus ins Dunkle fortzusetzen. Doch was man wahrnahm, war nur ein heller Streifen des hochgeschlagenen Mantelkragens. Ein schmucklos gestalteter Band mit gesammelten Gedichten von Rainer Maria Rilke.

Süden schlug das Buch auf und entdeckte die Widmung. Er las sie mehrmals hintereinander und schaute die Frau, die vor ihm stand und auf eine Reaktion wartete, nicht an. Erst als er durch die Seiten blätterte und die angestrichene Stelle fand, die vorne mit schiefer Handschrift zitiert war, hob er den Kopf.

Aber er schwieg weiter.

»Was ist denn?«, sagte Hanna Bleibe. »Kennen Sie den Mann, der die Widmung geschrieben hat? Sagt der Name Ihnen etwas? Wer ist dieser Mundl?«

Süden schwieg nicht, weil er der Frau etwas verheimlichen wollte oder an den Mann in der Wirtsstube dachte, der heimlich Stunden damit verbracht hatte, ein bestimmtes Buch zu finden.

Süden schwieg, weil er fand, dass er es den blauen krummen Wörtern schuldig war, mit unsicherer Hand und bestimmt bei mickrigem Licht von einem geschrieben, der vorher noch nie so etwas getan und sich dabei vermutlich ein wenig geniert hatte.

»Ich möchte dich wiegen und kleinsingen ...«, hatte Raimund Zacherl zitiert und dann, dachte Süden, behutsam, damit das

Umknicken nicht auffiel, die Seiten vorgeblättert, weil er sich die nächste Zeile doch nicht hatte merken können. » ... Und begleiten schlafaus und schlafein.« Daraufhin, dachte Süden, hatte Zacherl innegehalten, zwei, drei Minuten, und gehorcht, ob jemand näher kam, seine Frau, eine seiner Bedienungen, und dann mit einem unscheinbaren, nur ihm gehörenden Lächeln hinzugefügt: »In Zukunft und für unsere ganze gemeinsame Zeit. Dein Mundl.«

»Was ist denn?«, sagte Hanna Bleibe noch einmal. Beinah hätte Süden das Lächeln des Wirtes nachgeahmt, das er so deutlich vor sich sah.

»Haben Sie Ihre Tochter in dem Gasthaus besucht, wo sie gearbeitet hat?«

»Ich schon«, sagte Hanna Bleibe. »Mein Mann nicht. Er brachte das nicht fertig. Ich war ein einziges Mal dort, auf einen Kaffee, am Nachmittag. Außer mir war da sonst kein Mensch. Der Wirt kam an meinen Tisch und gab mir die Hand, weil Ricarda ihm gesagt hatte, wer ich bin. Ich kann mich nicht mehr an ihn erinnern. Ich habe Ricarda gefragt, wie sie ausgerechnet auf dieses Lokal an der Autobahn gekommen sei. Sie sagte, sie habe eine Anzeige gelesen. Sie las also auch Stellenanzeigen.

Fast zwei Jahre hat sie dort gekellnert. Am Anfang jeden Tag, auch an den Wochenenden. Sie war total erschöpft, wenn sie nach Hause kam. An einem Tag in der Woche hatte sie frei, das weiß ich noch, aber ich weiß nicht mehr, an welchem Tag.«

»Am Mittwoch«, sagte Süden.

»Sie kennen das Lokal?«

»Mundl ist der Spitzname des Wirtes gewesen.«

»Der Wirt? Was hat der Wirt mit diesem Buch zu tun?«

»Er hat es Ihrer Tochter geschenkt.«

»Dieses Buch? Das glaube ich nicht.«

»Warum?«

»Bitte?«

»Warum glauben Sie das nicht?«

»Das ist doch eine Art Liebeserklärung«, sagte Hanna Bleibe und zeigte auf das Buch und hielt die Hand ausgestreckt.

»Ja.«

Dann ließ sie den Arm wie erschöpft sinken. Sie sah wieder an Süden vorbei zum Fenster und setzte mehrmals an zu sprechen. »Aber der war doch ... Ich hab ihn doch gesehen ... Wieso haben Sie gesagt: gewesen? Ist er tot?«

»Er ist verschwunden.«

»Seit wann?«, sagte sie sofort.

»Seit zwei Jahren.«

»Ach so.«

»Sie dachten, er wäre mit Ihrer Tochter in Thailand gewesen und dann nicht zurückgekehrt.« Ob Zacherl in Thailand gewesen war, wusste Süden nicht. Niemand hatte davon gesprochen, was nichts bedeutete.

Hanna Bleibe schüttelte den Kopf. »Ich schenke Ihnen das Buch«, sagte sie. »Vielleicht mögen Sie Gedichte.«

»Sie müssen das Buch behalten, es gehört Ihrer Tochter. Wann genau ist Ricarda verunglückt, Frau Bleibe?«

Sie öffnete den Mund, sah Süden an und strich mit der flachen Hand über die rauhe Oberfläche des Buches in Südens Händen. »Am fünfzehnten Juni vor vier Jahren. Fünfzehnter Juni, bei ihrer Ankunft auf Koh Samui, das ist eine Art Ferieninsel ...«

»Ich weiß«, sagte Süden.

Und er dachte an den Wirt im Lindenhof, der vor vier Jahren sein Leben geändert und sich auf einen Stuhl neben dem Tresen gesetzt hatte, zum Entsetzen seiner Frau und zur Belustigung seiner Gäste und bald zum Unverständnis von allen.

Am fünfzehnten Juni vor vier Jahren begann Zacherl vor den Augen seiner Angehörigen, Freunde und Gäste zu verschwinden, und sie schauten ihm dabei zu. Er saß auf seinem Stuhl und nach einem Jahr sagte er, er habe eine Geliebte, obwohl sie längst tot war.

Vielleicht, dachte Süden, wollte er sie einsingen und bei ihr sitzen, wie Rilke schrieb, und in sie hineinhorchen und aus ihr heraus. Vielleicht sah er der Zeit auf den Grund, während er dasaß und still war, und sah, wie die Turboprop-Maschine auf regennasser Rollbahn ins Rutschen geriet und sich in einen viereckigen Turm bohrte.

Dreiunddreißigmal hatte er mit seinem geheimen Handy versucht, seine Geliebte zu erreichen, und erst später die Nachricht vom Unglück im Radio gehört.

Vielleicht war es so, dachte Süden und gab Hanna Bleibe an der Haustür die Hand und roch das frische Gras. Und am selben Tag hockte sich Zacherl auf seinen Stuhl und hatte niemanden, dem er sein wahres Gesicht zeigen konnte. Ein Schreien steckte in ihm und kam nicht heraus. Seine Frau und seine Stammgäste fragten sich, ob er womöglich Kehlkopfkrebs habe, weil er noch weniger Laute von sich gab als früher. Und wenn sie mit ihm anstießen, nickte er bloß, nicht zu heftig, damit keine Tränen aus seinen Augen schwappten.

Wie hätten sie ahnen sollen, dachte Süden, drehte dem blauen Haus den Rücken zu und machte sich auf den Weg durch die Orffstraße, dass einer wie Mundl, der von Sendling aus höchstens einmal nach Perlach fuhr, ein kosmisches Geheimnis in sich trug?

Süden blieb stehen, legte den Kopf in den Nacken und schloss die Augen. Warmes Licht auf seinen Lidern, und er wusste immer noch nicht, dass eine tiefe Nacht für ihn begonnen hatte.

»Entschuldigung«, rief jemand. Süden wandte sich um. »Wollten Sie zu mir?«

43 Der Händedruck des großgewachsenen Mannes mit den schmalen Schultern und dem staksenden Gang war weich und flüchtig. Auch streifte er sein Gegenüber nur mit einem fahrigen Blick und schaute mehrere Male zum blauen Haus, als erwarte er dort jemanden. »Meine Frau hat mir gesagt, dass Sie kommen wollen«, sagte Eric Bleibe. »Ich konnt aber nicht warten, entschuldigen Sie, ich hab meine Rituale. Nichts Besonderes. Ich geh in den Park. Jeden Tag, bei jedem Wetter, absolviere eine große Runde, an der Badenburg vorbei bis zu den Gleisen, quer durch. Das muss einfach sein.«

Er schien nicht zu bemerken, dass er immer weiterredete, während Süden reglos vor ihm stand und ab und zu nickte und blinzelte, weil die Sonne ihn blendete. »Wenn ich den ganzen Tag im Haus bleib, fällt mir die Decke auf den Kopf. Ich lese natürlich viel, meine Frau ja auch, sie ist Bibliothekarin, das wird sie Ihnen erzählt haben. Haben Sie alles erfahren, was Sie wissen wollten? Sie sind Detektiv, hab ich das richtig verstanden? Sie bearbeiten einen Fall, der etwas mit dem Tod meiner Tochter zu tun hat. Aber was, das hab ich nicht begriffen. Kannten Sie meine Tochter?«

Abrupt hörte er auf zu sprechen und sah wieder zum Haus, mit zerfurchter Stirn, eckigen Bewegungen. Bleibe trug einen dunklen langen Kaschmirmantel, ein Seidenhalstuch und braune schmutzige Schuhe mit krummen Absätzen. In Südens Augen hätte er um die siebzig sein können, aber er wusste, der Lehrer musste jünger sein, Anfang sechzig.

»Ich kannte Ricarda nicht«, sagte Süden. »Ich bin auf der Suche nach einem Mann, mit dem Ihre Tochter befreundet war.«

»Ein Freund?« Erneut warf Bleibe einen schnellen Blick zum blauen Haus. »Dann muss ich ihn doch auch kennen.«

»Er heißt Raimund Zacherl.«

»Den Namen hab ich noch nie gehört. Raimund. Etwas veraltet, der Name.«

»Der Mann ist mehr als zwanzig Jahre älter als Ihre Tochter. Sie waren trotzdem eng befreundet, er schenkte ihr ein Buch.«

»Den Gedichtband von Rilke.«

»Ja.« Dann schwieg Süden und sah dem Mann dabei zu, wie dieser sich in seinen Gedanken vergrub und zu vergessen schien, dass er nicht allein auf der Straße stand. In ein paar Metern Entfernung, vor dem Eingang des Cafés Ruffini, unterhielten sich zwei junge Mütter, deren geräumige Kinderwägen auf dem Bürgersteig kaum Platz hatten. Die Frauen trugen Sommerkleider und Jeansjacken, rauchten und lachten viel und schaukelten zwischendurch die Wägen.

»Das Buch hat meine Frau erst nach dem Tod unserer Tochter entdeckt, es war im Reisegepäck. Die Polizei hat uns den Koffer übergeben. Den Koffer und die Kleidungsstücke und ... sie. Wir haben sie identifiziert. Nein.«

Er drehte den Kopf zum Haus und wieder weg, blickte an Süden vorbei die Straße hinunter. »Das war nur eine Formalität.«

Nachdem er eine Weile mit zusammengekniffenen Augen auf den Asphalt gestarrt hatte, sagte er: »Die Ricarda hat die Dinge meistens mit sich allein ausgemacht. Das war nicht immer gut für sie. Sie hat unter ihrem eigenwilligen Wesen auch gelitten. Sie ließ sich zwar nie etwas anmerken, aber in ihrem Innern loderte es gewaltig. Meiner Überzeugung nach war das auch der Grund, warum sie eine gewisse Zeit unter schwerer Bulimie gelitten hat. Sie hat sich überfordert, natürlich wollte sie sich das nie eingestehen. Ein Jahr oder länger litt sie sogar unter Magersucht, wir gingen mit ihr zur Ärztin, obwohl sie behauptete, ihr würde nichts fehlen. Heute glaube ich, dass sie ihren Zustand wirklich nicht realisiert hat. Das ging dann vorbei, die Anfälle verschwanden.«

»Ihre Frau hat davon nichts erwähnt«, sagte Süden.

»Das blendet sie aus, kann man ihr nicht vorwerfen. Nach Ricardas Tod hat sie monatelang nicht das Haus verlassen, saß in Ricardas Zimmer und blätterte immer wieder dieselben Bücher und Hefte und Zeitschriften durch. Sie kümmerte sich um nichts. Ich hab alles erledigt, Einkäufe, Wäsche, den Garten. Ich konnte dann nicht mehr in den Unterricht gehen, unmöglich, mir fehlte die Kraft, der Mut. Die Schüler und Kollegen flehten mich fast an zu bleiben. Doch Herr Bleibe blieb nicht. Sie malten Transparente, meine Schüler, auf denen stand: ›Bleibe muss bleiben‹. Ist das nicht bewegend? Auch meine Frau beschwor mich, nicht aufzuhören. Ich wollte es so. Und es war richtig. Jetzt hab ich Zeit. Ich lese viel, steh spät auf, geh spazieren. Zeit. Und das Geld reicht auch.«

»Sie haben die Pension verkauft«, sagte Süden.

»Wir waren plötzlich Erben, was hätten wir tun sollen? An die Nordsee ziehen? Hoteliers werden? Ich bin handwerklich leider im Paläozoikum stehengeblieben, niederschmetternd. Ich kann zwar gut mit Kindern umgehen, aber, ehrlich gesagt, weniger gut mit Erwachsenen. Ideale Voraussetzungen, um eine Pension zu betreiben.

Meine Frau hat eine Weile darüber nachgedacht. Ich wusste, sie würde am Ende nein sagen. Wir können unser Leben nicht umkrempeln, wir können nicht auf einmal so tun, als wären wir jemand anderes, leutselig, geschäftstüchtig, verrückt nach Meer und Dünen und Matjesfilets.

Unser Haus haben wir wegen Ricarda blau gestrichen, sie wollte eine Meerfarbe, sagte sie, also haben wir die Fassade in einer Meerfarbe streichen lassen. Ein Vierteljahr vor ihrem Tod. Im Juni ist sie verunglückt, und Anfang März waren die Malerarbeiten beendet. Wir haben ein Gartenfest veranstaltet, Ricarda wollte das so. Es gab Fisch zu essen, Krabben, Muscheln, Tang oder so etwas Ähnliches. Eine Freundin von ihr war auch da, sie kannte sie aus dem Lokal, wo sie Tag und Nacht arbeitete. Sissi hieß die Frau, glaub ich.

Das war auch so eine Sturheit von ihr, dieses Kellnern. Sie war auf der Uni, sie half in meiner Schule aus, sie hatte große pädagogische Fähigkeiten. Sie konnte wunderbar mit Kindern umgehen, sie wäre eine ausgezeichnete Lehrerin geworden, Direktorin bestimmt. Hat sie alles weggeworfen, um in einer Kneipe zu arbeiten. Niemand hat das verstanden, ich am allerwenigsten. Darüber reden konnte man nicht mit ihr. Was sie einmal beschlossen hatte, war in Stein gehauen. Schrecklich. Alles schrecklich.«

Sein Kopf ruckte, seine Blicke irrten über den Garten, über die Straße.

»Warum hat sie das getan?«, sagte Eric Bleibe. »Ich weiß es nicht, werd's nie erfahren. Und sie wollte auch sofort nach Sylt ziehen, mit Sack und Pack, und die Pension ihrer Tante weiterführen. Sie hatte keinerlei Erfahrung mit Tourismus, mit Bürokratie, mit den Gesetzmäßigkeiten eines solchen Berufs. Was für Heidenmühen wären da auf sie zugekommen? Unvorstellbar. Tag und Nacht für fremde Leute da sein, in einer fremden Umgebung, Touristen, die keinerlei Rücksicht auf den Besitz anderer nehmen. Die kommen, wohnen da zwei oder drei Wochen, verschmutzen alles. Das passiert zwangsläufig, niemand passt im Urlaub so auf wie zu Hause, das ist normal, ich versteh das doch. Und die Ricarda hätte die Arbeit gehabt, das ganze Jahr über, ihr ganzes Leben lang. Sie verweigerte mir Rede und Antwort, wenn ich mit ihr diskutieren wollte. Sie versperrte sich, sie verstand das als Einmischung in ihre inneren Angelegenheiten. Das waren ihre Worte.«

Zum ersten Mal schaute er Süden länger als eine Sekunde an.

»Ich wollte mich nicht einmischen, sondern ihr bloß zur Seite stehen. Verstehen Sie das? Verstehen wenigstens Sie das?«

»Ja«, sagte Süden.

»Meine Frau versteht das nämlich nicht, bis heut nicht. Ich wollte Ricarda vor Schaden bewahren, ich wollte sie schützen, das war immer mein Bestreben, mehr doch nicht.« Er atmete mit offenem Mund, schwankte unmerklich, verschränkte die Arme, betrachtete seine Schuhe, als wundere er sich über deren schlechten Zustand. Er brachte den Blick nicht mehr vom Boden.

»Sie haben nie mit dem Wirt des Gasthauses gesprochen, in dem Ihre Tochter gearbeitet hat.« Auch das Gegenteil hätte Süden für möglich gehalten, obwohl bisher niemand ein Wort darüber verloren hatte.

»Doch. Ein Mal. Meine Frau weiß das nicht.«

Süden zeigte keine Reaktion. Eric Bleibe schaute ihn an. »Ich fuhr auf gut Glück hin, an einem Nachmittag im Winter. Ich sagte zu meiner Frau, ich hätte in der Staatsbibliothek zu tun. Ich hab sie angelogen. Ich fuhr zu der Gaststätte und fragte den Wirt, ob er mir erklären könne, warum meine Tochter unter allen Umständen Kellnerin sein wollte. An diesem Tag war sie nicht da, sie war krank und zu Hause in der Kreuslinstraße, wo sie ein Appartment hatte. Manchmal übernachtete sie auch noch bei uns im Haus, sie hatte ja weiterhin ihr Zimmer hier. Ich fragte also ungeniert den Wirt, und er sagte, Ricarda sei die beste Kellnerin, die er jemals beschäftigt habe, er hoffe, sie bleibe ewig bei ihm. Das hat er tatsächlich gesagt: Er hofft, dass sie ewig bei ihm bleibt.«

Ja, dachte Süden, Zacherl hatte den Lehrer nicht angelogen, das war seine wahrhaftige Hoffnung.

»Und diese Antwort machte mich so wütend und verzweifelt, dass ich, ohne etwas zu bestellen, wieder gegangen und zwei Stunden ziellos durch die Stadt gefahren bin. Warum sagt der so was? Warum drückt der sich so aus? Warum gibt der mir keine anständige Antwort? Warum lässt der mich so stehen?«

»Du hast keine Ahnung«, sagte zwei Stunden später ein anderer Mann, der ebenfalls einen langen dunklen Mantel und etwas wie ein Halstuch trug. »Du denkst, du hast mit deinem Vater geredet? Das ist gut, mein Freund. Ich bin dein Vater, siehst du das nicht?«

44

Die Stimme war wieder in seinem Kopf.
Oder die Stimme schallte aus den Lautsprechern
durch die Halle, ließ alle Stimmen und Geräusche verstummen. Und niemand bewegte sich mehr. Nur er. Er rannte.

Er lief dem Zug hinterher, der auf Gleis sechzehn aus dem Bahnhof fuhr. Er winkte mit beiden Armen, zerfetzte die Luft und rief einen Namen, der ihm fremd vorkam. Dabei war es der Name seines Vaters.

Er machte kehrt und rannte zurück zu den Ständen, dem Tabakladen, dem Kiosk, dem Supermarkt, dem Restaurant. Er trippelte wie eine aufgescheuchte Krähe, die aus lauter Panik ihre Flügel vergessen hatte.

Absurd, dachte er, kein Vogel wäre je so dumm. So dumm war nur er, weil er sich einbildete zu rennen.

Er stand an einem der Stehtische zwischen der Theke des Bier- und Kaffeeausschanks und dem Pizzaverkauf, unterhalb des tonlosen Fernsehers, umrundet von Leuten mit Koffern und Taschen, die es eilig hatten oder ratlos umherirrten, und hörte dem Mann im langen dunklen Mantel zu. Süden war, nachdem er ihn in der Menge entdeckt hatte, auf ihn zugegangen, als wäre er seit langem auf der Suche nach ihm, mit einem Phantombild in der Hand und einer eindeutigen Vorstellung im Kopf.

In seinem Kopf war nichts, nur ein Zittern. Vielleicht war er erschöpft vom Weg. Vielleicht hatten die Gedanken ihn ausgelaugt, die ihn von Neuhausen bis zum Hauptbahnhof ohne Unterlass verfolgten.

Er hatte an den in sich hineinalternden, vor sich selbst in den Park flüchtenden Lehrer gedacht, an dessen Frau, die sich an Vorstellungen von ihrer Tochter kettete, an das blaue Haus, in dem beide mehr und mehr versteinerten. Und er hatte an Paul Weber und dessen Bericht vom erneuten Anruf seines Vaters gedacht.

Im Bahnhof dann hatte er Gespräche belauscht und beim Vorbeigehen Stimmen aufgesogen. Er hatte den Tonfall älterer Männer mit dem am Telefon im Ost-West-Hotel verglichen. Wieder und wieder durchquerte er den Bahnhof. Und wenn ihm einfiel, dass er eigentlich Edith Liebergesell auf den neuesten Stand bringen musste, beschleunigte er seine Schritte oder blieb in der Nähe einer Gruppe von Männern stehen und hörte ihnen ungeniert zu.

Die Limousine in der Schalterhalle war verschwunden. Keine Spur mehr von Matjes und Lachs, kein Geruch nach gebratener Scholle, keine Chablis-Trinker in Pelzmänteln, nur das übliche mürrische Treiben. Und mittendrin Süden.

Er brachte den salzigen Geschmack des rohen Schinkens nicht aus dem Mund. Wie ein Kind leckte er sich die Lippen, wie ein Kind verbiss er sich in seine Sturheit. Sein Freund Weber war sich sicher gewesen, dass der Mann vom Hauptbahnhof aus angerufen hatte, also würde Süden ihn finden, so wie er als Kripoermittler fast jeden gefunden hatte, dessen Spur er verfolgte.

Der alte Mann im Mantel, mit dem grauen Schal, den er wie ein Halstuch gebunden hatte, gehörte zu niemandem.

Das begriff Süden sofort, schon als er ihn zum ersten Mal bemerkte, am Absperrgitter vor Gleis sechzehn, mit der Zigarette im Mund, von einem Fuß auf den anderen tretend, abseits aller Begegnungen und Gespräche.

Eine halbe Stunde später war der Mann umringt von Japanern, die auf ihn einredeten. Offensichtlich verstand er kein Wort. Er nickte und lächelte und deutete in verschiedene Richtungen, was die Japaner nicht dazu bewog, eine davon einzuschlagen. Stattdessen huschten ihre Stimmen weiter im Kreis. Als Süden sich dazustellte, wandten die fünf Männer und drei Frauen sich zu ihm um und verstummten für Sekunden. Dann hob eine der Frauen, die wie die anderen eine braune Jacke und eine braune Hose trug, die Hand und fragte ihn in kurio-

232

sem Englisch nach einem Museum, dessen Namen er noch nie gehört hatte. Vielleicht war es während seiner Abwesenheit erbaut worden.

In seinem ungeübten Englisch, das nicht weniger kurios klang als das der Asiatin, erklärte er ihr, dass sie garantiert am Informationsschalter die richtige Auskunft erhalten würde. Dort wären sie schon gewesen, meinte sie, und ihre Begleiter nickten. Unvermittelt streckte der Mann im Mantel den Arm aus. »Go to police there«, sagte er. Die Japaner drehten die Köpfe. Am Zeitungsstand sprachen zwei Bundespolizisten mit einer alten Frau, die einen roten Koffer hinter sich herzog und sich ständig umschaute. Die Japanerin bedankte sich, trippelte los und die anderen hinter ihr her. Keiner von ihnen hatte einen Koffer oder eine Tasche dabei.

Süden musste den Mann zum Sprechen bringen. Das war sein einziger Gedanke. Und er sagte: »Sie warten auf niemanden, Sie holen niemanden ab, Sie verbringen Ihre Zeit hier.«

Der Mann erwiderte: »Ich wohne in der Nähe, ich komme jeden Tag hierher, wo soll ich sonst hin? Früher, als hier noch die drei Restaurants waren, fiel mir das Bleiben leicht. Heut quäl ich mich oft. Das ist nicht zu ändern. Kein Grund, mich anzustarren.«

Der Mann war fast so groß wie er, schlank, sein Gesicht voller Furchen und Narben, Bartstoppeln, blaue, wässrige Augen, dunkle Schatten darunter, Augenbrauen wie Striche, dünne bleiche Lippen, aus der krummen Nase wuchsen graue Härchen. Er fiel nicht auf in der Menge, und doch hatte Süden ihn nicht übersehen.

»Verzeihung«, sagte Süden.

Der Mann sagte: »Sie sind auch so einer. Sie sprechen fremde Leute an, weil Sie Angst haben, Sie würden sonst das Sprechen verlernen. Hab ich recht? Mich stört das nicht. Ich hab fast nur solche um mich. Meistens Trebegänger, Aushäusler. Ich war nie einer von denen, ich hab für die Rente einbezahlt, war bei der Bahn, im Verkauf, später auf der Schiene. Man ist unter Leuten. Für den ICE war ich schon zu alt, aber das hat mich auch nicht mehr interessiert. Brav eingezahlt, die Rente. Alte Geschichten. Jetzt zahl ich Miete mit meiner Rente, da ist eine Absteige, sauber, nette Wirtin, nette Angestellte, ich kümmere mich um nichts, halt die Hütte sauber, da lass ich nichts drauf kommen. Und bin den ganzen Tag unterwegs. Insofern doch ein Aushäusler. Aber ich weiß, wo ich abends hingehen kann, das ist ein Segen. Ich wollte grad ein Bier trinken, kommen Sie mit, wenn Sie möchten, oder haben Sie was vor? Was ist?«

Süden war stehen geblieben und beobachtete den Mann, wie er ging.

»Sie müssen auch nicht mitkommen.«

Der andere wischte sich über den Mund, hustete und ging in Richtung der Stehtische zwischen dem Bierausschank und der Pizzatheke.

Als sie kurz darauf beide ein Helles vor sich stehen hatten, sagte Süden: »Sie hinken nicht. Trotzdem haben Sie mich angerufen und behauptet, Sie wären mein Vater. Warum haben Sie das getan?«

Der Mann trank, sah zu den Gleisen, trank weiter und hob kurz die Hand, als ein Mann draußen an der Glaswand vorüberging und winkte. Süden schwieg, was ihm schwerfiel. Eigentlich brach er fast unter seinem Schweigen zusammen.

Der Mann trank sein Glas leer, schnaufte, wandte sich zum Gehen, um ein frisches Bier zu holen. »Du hast keine Ahnung. Du denkst, du hast mit deinem Vater geredet? Das ist gut, mein Freund. Ich bin dein Vater, siehst du das nicht?«

»Nein«, sagte Süden mit ausbrechender Stimme. »Nein, das sehe ich nicht. Das kann ich nicht sehen, du bist unmöglich mein Vater.«

Sein Vater war größer, er trug niemals lange Mäntel oder Schals.

Sommers wie winters ging er in einer braunen Wildlederjacke aus dem Haus. Dieses Bild überdauerte in Südens Erinnerung.

»Es ist kein Glück, sich im Erinnern zu vergessen, wie eine Dichterin schrieb«, sagte er, obwohl er nicht zustimmte. Er wusste, wie sehr er, wenn er zurückdachte, in Anwesenheit schwelgte und die Gegenwart einfach ausknipste. »Ich weiß genau, wie mein Vater aussah und redete, und es war seine Stimme am Telefon. Es war seine Stimme, die Paul Weber gehört hat. Was willst du von mir? Wer hat dich geschickt?«

»Mein Name ist Hardy«, sagte der Mann. »Ich hab dich angerufen. Ich hab auch deinen ehemaligen Kollegen angerufen. Ich bin dein Vater.«

»Du blöder Hund«, schrie Süden.

Seine Stimme brachte die Gespräche in dem offenen Restaurant zum Verstummen. Die Gäste an den Tischen und am Tresen sahen zu ihm hin, manche behielten Messer und Gabel in der Hand. Die beiden Pizzabäcker ließen die großen runden Holzbretter mit den Teigfladen von den langstieligen Eisenschaufeln gleiten und verharrten. An der Trennscheibe zur Halle knipste ein Mann, der sich gerade eine Zigarette anzündete, das Feuerzeug nicht mehr aus und vergaß die Flamme vor seiner Nase.

Süden hatte sich keinen Zentimeter von der Stelle bewegt oder eine ausufernde Bewegung gemacht. Seine Stimme schoss aus seinem Mund. Und bevor die Umstehenden ihre Neugier begriffen, wirkte er schon wieder wie einer von ihnen, unscheinbar hinter seinem Bier, unrasiert, ein bahnhofsmäßiger Nichtverreiser.

»Wie heißt du wirklich?«, sagte Süden und trank in einem Zug sein Bier aus. Das konnte er, das hatte Martin ihm beigebracht, da waren sie fünfzehn und so etwas wie geduldete Stammgäste in der Schmiede, einer Kneipe, in der die Dorfsäufer

235

hausten, bewirtet von einer Frau, deren Körper sich jeder noch so ruinierte Blick hinterherschleppte.

»Mein Name spielt keine Rolle«, sagte der Mann.

»Ich will ihn wissen.«

»Fängst du gleich wieder an zu schreien?«

Süden schwieg.

Er holte sich ein neues Bier und dachte nicht daran, dem Mann eines mitzubringen.

»Du hast keine Ahnung«, wiederholte Hardy. »Du willst meinen Namen wissen. Bist du von der Polizei? Schon lang nicht mehr, ich weiß alles. Du bist ausgestiegen, und kein Mensch weiß, was du treibst. Manche Leute behaupten, du wärst ein Penner geworden. Stimmt das?«

»Wer bist du?«

»Ich bin dein Vater. Frag deinen alten Kumpel Paul Weber.«

Es war lange her, dass Süden das getan hatte, was er jetzt tat.

Seinen Freund Martin hatte er einmal so behandelt, im Dienst, während einer offiziellen Vernehmung, vor Zeugen. Er hatte es tun müssen. Sein Zorn war nicht mehr zu bändigen, seine Enttäuschung maßlos und jede Selbstbeherrschung wäre nichts als Selbstbetrug gewesen.

Nicht weit von hier, auf der anderen Seite der Bayerstraße, in dem kleinen Raum mit dem niedrigen Fenster im zweiten Stock der Vermisstenstelle, hatte er Martin an den Schultern gepackt, ihn vom Stuhl gehoben und auf den Boden geschleudert. Ohne Vorwarnung, ohne ein einziges Wort der Erklärung. Martins Verhalten, seine Ausdünstungen nach Alkohol, Zigaretten und stumpfsinnigen Nächten, seine stolpernde Stimme, sein ganzes dumpfes, rechthaberisches Gebaren kam wie ein Fluch über Süden, und er wehrte sich mit Gewalt.

Auf die gleiche Weise packte er jetzt den Mann, hob ihn hoch und stieß ihn von sich. Hardy taumelte, ruderte mit den Armen, verlor das Gleichgewicht, stürzte auf den Rücken. Bevor der Manager, der hinter der Theke mit Abrechnungen beschäftgt war, nach vorn kommen konnte, hatte Hardy sich wieder aufgerappelt und seinen Mantel glatt gestrichen.

»Kein Problem«, sagte er. »Nichts passiert. Mein Freund hier hat nur die Kontrolle verloren. Wir nehmen zwei Wodka.« Ohne Süden zu beachten, ging er zur Theke und legte das Geld hin.

Die Leute fingen wieder an zu reden, und nach einer Weile sah keiner mehr zu Süden hin.

»Prost«, sagte Hardy. Sie hoben die kleinen Gläser, Hardy leerte es, Süden zögerte. »Hast du Angst, noch mal die Kontrolle zu verlieren?«

Süden sagte: »Nicht wegen dem Schnaps.« Er kippte ihn runter und sofort einen Schluck Bier hinterher. »Es tut mir leid. Aber es war unvermeidlich.«

»Bist du wegen Gewalttätigkeit aus dem Polizeidienst geflogen?«

Süden schwieg.

»Ich bin dein Vater«, sagte Hardy noch einmal. »Ich bin er. Dass du das nicht kapierst!«

45

Was, dachte Süden, war da zum Kapieren? Er kapierte doch alles. Dieser Mann hatte seinen Vater gekannt, wann und wie lange, das würde sich noch zeigen. Und dieser Mann kannte Paul Weber, womöglich war er auch ein ehemaliger Polizist. Hardy.

An einen Hardy konnte Süden sich nicht erinnern. Was nichts bedeutete. Er kannte nicht einmal sämtliche Kolleginnen und Kollegen aus dem Dezernat 11, zu dem die Vermisstenstelle gehörte. Hardy verwickelte ihn in eine Geschichte, das war das ganze Geheimnis, er spielte mit ihm, das war er gewohnt, dafür wurde er bezahlt.

Vielleicht, dachte Süden, sollte er doch noch Edith Liebergesell anrufen und ihr von seinem Verdacht berichten, seinem Plan. Vielleicht sollte er den Mann einfach stehenlassen und den Bahnhof verlassen und mit seinen letzten noch beweglichen Gehirnzellen das Protokoll des Tages verfassen, um damit morgen in der Detektei professionell auftreten zu können.

Hardy betrachtete Südens Glas, nickte, nestelte an seinem Schal, der aus der Nähe weniger wie ein Halstuch als vielmehr wie ein billiger, zerknitterter Stofffetzen aussah.

»Ich wollt das nicht machen. Hörst du mir zu? Süden. Tabor Süden. Ich kenn dich nicht. Wir sind uns nie begegnet. Und deinen Vater kannte ich nicht mal ein Jahr.

Es war seine Idee. Er sagte, ich soll's machen, ich soll dein Vater werden. Nicht auf dem Papier, er wollt dich ja nicht loswerden. Schau mich nicht so an, dann kann ich mich nicht konzentrieren.

Ich muss das jetzt loswerden, weil ich dann geh und weg bin und garantiert nicht wiederkomm. Dass du mich gefunden hast, wundert mich nicht. Ich hab damit gerechnet, jeden Tag eigentlich. Wieso tauchst du erst heut auf? Spielt keine Rolle. Du bist da.

Du siehst seltsam aus, ich hab mir dich anders vorgestellt,

stattlicher. Ich wollt dich nicht beleidigen. Dein Vater hat zwar viel von dir geredet, aber beschreiben konnt er dich nicht. Wie lang habt ihr euch nicht gesehen? Ewig. Für ihn warst du natürlich ein Damoklesschwert. Das darfst du ihm nicht krummnehmen. Wer war dieser Damokles eigentlich? Ein Schmied? Es kann nicht schaden, wenn du mal lachst.
Schau woanders hin. Wo hast du so schauen gelernt? Kein Wunder, dass die Leute bei dir gleich immer alles gestanden haben, so einen Blick hält keiner aus. Versteh doch: Dein Vater konnte nicht mehr sprechen, was hätt er machen sollen? Er konnt nicht mehr telefonieren, sein Kehlkopf war am Ende, überall Metastasen, alles vorbei. Aber er hat noch getrunken, der Irre, das Bier floss ihm noch die Kehle runter, irgendwie. Er hat Blut gespuckt. Hörst du mir zu?«

Draußen war alles still.
Süden stand in einer Ebene, drei Millionen Jahre vor heute. Er stand aufrecht und nackt, da war niemand und nichts außer ihm und dem Dämon, der ihn hergeführt hatte, auf den menschenleeren Planeten. Nur Tiere gab es. Er hörte das Scharren ihrer Hufe. Und Pflanzen gab es, er roch ihr süßliches Aroma. Gnome huschten um ihn herum, und einen von ihnen erkannte er wieder.

»Hörst du mir zu? Er hat mir was aufgeschrieben, ich sollt es vorlesen. Das war seine Idee. Ich hab ihm gesagt, dass das Irrsinn ist, er kann doch nicht zurückkommen nach einer Ewigkeit und dann einen Fremden zu seinem Sohn schicken. Verstehst du, was ich sagen will?«

Was der Dämon ihm sagen wollte, war: Du bist allein auf diesem Planeten. Sprich mit Asfur, dem Gnom, wenn du deine Stimme schulen willst, bleib bei den Tieren, sie sind deine Verbündeten. Gräme dich nicht und verfluche nicht dein Leben, du hast kein zweites. Mach große Sprünge, wie manche Tiere, und lache, wie manche Tiere. Trink Wasser aus den Bächen, damit du besser sehen lernst, frag nicht, warum und wozu, sei und es wird geschehen, was geschieht.

»Ich will sagen, er schämte sich vor dir. Das musst du doch begreifen. Er hatte keine Stimme mehr, er war schon fast tot, als ich ihn kennenlernte. Dann hielt er tatsächlich noch ein Jahr durch. Es gibt eine Ärztin, die kümmert sich ehrenamtlich um Obdachlose, von der ließ er sich behandeln, ich hab ihn manchmal begleitet. Sie konnte nicht viel für ihn tun. Sie gab ihm Schmerzmittel. Er mochte die Frau, auf einen Zettel schrieb er mir mal, sie erinnere ihn an seine Frau, an deine Mutter. Erinnerst du dich an deine Mutter?«

Erinnerte Süden sich an seine Mutter? Er musste endlich Edith Liebergesell anrufen. Er hatte einen Job, er wurde bezahlt für die Suche nach einem verschwundenen Wirt. Er war zuständig für die Verschwundenen und die Vermissten. Das war seine Bestimmung. Seine Mutter hatte lange dunkle Haare und ein schneeweißes Gesicht. Sie wäre fast gestorben, als er mit zehn von zu Hause weglief und sich im Wald versteckte und erst nach Tagen wieder auftauchte. Er wollte nichts Schlimmes, er wollte nur allein sein in der Wildnis seiner Phantasie. Und da sah er zum ersten Mal Asfur, den Gnom, der später wiederkam, als er schon Polizist war und ein entführtes Mädchen nicht fand, das der Täter in einer Kiste vergraben hatte, wo es erstickte. Er wollte alle immer finden.

»Er erzählte, er hätt sie nicht retten können«, sagte Hardy mit gleichmäßig fließender Stimme. »Er hätt deine Mutter sogar zu einem Schamanen gebracht, der war der Bruder einer Arbeitskollegin von ihm. Ob das stimmt, kannst nur du wissen. Er wollt, dass ich dich anruf und dir sag, dass er in der Stadt ist und schon öfter mal da war und dich sogar gesehen, sich aber nicht getraut hat, dich anzusprechen. Und du hast ihn nicht erkannt?«

Doch, sagte Süden. Er bildete sich nur ein zu sprechen. Er kam aus dem Schweigen nicht mehr heraus. Er tastete sich in der Dunkelheit, die um ihn herrschte, an den Wänden entlang, und die Wände hörten nicht auf. Doch, ich habe ihn erkannt, ich sah ihn am Ostbahnhof auf einer Bank sitzen, aber ich hatte keine Zeit, ich war unterwegs und im Dienst. Nein, ich erkannte ihn nicht, das war alles bloß Einbildung.

»Das war sein Wunsch, dir eine Botschaft zu schicken. Er erinnerte sich noch an deinen ehemaligen Kollegen, also meldete ich mich zuerst bei dem, und dein Vater saß daneben und hörte zu, wie ich mich als er ausgab. Es funktionierte. Dein Kollege glaubte mir und du auch. Meine Stimme hätt die Stimme deines Vaters sein können, beweis mir das Gegenteil. Das schaffst nicht mal du.
Mittendrin brach dann die Verbindung ab, entschuldige. Wir hatten kein Kleingeld mehr. Ich wollt noch welches besorgen, aber dein Vater winkte ab. Jetzt schämte er sich noch mehr.
Schau weg. Ich mag das nicht, ich bin nicht schuld an euch.
Dass du mich gefunden hast, war vielleicht doch nicht so gut. Die Aktion vorhin hab ich dir verziehen, im Voraus sozusagen. Jetzt hättst du mehr Grund, wütend auf mich zu sein, vorhin war alles noch im grünen Bereich.
Was glaubst du denn? Selbstverständlich hab ich ihm gesagt, er soll dir einen Brief schreiben, das wollt er ums Verrecken nicht. Ich hab ihm angeboten, er soll mir den Brief diktieren. Keine Chance. Anrufen sollt ich dich. Ich war betrunken, er auch, wir waren in einer Telefonzelle oben in Giesing, du hast da mal gewohnt, meinte er, Nähe Giesinger Bahnhof. Wir sind extra dahin gefahren, mit der Tram rauf, das hatt er sich in

den Kopf gesetzt, der Irre. Von hier aus, vom Hauptbahnhof, hätten wir genauso gut anrufen können. Nein, er wollt nach Giesing, unbedingt.

Auch so ein Ausdruck von ihm, den er ständig gebraucht hat: unbedingt. Als er noch sprechen konnt. Geredet hat er eh nicht viel. Am Anfang fiel's mir kaum auf, dass er keine Stimme mehr hatte. Stundenlang saß er vor seinem Bier und brachte keinen Ton raus. Hat mich nicht gestört, man muss auch die Klappe halten können, ist eh zu viel Gelaber in der Welt. Schau dich um. Alle am Sabbeln. Du bist auch eher still, ist wahrscheinlich Vererbungssache.«

Sag was, Asfur, dachte Süden. Wie komme ich raus aus dem Wald, aus der himmelhohen Finsternis? Ich habe mich verlaufen. Ich habe das Gehen verlernt. Ich höre die Stimme eines Mannes, der mein Vater sein könnte. Meine Mutter. Martin. Ich werd das Hatschen nicht mehr los, sagt die Stimme, und sie sagt: Ich hab einen Vorschlag, wir treffen uns irgendwo, und ich erzähl dir ...

»Und ich erzähl dir noch was, und du musst mir genau zuhören. Ich sag Süden zu dir wie zu deinem Vater. Der wollt nicht, dass man ihn beim Vornamen nennt. Hörst du mir zu, Süden?«

Ja, sagte Süden und dachte es bloß. Er hatte die Hände in den Taschen seiner Lederjacke. Mit der einen Hand umschloss er Benes Seehund. Er war ein Junge, der durch einen schwarzen Traum lief, und der Traum hörte nicht auf und wurde immer schwärzer.

46

»Dein Vater ist gestorben. Er lebt nicht mehr. Hörst du mich? Er hat verfügt, dass er unbekannt bleibt. Es gibt kein Grab. Sein Leichnam wurde verbrannt, seine Asche wird anonym beerdigt. Das war sein Wille. Den müssen wir respektieren. Der Ärztin, bei der er regelmäßig war, hat er eine Verfügung übergeben, damit nichts schiefgeht nach seinem Tod. Er gab ihr tausend Euro für die Bestattungsformalitäten, das war sein Erspartes. Ich war nicht bei ihm, als er starb.

Er starb im Rechts der Isar, wohin die Ärztin ihn überwiesen hatte. Das war klug von ihr. So starb er nicht auf der Straße. Er starb im Warmen, das weiß ich, ich war dort und hab mit der Schwester geredet, die ihm die Hand gehalten hat. Sie war bei ihm. Das ist die Wahrheit, Süden. Sorg dich nicht, er war nicht allein in seiner letzten Stunde.«

Er sorgte sich nicht. Süden sorgte sich nicht.

Er stand an einem Stehtisch im Hauptbahnhof und trank Bier und glaubte dem Penner kein Wort. Er sorgte sich nicht.

Sein Vater hatte ihn angerufen und ihm gesagt, sie würden sich treffen, und das war gewiss. Und sein Vater hatte Paul Weber angerufen, und Paul hatte die Stimme wiedererkannt, so wie er selbst in seinem Zimmer im Ost-West-Hotel am Eigelstein die Stimme wiedererkannt hatte.

In der Halle schallte die Stimme einer Ansagerin aus den Lautsprechern, der Nachtzug nach Venedig stand bereit.

»Du blöder Hund«, sagte Süden zum zweiten Mal, diesmal mit gewöhnlicher Stimme, nahm sein leeres Glas, ging zur Theke und bestellte ein neues und trank es an Ort und Stelle aus.

Zu dem Penner würde er nicht zurückkehren. Noch zwei Bier, dann würde er nach Hause gehen und sein Protokoll schreiben und morgen die Spur weiterverfolgen, die ihn vielleicht zu dem verschwundenen Wirt führte. Das war alles. Das alles war wahr und alles andere nicht.

Er trank das Glas aus, und als er es hinstellte, lag ein zerknitterter Zettel neben ihm auf der Theke, Briefkopf, Zahlen, ein offizielles Schreiben mit einer Unterschrift. Ähnliche Dokumente hatte Süden früher oft gesehen.

Natürliche Todesart, stand da. Sterbezeitpunkt und Ort: 10. April, 02.35 Uhr, Klinikum Rechts der Isar. Zuletzt behandelnder Arzt: Dr. Rosemarie Bechtle. Identifiziert durch: Eberhard Nußbaumeder. Wohnadresse: ohne festen Wohnsitz. Geburtsort: Brünn, heute: Brno. Alter: 78. Vor- und Nachname, Geschlecht: Branko Süden, männlich.

»Er ist natürlich gestorben«, sagte Süden.

»Sein Herz blieb stehen«, sagte Hardy Nußbaumeder. »Zwei Tage nachdem ich dich in Köln angerufen hab. Auf einmal ging alles verflucht schnell. Ich hab nicht gewusst, was ich machen soll. Dein Vater hat verfügt, dass alles anonym bleiben soll. Das war schwierig für mich, das musst du mir glauben. Ich hab gerungen mit mir. Glaubst du mir das?«

»Ja«, sagte Süden, als wäre seine Stimme der Dunkelheit entronnen.

»Und dann hab ich beschlossen, dass ich dich noch mal anruf, trotz der Bitte deines Vaters. Ich konnt nicht anders, ich hab mich auch gleich bei ihm entschuldigt. Du warst eh nicht da, und ich war fast erleichtert. Aber dann sind ein paar Tage vergangen, der Leichnam deines Vaters kam ins Krematorium, die Formalitäten waren erledigt, ich hab getrunken und getrunken, weil ich ihn nicht mehr aus dem Kopf gebracht hab, deinen Vater. Ich seh ihn da sitzen, mit dem abgerissenen Parka, vor seinem Bier, schnaufend. Er hat immer geschnauft, er kriegte keine Luft mehr, er hatte auch Schmerzen, darüber hat er nie gesprochen. Jammern, das gab's bei ihm nicht.

Und ich seh ihn vor mir und möcht anfangen zu schreien. So wie du vorhin. Ich möcht einfach nur schreien, und ich weiß nicht mal genau, warum. Vielleicht für ihn mit. Er brachte doch keinen Pieps mehr raus.

Die Kopie hab ich für dich gemacht, am besten, du wendest dich an die Ärztin, Frau Dr. Bechtle, die hat die Papiere an sich genommen. Wie das jetzt mit der anonymen Bestattung weitergeht, weiß ich nicht. Ich kenn mich nicht aus. Die Urnen landen auf dem Waldfriedhof, da hab ich mich erkundigt, man erfährt nicht, wann. Ist ja anonym.

Ich sollte das auch machen, dann ist alles geregelt, und niemand muss sich kümmern. Ich hab ja noch eine Schwester und einen Schwager, also Verwandtschaft, die wollen selbstverständlich nichts mit mir zu tun haben, aber wenn ich sterb, haben sie die Bürokratie an der Backe. Das muss vermieden werden.

Trinken wir noch einen auf deinen Vater. Das ist nicht der Ort dafür, leider haben wir keinen anderen.«

»Das ist der richtige Ort«, sagte Süden. Dann stand er auf und ging in die Halle hinaus, legte den Kopf in den Nacken und öffnete weit den Mund.

Lautlos schrie er das Schweigen seines Vaters aus sich heraus. Acht Minuten lang.

Dann kehrte er in das Restaurant hinter der Glaswand zurück und trank mit Hardy, dem Identifizierer, bis der Manager mit seinem angegrauten Oberhemd und seiner rotgemusterten Kaufhauskrawatte sie verjagte.

»Natürlich«, sagte Süden zum elften Mal, »ist mein Vater natürlich gestorben. Er hat auch natürlich gelebt. Und er ist natürlich auch natürlich verschwunden. Wie alle. Wie der Postler ...«

47

»... Der Postler aus der Fraunhoferstraße versteckte sich in einem Gemälde. Das hat niemand verstanden«, sagte Süden in Richtung seines Begleiters.

»Und ein Schuster aus dem Glockenbachviertel wollte untertauchen und kam nur bis Schwabing.

Und zwei Kinder versteckten ihre Liebe vor den Eltern, wer hätte die beiden schon verstanden?

Immer wieder waren da Kinder, vergessene, verkehrte, übersehene Kinder, und ich hörte ihnen zu und musste sie in ihre Kinderzimmer zurückbringen, wo ich nicht mehr zuständig war, sondern ihre vereisten Eltern.

Einmal suchten wir einen Gitarristen, der sich in Luft aufgelöst hatte, Martin und ich, und das war nicht überraschend, denn es handelte sich um einen Luftgitarristen.

Und einmal tauchte einer auf, der sagte uns, wir könnten aufhören, nach ihm zu suchen, er wäre wieder da, und es stellte sich heraus, er war nie verschwunden gewesen.

Und einmal suchten wir einen talentlosen Maler, der im Schatten seiner Mutter hauste.

Und einmal fuhr ich bis nach Italien, um eine Frau zu finden, die zu schön war für die Welt, in der sie vorher verkehrt hatte. Wie damals die Wirtin aus der Schmiede, wo Martin und ich unsere Leber entjungferten.

Und einmal reiste ich an die Ostsee auf der Suche nach einer Schülerin, aber sie starb und ihr Liebster mit ihr, und ich hatte ihren Tod nicht verhindert.

Und als Martin verschwand, bemerkte ich es nicht, und er schoss sich eine Kugel in den Kopf, in einem Container in Berg am Laim, und ich war nicht zur Stelle.

Und jetzt ist mein Vater tot, und ich frage dich, Nußbaumeder: Warum ist er nicht verschwunden geblieben auf ewig? Seine Rückkehr ist ein noch viel größeres Verschwinden für mich, und ich kann nicht einmal an einem Grab niederknien, nur über eine Wiese kriechen und seine Asche erahnen, drei Meter unter der Erde, wo sie mit der Asche von anderen in einer quadratischen Grube liegt, den Würmern zu Ehren, und der Finsternis.

Einmal begleitete ich eine alte Frau zum Waldfriedhof, deren Schwester verunglückt war oder Selbstmord begangen hatte, das war nicht mehr zu klären. Und die alte Frau kauerte auf der Wiese, denn dass ihre Schwester sich anonym hatte beerdigen lassen, konnte sie nicht akzeptieren. Auf allen vieren kroch sie über das grüne Haar des Todes und riss Büschel aus und schrie zum Himmel und tastete nach der letzten Ruhestätte ihrer Schwester.

Und all die anderen. Und all die anderen. Und es hört nie auf.«

Hardy hielt ihm die Tür des Torbräus auf, den sie vom Bahnhof aus weitgehend geradlinig und wie zwangsläufig angesteuert hatten. Süden zögerte, legte den Kopf in den Nacken. Dort oben, im fünften Stock, befand sich die Detektei Liebergesell, mit Blick über die Stadt der Verschwundenen. »Wie spät ist es?«, fragte er.

»Noch Zeit.«

Süden sagte: »Heute ist ein namenloser Tag.«

»Beschwer dich beim Herrgott.« Mit einer heftigen Kopfbewegung forderte Hardy ihn auf, endlich ins Lokal zu gehen.

48

»Erkläre es mir«, sagte Süden. »Du kannst auf den Nordfriedhof gehen und hast eine Stelle zum Ansprechen. Ich habe nichts. Ich sitze in einem Zimmer und rufe ins Nichts. Was soll ich tun?«

»Du rufst nicht ins Nichts.« Paul Weber schenkte aus einer Flasche Bier in zwei kleine Gläser und stellte die Flasche zu den anderen neben der Couch. Seine Taktik war, bei jeder Runde nur eine Flasche für beide und nicht eine für jeden zu öffnen, damit sie am Ende weniger getrunken haben würden. Er wusste, dass dies eine Einbildung war, aber das störte ihn nicht. »Außerdem gibt es dort ein Denkmal, an dem du beten kannst, und du kannst auf der Wiese Blumen verstreuen.«

»Ich will keine Blumen verstreuen, ich will auch nicht beten. Ich will Abschied nehmen.«

»Wozu brauchst du ein Grab?«

»Vielleicht nicht unbedingt ein Grab«, sagte Süden. »Nur einen Ort, von dem ich weiß, dort ist er. Ein paar Knochen, die Asche, etwas, was ich begreifen kann.«

»Dein Vater war nicht verschollen, er war da, jemand hat ihn identifiziert, eine Ärztin gab ihm Medikamente. Du bist ihm zwar nicht mehr begegnet, denn das wollte er nicht, aber du hast die Gewissheit, dass er am Leben war all die Jahre und an dich gedacht hat, bis zum Ende. Du bist nicht der Hinterbliebene eines unauffindbar Verschwundenen. Die Vermissung deines Vaters ist aufgeklärt. Und du kennst den Friedhof, auf dem seine Asche verstreut wird. Du hast kein Rechteck mit Erde und einer Marmorumrandung und einem Stein dahinter, du hast eine Wiese, auf der blüht's im Sommer, Schmetterlinge fliegen rum. Ich war mal dort, es ist ein weites offenes Gebiet, es liegt mitten in der Sonne.«

Süden saß im Sessel, das Glas auf den Knien, und dachte an die Frau, die er damals zum anonymen Grab ihrer Schwester begleitet hatte und deren Namen ihm nicht mehr einfiel. Sie hatte einen schwarzen Schleier getragen, der sie nicht daran hinderte, durchs Gras zu kriechen und mit den Fäusten auf den Boden zu trommeln. Zwischendurch verlor sie das Gleichgewicht und kippte zur Seite, rappelte sich auf und rief: Sogar im Tod versteckst du dich noch!

Dieser Satz fiel Süden plötzlich ein, und noch ein zweiter schoss ihm durch den Kopf, an dem er seit jenem Tag nie wieder gedacht hatte: *Verzeihen Sie, dass ich so kindisch bin.*

Und dann sah Süden den Zitronenfalter, der sich auf der Schulter der alten Frau niedergelassen und alles Zornesbeben in ihr zum Stillstand gebracht hatte. Von einer Sekunde zur nächsten verharrte sie auf der Stelle, gebückt, mit ausgebreiteten Armen, so lange, bis der Schmetterling davonflatterte, als wäre sein Auftrag erfüllt.

»Wir hatten einmal einen Fall«, sagte Süden mit ferner Stimme. »Zwei Schwestern, alte Frauen, eine ließ sich anonym bestatten ...«

»Emmi und Ruth Bregenz«, sagte Weber, ohne lange nachzudenken.

»Dein Namensgedächtnis funktioniert immer noch.«

»Wir haben damals lange über die Vermissung geredet.«

Daran erinnerte sich Süden nicht mehr. Sie hatten oft über Fälle gesprochen, die sie über die tägliche Arbeit hinaus umtrieben, verwirrten, empörten oder in einen Zustand elender Traurigkeit versetzten.

»Was hältst du von der Idee, auf die Insel zu fahren?«, fragte Süden.

Zehn Stunden zuvor hatte er dieselbe Frage Edith Liebergesell gestellt.

»Und wer bezahlt die Reise?«, erwiderte sie. »Und wie viele Tage hast du einkalkuliert?«

»Und du hast nicht mal einen konkreten Hinweis«, sagte Leonhard Kreutzer.

»Und es bleibt immer noch der zeitliche Widerspruch«, sagte

Patrizia Roos, als laute die Losung dieses Mittwochs, alle Sätze mit »Und« zu beginnen.

Süden schwieg.

Nachdem ihm Eberhard Nußbaumeder im Torbräu die Kernpunkte seines Lebens dargelegt und Süden ihm erläutert hatte, dass er wütend, enttäuscht, fassungslos und deswegen doppelt sinnlos betrunken sei, erklärten sie ihre Begegnung für beendet. Süden schleppte sich zum nächsten Taxi. Dessen Fahrer wollte ihn in ein Gespräch über die seiner Meinung nach Camorra-artige Erpressermentalität von Krankenkassen verwickeln.

Am Morgen war er um acht aufgestanden, hatte nach dem Duschen seine Notizen durchgesehen und sich zu Fuß auf den Weg in die Innenstadt gemacht. Unterwegs dachte er darüber nach, sich einen Laptop anzuschaffen.

»Kannst du die Daten und Zeiten nicht aufschreiben«, sagte Patrizia. »Auf dem Papier orientier ich mich leichter.«

»Geht mir auch so«, sagte Kreutzer und rieb sich mit dem Zeigefinger die Augen unter der Brille, beide nacheinander. Zusammengesunken saß der alte Mann auf dem Sofa, eingehüllt in seine Windjacke, die so grau war wie sein Gesicht, mit eingefallenen Schultern, eine gebrechliche Erscheinung. »Außerdem siehst du aus, als würdst du gleich zusammenklappen.«

Süden verkniff sich eine Bemerkung über Kreutzers Aussehen. Fast aufrecht stand er bei der Tür, die Arme vor der Brust verschränkt, ausgelaugt, doch anwesend. »Die Frage, warum Zacherl erst zwei Jahre nach dem Tod seiner Geliebten weggegangen ist, kann ich noch nicht beantworten, reagiert hat er jedenfalls sofort.«

»Er hat sich auf einen anderen Stuhl gesetzt.« Vielleicht löste ihr Lächeln das leichte Vibrieren des Ponyvorhangs vor Patrizias Stirn aus. Sie trug einen grauen Pullover, der zwar weniger ausgeschnitten war als der, den Süden schon kannte, aber seltsamerweise nicht so wirkte. Süden ertappte sich dabei, wie sein Blick über ihren Busen huschte, und Patrizia ertappte ihn auch. Auf Leonhard Kreutzer schien Patrizias Körper keinerlei belebende Wirkung auszuüben.

Edith Liebergesell zündete sich eine dünne Zigarette an, inhalierte tief, blätterte in der roten Akte, die Süden ihr zurückgegeben hatte. Im Zimmer hing der süße Geruch diverser Parfüms und Rasierwasser. Gedämpft drang das Klingeln der Straßenbahnen und das Hupen der Autos in den fünften Stock herauf.

Je länger Süden dastand, desto intensiver empfand er eine Zugehörigkeit zu diesem Raum, zu den Aufgaben, die er zu erfüllen hatte, zu dem Team, das ihn wie selbstverständlich aufgenommen hatte. »Wir können beweisen, dass Zacherl und Ricarda Bleibe ein Liebespaar waren. Er besaß ein zweites Handy, um mit ihr heimlich in Kontakt zu bleiben. Sie plante ihren Umzug nach Sylt, und er wollte mitkommen, wollte raus aus seinem alten Leben, stellte sich vor, bis zu seinem Tod, also ewig, mit ihr zusammenzubleiben. Von dem Buch und der Widmung habe ich euch erzählt.«

»Nein«, sagte Patrizia.

Süden berichtete von dem Gedichtband.

»Noch einmal«, sagte Edith Liebergesell und stippte die Zigarette in den Aschenbecher, der irgendwo zwischen den hundert Utensilien auf ihrem Schreibtisch stand. »Wieso ist er dann nicht sofort abgehauen, nachdem er von ihrem Tod erfahren hat? Das ist rätselhaft. Die Insel ist einfach zu weit weg, Süden, um schnell mal hinzufahren oder zu fliegen. Ich weiß nicht, ob Frau Zacherl den Aufwand bezahlen will. Möglicherweise genügt es ihr zu wissen, dass ihr Mann ein Verhältnis hatte und deshalb verschwunden ist, aus Scham, aus Überdruss.«

»Er ist aus einem anderen Grund verschwunden.«

»Aus welchem?«

»Deswegen muss ich nach Sylt.«

»Warst du schon einmal dort?« Kreutzer richtete sich ein wenig auf und hatte einen helleren Blick.

»Nein«, sagte Süden.

»Ich war ein einziges Mal da, mit Inge, es war ihre Idee gewesen. Fünfzehn Jahre her oder mehr. Ein billiges Hotel in Westerland, ging direkt auf die Fußgängerzone, ich konnt nicht einschlafen. Wir waren jeden Morgen unten am Meer, haben stundenlange Spaziergänge gemacht. Einmal sind wir bis Wenningstedt gelaufen, im Sand, im Wasser, drei Stunden lang, mit kurzen Pausen dazwischen, hinterher ist es, als wärst du neu geboren. Von den Klippen aus schaust du übers Meer und du bildest dir ein, die Zeit hört auf. Wir standen beide da, Hand in Hand, wie ein Liebespaar, aßen eine Fischsemmel und tranken einen Weißwein. Das war ein Glück. Anschließend haben wir uns in den Bus gesetzt und sind zurück nach Westerland gefahren. Ich denk oft dran. Wir waren nie wieder dort. Keine Zeit. Inge ist krank geworden. Wenn du dort bist, wink mal für mich auf den Klippen.«

»Versprochen«, sagte Süden.

Kreutzer hob den Arm, als wolle er zeigen, welche Art Winken er meinte.

»Wenn du morgen fahren würdest«, sagte Edith Liebergesell, »dann kriegst du bei der Bahn einen besonderen Sparpreis. Du musst allerdings am Montag wieder zurückkommen. Wäre das zu schaffen?«

»Du bist zwei Tage im Zug, hin und zurück«, sagte Kreutzer. »Du kämst morgen Abend an, dann hättest du drei Tage inklusive Wochenende für deine Recherche. Das ist wenig Zeit.«

»Wo willst du überhaupt wohnen?«, sagte Edith Liebergesell.

»Im Haus Paulsen in Wenningstedt, das Ricarda und Zacherl übernehmen wollten.«

»Und du glaubst, dort hält Zacherl sich jetzt auf.« Patrizia schaute über den Rand ihrer Teetasse zu Süden. Sie saß als Einzige am Konferenztisch vor dem Fenster.

»Natürlich nicht«, sagte Süden. »Ich habe keine Ahnung, wo er sich aufhält. Ich zeige sein Foto herum, ich will wenigstens herausfinden, ob er auf der Insel war. Seine Frau behauptet, er war nie dort. Und ich glaube ihr. Aber vielleicht war er nach seinem Verschwinden da, um sich das Haus anzusehen, um einmal einen Blick in seine mögliche Zukunft zu werfen.«

»Ich hätt's getan«, sagte Kreutzer.

Eine Zeitlang schwiegen sie. Edith Liebergesell rauchte, Patrizia saß mit gesenktem Kopf am Tisch, die Arme aufgestützt, die Hände an den Wangen. Kreutzer schlug die dürren Beine übereinander und krümmte sich noch mehr auf der Couch.

Zacherl hätte, wenn Ricarda gesund aus Thailand zurückgekehrt wäre, vor seiner Frau eine Erklärung abgegeben, vielleicht im Tonfall eines nüchternen Berichts, so, als wäre er der Sprecher einer anderen, bedeutenden Persönlichkeit. Dann hätte er seinen Koffer gepackt, sich von den Gästen verabschiedet und wäre auf die Kuhfluchtstraße hinausgetreten, ohne sich noch einmal umzudrehen. Er hätte seinen Koffer ins Taxi oder in Ricardas Auto geladen und wäre weg gewesen. Vermutlich hätte er den Aufbruch nicht einmal als Abenteuer empfunden, sondern als die unvermeidliche Tat eines Mannes, der eine Entscheidung getroffen hatte. Er hatte die Liebe nicht herausgefordert, sie tauchte auf, und er griff nach ihr.

Der Schock, dachte Süden, hinderte Zacherl zwei Jahre lang daran, sich von seinem Stuhl neben dem Tresen zu erheben und den Abstand, den er durch sein Abseitssitzen hergestellt hatte, auf das notwendige und endgültige Maß zu vergrößern. Bestimmt hatte er anfangs geglaubt, er würde seinen Zustand bewältigen und bleiben können, an seinem angestammten Ort, der Erinnerungen und zerschellten Zukunft zum Trotz. Inmitten der Leute, für die er der Mundl war, an der Seite seiner Frau, die in ihm – wenn auch massiv verborgen – noch immer einen heiteren Gesellen vermutete.

Und Zacherl hatte sich Mühe gegeben. Er war nicht weggelaufen, nicht ausgerissen, sondern sitzen geblieben, jeden einzelnen Tag nach dem fünfzehnten Juni vor vier Jahren. Er wollte vor sich selbst bestehen. Er redete sich ein, es zu schaffen und anschließend wieder seinen alten Schatten zu werfen.

Sein alter Schatten existierte nicht mehr. Das begriff Zacherl in der Karwoche vor zwei Jahren, als seine Frau vielleicht die Tür vom Lindenhof öffnete, weil draußen die Sonne schien.

So hatte Süden sich auch seinen Vater vorgestellt, im Nachhinein, wie er damals aus der Küche ging, die Lederjacke über der Stuhllehne hängen und einen Brief auf dem Tisch liegen ließ: eine nach dem Tod seiner Frau schattenlos gewordene Gestalt, abseits aller Verpflichtungen und Verabredungen. Er hatte ebenso unvermeidlich aufbrechen müssen wie Raimund Zacherl. Der Tag war da und der aufrechte Gang noch möglich.

»Ich verlass mich auf dich«, sagte Edith Liebergesell an der Tür zum Treppenhaus. »Und zwar in allem, ich trag die Verantwortung für meine Klienten, sie bezahlen uns alle vier.«

»Ich schaue mich um«, sagte Süden. »Und wenn ich nichts finde, berechne ich die Zeit nicht.«

»Ganz bestimmt nicht.«

Süden schwieg.

»Willst du nicht doch ein Handy mitnehmen? Wir haben eines übrig.« Sie sah ihn an und küsste ihn auf beide Wangen. »Ich weiß schon, du bist erreichbar genug.«

Patrizia Roos und Leonhard Kreutzer warteten im Flur, sie nickten ihm zu, als er sich umwandte.

49 Nachdem er die Zugkarten besorgt und sich wegen des günstigeren Tarifs auf bestimmte Fahrzeiten festgelegt hatte, kaufte er in der Bahnhofsbuchhandlung einen Sylt-Führer mit Landkarte. Anschließend fuhr er mit der Rolltreppe auf die Empore. Er hatte Hunger und Durst und wollte über die Gleise schauen und der Ansagerin zuhören.

»Einen Cheeseburger, eine große Portion Pommes frites und ein Wasser ohne Eis«, sagte er.

»Ketchup und Majo dazu, Herr Süden?«

Er hatte nur auf die beleuchteten Tafeln über der Theke geschaut.

Vor ihm, in schwarz-roter Dienstkleidung, geschminkt und mit hochgesteckten Haaren, legte Nike Schwaiger ein Tablett auf den Tresen. Sie bemühte sich, ihm in die Augen zu sehen.

»Der Mann einer Kollegin musste in seine Heimat zurück, und sie begleitet ihn, und Lucas hat mich gefragt, ob ich als Aushilfe einspringen möcht. Hab sofort ja gesagt.«

Sie beugte sich etwas vor und senkte die Stimme. »Ich glaub, der Mann ist ausgewiesen worden. Ist schon tragisch. Auf der anderen Seite hab ich jetzt wieder einen Job, und wenn ich mich nicht zu dämlich anstell, sagt Lucas, hab ich Chancen, dass ich übernommen werd. Vorübergehend. Die Arbeit macht mir Spaß.«

»Wie geht's Benedikt?«

»Wir haben ganz viel geredet, Herr Süden. Ich hab mich bei ihm entschuldigt und versprochen, so was nie wieder zu tun. Ich weiß nicht, was da mit mir passiert ist.« Sie schaute zur Seite, und Süden sagte: »Nur Ketchup zu den Pommes. Und geben Sie mir noch einen zweiten Cheeseburger.«

Zum Essen setzte er sich vor das Lokal an einen Tisch nah am Geländer. Auf einmal hatte er keine Eile mehr, keine Furcht vor dem nächsten Gedanken.

Im Hauptbahnhof hatte er den Sprecher seines Vaters gefunden, und sie hatten miteinander gesprochen, und am Ende war alles gesagt.

Er hörte die Stimme einer jungen Frau aus den Lautsprechern schallen, sie kündigte die Ankunft von Zügen an, deren Verspätungen, Gleisänderungen und außerplanmäßige Abfahrtszeiten. Am Nebentisch unterhielten sich überschwenglich, mit flatternden Händen, vier taubstumme Jugendliche.

Sein Vater und sein bester Freund hatten dieselbe Heimstatt gefunden, den Waldfriedhof im Süden, und das war eine schöne Vorstellung, zu welchem Zweck auch immer sie dienen mochte. Auf jeden Fall würde es seine künftigen Besuchswege verkürzen.

Was Besuche bei Lebenden betraf, so wollte er später am Tag noch zu seinem ehemaligen Kollegen Paul Weber. Zuerst jedoch musste er ein ernstes Wort mit der Russian-Sprizz-Eremitin reden.

»Wieso kommst du überhaupt her, wenn du gleich wieder abhauen willst?«

Liliane-Marie Janfeld bestrich zwei Scheiben Vollkornbrot mit Butter, streute Salz und Pfeffer darauf, stellte die Butterdose in den Kühlschrank und schob Süden zur Seite, als sie mit dem Teller aus der Küche ging. Im Wohnzimmer fläzte sie sich in den Korbstuhl und aß gierig.

»Du hast gewusst, dass Zacherl ein Verhältnis mit Ricarda hatte.« Süden blieb im Türrahmen stehen. »Das hättest du mir sagen müssen, Lilli.«

»Hätt ich können, hab ich nicht müssen. Jetzt weißt du's ja.«

Lilli war barfuß, trug eine rote Trainingshose und ein schlichtes weißes T-Shirt und keinen BH, was sie Süden bei der Begrüßung hatte spüren lassen.

»Du hast mir von deiner Anorexie erzählt, und du wusstest, dass auch Ricarda darunter gelitten hat. Angeblich hat dir Charly Schwaiger, der Koch, davon erzählt.« Er wartete, bis sie aufgehört hatte, wie ein trotziges Kind zu schmatzen. »Und Charly wusste auch über Ricarda und seinen Chef Bescheid.« Sie stellte den Teller auf den Boden, zog die Beine an den Körper und umklammerte sie. »Der war doch schon deppert vom Saufen. Die Alte hat dauernd Andeutungen gemacht und den Mundl damit genervt. Die Alte wusste Bescheid, der Charly hat gar nichts mitgekriegt.«

»Ilona Zacherl wusste von der Beziehung.«

»Die weiß alles. Die macht nur auf blöd, die manipuliert jeden. Bleibst du jetzt da?«

»Ich verreise morgen«, sagte Süden. »Ich muss mich noch vorbereiten.«

»Wie denn? Machst du dein Testament?« Sie sprang auf, ging zu ihm, sah ihn einige Sekunden aus großen dunklen Augen an, küsste ihn auf den Mund und nahm seine Hand. »Entspann dich, dann wird alles gut.«

Sie blieb stehen, und er zog seine Hand nicht weg. In dem Moment, als sie ihn losließ und ihr T-Shirt auszog und mit einer schwungvollen Bewegung zum Stuhl warf, vergaß er, dass er eigentlich noch jemanden anrufen wollte.

Den Anruf holte er, kurz bevor er Lillis Wohnung verließ, nach. »Entschuldige, dass ich dich so spät störe, aber ich fahre morgen sehr früh weg.«

»Wohin denn?«

»An die Nordsee.«

»Ach so.«

»Wie geht's dir, Bene?«

»Gut. Hast du den Rollo noch?«

Süden hielt den Seehund mit der blauen Mütze in seiner Jackentasche fest. »Natürlich. Verträgst du dich wieder mit deiner Mama?«

»Haut schon hin. Sie kommt bald nach Hause. Sie hat vorhin angerufen, sie kommt wirklich.«

»Wenn ich zurück bin, besuche ich dich.«

»Wann kommst du wieder?«

»Das weiß ich noch nicht, vielleicht schon in der nächsten Woche. Grüß mir John Dillinger und Frank Black.«

»Mach ich, Billy the Cat.«

»Gute Idee«, sagte Paul Weber. »Ich würde die Insel auch mit einbeziehen. Es ist wie bei einer polizeilichen Vermissung, wir fangen mit den Lieblingsplätzen des Verschwundenen an.«

»Mit dem Unterschied, dass Zacherl an seinem Lieblingsort vorher noch nie war.«

»Keine Geldbewegungen, nichts dergleichen?«

»Nein.«

»Der Mann ist tot«, sagte Weber. Er stellte sein Bierglas, ohne getrunken zu haben, auf den Tisch. Seine Ohren schimmerten rot, und er atmete schwer. Nach einem Schweigen sagte er: »Zweiundzwanzig Jahre jünger?« Wieder eine Pause voller Subtext. Süden fixierte die Flasche in seinen Händen. »Im Grunde müsstest du eine Dreiundsiebzigjährige haben. Dahin geht der Trend: ältere Frauen, jüngere Männer.«

Süden sagte: »Wo der Trend ist, komme ich nie hin.«

»Zweiundzwanzig Jahre jünger«, wiederholte Weber, und es klang bedeutend. Er hob den Kopf. »Verliebt in Lilli?«

Süden schwieg.

»Für die Gesundheit auf jeden Fall förderlich.« Weber lehnte sich zurück und schnaufte und kratzte sich am Arm.

Süden hatte noch nicht darüber nachgedacht, ob er verliebt war. Er war es so lange nicht mehr gewesen, dass er vergessen hatte, wie es sich anfühlte.

DRITTER TEIL

SCHARFREITER

50

In Itzehoe wachte Süden auf und schaute aus dem Zugfenster. Auf dem Bahnsteig rauchte eine blonde Schaffnerin, die einen Sonnenbrand im Gesicht hatte, eine Zigarette und unterhielt sich mit einem Kollegen, der viel mit den Händen redete und lachte. Im Hamburger Hauptbahnhof war Süden in einen Intercity umgestiegen, hatte sich einen Fensterplatz in einem Abteil gesucht und war sofort eingeschlafen.

Kurz vor sieben war er in München abgefahren, nach drei Stunden Schlaf. Er hatte noch einmal seine Notizen durchgesehen, ein paar Gedanken niedergeschrieben, so unvermeidlich wie irritiert an Lilli gedacht und kurz vor dem Einnicken noch einen verwirrenden Dialog mit Martin Heuer geführt, den er inzwischen vergessen hatte.

Weit und blaugrau unter dem niedrigen sanftblauen Himmel erstreckte sich das Wattenmeer links und rechts des Dammes, über den der Intercity fuhr. Süden hatte sein Abteil verlassen und schaute hinaus, wie andere Fahrgäste mit Fotoapparaten neben ihm. Und in diesem Moment war er sich fast sicher: Die unerwartete, körpersprengende Begegnung mit Lilli hatte er aus einem einzigen Grund gesucht und dann zugelassen – wegen der Nähe zu Raimund Zacherl.

Auf seine spezielle Art der Anverwandlung hatte er sich, ohne es zunächst zu bemerken, in die inneren Umrisse des Verschwundenen begeben und ihn dargestellt, nach seiner Vorstellung, wie ein Kind, das beim Spielen einen Indianer mimt, einen Gangster, den Lieben Gott.

Liliane war bloß eine Mitspielerin, sie hätte auch einen anderen Namen, eine andere Figur, ein anderes Zimmer haben können. Nur deswegen wollte er vermutlich herausfinden, was passierte, wenn er verliebt war: Er wollte dieses halbvergessene Empfinden herstellen, um das plötzliche Lodern eines halberloschenen Sendlinger Wirts zu begreifen, dem niemand etwas angesehen hatte, der seine Gasthausanwesenheit wie ein Schutzschild vor sich hertrug, bevor es zerbrach und er auf einem fremden Stuhl verstummte.

Vielleicht, dachte Süden beim Aussteigen in Westerland, bildete er sich das alles auch nur ein, und er hatte sich wahrhaftig herzüberkopf in Lilli verschaut.

Auf dem Bahnsteig rempelten ihn Leute an. So blieb er eine Weile stehen, und sie mussten ihm ausweichen, was sie, wie Süden fand, mit unentspannten Bemerkungen kommentierten. Der Wind blies ihm ins Gesicht. Er roch das Meer, obwohl er wusste, dass der Bahnhofsvorplatz nicht am Pier lag. Er ging durch die Schalterhalle, die ihn an den Vorraum einer alten Badeanstalt erinnerte. In dem gefliesten Klinkergebäude waren neben einem altehrwürdigen Auskunftsschalter ein Restaurant, ein Kiosk, ein Blumenladen und eine separate Fahrkartenverkaufsstelle untergebracht. Der Raum wirkte mürrisch, wie der Gesichtsausdruck mancher Neuankömmlinge. Das belustigte Süden sofort.

Schon am nächsten Tag sollte er zu der Überzeugung kommen, dass Sylter Touristen offenbar dazu neigen, sich ähnlich wichtig zu nehmen wie die grünen Skulpturen vor dem Bahnhof.

Mit schiefem Staunen war er nach seiner Ankunft vor dem Figurenensemble gegenüber einem Glaspavillon stehen geblieben und hatte sich gefragt, was der Künstler ihm damit sagen wollte. Eine Familie vom Mars stemmte sich gegen den irdischen Sturm, vielleicht. Oder: *In Westerland hausten Riesen, Obacht!* Süden kam nicht darauf.

»Gut hergefunden?«, sagte Jens Nießen. Er war Anfang fünfzig, groß gewachsen, mit einem markanten Gesicht und grauen, abstehenden Haaren. Aus der Seitentasche seines Blaumanns ragte ein Schraubenschlüssel. Er war aus der Garage gekommen, als Süden am Gartentor klingelte. Die Motorhaube eines alten schwarzen Mercedes stand offen, auf dem Boden lag ein graues Tuch mit allem möglichen Werkzeug.

»Der Taxifahrer hat mich am Anfang vom Osterweg rausgelassen«, sagte Süden.

»Warum sind Sie nicht bis vor die Tür gefahren?« Nießen zog die Gartentür auf, wischte sich die rechte Hand am Hosenbein ab.

»Ich wollte ein Stück zu Fuß gehen.« Sie gaben sich die Hand. Nießen wollte Süden die Reisetasche abnehmen. »Ist nicht schwer, danke.«

Die Pension »Haus Paulsen« sah aus wie ein gewöhnliches Einfamilienhaus mit ausgebautem Dachgeschoss. Über der Garage, an der Südseite, befand sich eine geräumige Balkonterrasse, auf der Süden zwei Liegestühle und einen runden Tisch mit zwei Stühlen ausmachte. Das Dach hatte schwarze Schindeln. Neben der Eingangstür hing ein Holzschild mit dem Namen der Pension. »Meine Frau ist beim Friseur«, sagte Nießen. »Ich zeig Ihnen Ihr Zimmer.«

Sie gingen zum Hauseingang. Im Garten wuchsen zwei Tannen und Sträucher, aus denen vereinzelt Rosenblätter sprossen. »Der Zeitpunkt ist gut gewählt, Herr Süden. Die Ostergäste sind alle weg, im Moment sind Sie unser einziger Gast. Wie war die Zugfahrt?«

»Lang.«

»Waren Sie schon mal auf der Insel?«

»Nein.«

»Irgendwann ist immer das erste Mal. Und dann kommen Sie immer wieder. Vorsicht an der Ecke.« Die Treppe in den ersten Stock bog scharf nach links ab, der dunkelblaue Läufer wölbte sich an der Stelle, und Süden hielt sich sicherheitshalber am Geländer fest. »Wir nehmen den Teppich wieder weg«, sagte Nießen. »Sonst bricht sich noch mal jemand das Genick.«

Die Wohnung bestand aus einem großen Wohnraum, einem kleinen Schlafzimmer, einem Badezimmer mit Fenster und

263

einer bequemen Kochzeile mit Herd, Kühlschrank, Spülmaschine und Hängeschränken. Zwischen Küche und Wohnbereich stand ein quadratischer Tisch aus hellem Holz. Obwohl die Tür zum Balkon geöffnet war, hing ein leicht modriger Geruch in der Luft. Vom Flur führte eine schmale Treppe in den ausgebauten oberen Bereich, der mit seinen schrägen Wänden und verwinkelten Ecken ein ideales Gelände für Kinder zu sein schien, zumal dort auch drei Betten untergebracht waren.

»Im Parterre haben wir noch eine kleinere Wohnung«, sagte Nießen, der Süden, seit dieser aufgetaucht war, verstohlen musterte. »Außerdem den Frühstücksraum. Wir versorgen die Gäste ja, manchmal essen wir sogar alle zusammen, wenn gleichzeitig mehrere Stammgäste da sind. Dann setzen wir uns in den Garten und grillen. Ist dann recht familiär.«

»Moin.«

Süden hatte die Frau nicht heraufkommen hören. Sie trug Turnschuhe, Bluejeans und eine weiße Bluse, darüber eine dunkle Wildlederjacke. Sie streckte Süden die Hand hin, an deren Fingern zwei goldene, verzierte Ringe glänzten. Ihre Haare waren in einem kräftigen Blond gefärbt, mit dunkleren, rötlich schimmernden Strähnen, was Süden in einer ersten ebenso schnellen wie überflüssigen Bewertung etwas übermotiviert fand. »Ich bin die Gitte«, sagte sie.

»Süden.«

Vielleicht kam es ihm nur so vor, dass sie seine Hand länger festhielt als nötig.

»Ich bin so gespannt, was Sie uns zu berichten haben«, sagte sie.

Süden schätzte sie auf Mitte fünfzig, und bestimmt war es ihr wichtig, dass man sie für jünger hielt. Jens Nießen war sechsundfünfzig, wie Süden später erfuhr, und er sah keinen Tag jünger aus. »Ich hab eingekauft, ein wenig Lachs, ein paar Krabben, ich mach Bratkartoffeln dazu, mögen Sie das?« Süden kam nicht dazu, zu antworten. »Ich könnt auch eine Scampipfanne machen, Baguette haben wir noch da, mit ordentlich Knobi drin, was meinen Sie?«

Süden schwieg. Er wollte nicht unhöflich sein, er musste sich nur erst an den sirrenden Unterton in Gittes Stimme gewöhnen.

»Oder mögen Sie keinen Fisch? Möchten Sie lieber ein Schnitzel? Haben wir alles in der Kühltruhe. Ich kann Ihnen ein Almschnitzel machen, mit Käse überbacken. Oder ein Jägerschnitzel mit Pilzrahmsoße, das schmeckt Ihnen dann vielleicht heimatlich.«

»Ein heimatliches Jägerschnitzel?«, sagte Süden.

»Sie können sich's noch überlegen. Möchten Sie zur Begrüßung ein Bier? Hast du ihm schon eins angeboten, Jens?«

»Nein«, sagte Nießen. »Wir haben Köpi und Flens. Ich weiß, Sie sind in Bayern anderes Bier gewohnt, aber so ein herbes Flens ist nicht zu verachten.«

Mein Geheimnis, dachte Süden: Ich führe gern mit trockener Kehle kulinarische Gespräche, garniert mit detaillierten Beschreibungen aller Zutaten, stundenlang könnte ich solche Gespräche führen, über hiesige Knobiscampi, über heimatliche Jägerschnitzel, über abwesende Biere, Tag und Nacht, vor allem nach fast zehnstündigen Zugfahrten, wenn aus technischen Gründen das Bordbistro ausfällt und weder warme Speisen noch warme Getränke angeboten werden können.

»Sie sind, schätz ich, ein eher schweigsamer Geselle«, sagte Gitte. Ihre Stimme war wie ein Händedruck in seinem Ohr, der zu lange anhielt.

»Ich nehme ein Köpi«, sagte Süden. »Und Krabben mit Bratkartoffeln würden mir genügen.« Er hatte nichts gegen die Frau. Sie hatte ein freundliches Wesen, sie roch ein wenig nach Zigaretten, und der Geruch passte zu ihrem Parfüm. Zudem hatte Süden einen Blick für Frauen, deren Körper ein Eigenleben führen durfte.

Zum Glück sollte er nie erfahren, dass das Ehepaar Nießen ihm eine halbe Minute lang zusah, wie er krampfhaft versuchte, an Gitte vorbei in den Flur zu schauen, und seine Blicke doch immer wieder auf ihrem Busen und ihrem Bauch landeten.

Gitte erwartete, dass Männer sie anschauten, sie ließ es zu, solange sie nicht anfingen zu sabbern. Und Nießen traute dem stämmigen, schlecht rasierten, mundfaulen Bayern sowieso nicht ganz über den Weg. Aber anscheinend war Süden ein Bekannter von Ricardas Familie und auf der Suche nach jemandem, der Ricarda nahestand, und das genügte Nießen als Referenz.

Abgesehen davon war er daran gewohnt, dass Männer seine Frau attraktiv fanden, mehr denn je, seit sie Grundstückseigentümer waren und ihr »Haus Paulsen« bereits in einem Reiseführer als besonders familienfreundlich erwähnt wurde. Nießen neigte von Natur aus nicht zur Eifersucht, er selbst gab seiner Frau auch keinen Grund dazu. Wenn er je eine andere Frau begehrt hätte – er hatte es getan, aber für sich behalten –, dann wäre es Ricarda gewesen.

Die Frau war sehr jung, sehr schlank, fast dürr, im Grunde nicht sein Typ. Sie war verschlossen und dann wieder von einer Sekunde zur nächsten ausgelassen und überdreht, beinah kindisch. Aber ihre Art, ihn bei der Begrüßung zu umarmen oder bloß mit ihm zu sprechen, mit ihrer leisen, aber hellen Stimme, oder an ihm vorbeizugehen, so knapp, als wolle sie ihn berühren, wenn er nur kurz zuckte – all das hatte in ihm ein Verlangen ausgelöst, das ihm fremd war und ihn zugleich anstachelte.

Es war – davon war Nießen bis zum heutigen Tag überzeugt – keine plumpe sexuelle Begierde. Er hatte sich eigentlich nie vorgestellt, wie es wäre, mit ihr zu schlafen. Ihr knochiger Körper war beileibe nicht das Objekt seiner heimlichen Blicke.

Es war eine Sehnsucht, die Ricarda in ihm auslöste, und er wusste nicht, wonach. Er wusste, dass er sich sehnte, aber er hatte kein Bild davon. In seiner Not stand er manchmal abends auf den Klippen, inmitten von Touristen, die auf der Gosch-Terrasse Weißwein tranken und Fisch aßen, sah mit einem schon glibberigen Blick in den Sonnenuntergang und holte die alten Träume hervor, die er als Kind gehabt hatte. Er stellte sich vor, eines Tages die Weltmeere zu bereisen und die Sonne nie mehr untergehen zu sehen.

Vielleicht war es so etwas wie die Vorstellung, dass die Sonne nie mehr unterging, wenn er in Ricardas Nähe bleiben würde.

Das war ein kindischer, lächerlicher Gedanke, er schämte sich dafür und holte sich dann jedes Mal ein Köpi und noch eines.

Doch ein paar Wochen später kam die Vorstellung wieder, und es passierte dasselbe mit ihm, immer wieder, bis heute, wenn er nicht aufpasste.

Und nun stand dieser Mann in seinem Haus und brachte Ricardas Welt zurück.

»Genug philosophiert«, sagte Gitte. »Du holst unserem Gast endlich ein Bier, und ihr setzt euch in den Garten.«

Während des Essens vervierfachte sich Südens Hunger. Doch als Gitte ihm noch mehr Bratkaroffeln anbot, lehnte er ab. Sie saßen auf Küchenstühlen im Garten, zwischen Rosensträuchern, an einem stabilen Campingtisch, über den Gitte eine blaue Tischdecke gebreitet hatte. Vom Meer kam ein milder Westwind, aus dem Gras sprossen Blumen, es roch nach Tannennadeln und frischer Erde, wenn man den Geruch nach Fisch und Fett überwunden hatte. Süden trank sein drittes Bier und hätte sich am liebsten auf den Boden gelegt und zum dunkelnden Sternenhimmel hinaufgeschaut. An der Hauswand brannte eine Laterne, die milchiges Licht in den Garten warf. Manchmal wehten Stimmen von anderen Grundstücken herüber.

Plötzlich röhrte ein Passagierflugzeug über die Dächer Wenningstedts, eine Maschine mit ausgefahrenem Räderwerk, so niedrig, als würde sie im nächsten Vorgarten zur Landung ansetzen. »Daran muss man sich gewöhnen«, sagte Nießen. »Wir haben zwar nur einen bescheidenen Flughafen, aber es kommen immer mehr Flieger, der Tourismus boomt, das wissen wir alle, und trotzdem jammern wir drüber.«

»Wir jammern nicht«, sagte Gitte. Sie sah Süden an, lächelte, hob ihr Weinglas. Sie hatte sich umgezogen und trug nun eine weite schwarze Hose und einen dünnen, grauen Wollpullover, der von ihrem BH interessant ausgeformt wurde.

Süden ließ sich nichts anmerken. Zumindest bildete er sich das ein. »Auf dein Wohl«, sagte Gitte. »Ich bin die Gitte, das ist der Jens.«

Süden hob seine Bierflasche. »Süden.«

»Hast du keinen Vornamen?«, sagte Gitte.

»Tabor.«

»Der ist doch schön. Wo kommt der her?«

»Von meinem Vater.«

Gitte lächelte. Vielleicht führte sie ihre Falten um den Mund herum spazieren und kannte deren Wirkung. Nießen umklammerte seine Bierflasche und verzog keine Miene. »Heißt der auch Tabor?«

»Er ist gestorben«, sagte Süden. »Er hieß Branko.«

Sie stießen an. Südens Flasche war schon wieder leer. Der Inhalt war übersichtlich, deswegen hatte er auf ein Glas verzichtet, weil er den Aufwand übertrieben fand. »Ich hol zwei neue.« Nießen stand auf, nahm die leeren Flaschen und wollte ins Haus gehen.

»Moment.« Seine Frau stellte die leeren Teller übereinander, legte das Geschirr und die Servietten darauf und hielt ihrem Mann den Stapel hin. »Ich räum alles später ein.« Nießen nahm die zwei Flaschen in die eine und die Teller in die andere Hand und verschwand.

268

»Darf ich dich was fragen?« Gitte beugte sich zu Süden über den Tisch. »Bist du verheiratet?«

»Nein.«

»Warum nicht?«

Süden schwieg, zuckte höflichkeitshalber mit der Schulter. Nein, er hatte nichts gegen die Frau, er mochte es nur nicht, sinnlos beflirtet zu werden. Er lehnte sich zurück und sog den würzigen Abendduft ein.

Der Winter war kalt und grau und abweisend gewesen, es war erst wenige Tage her, seit es in München geschneit hatte. Hier auf der Insel schien der Frühling schon begonnen zu haben. Süden hatte von Schafen gehört, die auf den Dämmen grasten, von ewigen Sandstränden auf der Meerseite und einem bis zum Horizont reichenden Watt auf der Ostseite, von wogendem Schilfgras, von Wanderdünen und von in flirrendes Licht getauchten Feldern, Wiesen und Weiden.

Leonhard Kreutzer hatte ihm von kilometerweit nebeneinander aufgereihten Strandkörben erzählt, von Pappeln mit silbrigen Blättern, von Holundersträuchern mit schwarzen Beeren, Sträuchern mit leuchtend roten Vogelbeeren oder Hagebutten. Von Libellen, die um Farne tanzten, von Küstenseeschwalben, Lachmöwen, die den Touristen die Fischsemmeln aus der Hand rissen, von Säbelschnäblern und Rotschenkeln. Kreutzer hatte geschwärmt von Matjes und frisch gefangenen Krabben, von Austern und Muscheln. Von Surfern und Kiteseglern, von der absoluten Stille des Watts und dem archaischen Toben der Nordsee, die man früher den Blanken Hans nannte. Und Süden hatte gedacht, er hätte das meiste sofort wieder vergessen.

Doch in diesem Moment, beim Zirpen der Grillen und dem geduldigen Rauschen der Wellen, das er sich einbildete, unwesentlich bebiert und mit lässig herunterhängenden Armen, fiel jede Anspannung von ihm ab. Sein Körper vergaß die Zugfahrt und den kurzen Schlaf davor, seine Gedankenknäuel entwirrten sich wie von einem Zauberwort.

Süden stand auf, streckte die Arme in die Höhe, legte den Kopf in den Nacken und schloss die Augen.

Mehrere Minuten blieb er reglos stehen, kümmerte sich nicht um das Klirren am Tisch und die Blicke des Ehepaars, das ihn garantiert nicht aus den Augen ließ. Er war jetzt hier, dachte er, nach Jahren der Abwesenheit war er wieder am Meer. Und das erschien ihm logisch und irrsinnig zugleich.

Wenn er früher verreist war – meist in seiner Zeit mit Sonja –, war er ans Mittelmeer gefahren, an die Adria, an die Riviera, auf jeden Fall in den Süden. Wenn er beruflich im Norden, in Küstennähe, zu tun hatte – für Fortbildungsseminare oder eine aktuelle Fahndung, bei der Amtshilfe nötig war –, verbrachte er jedes Mal einen oder zwei zusätzliche Tage dort. Er fuhr an die Küste, an den Strand und sog den salzigen Atem der Nordsee ein und trotzte dem Westwind und langte mit beiden Händen in die Fluten und überschüttete sich, angezogen wie er war, mit silbrigem Wasser. Als würde er sich neu taufen, auf seine eigene, nur für ihn bestimmte Weise.

»Gehts wieder?« Nießen hielt ihm die Bierflasche hin.

Süden strich sich die Haare aus dem Gesicht, wandte den Kopf in die Richtung, in der er das Meer vermutete, und atmete mit zusammengepressten Lippen durch die Nase. Daraufhin nahm er die Flasche, die sich griffig anfühlte, und stieß zuerst mit Nießen und dann mit dessen Frau an. »Möge es nützen!«, sagte er.

Nachdem er sich wieder gesetzt hatte, holte Süden aus der Innentasche seiner Lederjacke, die er über die Stuhllehne gehängt hatte, ein weißes Kuvert. Er zog ein Farbfoto heraus und legte es auf den Tisch. »Haben Sie diesen Mann schon einmal gesehen?«

Gitte nahm das Foto und hielt es sich nah vors Gesicht. Nach einer Weile schüttelte sie den Kopf und reichte es ihrem Mann. »Kenn ich nicht. Wer soll das sein?«

Nießen legte das Foto vor sich hin, beugte sich vor, die Arme

auf den Oberschenkeln. In seiner Rechten baumelte die Bierflasche. Mit dem linken Zeigefinger tippte er auf das Gesicht
des Mannes und sagte: »Denk schon. Ich hab den gesehen, der
war hier, ist schon eine Weile her, zwei, drei Jahre. Ich bin mir
nicht ganz sicher, könnt aber sein.«

»Wieso war der hier?«, sagte Gitte.

»Weiß ich nicht mehr. Wir haben uns unterhalten. Ich glaub,
wir haben sogar ein Bier getrunken. Er war freundlich. Du
warst wahrscheinlich nicht da, Gitte. Keine Ahnung, was der
genau wollte. Wie heißt der Mann denn?«

Süden sagte: »Raimund Zacherl.«

51

»Raimund Zacherl?«, wiederholte Nießen. »Wegen dem sind Sie jetzt hier? Und was hat der mit Ricarda zu tun?«

»Hat er nicht von ihr gesprochen?«

»Garantiert nicht, das hätt ich mir gemerkt.«

»Zacherl ist seit zwei Jahren spurlos verschwunden«, sagte Süden.

Nießen kratzte sich ruckartig am Hinterkopf, trank einen Schluck, stellte die Flasche hin und nahm das Foto. Es zeigte einen Mann, dessen Alter schwer zu schätzen war. Er hatte ein rundliches, rosiges Gesicht, dichte Augenbrauen, braune Augen und ordentlich gekämmte schwarze, wie nachgefärbt wirkende Haare, die seine Ohren verdeckten. Sein Schnurrbart wuchs an den Seiten herunter. Als Ilona Zacherl Süden das Foto gegeben hatte, musste er an das verschwommene Bild des Dichters Rilke auf dem Gedichtband denken, den Zacherl seiner Geliebten gewidmet hatte. Mit einem distanzierten, skeptischen Ausdruck blickte der Wirt in die Kamera, über seine glatte Stirn zogen Falten, und er ließ die Schultern hängen. Er trug ein blaukariertes Holzfällerhemd mit aufgeklappter Brusttasche. Dieses Detail hatte ihn offensichtlich für das Foto nicht interessiert. Süden hatte Ilona gefragt, wann die Aufnahme entstanden sei, und sie meinte, ein oder zwei Jahre vor seinem Verschwinden. Eine der Bedienungen habe das Foto bei einem Sommerfest geschossen und es ihm dann geschenkt. Er habe es in einer Ablage in seinem »Büro« aufbewahrt, sagte Ilona, »keine Ahnung, wieso, so sah der eigentlich nie aus«. Vielleicht, dachte Süden in diesem Moment, hatte Zacherl sich verkleidet, um in Gegenwart von Ricarda, die das Foto gemacht haben könnte, für die anderen unerkannt zu bleiben.

»Länger als zwei Jahre ist das noch nicht her, seit der hier aufgekreuzt ist«, sagte Nießen. Er hielt das Foto schräg, als könne er so mehr erkennen. »Heißt das, der ist auf die Insel gekommen und dann verschwunden?«

Das könnte es heißen, dachte Süden und sagte: »Er war Ricardas Chef, sie arbeitete für ihn in einer Gaststätte.«

»Ach!« Gitte beugte sich über den Tisch und riss ihrem Mann das Foto aus der Hand. Nießen warf Süden einen Blick zu, der mehr der Flasche in dessen Hand galt. Dann trank er seine Flasche leer und wartete auf ein Ereignis aus dem Mund seiner Frau. Jedenfalls starrte er ihr wie hochkonzentriert ins Gesicht.

»Weißt du, was?« Gitte zog den Zeigefinger zweimal vom Daumen und schnalzte aufs Foto. »Der sieht aus wie der ehemalige Kellner im Blanken Hans. Der hier hat längere Haare und einen Schnurrbart, aber die Augenbrauen und der Gesichtsausdruck ... Je länger ich hinseh ... Das könnt der sein. Findst du nicht?«

Nießen brauchte ein paar Sekunden, bis er aus seiner eigentümlichen Erstarrung erwachte. Dann stand er abrupt auf. »Der hieß doch nicht Raimund, der Kellner, oder?«

»Vielleicht hieß er Mundl«, sagte Süden.

Die Eheleute sahen sich an. Gitte betrachtete wieder das Foto, Nießen seine Bierflasche, dann schüttelten sie gleichzeitig den Kopf.

»Nein«, sagte Nießen.

»Mundl doch nicht«, sagte Gitte.

In der Küche stellte Nießen seine und Südens leere Flasche in den Träger neben dem Kühlschrank und ging hinüber ins Wohnzimmer, das zum Garten hin lag. Er machte kein Licht an. In der untersten Schublade des Schreibtischs, an dem das Ehepaar abwechselnd Büroarbeiten verrichtete, verwahrte Nießen mehrere Mappen mit privaten Unterlagen auf – sofern es in ihrer Ehe noch so etwas wie ein Privatgelände gab.

Sie waren seit einunddreißig Jahren verheiratet, und Gitte hatte von Beginn an ihr Zusammensein verwaltet, auf allen Ebenen. Er hatte sich gefügt. Trotzdem zweigte er manchmal Dinge ab, die nur ihm gehören sollten, was er einerseits nicht weniger kindisch fand wie seine Vorstellung von der ewigen Sonne. Auf der anderen Seite aber war er sich fast sicher, dass auch Gitte ihre geheimen Verstecke hatte. Er war kein Kontrolleur, also machte er sich nicht auf die Suche, und er hatte auch keine Angst vor möglichen Neugierattacken seiner Frau. Wenn sie wo herumschnüffelte, dann im Leben ihrer Bekannten und Verwandten, und das auch nicht aus purer Neugier, dachte Nießen, sondern weil es ihr Spaß machte, andere aus der Reserve zu locken.

In dem kartonierten Schnellhefter unter der Ledermappe, in der er seine Geburtsurkunde und andere wichtige Dokumente aufbewahrte, lagen Postkarten von Hausgästen, Briefe, Bierdeckel, zwei Erdkundehefte aus der Volksschulzeit, mehrere Zeugnisse aus verschiedenen Jahrgängen und ein Foto.

Auf diesem Foto, zehn mal fünfzehn Zentimeter groß mit weißem Rand, war eine junge Frau zu sehen, die auf einer Schaukel stand. Sie trug ein weißes Sommerkleid mit gelben Schmetterlingen und machte einen Kussmund, der ihr Gesicht verzerrte und eigentlich entstellte. Nießen mochte den Gesichtsausdruck nicht. Schon als er auf den Auslöser gedrückt hatte – daran erinnerte er sich bis heute –, wollte er ihr noch zurufen, sie solle einfach bloß lachen, wie sonst auch. Aber es war zu spät gewesen. Er wollte ihr das Foto schenken, sie lehnte ab – sie nahm seine Hand und schob sie zu ihm zurück, und er sah dabei zu wie ein Fremder – und tat stattdessen etwas, was ihn auf eine schon wieder fast kindische Weise berührte. Sie saßen auf der Couch, wo er die Fotos, die er gerade frisch entwickelt aus Westerland mitgebracht hatte, vor ihr hinblätterte. Nachdem sie seine Hand losgelassen hatte, nahm sie ihm das Foto aus den Fingern, sprang auf, lief mit tänzelnden Schritten zum Schreibtisch, an dem er jetzt saß, zog einen roten Filzstift aus dem silbernen Behälter und schrieb etwas auf die Rückseite des Fotos. Anschließend pustete sie die Schrift an, als hätte sie einen Füllfederhalter benutzt, verstaute den Stift wieder und kam mit einem mädchenhaft hüpfenden Gang zur Couch zurück.

Dieses Bild sah Nießen jahrelang vor sich: wie Ricarda in ihrem weißen Kleid mit den gelben Schmetterlingen auf ihn zuhüpfte und ihm ihren blassen dünnen Arm entgegenstreckte. Mehr nicht.

Diesen einen Moment.

Ihr Hüpfen. Der ausgestreckte Arm. Ihr helles, von der Sonne unmerklich gebräuntes Gesicht.

Als er das Foto jetzt umdrehte, sah er sie wieder vor sich. Er hob den Kopf und schaute zur Couch, die immer noch dieselbe war, mit den dicken grünen Polstern und den beiden orangefarbenen Kissen, davor der niedrige Glastisch, in dem man sein Gesicht spiegeln konnte, weil Gitte ihn jeden Tag polierte.

»Ich lebe mein Leben in wachsenden Ringen, die sich über die Dinge ziehn, ich werde den letzten vielleicht nicht vollbringen, aber versuchen will ich ihn«, hatte Ricarda mit schiefer, aber klarer Schrift geschrieben und darunter: »So machen wir's! Alles Liebe: Deine Ricarda.«

Es waren die ersten Verse gewesen, die Nießen seit der Schulzeit gelesen hatte und dann noch einmal, als er das Gedicht aus einem Band in der Bücherei kopierte. Ricarda musste achtzehn oder neunzehn gewesen sein. Er hätte es später gern genau gewusst, aber er wollte niemanden danach fragen, schon gar nicht seine Frau, die das Foto nicht kannte. An jenem Nachmittag hatte er das Bild unten in die Schublade gelegt und ein paar Tage danach in die Mappe, aus der er es schon lange nicht mehr hervorgeholt hatte.

Von draußen hörte er Gitte rufen. Er steckte das Foto zurück, zögerte einen Moment, bevor er die Kladde unter die Ledermappe schob, und eilte in die Küche. Als er mit zwei vollen Bierflaschen und der gekühlten Weißweinflasche in den Garten hinaustrat, sagte seine Frau gerade: »Wenn er ihr Geliebter war, warum hat er uns dann nichts davon erzählt?«

»Welcher Geliebte?« Nießen stellte die Bierflaschen auf den Tisch und goss Chardonnay in Gittes leeres Glas. Dann setzte er sich, gab Süden die Flasche, stieß mit seiner dagegen und trank einen langen Schluck.

»Dieser Zacherl hatte ein Verhältnis mit unserer Ricarda«, sagte Gitte. »Das wusste niemand, ist ja verständlich. Der Mann ist verheiratet.« Sie zuckte mit der Schulter, als fröstele sie, nippte an ihrem Glas, kniff die Augen zusammen. »Dann war sie mit dem Mann schon zusammen, als sie das letzte Mal hier war.« Sie sah Süden an. »Oder nicht?«

»Wann war Ricarda zum letzten Mal bei Ihnen zu Besuch?«

Nach einem ausführlichen Blick zu ihrem Mann sagte Gitte: »Das muss in dem Jahr gewesen sein, in dem sie verunglückt ist, im Februar.«

»Ja«, sagte Nießen mit lauterer Stimme als bisher. Gitte und Süden sahen ihn überrascht an. Er fabrizierte ein unbeholfenes Lächeln. »Das war, als wir so lange Schnee hatten«, sagte er mit wieder leiserer Stimme. »Wir mussten jeden Tag Sand streuen, weil es anfing zu regnen, ekelhaftes Wetter, wochenlang. Überall Eisplatten, den ganzen Osterweg bis zur Hauptstraße. Zwei Ehepaare haben ihre Reise abgesagt, erinnerst du dich?«

»Ja«, sagte Gitte. »Und zur gleichen Zeit rief Ricarda an und fragte, ob wir was frei hätten. Das war ein schöner Zufall. Sie hatte wohl eine Woche Urlaub und wollte nicht in München bleiben. Wie lang ist das her?«

»Vier Jahre«, sagte Süden.

»Trotzdem.« Wieder zuckte Gitte mit der Schulter und ballte mehrmals beide Hände zur Faust. »Mir ist kalt. Trotzdem versteh ich immer noch nicht: Was wollte der Mann hier? Ricarda war doch schon längst tot. Was hatte er vor auf der Insel? Und wieso ist er dann verschwunden?«

Süden schwieg. Er wollte eine Weile still sein.

52

Der Blanke Hans war eine alteingesessene, unspektakuläre Gastwirtschaft in der Westerländer Strandstraße. Sie lag neben einem Appartmenthaus für Feriengäste, nicht weit vom Übergang zum Meer. Die Inneneinrichtung war dunkel, die Polster abgesessen, es roch nach vergangenen Zeiten und Zigaretten. Im Vergleich zu den herausgeputzten, syltgemäßen Lokalen im Ort stellte der Blanke Hans einen rustikalen Gegensatz dar, der sich auch bei den Speisen zeigte. Es gab deftige Fleischgerichte, saftige Bratkartoffeln und nach Meinung von Jens Nießen das »mit Abstand« beste Schnitzel Wiener Art auf der Insel. Obwohl die Geschäfte, vor allem im Sommer, nach wie vor ordentlich liefen, kam dem Wirt, einem Mann Ende sechzig, mit der Zeit die Freude abhanden. Eine Zeitlang erzählte er seinen Stammgästen, dass er im nächsten Jahr schließen würde. Niemand glaubte ihm. Und als er es dann tat, trugen alle die Entscheidung mit. Was blieb ihnen anderes übrig?

Heute befand sich in den Räumen ein Laden für Strandmöbel und Accessoires aller Art. Von den ehemaligen Stammgästen war noch keiner als Strandkorbinteressent gesichtet worden.

Eingehüllt in eine dicke braune Wolldecke, die er im Schrank gefunden hatte, saß Süden halb aufgerichtet in einem der beiden Liegestühle auf seinem Balkon. Die Rückenlehne hatte er hochgestellt und den Stuhl nach Westen gedreht, zum Meer hin. Im Dunkeln raschelten die Blätter der Pappeln. Vor ihm auf dem runden Tisch lag sein kleiner karierter Spiralblock, in dem er inzwischen jedes Blatt einseitig beschrieben hatte. Er sah dabei zu, wie der Wind die Seiten auffächerte.

Süden spielte mit dem Kugelschreiber. Seine Intuition hatte ihn nicht in die Irre geführt. Allem Anschein nach war der Wirt aus Sendling nach seinem innerlich intensiv vorbereiteten Aufbruch aus der Kuhfluchtstraße auf direktem Weg an die Nordsee gefahren, um endlich jenen Ort zu sehen, an dem er sich seine Zukunft ausgemalt hatte.

Zwei Jahre hatte er für diese Entscheidung gebraucht. Seit zwei Jahren war er verschwunden.

Stimmte das überhaupt?

Süden griff nach dem Block und begann mit der Rückseite des letzten Blattes. Was feststand, war, dass Raimund Zacherl seit zwei Jahren in München vermisst wurde. Doch wie viel Zeit hatte er auf der Insel verbracht, möglicherweise unter Leuten, unter seinem richtigen Namen, anwesend und unvermisst?

Würden die hiesigen Zeitungen das Foto eines in Bayern verschwundenen Menschen veröffentlichen, noch dazu eines gewöhnlichen, nicht prominenten Erwachsenen, bei dem zunächst keine Hinweise auf ein Verbrechen vorlagen?

Hatten sie im Dezernat 11 jemals bei einer der jährlich eintausendsechshundert Vermissungen die Presse außerhalb der weißblauen Grenzen eingeschaltet, vor allem, wenn nichts auf einen möglichen Fluchtort hindeutete?

Niemand in München hatte eine Ahnung von Zacherls geheimen Verbindungen zur Insel Sylt gehabt. Für die Fahnder hatte sich sein plötzliches Verschwinden als relativ alltägliches Ehedrama dargestellt. Und als die Ermittlungen im Zusammenhang mit den Geschäftspraktiken der Mielich-Brüder nichts ergaben, blieben zwei Varianten: Entweder hatte Zacherl Selbstmord begangen oder – als einer der raren Ausnahmen bei Vermisstenfällen – irgendwo ein neues Leben begonnen.

Und falls Gitte Nießen mit ihrer Beobachtung recht behalten sollte, hatte Zacherl, zumindest vorübergehend, tatsächlich ein neues oder wenigstens ein anderes Leben begonnen. Er heuerte als Kellner im Blanken Hans an.

Süden wuchtete sich aus dem Liegestuhl und schwankte. Nach dem letzten Bier hatte Nießen eine Flasche mit einem inseleigenen Schnaps auf den Tisch gestellt. Sie hatten zu dritt jeder drei Stamperl geleert. Der Schnaps schmeckte nach Kümmel, und der Nachgeschmack klebte immer noch an Südens Gaumen.

Von dem veralteten Telefon neben dem Sofa rief er die Auskunft an und fragte nach der Nummer von Hermann Evers. Laut Gitte wohnte der ehemalige Wirt des Blanken Hans in Westerland. Süden bekam die Nummer. Er kehrte zum Liegestuhl zurück, schob die Rückenlehne weiter nach hinten, legte den Kopf in den Nacken und sah zum sternenklaren Himmel hinauf.

Als er aufwachte, war es Viertel nach sieben, und die Sonne schien aufs Haus.

Unter der heißen Dusche kamen seine Muskeln einigermaßen wieder in Schwung. Als er an Lilli denken musste, beendete er rasch die Prozedur, denn er wollte keine Zeit verlieren.

Bevor er in den Frühstücksraum hinunterging, rief er Edith Liebergesell an und berichtete von seinen Gesprächen. Sie hörte ihm schweigend zu und sagte: »Woher hast du das gewusst?«

»Was?«

»Dass Zacherl auf der Insel ist.«

»Ich wusste es nicht«, sagte Süden. »Und es ist noch nicht erwiesen.«

»Glaubst du, dass es noch nicht erwiesen ist?«

Süden schwieg.

Edith Liebergesell sagte: »Wir informieren die Ehefrau noch nicht.«

»Ja.«

»Warst du schon am Meer?«

»Mit dem Zug«, sagte Süden. Dann beendeten sie das Gespräch.

Obwohl er nicht sprechen wollte, ließ Gitte nicht locker und stellte ihm immer neue Fragen. Sie schenkte ihm Kaffee nach, rückte den Brotkorb zurecht, blieb am Tisch stehen. Sie trug Jeans und eine rosafarbene Bluse und hatte sich nur ein wenig geschminkt. »Warum hast du aufgehört bei der Polizei?

Das ist doch eine gut dotierte Stelle. Warum?« Er erwiderte etwas, das er im nächsten Moment vergessen hatte. »Verdienst du als Detektiv jetzt mehr?« Er schüttelte den Kopf.

Obwohl er keinen Hunger hatte, aß er eine Semmel mit Käse, auf die er zwei Scheiben Gurken legte, die Gitte, wie sie betonte, extra aufgeschnitten hatte.

»Und wenn du den Mann gefunden hast, nimmst du ihn dann mit?« Wieder schüttelte er den Kopf. »Warum nicht?« Er schwieg, offensichtlich nicht eindringlich genug. »Er ist doch verheiratet, oder nicht?« Er nickte. »Du bist ein harter Brocken.« Er schaute sie an. Sie lächelte und nahm die Kaffeekanne. »Noch eine Tasse?«

»Nein«, sagte er und stand auf.

»Weißt du ...« Sie stellte die Tasse auf den Tisch und faltete die Hände vor dem Bauch. »Vielleicht hab ich mich getäuscht. Ich will niemanden hinhängen, es geht mich nichts an, wie der Mann sein Leben führt. Wenn er von zu Hause weggegangen ist, wird er seine Gründe gehabt haben. Vielleicht will er nicht, dass man ihn findet, und ich möcht nicht schuld sein, wenn sein ganzer Plan kaputtgeht.«

»Du wirst nicht schuld sein.«

»Ich bin mir nicht mehr sicher mit dem Foto.«

»Ich rufe den Wirt an«, sagte Süden, schon auf dem Weg zur Treppe.

»Sag Grüße von mir«, rief sie ihm hinterher.

Den Namen hatte Hermann Evers noch nie gehört. »Zacherl? Wie soll der aussehen?« Süden beschrieb den Mann auf dem Foto, das er in der Hand hielt. »Und der soll bei mir gearbeitet haben?« Evers hustete und stieß einen Seufzer aus. »Bin erkältet. Jedenfalls hatte ich nie einen Kellner, der Zacherl hieß. Wie ist Ihr Name noch mal?«

»Süden. Hatten Sie einen Kellner mit einem bayerischen Akzent?«

»Den Hirschi, ja.«

»Wofür ist Hirschi die Abkürzung, Herr Evers?«

Der Wirt dachte eine Weile nach, hustete, schniefte. »Hirsch. Der Mann hieß Sebastian Hirsch, er nannte sich selber Hirschi. So hat er sich bei mir vorgestellt, jetzt weiß ich's wieder. Der Hirschi, der kam aus Bayern, aus Rottach-Egern.«

»Er hat sich bei Ihnen vorgestellt«, sagte Süden.

»Der Hirschi war ein guter Mann, professionell. Er hat früher in einem bekannten Restaurant am Chiemsee gearbeitet, den Namen hab ich vergessen. Er war gelernter Koch, und das stimmte. Einmal musste er für Anita einspringen, meine Köchin, und er hat den Laden geschmissen. Das hat mich schon erstaunt. Er war sehr bescheiden, er sagte, er brauchte mal eine Luftveränderung, deswegen sei er an die Nordsee gereist. Eine Freundin von ihm hätte früher auf Sylt gelebt und ihm von der Insel vorgeschwärmt. Hat nicht viel geredet, der Hirschi, immer freundlich zu den Gästen, immer zur Stelle, absolut top. Ich hab ihn behalten. Er hatte ein Zimmer gleich beim Bahnhof. War keinen Tag krank. Er war bis zum Schluss bei mir. Ja, und ...«

Evers hustete und schnappte nach Luft.

»Entschuldigung ... Er wollt mich überreden, den Hans weiterzumachen, da hat er sich richtig reingehängt, das war ihm wichtig. Zeitweise dachte ich, er würd ihn gern selber weitermachen, er als Wirt. Aber davon hat er nie gesprochen. Am Ende wirkte er niedergeschlagen, anders kann ich das nicht sagen, das hat ihn geschafft, dass ich mein Geschäft zusperr. Für mich stand der Entschluss fest, ich wollt nicht mehr, ich konnt nicht mehr. Ich hätt längst renovieren müssen, von Grund auf, das ganze Ambiente, die Klos, die Schankanlage. Dafür hatte ich das Geld nicht. Die Sylter Bank hat mir einen großzügigen Kredit in Aussicht gestellt, aber, ehrlich gesagt, unter uns und mit Abstand betrachtet, ich hatte meine Zweifel. Den Banken hab ich nie getraut, auch nicht unserer einheimischen. Ich hab mich mein Leben lang auf meine eigenen

Rücklagen verlassen, und das hat mich am Leben gehalten. Nein, der Blanke Hans war Vergangenheit.«

»Haben Sie den Hirschi später noch mal gesehen?«

»Nie mehr. Wahrscheinlich hat er die Insel wieder verlassen und ist zurück nach Rottach-Egern.«

»Wann haben Sie Ihr Gasthaus zugesperrt?«

»Am ersten Oktober vorigen Jahres. Da fällt mir noch was ein: Bei der Abschlussfeier am letzten Abend war der Hirschi nicht dabei. Er hatte mir gesagt, er würd das nicht aushalten, die Trinksprüche und den ganzen Abschied. Hab ich Verständnis gehabt, auch wenn wir ihn alle vermisst haben. Ich hab ihn ausbezahlt und ihm noch tausend Euro extra gegeben, er hat sich wahnsinnig gefreut. War ein bescheidener Kerl.«

»Ich muss Ihnen das Foto zeigen«, sagte Süden. »Sie müssen sich sicher sein, dass wir denselben Mann meinen.«

»Ich hab Zeit«, sagte Evers. »Kommen Sie vorbei. Ich wohn bei der St.-Niels-Kirche, wissen Sie, wo die ist?«

»Nein.«

»Hinterm Bahnhof in Westerland. Sie gehen die Keitumer Chaussee rein und dann links in den Horstweg ...«

Eine Stunde später stand Süden vor dem niedrigen weißen Lattenzaun, der das Grundstück um das friesische Reetdachhaus zur Straße hin abgrenzte. Evers, ein großgewachsener Mann mit kahlem Schädel und blauen Augen, kam ihm auf dem Steinplattenweg entgegen und öffnete die Gartentür.

Beim Anblick des Fotos überzog ein Ausdruck von melancholischer Freude sein Gesicht. »Der Schnurrbart ist falsch, aber sonst: Ja, das ist er, der Hirschi. Hirschi und Nadeshda. Die hätten Sie sehen sollen! Wie zwei turtelnde Möwen auf der Kurpromenade, so saßen die nach Feierabend am Tresen. Hätt ich dem Hirschi nicht zugetraut.«

53 Bei schwarzem Tee mit Milch und Butterkeksen erzählte Evers eine Geschichte, die für Süden nicht im Geringsten unglaubwürdig klang. Jeder andere Zuhörer hätte vermutlich gedacht, dass die Person, von der die Rede war, auf keinen Fall mit jener identisch sein konnte, die den Lindenhof in München geführt hatte, besonders, was die zwei Jahre vor ihrem Verschwinden betraf.

Für Süden hingegen passten bestimmte Einzelheiten nahezu perfekt in das Bild, das er sich mittlerweile von Raimund Zacherl gemacht hatte – das Bild eines Darstellers, der die Bühne, auf der er seit jenem fatalen fünfzehnten Juni auftrat, selbst gezimmert und deren Requisiten und Kulissen er nach einem, nur ihm vertrauten Muster hergestellt hatte. Nichts geschah ohne seine Regieanweisung. Was nicht zu sehen sein sollte, blieb im Dunkeln. Was er im Rampenlicht zeigte, war eine Illusion. Der unscheinbare Wirt hatte sich in einen Magier verwandelt. Deshalb verwunderte es Süden auch nicht, dass Zacherl auf einer Insel mit »magischer Aura«, wie Leonhard Kreutzer sagte, zur krönenden Form seines Auftritts fand.

»Er war dauernd in Bewegung«, sagte Hermann Evers. »Und immer positiv gestimmt. Ein Segen für jeden Gast, das können Sie sich vorstellen.«

»Ja«, sagte Süden.

»Ja. Ich hab vergessen, wann er zum ersten Mal bei mir war. Hab darüber nachgedacht, bevor Sie kamen. Kann es sein, dass das an Ostern war? Vor zwei Jahren? Muss zwei Jahre her sein. Stimmt das mit Ihren Schätzungen überein?«

»Ich brauche nicht zu schätzen«, sagte Süden. »Der Mann wurde vor zwei Jahren von seiner Ehefrau als vermisst gemeldet, die Polizei hat offiziell nach ihm gesucht.«

»Der Hirschi war verheiratet? Das sagen Sie erst jetzt? Ich dacht, er wär irgendein Abenteurer, einer, der uns alle ein wenig hinters Licht führt. Er hat niemandem geschadet, das betone ich ausdrücklich. Er hat seine Arbeit gemacht und ich hab ihn dafür bezahlt, in bar, jeden Monat. Er war kein Betrüger, dafür leg ich meine Hand ins Feuer.«

»Ich auch«, sagte Süden. Evers blinzelte über den Rand seiner Teetasse. Der Dampf des heißen Getränks verschleierte das Blau seiner Pupillen. »Sie haben ihm seinen Lohn in bar gegeben, weil er kein Konto hatte.«

Evers stellte die Tasse ab und nahm den Keks, den er an den Unterteller gelehnt hatte. »Selbstverständlich hatte er ein Konto, bei der Commerzbank, die Filiale ist nur ein paar Schritte entfernt. Ich hätt ihm das Geld auch überwiesen, aber er hatte gern die Scheine in der Hand. Er wirkte, wenn ich das so ausdrücken darf, fast stolz darauf, er legte das Geld auf den Tresen und sah es an. Meist sagte er an dem Tag Nadeshda Bescheid, dass sie rüberkommen soll, um ein Glas mit ihm zu trinken. Auf seinen Lohn. Er konnte auch ein Spinner sein.«

Evers biss vom Keks ab, kaute und warf wieder einen Blick auf das Foto, das vor ihm Tisch lag. Die beiden Männer saßen an einem rechteckigen Tisch ohne Tischdecke. Auf dem Tisch standen eine bauchige Glasvase mit gelben Tulpen, deren Köpfe nach unten hingen, und eine viereckige, unbenutzte Kerze mit zwei Dochten. Ein massiver Schrank füllte die Seite gegenüber dem Fenster aus, vollgestellt mit Gläsern, Geschirr und Büchern. Hinter der mittleren Glasscheibe waren mehrere gerahmte Fotos zu erkennen. Den Boden zierte ein etwa vier Quadratmeter großer, in blauen Tönen gehaltener Perserteppich. Auf eigentümliche Weise wirkte das Wohnzimmer ebenso stilvoll wie leblos. In seiner Zeit als Kommissar hatte Süden Tausende ähnlicher Zimmer gesehen, manchmal standen frische Blumen in Keramikvasen, aber der Eindruck der Leblosigkeit blieb der gleiche.

Süden überlegte, wie Zacherl mit einem falschen Namen ein Konto hätte eröffnen sollen, er musste einen Ausweis oder Pass vorlegen, seine Adresse angeben, Auskünfte zu seiner Person erteilen. Vermutlich hatte er Evers angelogen, hatte ihm die Geschichte vom guten Gefühl in den Fingern aufgetischt, das er jedes Mal habe, wenn er seinen Lohn erhalte und diesen auf der Theke Euro für Euro ausbreite. Und dass er das Geld natürlich am nächsten Tag zur Bank bringe, was denn sonst?

»Auf keinen Fall.« Evers stellte die Tasse ab. »Der hat mich nicht angeschwindelt, warum sollt er das tun? Er hatte ein Konto. Die Anita ist ihm doch auf der Bank begegnet, sie kam rein, er ging raus. Sie haben miteinander geredet, er hat ihr erklärt, er habe grad seinen gestrigen Lohn einbezahlt, wie immer. Wo ist das Problem mit dem Konto? Glauben Sie, der hat sein Geld unter der Matratze gebunkert? Der Hirschi mag seine Macken haben, aber paranoid ist der nicht. Der hatte eine Wohnung wie jeder andere, einen Job, eine Freundin und ein Konto auf der Bank. Wieso interessiert Sie dieses Konto so sehr? Die Nadeshda wäre viel interessanter, wenn Sie schon nach richtigen Spuren suchen. Das hab ich sowieso noch nicht begriffen: Der Mann ist seit zwei Jahren verschwunden, und Sie suchen erst jetzt nach ihm? Erklären Sie mir das noch mal. Noch Tee?«

Wenn Zacherl, dachte Süden, in der Westerländer Strandstraße tatsächlich ein Konto eröffnet hatte, dann gab es für ihn nur eine einzige Möglichkeit dazu. Er hatte seinen richtigen Namen benutzt. Er hatte seinen Pass vorgezeigt, in dem keine Adresse stand, und seine momentane Anschrift und seinen wahren Beruf – Koch – eintragen lassen.

»Darf ich mal telefonieren?«

»Haben Sie kein Handy?«

»Nein.«

»Das Telefon steht im Flur.«

»Haben Sie ein Telefonbuch?«

»Irgendwo schon.«

»Dann rufe ich die Auskunft an.«

Evers nickte, beugte seinen schweren Oberkörper nach vorn,

legte die Arme auf die Oberschenkel und ließ die Hände über Kreuz baumeln.

Als Süden aus dem Flur zurückkam, saß Evers immer noch so da und hob nur den Kopf, während Süden wieder Platz nahm.

»Hirschi heißt gar nicht Hirsch?«

»Hirschi heißt Zacherl«, sagte Süden. Wie er vermutet hatte, hatte Zacherl unter seinem Namen bei der Commerzbank ein Konto eröffnet. Und auch wenn der Filialleiter am Telefon keine Details nennen wollte, so bestätigte er immerhin, dass es seit »etwa zwei Jahren« bestanden habe und »im letzten Herbst« aufgelöst worden sei. »Am ersten Oktober«, hatte Süden gesagt und erneut ein »im letzten Herbst« zur Antwort bekommen. Auf die Frage, ob das Konto vom Inhaber selbst aufgelöst worden sei, druckste der Filialleiter zuerst herum, bevor er sich dazu herabließ, diese Tatsache zumindest nicht auszuschließen. Obwohl er ahnte, dass er auf die Frage keine befriedigende Auskunft erhalten würde, stellte Süden sie trotzdem. »Wie viel Geld war auf dem Konto?« Der Filialleiter erwiderte: »Ich bitte Sie.« Und Süden bat ihn, wenigstens zu bestätigen, dass Zacherl sich das Geld in bar habe auszahlen lassen. Nach langer Überlegung, die Süden schweigend kommentierte, sagte der Mann ja.

Was für eine feine Sache Datenschutz sein konnte, hatte Süden gelegentlich als Ermittler bei der Mordkommission erfahren, wenn Bankangestellte sich weigerten, Auskünfte über die Anwesenheit von Kunden zu geben, die bei der Recherche in einem Verbrechensfall, der sich in der näheren Umgebung ereignet hatte, als potenzielle Zeugen hätten vernommen werden können.

Im Namen der Angehörigen des Vermissten bedankte Süden sich beim Filialleiter für das Gespräch. Mit der Bitte um Nachsicht für einen eventuellen Zeitklau beendete er das Telefonat. Vor der Erwiderung auf die Frage, was mit »Zeitklau« gemeint sei, schützte den Filialleiter Südens Höflichkeit.

»Ich bin also einem Hochstapler aufgesessen«, sagte Evers und richtete sich auf.

Süden sagte: »Auf keinen Fall.«

Sein Platz war auf der Schmalseite des Tresens. Er saß, mit dem Rücken zur Fensterfront, auf dem Hocker neben der Wand, nie auf einem anderen Platz, von Anfang an.

»Von Anfang an«, sagte Evers. »Und später saß dann Nadeshda neben ihm. Ich hab die Plätze immer freigehalten.«

Auch wenn alle Bestellungen erledigt und die Gäste mit ihren Mahlzeiten beschäftigt oder in Gespräche vertieft waren, drehte Zacherl, der sich Hirschi nannte, eine Runde durch den Blanken Hans.

Er nahm leere Teller mit, nickte hier und da, mischte sich niemals unaufgefordert in eine Unterhaltung, wahrte Distanz und vermittelte doch seine ständige Bereitschaft zum Servieren. Er mochte es, wenn man Herr Ober zu ihm sagte.

Viele Gäste hielten ihn für einen Österreicher, was ihm nichts ausmachte. Er sagte dann manchmal ein paar Sätze im bayerischen Dialekt oder wiederholte dieselben in einer Art Österreichisch, um den Unterschied zu verdeutlichen. Meist brachte ihm die Show ein Getränk ein. Doch während des Dienstes trank er nie.

»Danach schon«, sagte Evers. »Er hat eine Schwäche für Kräuterschnaps, Ramazotti und so Zeug, da kann ich nicht ran.«

Nach Feierabend setzte er sich auf den Barhocker an der Wand und bestellte das erste Bier. Beim zweiten folgte gewöhnlich der erste Schnaps. Niemand hatte Zacherl jemals betrunken gesehen. Er wurde verschlossener mit der Anzahl der geleerten Gläser, bisweilen auch lässiger. Dann nahm er eine Frau, die gerade in der Nähe war, am Arm und schwofte mit ihr zur Schlagermusik aus dem Radio. Ein begnadeter Tänzer war er nicht, was ihm an Technik fehlte, ersetzte er durch gute Laune und Charme.

»Die Frauen hielten ihn für charmant«, sagte Evers. »Er wurde nicht aufdringlich. Ich kann mich nicht erinnern, dass sich mal eine Frau beschwert hätt. Das war vor der Zeit mit Nadeshda.«

Bevor er die zwanzig Jahre jüngere Geschäftsfrau kennenlernte, tanzte Zacherl zwar mit Frauen, lud diejenigen, die den Abend am Tresen verbrachten, zu Getränken ein und wechselte auch gelegentlich Blicke mit ihnen. Aber offensichtlich suchte er keine engere Beziehung.

»Er ging immer allein nach Haus«, sagte Evers. »Er wartete, bis ich abgesperrt hatte, dann zog er los.«

Obwohl sie fast denselben Weg hatten – beide wohnten in der Bahnhofsgegend –, verabschiedete sich Zacherl meist vor der Tür des Lokals. Er wollte, wie er zu Evers sagte, »noch einen Blick aufs Meer werfen«.

Tatsächlich stieg er jedoch beim Kontrollschalter, wo tagsüber ein Stadtbediensteter den Kurtaxe genannten Wegezoll einkassierte, nicht die Stufen zur Strandpromenade hinunter, sondern blieb an der Metallabsperrung stehen.

Von dort schaute er auf den schwarzen, rumorenden Atlantik und hatte vielleicht Gedanken.

Vielleicht dachte Zacherl an den Golf von Thailand. Dort lag die Insel Ko Samui, von der er vorher nie etwas gehört hatte und deren Namen er nie mehr hören wollte und der doch in seiner Erinnerung kreiste wie ein verfluchter Planet.

Vielleicht dachte er, dass es lächerlich war, an den Golf von Thailand zu denken und an die Vergangenheit, und dass es besser wäre, an die Gegenwart auf dieser Insel zu denken, auf der er vorher nie gewesen war und deren Bewohner ihn Hirschi nannten, als lehnten noch Schatten seiner Kindheit in den Hauseingängen.

Vielleicht dachte Raimund Zacherl, wenn er weit nach Mitternacht neben dem Klinkerflachbau mit den türkisfarbenen

Fensterrahmen stand und trotz seines mit Rauch asphaltierten Gaumens das salzige Meer schmeckte, an seine Frau, mit der er nie wieder verreist war und neben der er sein halbes Leben eingeschlafen war, ohne sie zu berühren.

Vielleicht dachte er an seine Haut, die seit jenem fünfzehnten Juni verwaist war.

Vielleicht dachte er, dass er noch nicht alt genug war, um zu ergrauen und eines nahen Tages einen grauen Schatten neben der Wand zu hinterlassen, an dessen Besitzer die Gäste sich nur deshalb vage erinnern würden, weil er ab und zu fremde Damen zwischen den Tischen umhergeschoben hatte, wie ein aus dem Leim gegangener Gigolo.

Vielleicht dachte er, bevor er dem Wind und der Flut für diese Nacht den Rücken kehrte, an etwas außerhalb seiner bisherigen Vorstellung, an etwas, was geschehen könnte, ohne dass er sich schuldig fühlen musste.

Er dachte vielleicht an den freien Barhocker neben sich, an das Fenster hinter sich, an die Tür, die tagsüber offen stand und durch die jemand hereinkommen könnte, der sich auf den Barhocker setzte, weil alle anderen freien Plätze nicht angemessen wären.

Vielleicht hatte er an so etwas gedacht, als am einundzwanzigsten Februar vor einem Jahr die Frau hereinkam, in einem schwarzen Mantel, mit einer schwarzen Pudelmütze, laut grüßend und dezent schwankend, und zielbewusst die Schmalseite des Tresens ansteuerte, sich ungefragt auf den Barhocker an der Ecke setzte und dem Wirt etwas zurief.

»Sie wollte einen Lütten, sofort, sie war schon ziemlich angeschickert«, sagte Evers. »Und ich brachte ihr auch gleich ein Bier dazu. Ich glaub, an dem Abend fing es mit den beiden an. Ich weiß das, weil an dem Tag Biikebrennen war. Sie wissen nicht, was das ist.«

»Nein«, sagte Süden.

»Ein Brauch. Wir verbrennen öffentlich unser Gerümpel und nennen es Winteraustreibung. Nein. Das Ganze geht auf ein heidnisches Ritual zurück, ein Opfer für den Gott Wotan. Bei uns kam noch hinzu, dass früher an diesem Tag die Seefahrer verabschiedet wurden. Manche Leute sagen, das Feuer soll nicht nur die Geister des Winters vertreiben, sondern auch Krankheiten und schlechte Stimmungen. Und wenn ein Liebespaar über die runtergebrannte Biike springt, dann hält die Liebe zwischen den beiden besonders lang. Heißt es. Hab es nie überprüft. Meine Frau und ich waren generell nicht so die Hüpfertypen.«

»Zacherl auch nicht.«

»Wer? An den Namen muss ich mich erst gewöhnen. Ich weiß nur, dass er ziemlich bald zu Nadeshda rübergehüpft ist. Nach all dem Stress an dem Abend. Beim Biikebrennen geht's ja nicht nur darum, dass man sich am Feuer versammelt, Reden gehalten und Lieder gesungen werden und man vorher alles Mögliche aufgeschichtet hat, um es zu verbrennen. Das Wichtigste ist eigentlich das Essen hinterher. Grünkohl mit Bratkartoffeln, Kochwurst, Kasseler und Bauchfleisch. Deswegen kommen die Touristen auch im Februar extra auf die Insel. Und die Kinder haben am nächsten Tag schulfrei, da ist Petritag.«

Süden dachte an einen Teller voller Grünkohl, umlagert von knusprigen Bratkartoffeln, an eine beim Reinbeißen fettspritzende Bratwurst, an saftiges, würziges Fleisch. Und er bildete sich ein, sein Gaumen fange an zu tropfen. Er griff nach einem Butterkeks und biss ihn zur Hälfte ab. Seine Geschmacksillusion zerbröselte sofort. Sein Blick fiel wieder auf sein Gegenüber. Evers wirkte angespannt, verkniffen. Süden wartete ab.

»Alles schön und gut.« Den Blick an Süden vorbei starr auf den Teppich gerichtet, schüttelte der ehemalige Wirt den kahlen Schädel. »Tatsache bleibt, der Mann war ein Betrüger. Er lebte unter falschem Namen, er gaukelte uns was vor, er hat uns ausgenutzt.«

»Er hat für Sie gearbeitet.«

»Er hat für mich gearbeitet, und er hat gut gearbeitet. Aber er war nicht der, für den wir ihn hielten. Anita hat ihm sogar eine Wohnung besorgt, das hätte sie nicht tun müssen. Und wenn sie gewusst hätte, dass dieser Mann uns nur was vorspielt, hätte sie es bestimmt nicht getan.«

»Er hat Ihnen nichts vorgespielt, er war dieser Mann.«

»Bitte?« Wie ein blauer Bannstrahl traf Süden dieser Blick. »Sie müssen den Mann nicht in Schutz nehmen, nur weil Sie von seiner Frau dafür bezahlt werden, ihn zu suchen. Auch so eine Geschichte. Er war verheiratet, das hat er Nadeshda garantiert verheimlicht. Mir hat sie jedenfalls nichts davon erzählt, und das hätte sie getan. Sie hat immer gern was erzählt, wenn sie nach der Arbeit rüberkam. Nein, ich hab diesem Mann vertraut, ich hab ihm Geld gegeben, meine Köchin hat ihm eine Unterkunft besorgt, er lebte auf unsere Kosten, so sieht das aus.«

»Sie haben keine Sozialabgaben bezahlt«, sagte Süden.

Evers zeigte keine Reaktion. »Nein. Er wollte das Geld bar auf die Hand. Er sagte, mehr brauche er nicht, er sei versichert, alles sei in Ordnung. Er sei nur eine Art Saisonarbeiter, er nehme seinen Lohn und damit sei die Sache erledigt.«

»Der Mann hat Sie nicht betrogen, er hat seine Arbeit geleistet, und Sie haben ihn entlohnt. Was ist mit der Wohnung, in der er gelebt hat? Wo ist die?«

»Gleich hier um die Ecke, Sie sind dran vorbeigegangen, neben der Polizei. Ein Genossenschaftsbau. Anitas Bruder hat dort eine kleine Wohnung. Er ist Bäcker und reist oft auf Kreuzfahrtschiffen. Als Hirschi, oder wie immer er heißt, hier auftauchte, war er grad wieder im Aufbruch, und Anita suchte, wie schon öfter, jemanden, der vorübergehend einzieht. Die Miete ist sehr niedrig, zweihundertfünfzig Euro etwa. Hirschi war sofort einverstanden. Nach einem Jahr war er immer noch drin, weil Anitas Bruder gleich mit einer anderen Crew weiterfuhr. Soweit ich weiß, ist Anitas Bruder seit Anfang dieses Jahres wieder in der Wohnung. Er macht zwischendurch immer mal ein halbes Jahr Pause von der See, dann hilft er hier auf der Insel bei Kollegen aus. Und Hirschi ist ja auch längst weg.«

»Er hat die Insel verlassen.«

»Was soll er noch hier? Ich hab nicht gehört, dass er woanders angefangen hätt. Und jetzt, wo er aufgeflogen ist, würd er sowieso überall rausfliegen.«

Abrupt stand Evers auf. »Ich brauch Bewegung. Fehlen Ihnen noch Einzelheiten? Tut mir leid, dass ich vorhin so ruppig reagiert hab. Ihr Telefonat mit der Bank hat mich ziemlich aufgeregt. Ich seh das nicht so locker wie Sie, ich finde, der Mann hat uns übers Ohr gehauen.«

Süden schwieg. Evers stemmte die Hände in die Hüften, ging ein paar Schritte auf und ab. Im Grunde, dachte Süden, hatte er innerhalb von vierundzwanzig Stunden alles erreicht: Zacherl war, wie er vermutet hatte, auf seine Zukunftsinsel gereist, er hatte hier gelebt, einen Job angenommen, eine Wohnung bezogen, ein Konto eröffnet, ein Leben geführt. Und allem Anschein nach hatte er sich sogar neu verliebt. Und wer konnte beweisen, dass er die Insel tatsächlich verlassen hatte? Wer sagte, dass er nicht bei Nadeshda eingezogen war? Oder sonstwo ein Zimmer gemietet hatte? Im Ostteil der Insel, im Süden, im Norden, oder mitten in Westerland, abseits der üblichen Wege?

Süden sagte: »Der Laden von Nadeshda liegt gegenüber von Ihrem ehemaligen Lokal.«

Evers blieb stehen, sah auf die antike Standuhr neben dem Schrank. »Den Weg können Sie sich sparen, ich hab Nadeshda gestern auf der Straße getroffen, wir haben uns unterhalten, und ich hab sie nach Hirschi gefragt. Sie hat seit Monaten nichts mehr von ihm gehört. Ich hab sie gefragt, ob sie mit ihm Schluss gemacht hat, da sagt sie, nein, er. Im letzten Dezember. Kam wohl ziemlich überraschend für sie. Sie meint, es hing irgendwie mit Weihnachten zusammen, aber sie habe nicht verstanden, was genau er ihr eigentlich verklickern wollte. Die Beziehung war jedenfalls zu Ende. Danach habe sie ihn nicht mehr gesehen. Sie schaute sogar mal bei ihm vorbei, in der Wohnung, sie machte sich Sorgen, er war nicht da. Anfang des Jahres erfuhr sie von Anita, dass er pünktlich zum ersten Januar ausgezogen ist, aber wohin? Weiß kein Mensch.«

Süden stand ebenfalls auf, streckte, wie Evers, den Rücken, nahm seine Lederjacke vom Stuhl und ging zur Tür. Mehr als alles andere wollte er jetzt einen Blick aufs Meer werfen.

54

Es täte ihm leid, sagte der braungebrannte Mann im weißen T-Shirt, das auf der Halbkugel seines Bauches endete, aber er habe nie ein Wort mit dem Bayern gewechselt. Bei seiner Rückkehr aus Hamburg habe er seine Wohnung tipptopp aufgeräumt vorgefunden, keinerlei Spuren eines Vormieters, alles »so ordentlich wie in der Kajüte unseres Kapitäns«. Anita, seine Schwester, habe ihm erzählt, der Kellner, dessen Name ihm entfallen sei, habe ihr »ein paar Tage vor Silvester« die Schlüssel übergeben und sich von ihr verabschiedet. Wo der Mann hinwollte, ob er die Absicht hatte, die Insel zu verlassen oder sich einen neuen Job zu suchen, danach habe er seine Schwester nicht gefragt, »warum auch«?

Auf die Frage, ob es ihm etwas ausmachen würde, seine Schwester kurz anzurufen, verdunkelte sich die bisher freundliche Miene des über die Weltmeere kreuzfahrenden Bäckers. Süden schüttelte schon den Kopf, bevor der andere etwas erwiderte. Dass Süden kein Handy besitze, hielt der Bäckermeister entweder für eine unangebrachte Lüge oder die Lebenseinstellung eines Zwielichtigen.

Süden wartete im grellen Treppenhauslicht. Auf dem Klingelschild stand der Name des Mieters in Computerschrift, wie auf allen anderen Schildern: Sven Rispek. Eine Weile war Raimund Zacherl Sven Risbek gewesen. Allerdings als Sebastian »Hirschi« Hirsch.

Während er sich noch am Handy verabschiedete, kam Risbek zur Wohnungstür zurück und erklärte, Anita habe seither nichts von dem Kellner gehört, »definitiv«. Risbeks Haltung blieb reserviert, obwohl Süden am Anfang Grüße von Hermann Evers ausgerichtet hatte. Vielleicht galt ein Mann ohne Handy inzwischen als unberechenbar. Süden bedankte sich und sog noch einmal den würzigen Bratenduft ein, der durchs Treppenhaus zog.

In der Einfahrt zwischen dem fünfstöckigen Flachbau mit den

Balkonen an der Westseite und dem burgartigen Backsteinbau der Polizeiinspektion überlegte Süden, ob er ein kurzes Gespräch mit seinen ehemaligen Kollegen führen sollte. Vielleicht hatten sie Zacherl gesehen oder sogar einmal überprüft. Unwahrscheinlich, dachte er dann und ging den Kirchenweg weiter Richtung Friedrichstraße. Hätte Zacherl auf der Insel mit der Polizei zu tun gehabt, wäre seine Identität entdeckt worden und Evers hätte davon erfahren.

Der Tag seines Auszugs aus der Genossenschaftswohnung am Kirchenweg war der achtundzwanzigste Dezember gewesen, das war vor vier Monaten. Daran erinnerte sich Anita »definitiv«, wie Risbek sagte.

Hatte Zacherl danach noch einmal mit Nadeshda gesprochen? Und wenn nicht, mit wem hatte er dann Kontakt gehabt? An die Möglichkeit, dass er die Insel Ende vergangenen Jahres verlassen hatte, wollte Süden nicht glauben. Diese Vorstellung erschien ihm so lächerlich wie manche Gebäude rechts und links der Friedrichstraße, die nicht die geringste Einheit bildeten und eine Mischung aus einfallsloser, trostloser und abseitiger Architektur darstellten.

Welchen Nutzen hatte er davon, an etwas nicht zu glauben? Und warum glaubte er nicht daran, dass Zacherl sich nicht mehr auf der Insel aufhielt?

Vor der Elisabethstraße musste er stehen bleiben, weil zwei Taxis vorüberfuhren, als ihm bewusst wurde, dass er auf dem verkehrten Weg unterwegs war, nicht auf dem, den Zacherl nach Dienstschluss oft eingeschlagen hatte.

Vorher musste Süden das Meer sehen. Der Wind blies ihm ins Gesicht, seine Haare strahlten vom Kopf ab, seine Jacke blähte sich wie Flügel. Er stemmte sich gegen den Wind, um vorwärtszukommen. So zu gehen, mit vorgeschobenen Schultern, den Mund halb geöffnet, mit einem den Böen trotzenden Körper, bereitete ihm ein lang vermisstes Vergnügen.

An die Vorstellung, Raimund Zacherl habe der Insel unter

keinen Umständen den Rücken gekehrt, glaubte Süden aus einem einzigen Grund. Weil er es wollte. Weil es zu dem Bild passte, das er sich von dem Vermissten gemacht hatte, das Bild eines Mannes, der es wagte, sich vor aller Augen auf einen Stuhl neben seinem Tresen zu setzen und keinerlei Erklärungen abzugeben.

Auch die scheinbar geringste Handlung – das hatte Süden im Lauf der vielen Jahre als schauender Fahnder gelernt – offenbarte einen Blick auf den gesamten Charakter, ganz gleich, wie viel die Person ansonsten für sich behielt oder wegen chronischer Verzurrung nicht fähig war auszudrücken.

Ein Stuhl, ein Platz, den einer wählte, um ihn nicht wieder gegen einen anderen einzutauschen, erzählte so viel über ihn wie eine Gewalttat, ein nie getaner Schrei oder das Überhören eines weinenden Kindes. Das Zimmer dieser Person blieb von jeher das gleiche, sooft sie ihr Haus auch neu eindeckte, mit Ziegeln oder Reet.

Raimund Zacherl hatte die Insel nicht verlassen, weil er einmal hierhergekommen war. Eher, dachte Süden im Angesicht des graublauen, schäumenden Meeres, würde Zacherl sterben, als den Ort seiner Bestimmung zu verleugnen.

Süden stand neben dem Hotel Miramar, vor der geschlossenen Durchfahrt, atmete tief ein, behielt die Luft eine Weile in den Lungen und roch den süßen Duft nach frischen Crêpes. Auf der Kurpromenade saßen ältere Leute in Strandkörben, andere lehnten mit Fotoapparaten an der Brüstung. Im Sand tollten Kinder herum. Die Strandkörbe standen leicht nach links, nach Süden, gedreht. Vereinzelt steckten, wie im Sommer, Sonnenschirme im Sand. Es war ein milder, sonniger Aprilnachmittag. Durch die Fußgängerzone strömten Wochenendgäste und zeigten am Backsteinhäuschen beim Durchgang ihre Kurkarten vor oder bezahlten Eintritt.

Zehn Minuten lang dachte Süden an nichts.

Mit geschlossenen Augen schnupperte er, ohne sich anzustrengen, horchte, ohne zuzuhören, trieb mit dem Wind, ohne sich von der Stelle zu bewegen, angestarrt von Leuten, beäugt von über ihm kreisenden, kreischenden Möwen, vom Kartenkontrolleur gelegentlich mit Blicken getackert.

Als er die Augen aufschlug, sah er, wie am Fuß der Treppe eine Frau mit einem weißen Hut vom Crêpes-Stand, dessen Markise er erst jetzt bemerkte, wegging und dabei in den in Papier eingewickelten, zusammengeklappten Teigfladen biss. Aber nur ein einziges Mal.

In der nächsten Sekunde tauchte eine Möwe an der weißen Hutkrempe vorbei und schnappte sich den Pfannkuchen. Und während Papier und Serviette noch malerisch weiß im Wind flatterten, streckte die Frau fassungslos beide Arme zum Himmel, als bitte sie um Erbarmen. Die Möwen lachten und kreischten und jagten ihrer egoistischen Gefährtin hinterher.

55

Das hat doch recht, das Viech, dachte Zacherl sofort. Es nimmt sich, was es kriegen kann, und wenn der Grieskopf nicht aufpasst, ist er selber schuld und hat's verdient.

Die Leute bemitleideten ihn mit Blicken und Worten, er lachte. Zumindest sah sein Gesicht danach aus. Den ganzen Weg von seiner Wohnung vom Kirchenweg durch die Friedrichstraße bis zum Kassenhäuschen hatte er überlegt, wann er zum letzten Mal eine Crêpe gegessen hatte. Es fiel ihm nicht ein. Vermutlich als Kind. Aber wo? Nadeshda hatte ihn immer wieder überreden wollen, wenn sie auf der Promenade spazieren gingen, egal, wie heiß es war, sie hatte Hunger auf was Süßes. Und er hatte jedes Mal abgelehnt. Einmal hatte er gekostet, Zimt und Zucker, es hatte ihm so unbändig geschmeckt, dass er am liebsten das komplette Stück in den Mund geschoben hätte. Es kam ihm vor, als würde er etwas aus seiner Kindheit wiederkäuen, etwas, was er bei seinem besten Freund kennengelernt hatte, in der Küche von dessen Eltern, im Alter von vier oder fünf Jahren, vor einer ewigen Ewigkeit. Er verzog das Gesicht, als habe er sich die Lippen verbrannt, und sagte zu Nadeshda, ihm verpappe das Ding den Mund. Sie klebte ihm einen Kuss auf die Wange und verschlang die Crêpe in Windeseile, den wild um ihr Gesicht wirbelnden Haaren und den gierig spickenden Möwen zum Trotz.

Warum er ausgerechnet heute das Bedürfnis nach etwas Süßem verspürte, konnte er sich nicht erklären. Und wie sich herausstellte, ging es ihm gar nicht ums Essen. Offensichtlich wollte er, so absurd ihm dies zunächst erschien, vor allem in der Schlange stehen, sich anstellen, einer von denen sein, die sich noch nicht entschieden haben, welche Beilagen sie wählen sollen. Nutella, Zimt und Zucker, Salat, Käse, Schinken und was noch alles angeboten wurde.

Aus dem Lautsprecher ertönte karibisch klingende Musik. Der junge Mann mit der Wollmütze, der an den beiden runden

Eisenscheiben hantierte, strich exakt die richtige Menge Teig darauf.

Auf eine für ihn lächerliche Weise berauschte Zacherl der Duft, der aus dem halb geöffneten Verkaufsfenster strömte. Er bedauerte es ein wenig, dass die Schlange, anders als im Sommer, nur so kurz war. Im Grunde war es keine Schlange, es war nur ein Paar, das sich an den Händen hielt. Im Sommer warteten die Gäste oft in Zweierreihen vor den Ausgabefenstern, manche wippten zur Musik und vertrieben sich das Warten, indem sie aufs Meer schauten.

Als er drankam, bestellte Zacherl eine Crêpe mit gekochtem Schinken, geriebenem Käse und gerösteten Zwiebeln. »Gute Wahl«, sagte der junge Mann und strich den Teig dünn über das Eisen, belegte ihn lässig mit den Zutaten und schien versunken in seine Tätigkeit. Das kam Zacherl sehr vertraut vor. Beim Zusehen dachte er kein einziges Mal an Nadeshda.

Er war nicht wegen ihr oder einer in ihm duftenden Erinnerung an gemeinsames Flanieren hier, er war an diesen Ort gekommen, weil eine Ahnung ihn getrieben hatte.

»Köstlicher Anblick«, sagte er, nahm die mit Papier umwickelte Crêpe in beide Hände und wandte sich zum braungrauen, schäumenden Meer um. Er machte zwei Schritte auf die Promenade zu, anstatt sich an einen der Heizstrahler bei den Stehtischen oder unter die Backsteinarkaden zu stellen. Er hielt die Tüte vom Körper weg, als tropfe etwas heraus. Im nächsten Moment stand er mit leeren Händen da.

Er lachte. Zumindest glaubten das die Leute um ihn herum. Und auf gewisse Weise lachte er auch, aber nicht aus heiterer Verblüffung, er lachte, weil er in der Sekunde, in der der Vogel mit seinem großen gelben Schnabel nach dem Essen schnappte, begriffen hatte, dass seine Ahnung sich erfüllte.

Er hatte nichts mehr, und nichts mehr wartete auf ihn.

56 Nadeshda Sollring trank Guiness. Sie wischte sich den Mund mit einer roten Papierserviette ab und lehnte sich zurück. Sie saß neben Süden auf einem der Barhocker, deren Ledersitzflächen gewölbt waren, so dass man die Chance hatte, auch nach diversen Bieren einen gewissen Halt zu finden. Süden trank Pils. Er wäre lieber stehen geblieben und fand die Hocker schwerfällig und ungemütlich. Andererseits war er nicht hier, um vor Gemütlichkeit und Leichtfüßigkeit zu platzen.

Er hatte sich neben die blonde Frau gewuchtet, die von der Wirtin mit Handschlag begrüßt worden war, und umständlich seine Jacke ausgezogen und diese auf die Bank neben sich geworfen. Sie saßen an der Schmalseite der Theke, ganz am Rand. Zwischen ihnen stand ein Glas voller Erdnüsse. Nadeshda hatte den Irish Pub vorgeschlagen. Seit der Blanke Hans nicht mehr existierte, trinke sie in dem Lokal nach Dienstschluss oft noch »das eine oder andere Gläschen«.

Der dunkle, verwinkelte Raum mit dem langen Tresen bestand aus Stehtischen und Sitzecken, Bildern und Grünpflanzen. Die Bedienung ließ keinen Gast lange vor einem leeren Glas ausharren.

Nachdem Süden Nadeshda Sollring in ihrem Geschäft in der Strandstraße aufgesucht hatte, verabredeten sie sich für halb neun im Pub. Süden war noch eine Zeitlang kreuz und quer durch den Ort gelaufen, ohne vor einem Schaufenster stehen zu bleiben oder eine der angeblich legendären Fischsemmeln zu probieren. Dass sie legendär seien, hatte Leonhard Kreutzer ihm erzählt, Süden wollte es ein andermal überprüfen.

Fast eine Stunde hatte er vor dem Metallgitter am Ende der Strandstraße verbracht, ähnlich wie vorher ein paar hundert Meter weiter am parallel gelegenen Übergang. Er hatte übers Meer geschaut und Zacherls Blick nachgeahmt.

Süden war überzeugt, dass Zacherl nach Dienstschluss nicht bis zum Strand hinuntergegangen war, auch wenn er um diese nächtliche Stunde keinen Eintritt mehr bezahlen musste. Bestimmt hatte er am verschlossenen Tor haltgemacht, hatte dem schwarzen Rauschen gelauscht und dann den Heimweg angetreten.

Ob Zacherl dann noch in einem Lokal eingekehrt war, auf ein Getränk für sich allein?

»Ein großer Ausgeher war er nicht.« Mit ihren langen Fingernägeln pulte Nadeshda die Nüsse aus der Schale, mehrere auf einmal, und zermalmte sie geräuschlos und genüsslich. »Schon klar, er war den ganzen Tag in der Kneipe. Ich hab ihn trotzdem mitgeschleift, ich brauch Abwechslung, ich muss mich nicht betrinken, obwohl das auch lustig ist.« Sie lächelte Süden an, hob ihr Glas. »Prost. Auf die Insel kommen viele Bayern. Die sind immer guter Laune, da kann man nichts sagen.« Hoffentlich, dachte Süden, bekam die Statistik wegen ihm keinen Kratzer. »Sie haben ihn aufgescheucht.«

»Genau so.« Sie winkte der Bedienung, die auch fürs Zapfen und die Reinigung des Tresens zuständig war. Die Bleche blitzten. »Wenn man den Hirschi nicht aufscheucht, schrumpft er. Und wenn er mal in Schwung kommt, dann kann man echt mit ihm was anfangen. Natürlich, ein Surfer wird der nicht mehr, und beim Tanzen schlägt er auch keine Saltos. Aber er tanzt und hat gute Laune.«

»Er hat getanzt.«

»Wundert Sie das?«

»Das wundert mich.«

»Wieso?

Süden wusste es nicht. Warum sollte Zacherl nicht tanzen? Hatte er das nicht auch im Lindenhof getan, monatelang, jahrelang, in der Zeit, als Ricarda bei ihm arbeitete und die beiden sich heimlich verabredeten und er begonnen hatte, ein zweifaches Leben zu führen? Niemand hatte ihn tanzen sehen, das war klar und auch unbedingt notwendig. Schließlich wollte er keine Witzfigur sein. In seiner Vorstellung war er vermutlich ein überragender Tänzer, einer, dessen Schritte sich überschlugen, sobald er bloß den Klang einer bestimmten Stimme hörte oder an sie dachte.

Die Bedienung stellte das schwarze Getränk mit dem dünnen weißen Schaumrand auf die Theke. »Noch eins?«, fragte sie Süden.

Er nickte. »Ich habe mich geirrt«, sagte er zu Nadeshda. »Er war verliebt in Sie.«

Nadeshda trank. Sie hatte einen guten Zug. Sie leckte sich die Lippen und tupfte sie mit der Serviette ab, immer nur nach dem ersten Schluck. Süden hatte ihr erzählt, dass der Mann auf dem Foto vermisst werde und er auf der Suche nach ihm sei. Sie wirkte nicht sehr überrascht. Was sie logischerweise verwirrte, war die Tatsache, dass er bereits seit zwei Jahren vermisst wurde.

»Der Mann, den Sie kannten, hatte einen anderen Namen.« Das hatte Süden ihr noch nicht erzählt.

Sie setzte das Glas ab, fuhr mit dem Zeigefinger am Rand entlang, legte den Kopf schief, so dass ihr Pferdeschwanz neben ihrem Arm baumelte, und sah Süden mit einem offenen Blick an. »Das ist ja lustig. Ich hab nämlich oft zu ihm gesagt, dass er mir endlich seinen richtigen Namen sagen soll. Ich hab ihn damit aufgezogen, dass doch niemand sich ernsthaft Hirschi nennt. Er hat dann gesagt, sein Name wäre Hirsch und seine Freunde früher hätten zu ihm Hirschi gesagt, sogar die Lehrer in der Grundschule. So ein Schmarren, sag ich zu ihm, das hat ihn geärgert. Wenn ich Schmarren gesagt hab, oder Pfüa di. Da brach die bayerische Seele in ihm durch. Wie heißt er denn richtig? Reh?«

»Zacherl«, sagte Süden. »Raimund Zacherl. Seine Freunde sagen Mundl zu ihm.«

»Mundl. Das passt zu ihm. Viel besser als Hirschi. Der Mundl also. Aber Moment!« Sie trank wieder und zog die Stirn in Falten, was kurios aussah. Da ihre helle Gesichtshaut rein und glatt war – zumindest kam es Süden im kargen Kneipenlicht so vor –, wirkten die Linien wie Furchen unter ihrem Haaransatz. »Haben Sie nicht behauptet, er wär seit zwei Jahren verschwunden? Das kann doch nicht sein. Ich kenn ihn doch schon fast ein Jahr.«

Süden begriff, dass er sich die meiste Zeit falsch ausgedrückt hatte. »Er ist nicht seit zwei Jahren verschwunden, er wird seit zwei Jahren vermisst.«

»Von wem?«

»Von seiner Frau.«

»Das glaub ich nicht, dass der Hirschi ... der Mundl verheiratet ist. Er hat eine Frau? Ausgeschlossen, das hätte ich gemerkt. Ich kenn mich aus mit verheirateten Männern, die sind nicht schwer zu durchschauen. Ich war zweimal mit einem zusammen, keiner von beiden hat es auch nur einen Tag geschafft, mich zu täuschen. Und der Herr Zacherl ist niemals verheiratet.«

Süden schwieg. Das frische Bier stand vor ihm, und er ließ es stehen.

Nadeshda war verstummt und summte das Lied mit, das gerade lief. Die Furchen auf ihrer Stirn waren verschwunden. Ihr Blick folgte den Bewegungen der Bedienung, die hinter dem Tresen Gläser abtrocknete und nebenbei den Zapfhahn kurz aufdrehte, um vier Gläser Pils zu füllen. »Er war also verheiratet«, sagte sie, ohne Süden anzusehen. »Das bedeutet, er hat mich angelogen, er hat uns alle angelogen. Ist der ein Heiratsschwindler?«

»Er ist überhaupt kein Schwindler«, sagte Süden. »Er hat Ihnen nicht vorgeschwindelt, verliebt zu sein, er war es.«

»Woher wollen Sie das denn wissen, Mann?« Sie trank, knackte zwei Erdnüsse, kaute sie schmatzend mit halboffenem Mund.

»Er wollte ein neues Leben anfangen. Offensichtlich ist es ihm nicht gelungen, wie schon einmal.«

»Was bedeutet das denn wieder?«

»Er hatte eine Freundin, sie ist tödlich verunglückt. Dann ging er weg aus München und begegnete Ihnen und dachte, er könnte noch einmal von vorn beginnen. Mit Ihnen, mit sich.«

»Er hat Schluss gemacht.«

»Das weiß ich.«

»Ja?«

»Ja.«

»Dann wissen Sie alles, mehr gibt's nicht zu sagen. Ich glaub, ich möchte jetzt nach Hause. Ich muss morgen früh ins Geschäft, meine Mitarbeiterin ist krank, ich bin allein da.«

»Bleiben Sie noch eine Stunde«, sagte Süden. »Ich möchte gern noch etwas über Sie und Mundl erfahren.«

Sie hob den Arm, war kurz davor, etwas zu sagen, ließ den Arm wieder sinken. Ihr war plötzlich eingefallen, wie Hirschi oder Mundl eines Nachts zu ihr gesagt hatte, dass seine Alpträume zurückgekehrt seien und er wieder das weiße Flugzeug sehe und alles begreifen würde. Und sie hatte ihn gefragt, was er begreifen würde, und er hatte geantwortet: »Dass ich ein Irrtum bin.«

57

Zum zweiten Mal stellte der Filialleiter die Frage, und wieder erhielt er dieselbe Antwort.

»Ich bin sicher«, sagte Zacherl. »Ich brech hier meine Zelte ab.«

»Sie gehen weg von der Insel?«

»Erst mal brech ich meine Zelte ab.«

Der Filialleiter wusste nicht genau, was er von dem Gespräch mit dem Mann aus Bayern, der jeden Monat regelmäßig eine bestimmte Summe auf sein Konto eingezahlt hatte, halten sollte. Der Mann kam ihm verändert vor, seit er ihn das letzte Mal gesehen hatte, schlanker, grauer. Und er hatte, das fiel dem Angestellten erst jetzt auf, keinen Schnurrbart mehr. Vielleicht wirkte sein Gesicht deswegen so leer, so bleich.

Da der Kunde anscheinend die Konversation eingestellt hatte, sagte der Angestellte: »Ich zahle Ihnen dann also die Summe aus.«

»Danke.«

Mit fünftausendneunhundertsechzehn Euro in einem braunen Kuvert verließ Zacherl am ersten Oktober die Bank. Das war der Tag, an dem nebenan am Abend das große Abschiedsfest stattfand und an dem er nicht teilnehmen würde.

Anfangs hatte er jeden Monat vierhundert Euro zurückgelegt, später, nachdem er Nadeshda kennengelernt hatte, nur noch dreihundert. Er brauchte Extrageld für Einladungen, Ausflüge, kleine Präsente. Er hatte immer sehr sparsam gelebt. Nichts würde sich ändern.

Gestern, als die Möwe ihn überfallen hatte, war er hinterher wie erleichtert gewesen, beinah unbeschwert.

58

Der Stubenhocker, der ein Tänzer war, unternahm eine Fahrt mit dem Krabbenkutter und ging in den Tinummer Tierpark. Er besuchte das Westerländer Aquarium und den Rantumer Hafen hinter den ehemaligen Kasernen. Er spielte Minigolf auf der Anlage unterhalb des Deichs. Er besichtigte den rotweißen, mehr als dreißig Meter hohen Hörnumer Leuchtturm und erfuhr, dass darin Eheschließungen stattfanden, allerdings musste die Gästezahl übersichtlich bleiben.

Er wanderte stundenlang barfuß am Meer entlang. Er begutachtete die Nackten und Sonnenverbrannten und verlor kein Wort über sie. Er fuhr mit dem Bus nach List, wo er die Kinder beim Bungeespringen bestaunte und durch die Markthalle mit den dicht aneinandergereihten Ständen schlenderte und beinah eine Tüte mit Lakritzen und Bonbons gekauft hätte, die in großen offenen Schalen auslagen. Er verputzte zwei Fischsemmeln, eine mit Krabben, eine mit Matjes.

Er steuerte den für einen Tag gemieteten Opel durch das Naturschutzgebiet Listland, vorbei an meterhohen Sanddünen, grünem Strandhafer, violettem Heidekraut, Wiesen, auf denen Schafe grasten, kurios sich in die Landschaft schmiegenden Kneipen. Er fuhr scheinbar endlose Kilometer durch eine belebte, blühende, sich vor den Augen des Betrachters bis zum Horizont weitende Gegend. Wortlos spazierte er bis zur Spitze des Ellenbogen genannten Inselstreifens ganz im Norden, überwältigt von der Stille, dem satten Ultramarin des Wassers und dem wie eine schützende Plane sich über ihm wölbenden Himmel.

An den Kampener Vorzeigebistros und den davor geparkten, silbergrauen und schwarzen Limousinen tuckerte er mit seinem Opel und eingeschaltetem Aufblendlicht vorbei. In Keitum kollidierte er um ein Haar mit einem schwarzen Hummer, der rückwärts aus der Einfahrt einer reetgedeckten Villa auf die schmale Straße fuhr und dessen Fahrer vermutlich die

Vorstellung hatte, die Menschheit löse sich in seiner Gegenwart in Luft auf.

Er verlor die Orientierung auf der Ostseite der Insel und wunderte sich über leerstehende Häuser in Morsum und Bauernhöfe in Archsum.

Und weil er kein Feigling sein wollte, kletterte er in das mehr als viertausend Jahre alte, eineinhalb Meter hohe, in einen Hügel eingelassene Hünengrab, den Denghoog, nahe dem Wenningstedter Dorfteich. In gebückter Haltung verharrte er reglos in dem halbdunklen Raum. Dann stieg er wieder nach draußen, ohne vor Nadeshda ein Wort darüber zu verlieren, worüber er dort unten die ganze Zeit nachgedacht hatte.

59

»Ich geh da nicht für tausend Euro runter«, sagte Nadeshda Sollring.

Sie hatten beide eine Kartoffelsuppe mit Gemüse und Würstchen gegessen. Süden hatte den Eindruck, dass die Frau, genau wie er, das Essen nur bestellt hatte, um einen Vorwand für einen Jubi zu haben. Kaum hatte sie den Löffel in den leeren Teller gelegt, winkte sie der Bedienung. Süden nickte ihr zu, ohne dass sie eine Frage stellen musste. Der Kümmelschnaps kam in einem eisgekühlten Glas.

Im Pub waren inzwischen alle Tische und Nischen besetzt, vor allem von jüngeren Gästen, die das Wochenende eintranken. Das Licht war noch gedämpfter, die Musik etwas lauter, was niemanden zu stören schien, auch nicht Süden, dem das Sitzen auf dem Lederhocker allmählich auf den Magen schlug. In der Kneipe stand niemand, außer der Bedienung und der Wirtin, die gelegentlich mit einem Teller Chili oder einem anderen Gericht aus der Küche kam und Neuankömmlinge begrüßte. Für Süden war ein Tresen ein Standplatz, kein Sitzplatz. Doch zwischen den dicht an dicht aufgereihten schweren Drehstühlen blieb kaum Bewegungsfreiheit.

»Sind Sie unruhig?«, sagte Nadeshda. »Sie rutschen dauernd herum.«

»Ich rutsche nicht, ich versuche mich einzurichten.«

»Wenn Ihnen das so unbequem ist, wieso stellen Sie sich dann nicht einfach hin?«

Süden schwieg. Er trank seinen Jubi und spülte mit Bier nach. Dann erkannte er einen Song der Hooters und wollte unauffällig zuhören, als die Frau sagte: »Erklären Sie mir: Wieso hat er Schluss gemacht? Warum wacht er eines Morgens auf und sagt, er muss gehen, muss mich verlassen, es klappt nicht mehr. Wieso das? Was hab ich ihm getan? Wir hatten einen wunderbaren Sommer. Jeden Sonntag, wenn er frei hatte, haben wir was unternommen. Zwei- oder dreimal haben wir ein Auto gemietet, ich hab keins. Ich hatte zwei schwere Unfälle

308

nachts, bei dem einen traf mich keine Schuld, bei dem anderen waren wir beide schuld, der Blödmann und ich. Das war in Hamburg, frühmorgens, wir hatten beide was getrunken, wie sich herausstellte, na, ich wusste schon, dass ich was getrunken hatte. Eins Komma zwei Promille, er hatte eins Komma neun. Ein Wunder, dass uns nicht mehr passiert ist. Er fuhr mir voll rein, über eine rote Ampel drüber, Crash. Das war ein Schock fürs Leben. Und auf der Insel brauch ich kein Auto, ich wohn nicht weit weg von meinem Geschäft, da lauf ich zu Fuß.

Mit Hirschi ... Mit Mundl ... Bin ich froh, dass er nicht wirklich Hirschi heißt, das muss ich Ihnen sagen, das finde ich jetzt fast wieder schön ... Wir haben uns bei Annecke eine Kiste gemietet und sind los. Das hat ihm Freude bereitet, er war ein guter Fahrer. Abgesehen von dem einen Mal, wo uns fast ein Jeep reingebrettert wär, wahrscheinlich war der Fahrer besoffen, zu viel Champagner zum Frühstück. Wir haben die Insel erkundet, und ich hab ihm die Gegend erklärt. Er hat nicht viel gefragt, aber immer zugehört, er kam mir manchmal vor wie ausgewechselt. Im Blanken Hans war er sehr ernst, schwer bei der Sache, ganz der aufmerksame Kellner, und als Koch praktisch nicht ansprechbar. Und er war ja auch perfekt. Perfekt.«

Sie hob das Glas, prostete in die Luft und trank.

»Ein perfekter Begleiter.«

»Sie sagen es.«

»An welchem Tag hat er mit Ihnen Schluss gemacht?«

»Weiß ich nicht mehr, Anfang Dezember.«

»Von einem Tag auf den anderen.«

»Von einem Tag auf den anderen.«

»Bestimmt nicht«, sagte Süden. Daraufhin sah Nadeshda ihn irritiert an, glitt vom Barhocker, strich sich mit beiden Händen über den Hintern und machte sich auf den Weg zu den Toiletten. Sie trug eine blaue Jeans mit einem silbrig glänzenden

Muster und einen braunen Kaschmirpullover, der nach der Expertenmeinung des modebewussten Süden nicht unbedingt zur Hose passte, sowohl was deren Schnitt als auch deren Qualität betraf.

Es war vielleicht der Jubi.

Als Nadeshda zurückkam und sich wieder schwungvoll neben ihn setzte, sagte er: »Er hatte die Entscheidung längst getroffen. Er wartete nur den passenden Moment ab, oder irgendeinen Moment, wenn er den Mut fand.«

»Sie scheinen ihn gut zu kennen.«

»Ich kenne ihn ein wenig.«

»Was denn für einen Mut? Ich dachte, wir wären zusammen und würden das auch noch eine Weile bleiben. Sie meinen, er wollte das gar nicht, er wollte von Anfang an nicht bleiben?«

»Er wollte das alles, er wollte auch bleiben. Aber es ist ihm nicht geglückt.«

Wieder fuhr sie mit dem Zeigefinger über den Glasrand. Als die Bedienung hersah und auf das Glas deutete, schüttelte Nadeshda den Kopf.

Süden sagte: »Nach dem Blanken Hans hat er in keinem Lokal neu angefangen.«

»Hat er nicht.«

»Er hat auch nicht darüber geredet.«

»Hat er nicht.«

»Er hatte aber noch Geld übrig.«

»Offenbar.«

»Er hatte noch seine Wohnung.«

»Ja.«

»Manchmal übernachtete er bei Ihnen.«

Sie nickte.

»Was machte er tagsüber? Oder abends, wenn er nicht zu Ihnen kam?«

»Angeblich ging er spazieren, er ging ...« Sie nahm den Finger vom Glas, hielt nach der Bedienung Ausschau, hob das Glas hoch und stellte es wieder hin. Dann sah sie Süden an. »Wissen Sie, was er zu mir sagte, wenn ich ihn gefragt habe, was er so treibt? Er sagte: Ich geh Stationen ab. Ich fragte ihn: Was tust du? Ich geh Stationen ab, sagte er. Erklären Sie mir das, Herr Süden. Ist der Mann durchgedreht? Inselkoller? Ist er vielleicht verrückt geworden und ich hab's nicht gemerkt? Sagen Sie was.«

60 Zacherl hatte das nur so gesagt. Er wollte nicht geheimniskrämerisch daherreden, sondern bloß ihre Frage beantworten. Aber was hätte er sagen sollen, das alles in einem Satz erklärte? Er hatte selbst keine Erklärung für seine Ausflüge, für sein tägliches Herumrennen, seine willkürlich ausgewählten Busfahrten Richtung Hörnum oder List, wenn er an der nächsten Station ausstieg, ohne zu wissen, wozu. Er wartete dann auf den Bus aus der Gegenrichtung. So vergingen die Stunden.

Wie hätte er ihr sein Verhalten plausibel machen sollen? Daran war nichts plausibel, außer dass er es tun musste. Er konnte unter keinen Umständen in der fremden Wohnung bleiben, in der er sich anfangs heimisch gefuhlt hatte. Dieses Wort hatte er zu Nadeshda gesagt: Er sei schon recht heimisch hier. Was für eine Formulierung, hatte er damals gedacht und gelächelt, und sie hatte ihn auf die Stirn geküsst, was sie gern tat. Und er kam sich ein wenig wie ein Kind dabei vor.

»Damals« war noch nicht einmal ein Jahr her, acht oder neun Monate. Damals hatte er sie kennengelernt, an dem Abend, an dem auf der Insel die Scheiterhaufen brannten und die Leute Grünkohl aßen. Da war sie angetrunken hereingekommen, und er hatte sie sofort bemerkt und ihren Blick, der hinter dem Tresen entlang direkt auf ihn zuschoss. Das hatte er sich später so eingebildet. Nadeshda hatte ihm nicht widersprochen. In den Tagen und Wochen danach hatte keiner der beiden dem anderen widersprochen, bei keiner einzigen Sache.

Jetzt wanderte er umher, Tag für Tag, abends, in der Nacht. Weil er nicht in den zwei fremden Zimmern bleiben wollte, mit der alten Seemannstruhe, die eigenartig roch, mit dem bemalten Geschirr voller Seefahrermotive, mit den Rauch ausdünstenden Vorhängen, mit dem überbreiten, weichen Bett, an dessen Messinggestell seltsame Figuren mit fratzenartigen Gesichtern hingen.

Er hatte aufgehört, in der Küche zu essen. Wenn er hungrig

war, ging er ins Bahnhofslokal gegenüber oder in eines der Cafés in der Fußgängerzone oder er aß im Gehen. Von Anita wusste er, dass ihr Bruder Anfang nächsten Jahres von seinem Kreuzschiff zurückkehren würde. Der Termin stehe fest, sagte sie, er möge sich bitte nach einer anderen Wohnung umsehen.

Die Wohnungssuche beunruhigte ihn nicht, auch wenn Nadeshda ihn häufig darauf ansprach und sogar Mietangebote aus der Zeitung ausschnitt. Vielleicht hat sie die Sorge, dachte er, ich würde bei ihr einziehen wollen. Das hätte er niemals getan. Er würde niemandem zur Last fallen, nicht einmal über den Tod hinaus. Deswegen trug er seit vielen Jahren eine Karte bei sich, mit der garantiert war, dass er anonym beerdigt werden würde. Ilona, seine Frau, wusste davon nichts, das war logisch. Niemanden hatte er darüber informiert, nicht einmal seinen alten Freund Johann aus dem Posthof in Perlach. Das war eine Angelegenheit, die ihn allein betraf, er brauchte sich vor niemandem zu rechtfertigen.

Nicht einmal gegenüber Nadeshda hätte er je eine Andeutung gemacht. Auch wenn er in den vergangenen acht oder neun Monaten Momente erlebt hatte, da hätte er ihr fast von Ricarda erzählt.

61 Das war vermutlich die schlechteste Nachricht des Abends. Wenn Zacherl im Oktober begonnen hatte, »Stationen« abzugehen, und Ende Dezember aus der Wohnung am Kirchenweg ausgezogen war, ohne dass sowohl Nadeshda als auch der Wirt Evers wieder von ihm gehört hatten, würde Süden keine andere Wahl haben, als dasselbe zu tun wie der Tresenhocker, der insgeheim ein Tänzer war: Er musste Stationen abgehen.

»Sie haben ihn am Kirchenweg besucht«, sagte Süden. »Wann genau war das?«

»Vor Silvester, nach Weihnachten.«

»Zu der Zeit, als er dort auszog.«

»Kann sein.« Nadeshda schaute auf ihre Uhr, die sie wie Südens Chefin am rechten Handgelenk trug.

»Sie wissen den Tag nicht mehr.«

»Nein. Drei, vier Tage nach Weihnachten.«

»Nach dem Heiligen Abend oder nach den Feiertagen?«

»Ist das so wichtig?« Sie winkte der Bedienung hinter dem Tresen.

»Das weiß ich noch nicht. Sie hätten ihm begegnen können. Was hätten Sie dann zu ihm gesagt?«

»Ich möcht zahlen, Milena«, sagte sie zur Bedienung.

»Sie sind eingeladen«, sagte Süden.

»Danke.«

Süden wartete ab. Nadeshda überlegte eine Weile. »Ich hab mir Sorgen gemacht, das hab ich doch schon gesagt.«

»Er hätte die Insel längst verlassen haben können.«

»Das hatte ich gehofft. Aber ich hab's nicht geglaubt, ich kann Ihnen nicht erklären, wieso. Ich dachte die ganze Zeit, er treibt sich hier noch rum, er hat was vor. Aber was? Was um Himmels willen ging im Kopf dieses Mannes vor? Nennt sich Hirschi. Nennt sich Herr Hirsch. Heißt aber Zacherl. Raimund. Hab noch nie einen Mann getroffen, der Raimund heißt. Mundl ist hübsch. Mundl klingt nach küssen. Sie haben gesagt, er war verliebt in mich. Dacht ich auch. Aber stimmt das auch? Der Mann hat offenbar ein zweites Gesicht, er ist maskiert. Fehlt nur noch, dass er zu Hause drei Kinder sitzen hat und Inhaber eines Grandhotels ist.«

»Er hat keine Kinder, und er ist Wirt einer Gaststätte.«

»Als Wirt hätt ich ihn mir nie vorgestellt. Er ist mehr der praktische Typ, er bedient die Leute, er kann kochen, er beherrscht sein Handwerk, er packt an. Ein Wirt ist er nicht.«

Sie verstummte, bevor sie mit leiser Stimme weiterredete. Süden beugte sich zu ihr hin, damit er bei der Musik kein Wort überhörte. »Wenn ich das so sage, denk ich, es ist alles ganz anders, ich weiß gar nichts über den Mann. Wir haben zusammen geschlafen, wir sind zusammen aufgewacht, wir sind zusammen über die Insel gefahren, haben gegessen und gesoffen und uns an der Hand gehalten, unten am Meer, auf der Promenade. Und er hat mich zur Crêpe eingeladen. Ich bin süchtig danach, er hat nie eine gegessen, sturer Hund. Was er nicht mochte, rührte er nicht an. Wer ist dieser Mann? Kann ich das Foto noch mal sehen?«

Süden angelte das Bild aus der Innentasche seiner Lederjacke, die er auf die Bank geworfen hatte. Nadeshda hielt es ins Licht der Tresenlampe, legte es vor sich hin, fuhr mit dem Finger an den Rändern des Gesichts entlang, wie sie vorher über das Glas gestrichen hatte. »Das ist er gar nicht.« Ihre Stimme klang wie verzagt. »In Wirklichkeit war er viel schmaler, da waren ein paar Stoppeln um seinen Mund, seine Haare hatten graue Strähnen, die überhaupt nicht so unecht schwarz waren wie die auf dem Bild. Wer hat das denn gemacht? Der wollte anscheinend jemand anderen sehen. Nein, der Mann, den ich kenne, hat die Haare eines Mannes in den Fünfzigern, der sich nicht lächerlich macht, indem er sie färbt. Und seine Augen waren viel klarer, sie schauten einen an, diese hier sind skeptisch, lauernd. Der Mann, den ich kenne, lauert nicht, nein.« Sie schüttelte den Kopf, nahm das Foto, stellte es aufrecht hin.

Nach einem Schweigen sagte Süden: »Hat er Ihnen von früher erzählt? Dinge aus der Kindheit?«

»Einmal erwähnte er seine Großmutter, ich weiß nicht mehr, in welchem Zusammenhang.« Sie klopfte mit dem Foto auf den Tresen. »Es ging ums Essen, glaub ich. Wir haben nicht weiter darüber gesprochen. Sonst hat er nichts erzählt. Ich habe ihn auch nicht ausgehorcht, so eine bin ich nicht, ich horche die Leute nicht aus, auch nicht meine Männer. Und er ist auch kein Aushorcher. Ich muss Ihnen jetzt was sagen: Es ist mir egal, wie er heißt und was er getan hat und warum. Ich will, dass er zurückkommt. Nicht zu mir, das ist vorbei, das Band ist zerrissen, und möglicherweise war der Altersunterschied doch zu groß. Ich bin vierunddreißig und er? Mitte fünfzig? Jetzt weiß ich nicht einmal mehr sein genaues Alter.«

»Fünfundfünfzig ist er heute.«

»Es geht nicht um mich. Er soll zurückkommen, um einfach da zu sein, auf der Insel. Er soll sich einen Job suchen und wieder so aussehen, wie ich ihn in Erinnerung hab. Er soll nicht wieder so werden wie auf dem Bild, das steht ihm nicht, das macht ihn alt und fremd und falsch. Sagen Sie ihm das, wenn Sie ihn finden. Sagen Sie ihm, er ist genau richtig so, wie er im Blanken Hans war und bei mir im Bett und am Meer und überall. Versprechen Sie mir das?«

62

Seinen ersten Rundgang begann Süden an diesem letzten Samstag im April um kurz nach halb neun.

Eine halbe Stunde zuvor hatte er das Haus Paulsen in Wenningstedt verlassen und war mit dem Bus zum Westerländer Bahnhof gefahren, wo er einen Kaffee trank. Leute mit Koffern und Reisetaschen saßen an den Tischen und frühstückten. Süden beobachtete sie mit willkürlichen Blicken.

Er hatte tief geschlafen und von seinem Freund Martin Heuer geträumt, aber nur noch Bilderfetzen im Kopf. Um sieben Uhr war er aufgestanden, um seine Notizen zu ordnen und eine Art Protokoll seiner gestrigen Erlebnisse und Gespräche anzufertigen. Mit Edith Liebergesell hatte er vereinbart, dass er sich erst am Sonntag wieder melden würde. Wenn sie ihn in diesem Moment, an dem viereckigen Stehtisch unterhalb des Breitwandfernsehers, mit der leeren Kaffeetasse vor sich, gefragt hätte, ob er glaube, dass Raimund Zacherl tot sei, hätte er vermutlich ja gesagt. Und wenn sie ihn weiter gefragt hätte, ob er davon ausgehe, dass Zacherl sich umgebracht habe, hätte er vielleicht erwidert, dass die Wahrscheinlichkeit eines Verbrechens eher gering einzuschätzen sei.

Es war gut, dass er mit niemandem darüber sprechen musste. Die Frau mit den eingefallenen Wangen, die hinter der Theke bediente, kannte den Mann auf dem Foto so wenig wie ihre Kolleginnen. Auch der Wirt schüttelte nur den Kopf.

Süden verließ das Lokal, streifte auf dem Vorplatz die extraterrestrische Riesenfamilie mit einem grünen Blick und betrat das Gasthaus auf der gegenüberliegenden Straßenseite, das Hendl-House. Süden erhielt keine Auskünfte, weil er sich nicht als Detektiv ausweisen konnte und der Geschäftsführer das Beglaubigungsschreiben, das Edith Liebergesell unterzeichnet hatte, anzweifelte.

Im Bierbrunnen Wilhelmine neben der Apotheke erklärte der Wirt, der Mann auf dem Foto sei der Hirschi, den habe er seit

Monaten nicht mehr gesehen. »Ich wollt ihn immer mal fragen, ob er nicht bei mir bedienen will, der kann's doch.«

Ein paar Meter weiter, bei Louis in der Köpi-Stube, schüttelte ein grauhaariger Rentner mehrmals den Kopf, und vielleicht weil der Mann ein vorbildlicher Stammgast war, tat der Wirt wortlos das Gleiche. Schlagermusik schallte aus den Boxen, derselbe Radiosender, den Süden kurz darauf in Stephan's Klause hörte, und zwar schon vor der Tür.

Die Frau und der Mann, die sich mit dem Barkeeper über das Stürmerproblem beim HSV unterhielten, ließen sich viel Zeit bei der Betrachtung des Fotos. Ob er etwas trinken wolle, wurde Süden gefragt. Er bestellte einen Kaffee, obwohl er im selben Moment wusste, dass dies ein Fehler war. Tatsächlich schmeckte der Kaffee, als wäre Herr Darboven bei der Auswahl der Bohnen verrückt geworden oder habe an ignoranten Sylter Touristen Rache üben wollen.

»Nicht gut?«, fragte der Mann mit dem blauen Käppi hinter der Theke. Süden nickte kommentarlos, mit einem Ausdruck fiktiver Zufriedenheit.

»Das ist doch ...«, sagte die Frau, die eine bis über den Barhocker reichende rosafarbene Wolljacke trug. Ihr Begleiter grübelte noch eine Weile. »... der vom Blanken Hans«, sagte er dann und beugte sich vor, damit er Süden besser sehen konnte, der am Rand des Tresens stand. »Namen weiß ich nicht.«

Der Kaffeekoch nahm das Foto ein zweites Mal in die Hand, verzog die Lippen und gab es Süden zurück. »Der war schon mal hier, öfter sogar, letztes Jahr, oder was meint ihr?« Seine beiden Gäste meinten etwas, was Süden nicht weiterbrachte.

Die Fußgängerampel an der Maybachstraße stand auf Rot. Süden sog mit halboffenem Mund die laue Luft tief in den Magen. Die Sonne schien ihm auf den Rücken. Als es Grün wurde, blieb er noch ein paar Sekunden stehen und ging erst weiter, als die Ampel wieder Rot zeigte.

Wie sich herausstellte, schien »der Bayer« entweder halbwegs bekannt oder unbekannt zu sein, näher gekannt hatte ihn offensichtlich niemand. Auch wenn der Wirt in der Tränke behauptete, er habe sich öfter mit ihm unterhalten, Hirschi sei ein »munterer Typ« gewesen.

Diese Formulierung erinnerte Süden an den Ausspruch von Ilona Zacherl, die ihren Mann einmal einen »heiteren Gesellen« genannt hatte.

Wenn Zacherl auf der Insel mit jemandem ins Gespräch gekommen war, neigte er nach allem, was Süden bei seinen Recherchen hörte, zu Leutseligkeit und Zugewandtheit. Niemand redete schlecht oder kritisch über Zacherl, seine wenigen Bekannten ließen nicht die kleinste negative Bemerkung fallen. Das bedeutete nicht, dass sie seinen Charakter und sein Wesen besonders herausstellten oder mit ungewöhnlichen Attributen bedachten, er galt einfach als netter Kerl, unauffällig, normal, bayerisch und trinkfest.

»Wenn der Hirschi reingeschaut hat«, sagte ein Kellner in Conny's Biercafé, »dann gab's fast immer eine Runde Helbing und ein kleines Pils dazu, das war Standard. Das ließ er sich nicht nehmen. Ist er gestorben?«

Den Kümmelschnaps erwähnte auch der Oberkellner Dirk im Münchner Hahn.

In diesem Restaurant, einer Mischung aus Wienerwald und Bahnhofskneipe, wo Süden sich sofort heimisch fühlte, verkehrte Zacherl anscheinend regelmäßig an seinen freien Tagen und nachts auf einen Absacker. »Er saß da am Fenster«, sagte Dirk, »trank seinen Schnaps und blätterte in der Zeitung. Sehr angenehmer Kollege.« Süden fand die rosafarbenen Sitzpolster bedingt bequem. Immerhin: Im weißen, kühlen Licht der Lampen konnte man gut lesen.

Auf Südens imaginärer Liste einladender Verweilgasthäuser landete der Münchner Hahn im unteren Fünftel, für Zacherl spielte die Umgebung keine Rolle. Er wollte nur einen letzten Schnaps trinken und einen Blick auf die Geschehnisse der

Welt werfen. So, wie er gewöhnlich spätnachts noch einen Blick aufs schwarze anwesende Meer warf. Wann Zacherl zum letzten Mal hier gewesen war, konnte Dirk nicht sagen. Mehrmals schob er seine rote Brille zurecht und sah zu dem leeren Platz am Fenster. »Irgendwann letztes Jahr, nageln Sie mich nicht fest, im Winter, November oder Dezember.«

Konkrete Angaben erhielt Süden nirgendwo, weder in Lokalen wie dem Café Orth noch in der Sportbar Compass oder in der Jeverstube. Was dagegen der Wirt vom Alt-Berlin, einer Kneipe nahe dem Übergang zum Strand, aussagte, hielt Süden zunächst für Aufschneiderei.

»Ständig war der doch da«, sagte Franticek Biel, ein Mann Ende fünfzig. Er trug ein braunes Hemd und eine braune Hose, farblich abgestimmt auf die braune, dunkle Einrichtung der in die Jahre gekommenen »Schank- und Speisewirtschaft«, vor deren Tür die Sonne liegenblieb wie ein scheuer Hund.

»Jeden Abend mindestens, der Hirschi, selbstverständlich. Das ist der auf dem Foto, ohne Schnurrbart, der sieht ja affig aus. Ich kenn den, der war lange Kellner drüben beim Hermann, weiß ich doch. Das war sein Stammlokal hier, und wissen Sie, wieso? Wir haben Tegernseer Hell im Angebot, sein Getränk. Normal gibt es nur Pils auf der Insel, aber wir haben Tegernseer Hell, das ist auch in Berlin sehr beliebt. Kennen Sie das Bier? Selbstverständlich, Sie sind ja aus Bayern. Da, wo Sie stehen, war sein Platz, am Rand, immer am Rand. Kaum kam er rein, schon stand sein Bier vor ihm. Am Anfang hat er noch gemeckert, hat sich beklagt, dass das Helle nicht so schmeckt wie bei ihm daheim. Daheim, sagte er immer, daheim. Ein Bayer eben. Nach und nach hat er sich dran gewöhnt. Fünf, sechs Gläser, selten weniger. Dazu einen Lütten, aber betrunken hab ich ihn nie erlebt, kein einziges Mal. Ich mochte ihn, ein höflicher Mann. Hat sich auch mit anderen Gästen unterhalten, nie aufdringlich, Sie verstehen mich. Die Leute mochten ihn, manche kannten ihn vom Hermann. Wir haben viele einheimische Gäste, die mal hier, mal da ihr Bier oder ihren Wein trinken. Der Hirschi. Und Sie suchen ihn? Ist ihm was zugestoßen? Kann ich helfen?«

Franticek Biel konnte Süden vorläufig nicht weiterhelfen, meinte aber, Elke, seine Bedienung, wisse vielleicht mehr über Hirschi. Die beiden hätten sich häufig unterhalten, »Wange an Wange auch, wenn ich das anfügen darf«. Ob er eine Frau namens Nadeshda kenne, fragte Süden. Der Wirt verneinte, ebenso die Frage, ob Zacherl manchmal in Begleitung erschienen sei. »Der Hirschi war allein, selbstverständlich.«

Auch in den Lokalen und Cafés in der näheren Umgebung, rund um die Strand-, Paul-, Bismarck- und Elisabethstraße, fand Süden keine Hinweise auf einen möglichen Aufenthaltsort Zacherls. Einige Leute erkannten ihn auf dem Foto vage wieder, andere erinnerten sich an ihn, als Süden den Blanken Hans erwähnte. Manche erklärten, sie wüssten nicht einmal, wo der Blanke Hans sich befinde.

Auf gut Glück klapperte Süden eine Reihe von Geschäften ab, Boutiquen, Buchhandlungen, Kioske, Supermärkte, Fischläden. Er zeigte Kunden das Foto, sprach Passanten auf der Straße an, die er für Einheimische hielt, ging zurück in Richtung Bahnhof und befragte Leute rund um den Bahnhof.

Am frühen Nachmittag mietete er beim Auto- und Fahrradverleih Annecke einen Opel – wie Zacherl es getan hatte – und fuhr nach Norden.

Als Süden auf der Norderstraße am Westerländer Ortsschild vorbeifuhr und schon beinah Wenningstedt erreicht hatte, bremste er ab, wendete und fuhr zurück.

Wenigstens ordnungsgemäß fragen musste er. Bestimmt hätte Edith Liebergesell ihn deswegen zur Rede gestellt, und Ilona Zacherl erst recht.

Also parkte er im Hof neben dem verschachtelten Backsteinbau und klingelte an der Pforte. Die Stimme einer Frau ertönte. Er stellte sich vor, erwähnte, dass er ein ehemaliger Polizist sei, und winkte in die Überwachungskamera. Der Summer ertönte. Das Gespräch dauerte nicht lange. Die junge Polizistin servierte ihm einen Kaffee, von dem er behutsam kostete. Er zeigte den drei Beamten das Foto, schilderte seinen Auftrag und schüttelte ihnen beim Abschied die Hand.

Von einem Raimund Zacherl, genannt Sebastian Hirsch, hatten die Westerländer Polizisten noch nie etwas gehört.

Drei Stunden lang fuhr Süden daraufhin über die Insel, zuerst nach List an der Nordspitze, wobei er den Umweg über Listland nahm, quer durch die arnikabewachsene Mondlandschaft der Dünen und Felder. Er befragte die Besucher der Weststrandhalle und zeigte Autofahrern, die vor den Bistros parkten, das Foto. Er traf ausschließlich auf Touristen, von denen niemand früher im Blanken Hans verkehrt hatte.

Im Lister Hafen gönnte er sich endlich eine »legendäre« Fischsemmel bei Gosch, dessen »nördlichste Fischbude« ihm mit ihrer folkloristischen Ausstattung wie eine nautische Variante des Hofbräuhauses erschien. Und offensichtlich erging es ihm beim Essen des Matjesbrötchens wie beim Trinken eines anständigen Bieres: Er brauchte ein zweites, denn auf einem Bein zu stehen, war das Privileg von Flamingos.

Wie ein Tourist stand er auf dem Kai und ließ sich den Wind ins Gesicht wehen, schaute über das blaugrüne Meer in Richtung Dänemark, dessen Küste nicht zu sehen war. Die Fähre legte gerade ab und verschwand lautlos nach Rømø. Segelboote und Kutter lagen am Pier. Mit einem davon waren Zacherl und Nadeshda rausgefahren und mit einer Ladung Krabben zurückgekehrt.

Süden zeigte zwei Kapitänen von Ausflugsschiffen das Foto. Sie kannten den Mann nicht.

Nach einem Rundgang durch die Markthalle, die Lokale und

Läden im Hafen, kehrte er zu seinem Wagen zurück und setzte sich hinein. Er ließ die Fenster heruntergleiten, lehnte sich zurück und schloss die Augen.

Was er tat, gehorchte seiner Not, war seiner Ratlosigkeit geschuldet, seinem Pflichtbewusstsein, seinem Auftrag, seiner Manie.

Als würde er, wie besessen, noch immer seinen lang verschollenen Vater suchen.

Fünfundsechzig Euro bezahlte Ilona Zacherl pro Stunde dafür, dass er an einem sonnigen Tag auf einem Hafenparkplatz im Auto saß, sich den Wind um die Nase wehen ließ, zwei Fischsemmeln verdaute und keinen Plan B hatte.

Er hatte nicht einmal einen Plan A. Er hatte bloß die Vorstellung von einem Plan.

Er hörte die Möwen kreischen und einen Hund bellen. Aus der Ferne drangen die schrillen Schreie der Kinder herüber, die, festgezurrt im Bungeegeschirr, in die Höhe schnellten und Purzelbäume schlugen.

Wellen klatschten gegen die Steinmauer, Fahnen knatterten im Wind. Stimmen und Gelächter von irgendwo auf dem vollbesetzten Parkplatz.

Zacherl, dachte Süden, hatte die Insel nicht verlassen. Er hatte einfach woanders von vorn begonnen, in einer anderen Kneipe, in einer Bar, in einem Café, vielleicht sogar unter seinem richtigen Namen. Die Polizei hatte die Suche längst eingestellt, sein Name geisterte nur noch durch den Computer, er hatte einen gültigen Reisepass. Zacherl war ein erwachsener Mann, er durfte sein Leben an jedem Ort, der ihm gefiel, weiterführen, er brauchte sich vor niemandem zu erklären. Vielleicht hatte er in Keitum, falls es dort die Möglichkeit dazu gab, ein neues Konto eröffnet, in Hörnum, in Rantum, in Morsum. Inzwischen kannte er sich auf der Insel aus. Er wusste, welche Wege er meiden musste, um keinen bekannten Gesichtern zu begegnen, und wenn doch, könnte er ein paar belangslose Sätze wechseln und erklären, er habe sich entschieden, seine Zukunft auf der Insel zu verbringen. Wer sollte eine solche Antwort bezweifeln?

Zacherl ging einer geregelten Tätigkeit nach, er gehörte dazu, der Bayer war ein Einheimischer geworden, der sich heimisch fühlte.

»Verstehst du?«, sagte Süden zu dem Rauhhaardackel, der neben seinem Auto stand und wahrscheinlich schon die ganze Zeit zum offenen Seitenfenster hinaufstarrte. Der Dackel wedelte mit dem Schwanz. Dann ertönte eine Stimme: »Kurti! Wo bist du?« Im nächsten Moment drehte sich der Hund einmal um die eigene Achse und trippelte in Richtung Meer davon, ein kurzatmiges Bellen ausstoßend, immer noch schwanzwedelnd, mit vom Wind zerzaustem Fell.

Hirschi, wo bist du?, sagte Süden zu niemandem und fuhr los.

In Kampen machte er kurz Station, weil er überzeugt war, dass die Leute in den teuren Modeboutiquen einen wie Zacherl höchstens als Dackel am Wegesrand wahrnahmen. Einerseits wollte er keinen Ort auslassen, andererseits testen, wie er in seiner Lederjacke, seiner ramponierten Jeans und dem weißen, knittrigen, sich kugelig ausbeulenden Hemd bei Tod's & Co so ankam.

»Den kenn ich«, sagte die Verkäuferin, deren Jeans und Bluse nach Südens Meinung einen fast beleidigenden Kontrast zu seiner Kleidung bildeten. »Der war mal im Gogärtchen, beim Rolf in der Küche, sicher, kenn ich.«

Süden schwieg. Vor der Tür stand ein Mercedes Cabrio, direkt daneben Südens gemieteter Opel. Er hätte stundenlang hinschauen können.

»Eberhard«, sagte die Verkäuferin. »Erhard. Wie hieß der? Sie müssen es wissen.«

»Sebastian Hirsch.«

»Niemals.«

»Raimund Zacherl.«

»Wie viele Namen hat der denn?«

»Wann arbeitete er im Bogärtchen?«

»Gogärtchen, mein Lieber. Die Frau, die das Lokal gegründet hat, hieß Gogarten. Nicht Bogart. Das ist ein Jahr her, dass der Eberhard ... Eberhard ... Reinhard hieß der! Natürlich. Der Reinhard. Ein Jahr her, er war nur eine Saison bei uns, ist zurück aufs Festland, nach Bremen, glaub ich. Reinhard. Wie komm ich auf Eberhard? Und der ist verschwunden? Klingt ja bedrohlich.«

»Sie sind sicher, dass der Mann auf dem Foto Reinhard hieß?«

Sie ging zum Fenster. Süden verharrte im Duftkanal ihres Parfüms, dessen Preis vermutlich höher lag als der Kaufpreis für seinen Opel.

»Entschuldigung«, sagte sie und drehte sich zu ihm um. »Ich hab mich getäuscht, das ist doch nicht der Reinhard. Der hatte auch so einen Schnurrbart und solche Augenbrauen. Ist schon eine große Ähnlichkeit, aber jetzt bin ich sicher. Dieser Mann ist nicht der Reinhard aus dem Gogärtchen.«

»Vor einem Jahr war er hier«, sagte Süden. »Der Reinhard.«

»Ganz sicher, mein Lieber.«

Bevor er in seinen Wagen stieg, winkte er der Frau durch die offene Ladentür zu, und sie winkte zurück. Von seiner gediegenen Grauheit her, fand Süden, musste sich der Opel vor dem Mercedes Cabrio fast nicht verstecken.

63 Vor einem Jahr arbeitete Zacherl sechzehn Stunden am Tag im Blanken Hans, für ein Parallelleben als Gogärtchens Reinhard wäre ihm keine Zeit geblieben.

Von dem Dorf, in dem ausschließlich reetgedeckte Häuser errichtet werden durften – das galt auch für die Villen, die zum Meer hin lagen und mehrere Millionen kosteten –, fuhr Süden ohne jegliche Prominenzberührung zurück in Richtung Wenningstedt. Schon während seiner Suche im Norden hatte ihn Nadeshdas Schilderung einer bestimmten Szene beschäftigt. Er hatte sie die ganze Zeit vor sich gesehen und herauszufinden versucht, welche Vorstellungen und möglicherweise Pläne Zacherl mit dem Ort, an den seine Geliebte freiwillig keinen Fuß gesetzt hätte, verbunden haben könnte.

Von der Hauptstraße bog er zunächst falsch ab und fuhr in die entgegengesetzte Richtung, bis er feststellte, dass er auf dem Weg zu seiner Pension war. Er fragte zwei Spaziergänger, und sie beschrieben ihm den Weg zum Dorfteich und weiter zu dem grasbewachsenen Hügel, der vor Jahrtausenden ein germanischer Versammlungsort gewesen war.

Am Kassenhäuschen kaufte Süden eine Eintrittskarte und ging dann auf dem befestigten Weg den kleinen Hügel hinauf. Er blieb vor dem Eingang stehen, der in die Tiefe führte.

Durch das Loch musste man kriechen. Oder krabbeln. Man musste sich hineinschieben und nach unten klettern, in eine – das hatte der Kassierer Süden erklärt – drei Meter breite, fünf Meter lange und eineinhalb Meter hohe Kammer. Bei deren Entdeckung im neunzehnten Jahrhundert waren Knochenreste, Schmuck, Werkzeuge und Waffen gefunden worden. Die drei Findlinge an der Decke wogen angeblich zwanzig Tonnen. Wie die Germanen die schweren Steine dort hintransportiert hatten, konnte der alte Mann mit der blauen Seemannsmütze auch nicht erklären, niemand könne das, hatte er hinzugefügt und Süden viel Spaß gewünscht.

Viel Spaß!, sagte Süden zu niemandem. Er setzte sich auf die Erde, steckte die Beine in die Öffnung, blickte zum Himmel empor und glitt hinein.

Es war kühl und dunkel. Er sah die Bank, auf der Zacherl gesessen hatte, viele Minuten lang, als säße er in einem Zimmer mit vertrauten Wänden. Süden stand gebückt, starrte zu Boden, atmete so gleichmäßig wie möglich, nahm wahr, dass das Loch, durch das er sich gezwängt hatte, in seinem Rücken lag und vor ihm ein zweiter Ausgang, durch den er vielleicht hindurch passte.

Er wollte etwas denken. Das gelang ihm nicht.

Verglichen mit den Momenten, wenn ihn früher in seiner Münchner Wohnung die Wände bedrohten und immer näher rückten, hatte er im Denghoog den Eindruck, in die Wände eingemauert zu sein. Wie ein Ziegel, umschlossen von hartgewordenem Mörtel.

Nichts von alldem dachte er, er empfand es einfach und bemerkte nicht, wie der Schweiß ihm übers Gesicht lief und sein Atem immer schneller ging und er anfing zu schwanken. Das Licht, das hereinfiel, kam ihm mickrig vor, es schien schwächer zu werden, trüber, eisiger. Er atmete mit weit geöffnetem Mund.

Dann hörte er Stimmen von Kindern und erschrak, als sei jemand im Dunkeln hinter einem Felsbrocken hervorgesprungen.

Er beugte sich nach vorn, stemmte die Hände flach auf den feuchten Boden und robbte auf allen vieren aus dem Grab ans blendende Tageslicht.

Ein Junge und ein Mädchen, beide etwa sechs Jahre alt, schauten ihm vom Zaun aus zu. Sie kicherten und beobachteten ihn, wie er sich, nach dem Verschnaufen im Gras hockend, auf die Beine wuchtete, die Haare aus dem Gesicht strich, ein Papiertaschentuch aus der Hosentasche fischte und sich das Gesicht abwischte. Das Tuch war hinterher durchnässt. Wie

Obelix ohne Hinkelstein stand er in der abschüssigen Wiese und keuchte, als hätte er eine Legion Römer verprügelt.

Nie wieder!, dachte er.

Als er sich aus seiner Erstarrung riss und noch einmal den niedrigen Eingang betrachtete, durch den er auf unverständliche Weise tatsächlich wieder ins Freie gelangt war, überkam ihn ein einziger, vollkommen klarer Gedanke. Und er fürchtete sich fast, dem alten Mann mit der Seemannsmütze das Foto zu zeigen.

»Das ist zwar ein schlechtes Foto«, sagte der Alte, der Hakhoff hieß. »Aber das ist er. Ich erkenn das an den Augen, am Blick.«

Zacherl, dachte Süden, war zu seinem alten Blick zurückgekehrt.

»Und er hatte nicht so volle Wangen wie auf dem Bild«, sagte Hakhoff. »Im Gegenteil, er war mager, eingefallen, klapprige Gestalt, hatte so einen alten schwarzen Wollmantel an, wie von einer Frau.«

Vielleicht, dachte Süden, hatte Zacherl den Mantel von Nadeshda erbeten, als Erinnerung an ihre erste Begegnung im Blanken Hans, am Abend des Biikefeuers.

»Machte einen kranken, müden Eindruck, der Mann«, sagte Hakhoff. »Aber er interessierte sich für alles. Wir unterhielten uns über die Insel, über das Grab. Ich erzählte ihm, dass einige Gegenstände im Keitumer Museum zu sehen wären. Er erwähnte, er wäre mal mit seiner Freundin hier gewesen. Er kam zwei oder drei Tage hintereinander, morgens schon, unrasiert, dunkle Ringe unter den Augen, gesund war der nicht. Aber ich wollte nicht neugierig sein.«

»Und er ging auch ins Grab hinunter«, sagte Süden.

»Jeden Morgen. Jedes Mal, wenn er da war.«

Zacherl, dachte Süden wie zuvor mit vollkommener Klarheit, hatte dort unten beschlossen, sich für alle Zeit zu begraben.

»Dann habe ich ihn nicht mehr gesehen«, sagte Hakhoff. »Er kam nicht mehr. Was ist mit ihm? Er ist verschwunden?«

»Wohin ging er, wenn er sich von Ihnen verabschiedete?«

»Hab ich nicht aufgepasst. Einmal ging er hinten weiter, Richtung Osetal, Campingplatz, zum Wald. Das hab ich zufällig gesehen, weil da grade ein Bekannter von mir mit seinem Husky auftauchte. Mein Bekannter vermietet da Wohnungen. Der Mann ging diesen Weg, mit seinem Rucksack, ging sehr schwerfällig, gebeugt. Ich hatte schon Angst, er würde zusammenklappen. Vorgestellt hat er sich nicht, seinen Namen weiß ich nicht. Wie heißt er denn?«

»Raimund Zacherl.«

»Ein Bayer.«

»Ja.«

»Hat man gehört, am Dialekt, obwohl er fast hochdeutsch gesprochen hat. Aber ich hör so was, ich hab Gäste aus allen Bundesländern, das ist manchmal wie ein Sprachkurs für mich, da lernt man was über die Leute. Sie sehen auch etwas blass aus, ist Ihnen nicht gut?«

»Doch«, sagte Süden. »Ich war zu lange dort unten.«

»Das darf man nicht. Das Grab atmet, da sind noch Stimmen, die hört man nicht, aber die sind in den Steinen. Und wenn man ihnen zu lange zuhört, flüstern sie einem Dinge zu, die man nicht wissen darf.«

»Welche Dinge?«

»Das müssen Sie selbst herausfinden.«

»Wann haben Sie den Mann zum letzten Mal gesehen, Herr Hakhoff?«

»Anfang des Monats, gleich in den ersten Tagen, als wir die Saison eröffnet haben. Am 30. März habe ich aufgesperrt, das war ein Montag. Und da war er da. Und dann noch zwei- oder dreimal. Eher zweimal. Ist er Kunsthistoriker von Beruf?«

»Nein.« Bevor Süden zum Parkplatz zurückging, schaute er eine Zeitlang zum Feldweg, der zum Campingplatz und zum Wald oberhalb der Dünen führte. Nach dem Abschluss seiner Runde über die Insel würde er hierher zurückkehren.

64

Die roten Rosen gefielen ihm nicht, er fand sie protzig. Das war nicht das richtige Wort, aber ein anderes war ihm noch nicht eingefallen. Zacherl hockte auf der schmalen Holzbank, vornübergebeugt, und empfand eine tiefe Ruhe.

Wenn jemand gekommen wäre, um das Grab zu besichtigen, wäre Zacherl sofort aufgebrochen, durch die Öffnung geklettert und im Wald verschwunden, wo er seit drei Monaten wohnte. Die Hütte, versteckt hinter Sträuchern, verdeckt von Ästen, Blättern, Farnen und Wildwuchs, hatten sie im Sommer gemeinsam entdeckt, Nadeshda und er, und sie hatten versucht, sich bis zu ihr durchzukämpfen. Umzingelt von Gestrüpp, mussten sie aufgeben. Stattdessen küssten sie sich und rochen den süßlichen Duft der Kamtschatka-Rosen, die an den unerwartetsten Stellen blühten.

In der Hütte waren zwei Matratzen, ein morscher Tisch, ein Plastikklappstuhl mit ausgebleichter, gelber Bespannung, eine verrostete Schaufel, vergilbte Zeitungen, ein roter Kerzenstummel. Hier hatte seit Ewigkeiten niemand mehr übernachtet. Er war ungestört. Er hatte einen Schlafsack, mehr benötigte er nicht.

Wieder musste er an Ricardas Grab denken, an die roten Rosen, die ihre Mutter in die grüne Vase steckte. Einmal hatte er sie dabei aus der Ferne beobachtet. Ricardas Vater war er auf dem Friedhof noch nie begegnet, zum Glück, denn der Lehrer hätte ihn womöglich wiedererkannt.

Er überlegte, ob Ricarda das Hünengrab kannte. Sie hatte oft ihre Ferien auf der Insel verbracht und Ausflüge unternommen. Die Höhle in dem Hügel war ein ideales Versteck für Kinder. Er versteckte sich auch. Er versteckte sich nicht vor jemand Bestimmtem, nur so, aus einem Spieltrieb heraus. Wie er sich im Sommer vorgestellt hatte, er würde sich vor Nadeshda verstecken und sie müsste ihn suchen und würde nach ihm rufen, wenn sie die Geduld verlor. Sie hatte Angst gehabt vor dem Grab. Beinah hätte er sie gezwungen, mit ihm hineinzuklettern, weil er ihr beweisen wollte, wie schön es war, in einem Grab nicht allein zu sein. Das war ein kindischer Gedanke, und er hörte sofort auf, sie zu bedrängen, und sagte, er wäre gleich wieder zurück.

Doch dann blieb er zehn Minuten da unten und bildete sich ein, die Steine würden zu ihm sprechen. Und sie hätten Ricardas Stimme, und sie würde ihn rufen und nicht aufhören, seinen Namen zu flüstern, den er so lange nicht mehr gehört hatte. Mundl, sagten die Steine, die viertausend Jahre alt waren, Mundl, Mundl. Und er schaute zu ihnen hinauf und brachte keinen Ton heraus. Sowieso wollte er die Stimmen nicht stören.

So lange hockte er da und vergaß die Zeit, bis er eine Stimme hörte, die von draußen kam und ebenfalls seinen Namen rief, der aber ein anderer war und nicht sein eigener. Sebastian!, rief die Stimme. Sofort fiel ihm ein, dass Nadeshda den albernen Spitznamen nicht mochte und ihn, seit sie sich kannten, beim Vornamen nannte, den sie für den seinen hielt.

Und als er mit einer geschickten Drehung durch den Eingang kroch, blendete ihn das Grün der Wiese in der Sonne.

In diesem Augenblick begriff er, warum ihm die roten Rosen auf Ricardas Grab nicht gefielen. Sie waren verlogene Mitbringsel einer verlogenen Liebe. Denn wenn man sich wahrhaft liebte, hatte Ricarda gesagt, waren Blumen bloß Rankwerk. Die Liebe, sagte sie, war eine Rose für sich, sie erblühte, duftete, verlor ihre Blätter und starb, und niemand habe das Recht, sie durch eine Blume zu ersetzen, nicht einmal auf einem Grab.

Es war ihm nicht entgangen, dass Nadeshda sich regelmäßig selbst Blumen kaufte, Rosen, Tulpen, Lilien, doch er hatte bei deren Anblick nie an Ricarda denken müssen. Erst dort unten im Grab, zum ersten Mal am dreißigsten März. Und dann an jedem Tag bis zu seinem Ende.

Vergeblich befragte Süden Leute in Hörnum an der Südspitze, in Rantum an der schmalsten Stelle der Insel, in Morsum, Archsum, Keitum und Munkmarsch in den östlichen Gemeinden.

In einem Café auf den Klippen von Keitum begegnete er Anita Rispek, die früher im Blanken Hans gearbeitet hatte und nun Kaffee und Kuchen servierte. Seit der Wohnungsübergabe am achtundzwanzigsten Dezember habe sie nichts mehr von Hirschi gehört, versicherte sie, und ihr Bruder auch nicht.

Bevor Süden den Mietwagen zurückbrachte, besuchte er noch einmal Nadeshda Sollring in ihrer Kinderboutique. Sie wiederholte, dass sie gemeinsam mit Zacherl den Denghoog in Wenningstedt besucht und mit ihm einen Spaziergang in der nahen Umgebung unternommen habe. Wo genau sie gewesen seien, wollte Süden wissen. Sie erklärte, sie hätten sich beinahe verlaufen, wären immer tiefer in den Wald eingedrungen, hätten die vielen unterschiedlichen Beeren bewundert und sogar ein »Hexenhäuschen« entdeckt, in das sie aber nicht hineinschauen konnten, weil es vollkommen zugewachsen war. Ob sie beschreiben könne, wo die Hütte lag.

»Vergessen«, sagte Nadeshda und kramte aus einem Regal rosafarbene T-Shirts heraus, auf die eine Mutter ungeduldig wartete. »Irgendwo im Wald, hab nicht drauf geachtet. Ich weiß nur noch, dass ich lauter Flecken von den Brennnesseln hatte. Der Sebastian hat mich deswegen ausgelacht. Da fällt mir grad ein: Der hat die Brennnesseln in die Hand genommen und keine Miene verzogen, ein bayerischer Naturbursche eben. Den hat ja auch die enge Höhle nicht aus der Ruhe gebracht.«

Süden stellte den Opel vor dem Büro der Mietfirma ab und nahm den nächsten Bus nach Wenningstedt.

65

Die Zeit hörte auf.

Das hörte er am Schlagen seines Herzens, es schlug wie das eines Eichhörnchens, ein winziges Pochen.

Das sah er an dem Lappen, der früher seine Haut gewesen war.

Raimund Zacherl war ganz ruhig. Er lag, mit den Armen hinter dem Kopf, flach auf der Schaumstoffmatratze, auf der er seit dem ersten Tag geschlafen hatte. Er hatte geschlafen, dann war er aufgewacht. Er war erleichtert, dass er es bis hierher geschafft hatte, das Versteck war ihm tatsächlich noch eingefallen. Als hätte der Herrgott ein Einsehen gehabt.

Ausspucken müsste er, aber er hatte keine Muskeln mehr. Das wusste er. In seinem Gehirn leuchtete anscheinend noch a Birndl. Da war immer noch a Satz, a Stimm nimma, aba a Wort, mehr ois a Wort, zwoa Wörta, drei Wörta, des werd nimma lang dauern, jetza host da's boid übastandn, lang is nimma hin.

Und die Kopfschmerzen waren vorbei, die hatten ihn irrsinnig gequält und gezwungen, mehr Wasser zu trinken, als er wollte. Die Flasche war noch halbvoll gewesen, sein Plan war, dass er den letzten Schluck nahm, bevor sie leer war. Dann würde ihm die Flasche in der Sekunde des Todes aus der Hand fallen, und das wäre das letzte Geräusch, das er auf Erden hören würde: wie die Plastikflasche auf dem Holzboden aufschlug, mit einem engelsleisen Plopp, einem Tupfer in der Stille.

Des is doch Mist, i hob so Schädelweh, i schrei glei, ich schrei glei, i schrei glei.

Aber er schrie nicht.

Er trank einen Schluck und musste sich dazu kaum aufrichten. Sein Rücken fühlte sich wund an, das wunderte ihn. Also spürte er noch etwas, also waren da noch Nerven, die Signale aussandten. Das war eigentlich unmöglich. Dann schlief er ein, die Gedanken versickerten.

Als er die Augen wieder aufschlug, rann etwas aus seinem Mund, Gallensekret vielleicht. Er ließ es rinnen und sog kaum Luft durch die Nase. Der Gestank im Raum war grauenhaft. Er hatte sich daran gewöhnt.

Es mussten jetzt mindestens zwanzig Tage sein, seit er hier lag, viele konnten es nicht mehr werden. Normalerweis däafat i gar nimma do sei.

Er hatte immer noch Gedanken.

66

Auf einmal hatte Süden die irre Vorstellung, seine Intuition wäre unfehlbar. Er stand neben dem grünen Hügel, der ein Grab beherbergte, konzentrierte sich auf den Weg und ging los. Vorbei an reetgedeckten Villen auf riesigen Grundstücken, dem Klinkerbau eines Malermeisters, in dessen akkurat gemähtem Garten eine gelbe Fahne wehte, weiter auf einem schmalen Feldweg zwischen Himbeer- und Brombeersträuchern hindurch bis zu einer Schranke, die den Wald vor Fahrradfahrern schützen sollte.

Aus der Ferne drang das Rauschen der Hauptverbindungsstraße nach Norden herüber, die Süden in beiden Richtungen abgefahren war. Während er auf dem lehmigen, von Fichtennadeln übersäten Weg tiefer in den Wald eindrang, nahm er das Rascheln der Pappeln wahr, das Klopfen eines Spechts, das Brummen eines Flugzeugs.

Braune Bänke säumten den Weg. Fichtenzapfen lagen verstreut im Unterholz, Vogelbeeren schimmerten aus dem Gesträuch. Es roch nach Erde und Rinde und frischem Gras. Ohne innezuhalten, blickte Süden zwischen den Stämmen der Eichen, Birken und anderen Bäume hindurch und hielt Ausschau.

Er wusste nicht, dass er an Holunder- und Hagebuttensträuchern vorüberkam, er kannte die Namen nicht. Und dass an manchen Stellen kleine Apfelbäume wuchsen, bemerkte er nicht, denn sie trugen noch keine Früchte. Seine halbe Kindheit hatte Süden in den Wäldern rings um Taging verbracht, doch weder hatte er sich die Bezeichnungen für Blumen, Kräuter und Pflanzen je merken können noch die für die meisten Bäume oder Vögel.

Ihm genügte, dass er Kastanien erkannte, wilde Himbeeren, Hummeln und Regenwürmer.

Als jetzt eine Libelle sein Blickfeld kreuzte, stutzte er und war sich fast sicher, um welches Tier es sich handelte. Auf einer Lichtung blieb er stehen.

Hinter Dünen, die sich in südlicher Richtung erstreckten, erkannte er die weißen Dächer von Autos und Wohnwagen auf einem Campingplatz. Schilfbewachsene Dünen nahmen ihm die Sicht aufs Meer. Wenn er sich umdrehte, sah er den fast vierzig Meter hohen weißen Leuchtturm mit dem schwarzen Ring, der seit Mitte des neunzehnten Jahrhunderts die Seefahrer leitete. Süden hatte ihn an diesem Tag schon mehrere Male vom Auto aus gesehen, jetzt kam er ihm nah und noch erhabener vor als bisher. Der Leuchtturm würde auch ihn ans Ziel führen, da war er sich sicher, und er zögerte nicht länger und ging den sandigen Weg weiter, in den nächsten Teil des Waldes.

Durch das dichte Blätterwerk und die ineinanderwachsenden Sträucher sah er kaum, was dahinter lag. Alle fünf Meter verließ er den Weg, bog Äste und Zweige auseinander, kämpfte sich durch schlingenartige Gebilde, zertrampelte Farne, schützte seine Augen vor Stacheln und harten Blättern.

Auf beiden Seiten des schmaler werdenden Pfades drang er ins Unterholz ein. Seine Schuhe versanken im feuchten Boden, er verhedderte sich in knotigen Wurzeln. Alles, was er sah, waren noch mehr Büsche, dicke und dünnere Stämme, meterhohes Schilfgras, Unmengen von Gewächsen, die ihm fremd waren.

Die Schatten wurden länger, die Abschnitte ähnelten sich immer mehr. Er wusste nicht, ob er den Weg, den er an einer Kreuzung einschlug, schon einmal gegangen war. Immer wieder gabelten sich die Wege. Und weil er anfangs schnell und selbstsicher gegangen war, hatte er manche Besonderheiten übersehen und irrte nun auf Verdacht durch den Wald, dessen Ausmaß ihn allmählich beunruhigte.

Er redete sich weiter ein, die richtige Spur zu verfolgen. Er konnte sich nicht täuschen, die Hinweise waren eindeutig gewesen. Wohin hätte Zacherl sich sonst zurückziehen sollen außer in die verwunschene Hütte, die er mit seiner Geliebten an einem Sommertag entdeckt hatte? Das war der perfekte Ort für einen Mann, der aus der Welt gefallen war und ...

... und vielleicht noch fiel ...

Etwas blinkte zwischen verfilzten struppigen Sträuchern. Ein Strahl der hinter dem Wald versinkenden Sonne reflektierte in einem Glasstück. Da war ein Balken über dem Glas.

Mit wütenden Bewegungen kämpfte Süden sich durch verwachsene, unwegsame Natur voller Disteln, Brennnesseln und scharfkantigen Steinen bis in ein verschattetes, sumpfiges Areal vor, an dessen Rand unter einer umgestürzten Birke eine halb verfallene Hütte stand. Die einzige Fensterscheibe war nicht zerborsten und diente einer fetten Spinne als exklusiver Sonnenplatz.

67

Hirschi kam seit Tagen nicht mehr. Vielleicht war Zacherl auch nur zu schwach, um ihn zu sehen. Was er sah, war verschwommen, franste an den Rändern aus, hatte keine Farben und Formen mehr.

Er hatte keine Ahnung, ob das Eichhörnchen männlich oder weiblich war. Es hatte zum Fenster hereingeschaut. Und er hatte gesagt: Servus, Hirschi.

Natürlich hatte er keinen Ton herausgebracht, er sagte es zu sich selbst. Er lag auf dem Liegestuhl und hatte zufällig den Kopf zum Fenster gedreht. Und da presste es sein dunkles Köpfchen an die verschmutzte Scheibe. Hinter seinem Körper ragte der Schwanz in die Höhe. Das stimmte nicht, aber Zacherl hatte es trotzdem so gesehen.

Beinah hätte er geweint. Er hatte keine Tränen mehr.

Einen Schluck Wasser noch, den endgültig letzten nach den vielen Schlucken, die er schon für die letzten gehalten hatte.

Gestern war Hirschi durch den Raum gesprungen, um seinen Kopf herum, sein Schweif hatte seine Nasenspitze berührt, das fühlte er genau. Du bläde Sau!, hatte er ausgerufen und Hirschi beschimpft. Das Viech ärgerte ihn. Du tratzt mi net, i daschlog di, i hob scho ganz andre Viecher daschlogn, gräßere wia di, vui gräßere, hau ab oda i bring di um!

Er hatte das Eichhörnchen nicht getötet. Es kraxelte munter über die Außenwände und kümmerte sich nicht um den Mann. Wie hätte es auch nach drinnen gelangen sollen, Fenster und Tür waren geschlossen, es suchte nach Nüssen und Beeren und ein wenig Abwechslung.

An diesem Morgen schlug er nur noch ein Auge auf, das linke. Das andere Lid war in die Augenhöhle gesunken und würde sich, weil es muskellos war, nicht wieder heben.

Von seinem Magen oder dem, was davon übrig war, zogen Schmerzen durch seinen Körper, als pflüge der Herrgott Furchen in seine Knochen.

Mit größtem Willen versuchte er, einen Gedanken zu formen,

doch offensichtlich drang sein Blut nicht mehr bis zu seinem Kopf vor. Seltsamerweise hatte er immer noch die Arme hinter dem Kopf verschränkt, als läge er am Strand und über ihm wäre Sommer und er ruhe nach harter Arbeit aus. Seine knochigen bleichen Füße waren nach außen gedreht, seine Beine nur noch Stecken.

Als er noch die Kraft hatte, dachte er eines Morgens: Jetza schau i aus wia a Steckerlfisch. Das brachte ihn zum Lachen, in der Phantasie. Sein Gesicht hatte die Mimiken allesamt vor Wochen vergessen.

Dass Hirschi beim Anblick des fratzenhaften Wesens mit dem dürren Vogelgesicht nicht vor Schreck abgestürzt war, lag vielleicht daran, dass Zacherl eine blaue Hose mit Bügelfalte, ein Unterhemd, darüber ein schwarz-rot kariertes Oberhemd und schwarze Socken trug und bis vor kurzem auch noch braune Sommerschuhe aus leichtem Leder, die ihm jedoch von den Füßen gerutscht waren.

Wie jeden Morgen seit drei Wochen ging sein Blick an die Decke. Heute erkannte er dort nichts mehr, nicht den Staub, nicht die Farbe, nicht einmal den dicken Balken. Da war nur ein Meer aus grauem schlierigem Nebel. Und dann nicht einmal mehr Nebel. Vielleicht hätte er in diesem Moment gedacht, wie leicht das Sterben sein könnte, wenn nur der Herrgott seine Knochen nicht pflügen würde. Doch in dieser Sekunde hatte er nicht einmal mehr Schmerzen. Seine Organe ignorierten sie einfach.

68 Zwei Schaumstoffmatratzen, ein Tisch, ein Klappstuhl, ein roter Kerzenstumpen, vergilbte zerrissene Zeitungen unter dem Fenster und eine ordentlich gefaltete Zeitung neben einer der Matratzen. Das Datum zeigte den dritten April. Das war vor genau drei Wochen.

Unter der Zeitung entdeckte Süden ein Farbfoto, nicht besonders scharf, es zeigte eine junge Frau, die mit kritischem Blick in die Kamera schaut. Sie hatte kurze dunkle Haare, ein gebräuntes Gesicht, eine kleine knubbelige Nase, geschwungene, rote Lippen und ein ovales, helles Gesicht. Eigentlich wirkte sie trotz des frisch aufgetragenen Lippenstifts eher unscheinbar. Ihr leichtes wie geheimes Lächeln ließ erahnen, dass es eine Geschichte zwischen ihr und dem Fotografen gab, und diese Geschichte gehörte den beiden allein.

Vermutlich war dieses Bild von Ricarda Bleibe auf demselben Sommerfest entstanden wie jenes von Raimund Zacherl, dessen Bedeutung seine Frau lächerlich fand.

Süden stand in der Hütte, mit dem Foto in der einen und der Zeitung in der anderen Hand.

Er hatte sich nicht getäuscht. Zacherl war hier gewesen, aber er war nicht geblieben. Vielleicht hatte jemand ihn entdeckt, vielleicht war es ihm zu kalt geworden.

Zwei Kinderköpfe waren plötzlich im Fenster aufgetaucht – das konnte Süden nicht wissen –, und Zacherl erschrak fürchterlich. Er richtete sich rasch von der Matratze auf und winkte ihnen instinktiv zu. Er wollte sie nicht erschrecken oder dazu verleiten, ihre Eltern zu verständigen. Das würden sie sowieso tun, also musste er schleunigst verschwinden. Er nahm den Weg in die Richtung, wo er die Straße vermutete, und lief nicht zurück durch den Wald, wo garantiert nicht nur die Eltern oder Freunde der beiden Jungen unterwegs waren. Ausnahmsweise schien die Sonne an diesem dritten April. Den Rucksack an sich gedrückt, wühlte Zacherl sich durchs

Gestrüpp und dachte darüber nach, wo er einen neuen Platz zum Sterben finden könnte. Er bemerkte nicht, dass er das Foto vergessen hatte.

Süden ließ die Zeitung fallen.

Er legte den Kopf in den Nacken und schrie zur Holzdecke hinauf. Eine Minute lang. Mit tobender, fluchender Stimme. Und als er den Kopf senkte und sich keuchend im Kreis drehte und durch den faulig riechenden Raum torkelte, von einer Ecke zur anderen, über die knarzenden, abgesplitterten, morsch gewordenen Holzbohlen, und als sein Blick über die Wände irrte, bemerkte er, dass die Spinne am Fenster verschwunden und es ringsum stockdunkel geworden war.

69

»Du bist meine letzte Hoffnung«, sagte Süden am Tresen der Schank- und Speisewirtschaft in der Westerländer Friedrichstraße.

»Das sagen viele.« Elke, die Bedienung mit dem karierten Männerhemd und der weiten Jeans, zwängte sich zwischen Süden und den Gästen, die vor der Wand standen und auf einem Brett ihr Glas abgestellt hatten, zu den Tischen durch.

»Hilf mir, Elke.«

Eine Stunde hatte Süden gebraucht, um aus dem Wald wieder herauszufinden. Nach dem Verlassen der Hütte fiel jede Eile von ihm ab, es war, als habe er ein für alle Mal eingesehen, dass es keinen Zweck hatte, weiter nach Raimund Zacherl zu suchen. Dass er, obwohl er wie früher als Fahnder seiner Intuition vertraut und diese ihn nicht im Stich gelassen hatte, in die Irre gelaufen war und mit nichts zurückkehrte als einem zerknitterten Foto aus der Vergangenheit, auf dem die Fingerabdrücke eines Toten waren.

Wo sollte Zacherl überleben? Und wozu? Er hatte seine letzte Ruhestätte bezogen gehabt und war verjagt worden. Das würde ihm nicht wieder passieren.

»Du musst etwas wissen«, sagte Süden zum vierten Mal zu Elke. »Du hast mit ihm geredet, er hatte Vertrauen zu dir. Was hat er dir erzählt?«

»Nichts.« Sie spülte Gläser hinter der Theke, zog zwischendurch an ihrer Zigarette und sah Süden an wie einen Gast, der anfing zu nerven. »Wie oft soll ich dir das noch sagen? Das ist Monate her, seit der zum letzten Mal hier war, vier, fünf Monate, irgendwann im Dezember.«

»Wann im Dezember?«

Elke stellte die Gläser hin und rauchte.

»Vor Weihnachten oder nach Weihnachten?«, fragte Süden, als würde ihn die Antwort auch nur einen Schritt voranbringen. Er stellte Fragen, weil er nicht still dastehen konnte. Auf seine Frage hatte er keine Antwort erhalten. Worüber Zacherl

342

und die Bedienung eigentlich immer gesprochen hatten, wurde ihm nicht klar, Elkes Erklärungen waren so dürftig, dass Süden sie beinah angeschrien hätte.

Er hatte noch Stimme übrig seit seinem Ausbruch in der Hütte.

Die alten Schlager dröhnten aus den Lautsprechern. Die Leute am Tresen unterhielten sich laut und nebelten Süden mit Zigarettenrauch ein. Er bestellte das nächste Bier und sah Elke zu, wie sie die Gläser an den Tischen verteilte, einige Sätze wechselte und das tat, wofür sie bezahlt wurde, und nichts anderes. Und er stand am Tresen und wurde ebenfalls dafür bezahlt.

Morgen war Sonntag. Um seinen Spartarif zu nutzen, musste er bis Montag auf der Insel bleiben. So würde er Zeit haben, seinen Bericht vorzuschreiben, den er dann in der Detektei nur noch abzutippen brauchte. Sein Erfolg war unbestreitbar. Er hatte den Vermissten gefunden, wenn auch nicht in persona. Bloß als Schatten. Bloß als Zeitung. Bloß als Geruch. Bloß als Intuitionsabfall.

»Ich will einen doppelten Jubi.«

»Kein Grund, hier rumzuschreien«, sagte Elke.

70

Am Morgen des Tages, an dem er aus der fremden Wohnung am Kirchenweg auszog, hatte er beschlossen, sich ohne Hast abzuschaffen. Das war keine bewusste Entscheidung, eher ein langgehegter Gedanke, der nun erblühte und ihn ermutigte. Zunächst ging er ins Alt-Berlin und bestellte einen Kaffee, dann einen Riesling. Beim Wein blieb er dann bis zum Abend, als Elke ihren Dienst antrat.

Sie wirkte nicht gerade so, als ob sie ihm zuhören würde, aber so hatte er sie kennengelernt, und es hatte ihn nie gestört. Das war ihm eigentlich recht, wenn sie nur mit halbem Ohr bei der Sache war, weil sie mit dem anderen auf Wünsche ihrer Gäste horchte oder auf die Musik.

Er erzählte ihr, wie er Ricarda kennengelernt hatte. Die war nämlich seine Angestellte, sagte er. Er betrieb damals ein Gasthaus in München und stellte immer wieder neue Bedienungen ein. Den meisten war die Arbeit zu stressig. Elke erwiderte etwas Verständnisvolles, und er berichtete ihr von seinem Verhältnis mit der jungen Frau, das natürlich niemand mitkriegen durfte. Dann wäre er zum Gespött in seinem eigenen Laden geworden.

Wenn Elke wieder bedienen musste, dachte er über das nach, was er soeben erzählt hatte, und fand, dass es ihm guttat, solche Sachen einmal laut auszusprechen. Und er musste alles *laut* aussprechen, um die Musik zu übertönen. Vermutlich hörten auch einige Gäste zu, doch sie reagierten nicht darauf, was er höflich und angemessen fand.

Wenn Elke nach einer Runde Service zu ihm zurückkam und er ihr Feuer gab, erzählte er weiter aus seinem Leben und verschwieg auch nicht, dass Ricarda bei einem Flugzeugunglück ums Leben gekommen war. Elke brachte ihr Beileid zum Ausdruck. Er bedankte sich, spendierte ihr und sich ein Glas Pinot. Sie stießen an, und er war sich sicher, dass Elke seine Geschichte längst vergessen hatte.

Es war der achtundzwanzigste Dezember.

Er hatte auf der Insel keinen festen Wohnsitz mehr. Den benötigte er auch nicht. Er wollte jetzt alles Feste sein lassen. Dies war sein letzter Tag, an dem er Alkohol trank. Das hatte er beschlossen, was bedeutete, dass er an Silvester erstmals seit Ewigkeiten nüchtern sein und das neue Jahr mit einem vollständig klaren Blick betrachten würde.

Später, als nur noch zwei Stammgäste an einem Tisch saßen und Franticek mit der Abrechnung beschäftigt war, erzählte er Elke von seinem neuen Domizil, das er schon morgen beziehen würde, idyllisch im Grünen gelegen, nicht weit vom Meer entfernt, in absolut ruhiger Lage. Ach, sagte Elke. Er legte einen Geldschein auf den Tresen, um seine Zeche zu bezahlen.

Elke erzählte ihm etwas von ihren Enkeln, die sie habe, obwohl sie noch keine fünfzig sei. Ihr Alter war ihm egal, er hatte sie, seit er sie kannte, nicht einmal richtig angesehen. Wäre sie aus unerfindlichen Gründen verschwunden gewesen, hätte er sie gegenüber der Polizei nicht beschreiben können. Er wusste nicht einmal, welche Farbe ihr Haar hatte und ob ihr Busen eher groß oder klein war.

In dieser Nacht trank er zum Abschluss noch einen Averna. Und weil er dabei sekundenlang an den Lindenhof und seine Frau denken musste, warf er sich den schwarzen Mantel über die Schulter, packte den Rucksack, den er unter dem Tresen verstaut hatte, und verließ die Kneipe, ohne auf Wiedersehen zu sagen, weder zu Elke noch zum Wirt.

71

»Was ist mit deinen Enkeln?«, sagte Süden gegen die Musik an, nachdem er Bruchstücke eines Gesprächs zwischen Elke und dem Gast neben ihm mitgehört hatte. »Hast du dem Hirschi auch von deinen Enkeln erzählt?«

»Du sollst nicht so schreien. Denkst du, ich breit hier vor jedem meine Familiengeschichte aus?«

»Deine Enkel haben Geburtstag.« Süden wusste nicht, wie spät es inzwischen war. Er hatte aufgehört, seine Biere zu zählen, es war ihm egal, dass sie ihm nicht schmeckten, auch wenn das Bier Tegernseer Helles und normalerweise unbedingt trinkbar war. »Und du fährst zu denen hin. Wo wohnen die?« Elke stellte ein frisches Bier vor ihn auf die Theke und ließ ihren Arm neben seinem Glas liegen. »Du redest wie ein Polizist. Ich kenn dich nicht, du suchst diesen Mann, alles klar. Aber ich weiß von dem nichts. Schau dich um. Hier kommen alle möglichen Gäste rein, ich unterhalt mich mit denen, das macht mir Freude. Ich kann dir nicht helfen, tut mir leid.« Sie widmete sich wieder dem Zapfhahn.

»Deine Enkel haben ein Baumhaus«, sagte Süden, über den Tresen gebeugt, seinen Bauch gegen die Kante gepresst. »Das ist wunderbar, dass es so was noch gibt.«

»Ja.« Elke stellte vier Gläser auf ein abgeschabtes braunes Tablett. »Die Zwillinge hatten viel Spaß dran, aber mein Schwiegersohn hat Sorge, dass das Ding zusammenbricht, es ist morsch geworden durch den ständigen Wind, den Regen, das fegt alles vom Meer rüber. Er hat recht. Besser, man ist vorsichtig, bevor den Kindern was passiert.«

»Wo ist das Baumhaus?«, sagte Süden laut gegen Jon Bon Jovi an.

»Wieso willst du das wissen?«

»Ich will mir das anschauen.«

»Wieso denn?«

»Ich muss dahin.«

»Wieso denn?«

Süden griff nach ihrer Hand, ignorierte die harte Kante in seinem Bauch und den kreischenden Sänger. »Es ist sehr wichtig, dass ich mir das Baumhaus ansehe. Es ist das Wichtigste von allem.«

Sie zog ihre Hand weg und nahm das Tablett auf. »Du spinnst doch. Kennst du die Lornsenstraße?«

»Nein.«

»Dann kann ich's dir auch nicht erklären.«

»Ruf mir ein Taxi, Elke. Bitte.«

»Nur keine Hektik zu später Stunde. Und zahlen musst du auch noch.« Sie begann ihre Runde. Süden ging auf die Toilette. Als er zurückkam, redete sie an einem Tisch mit einem jungen Mann und lachte, und sie klatschten sich ab.

72

Sie waren allein in der Wohnung, nur der Wastl und er. Da war sonst niemand. Dabei war heute der Heilige Abend, und der Christbaum musste noch geschmückt werden und alles schön sein.

Wastls Eltern hatten in der Früh das Haus verlassen und ihn gebeten aufzupassen. Das machte er doch eh. Sie waren gleich alt, der Wastl und er. Er wohnte im Haus nebenan und ging mit dem Wastl in den Kindergarten. Die anderen Kinder hatten sich inzwischen daran gewöhnt, dass sein Freund manchmal ein Spray in den Mund sprühte, damit er besser atmen konnte. Frau Lohmaier, ihre Leiterin, hatte ihnen erklärt, wie es war, mit so einer Krankheit zu leben, und dass niemand Angst zu haben brauchte, angesteckt zu werden.

Mindestens eine Stunde war schon vergangen, seit Wastls Eltern weg waren.

Wastl fing wieder an zu husten. Draußen war es nicht kalt, und so öffnete Mundl das Fenster des Kinderzimmers und ließ frische Luft herein. Wastl war ganz rot im Gesicht. Er drückte seinen Teddy mit dem blauweißen Seemannshalstuch an sich und sagte, es sei alles in Ordnung. Er hustete, atmete das Spray ein, dann ging es ihm besser.

Sie spielten weiter mit der Eisenbahn, deren Schienen quer durchs Zimmer verliefen. Wastls Zimmer war viel größer als sein eigenes. Seine Eltern wohnten in einer engen Dreizimmerwohnung, Wastls Wohnung hatte vier Zimmer, und alle waren hell und hoch.

Zwischendurch gab Wastl das Signal, dann verließen die Züge den Bahnhof. Er pfiff dann einfach durch den Mund. Dazu brauchte er nicht einmal eine Pfeife, das machten alles seine Lungen, behauptete er. Mundl hatte das nie verstanden. Wenn die Lok im Bahnhof anhielt, und die Leute ein- und ausstiegen, warteten sie geduldig. Und bevor die Fahrt weiterging, stieß Wastl einen Pfiff aus. Das war lustig. Und auch unheimlich. Er hatte sich daran gewöhnt. Wastl nahm auch Tabletten.

Eines Tages, sagten seine Eltern, würde er wieder ganz gesund sein. Frau Lohmaier sagte das auch.

Als Wastl ewig nicht vom Klo zurückkam, sprang Mundl auf und lief in den Flur. Unter der Tür des Badezimmers schimmerte ein Lichtschein. Mundl klopfte an und rief Wastls Namen. Sein Freund gab keine Antwort. Mundl klopfte noch einmal, weil er gelernt hatte, dass man nicht einfach ins Badezimmer reinrumpelte, wenn jemand darin saß. Jetzt drückte er trotzdem leise die Klinke.

Wastl kauerte neben der Toilettenschüssel. Sein Gesicht war dunkelrot, sein Mund stand weit offen. Er hielt den Stoffbären an seine Wange, so dass es aussah, als würde der Bär ihm ein Bussi geben. Mundl schaute seinen Freund lange an. Er verstand nicht, warum Wastl das Spray nicht mitgenommen hatte, das lag auf dem Boden neben dem Bahnhofshäuschen, schon die ganze Zeit.

Dann hörte Mundl hinter sich, wie die Wohnungstür aufgesperrt wurde und Wastls Mutter rief: »Hallo, Wastl, heut Abend gibt's deine Leibspeis', Apfelkücherl mit Zimt und Zucker.«

In der Zeitung stand später, dass der Liebe Gott Sebastian Hirsch ins Paradies geholt habe.

Das hatte Raimund Zacherl schon als Fünfjähriger nicht geglaubt.

73

Hirschi war kurz zu Besuch, schaute durchs Fenster und huschte übers Dach ins finstere Geäst einer Fichte. Zacherl hatte das Eichhörnchen nicht bemerkt.

74

»Näher komm ich nicht ran«, sagte der Taxifahrer. »Wir sind die ganze Lornsenstraße abgefahren, hier hört der Lornsenweg auf. Hier ist Schluss. Da ist das Gästehaus, von dem Sie gesprochen haben. Da geht's in den Wald, und auf der anderen Seite ist ein geteerter Weg, auf dem können Sie bis Wenningstedt laufen oder zurück nach Westerland. Gegenüber ist die Messstelle, ein Institut der Uni Kiel, falls Ihnen das weiterhilft.«

»Nein«, sagte Süden. Er bezahlte und nahm den Weg, der am Hotel Garni vorbei in den künstlich angelegten Wald führte. Elke hatte ihm in der Kneipe erklärt, dass auf der Insel praktisch sämtliche Wälder künstlich angelegt worden waren.

In dem Wäldchen war es stockdunkel. Süden stolperte über Wurzeln, Steine, die aus dem Kiesboden ragten. Äste schnitten ihm ins Gesicht. Hinter den dicht gewachsenen Sträuchern und Bäumen war alles schwarz.

Weit entfernt hörte er Meeresrauschen, doch zwischen all dem Gestrüpp und unter den über seinem Kopf ineinandergreifenden Ästen war es fast windstill. Elkes Beschreibung war lausig gewesen, er hatte sich zweimal den Weg erklären lassen, und ihre Angaben wurden immer noch konfuser. Vielleicht lag es auch an ihm, dass er bei dem Lärm der Musik und der Stimmen nur die Hälfte verstand. Die Namen der Straßen kannte er so wenig wie die Gegend, die einzigen konkreten Hinweise für den Taxifahrer waren Lornsenweg oder Lornsenstraße und ein Gästehaus, dessen Namen der Fahrer in seinem Verzeichnis fand.

Wenn er sich nicht täuschte, ragten aus der Tiefe des dunklen Waldes hier und da Dächer von Wohnhäusern auf, Hunderte Meter entfernt, so schien ihm. Er hatte keine Vorstellung, wie er dorthin gelangen sollte.

Er verließ den Weg, schob Zweige und Pflanzenknäuel beiseite, stierte zwischen Stämmen hindurch, ritzte sich die Hände an Dornen auf.

Weit und breit kein Baumhaus.

Überhaupt erschienen ihm die Bäume, so weit sie auch in die Höhe ragen mochten, ungeeignet, um auf ihren ziemlich dünnen und krumm gewachsenen Ästen etwas wie ein Versteck zu errichten. Manche Äste standen wie Sprossen vom Stamm ab und sahen aus, als würden sie abbrechen, wenn ein Kind sich daran hochzog.

Ein falscher Wald war kein Ort für ein solides Baumhaus, dachte Süden. In den Mischwäldern rund um Taging befanden sich früher ganze Siedlungen von notdürftig, aber stabil gezimmerten Hochsitzen, von denen einige richtige Wände mit fensterartigen Öffnungen hatten, manche sogar ein aus abgesägten Brettern bestehendes und ins Astwerk genageltes Dach. Wenn es regnete, fanden die Kinder einen fast trockenen Unterschlupf, den Warnungen der Eltern vor Blitz und Donner zum Trotz. Auch erste Küsse wurden hoch über der Erde getauscht. Und wenn die älteren Jugendlichen einen abgelegenen, uneinsehbaren Ort brauchten, um alles Mögliche zu rauchen, zu trinken oder mit dem anderen Geschlecht auszuprobieren, zahlten sie manchmal ein wenig Miete an die kleinen Erbauer und Eigentümer.

Der Wind blies ihm hart ins Gesicht. Offensichtlich befand er sich nicht mehr weit von der geteerten Verbindungsstrecke entfernt, die der Taxifahrer erwähnt hatte. Dahinter begannen die ersten Dünen, in denen die Messstelle lag, und hinter der Anhöhe schlugen die Wellen an den Strand.

Er hatte sich verlaufen, zum zweiten Mal an diesem Tag. Er war einer Spur gefolgt, die nicht existierte.

Wie ein verirrter Hund streunte er durchs Dickicht und hatte die Fährte verloren, die er sich vielleicht sowieso nur eingebildet hatte.

In dieser Nacht, fernab der Dinge, die wirklich passierten, endete sein Auftrag. Was er sich vorgenommen hatte, war buchstäblich im Sand verlaufen. Der Westwind zerzauste das Haar eines Gestrandeten, ein höhnisches Pfeifen nistete sich in seinen Ohren ein.

Süden stapfte durch nasses Gestrüpp. Wie Schlingpflanzen wickelten sich dünne Zweige um seine Beine, er trampelte darauf herum und stieß mit den Füßen in die Luft. Er riss die schwarzgrünen Angreifer aus der Erde und peitschte damit die Äste, die ihm den Weg versperrten. Er hatte keine Ahnung, welche Richtung er einschlug. Sein Hemd hing ihm aus der Hose, seine Jacke war an der Schulter eingerissen, seine Socken und Hosenbeine waren durchnässt. Aber er spürte nichts, er taumelte immer weiter mitten durch Sträucher und großblättrige Pflanzen, hielt den Mund krampfhaft geschlossen, weil er nicht noch mehr winziges Getier verschlucken wollte, und kniff aus Furcht vor stechenden Astspitzen die Augen zusammen.

Er roch Erde und Tannennadeln. Er sog den herben, würzigen Duft ein, der ihn sofort an früher erinnerte, an seine einsamen Fußmärsche und Klettereien in den nordamerikanischen Welten seiner bayerischen Indianergegenwart.

Und als er gegen einen runden Pfosten prallte, mit der Stirn wie ein Hans Guckindieluft, stieß er einen Schrei aus und blieb taumelnd und außer Atem stehen.

Vor ihm erhob sich ein aus grauem Holz gezimmertes, mit einem schrägen Dach versehenes Baumhaus. Es stand auf vier dicken, etwa eineinhalb Meter hohen Holzstelen, bedeckt von vertrocknetem Reisig und Astzeug, mit einem großen, weißumrahmten viereckigen Fenster an der Nordseite. Süden stand direkt darunter.

Links führte eine schmale Treppe mit schiefen Bretterstufen hinauf zur Tür.

Die Tür war nicht verriegelt.

Ätzender Gestank schlug Süden entgegen. Er presste die linke

Hand vor Nase und Mund und machte einen Schritt auf den Liegestuhl zu, auf dem eine dürre Gestalt lag. Obwohl das Gesicht wie eine verunstaltete Maske und der Körper wie eine armselige Puppe aussahen, erkannte Süden den Mann, den er noch nie leibhaftig gesehen hatte, sofort. Er erkannte ihn in der breiigen Dunkelheit, weil es niemand anderer sein konnte. Die Hände hinter dem Kopf, mit in die Höhlen gesunkenen Augen, lippenlos, mit nach unten geklapptem Kinn lag Raimund Zacherl da, und es ging eine vollkommene Stille von ihm aus.

Behutsam kniete Süden sich neben ihn und berührte seinen Hals mit dem Zeigefinger. Die Haut fühlte sich eiskalt und hart an. Süden bewegte seinen Finger, ließ ihn ruhen, schob ihn einen Zentimeter weiter, wartete, drückte die linke Hand wegen des Gestanks fester auf seine Nase, so dass er fast keine Luft mehr bekam. Dann glitt er mit dem Zeigefinger noch einmal an die alte Stelle an Zacherls Hals zurück.

Er kniete neben dem Liegestuhl und hörte das Meer durch die offene Tür. Wind kam herein und nahm den Gestank mit. Der Atem des Windes und des Meeres.

75 Das hatte Raimund Zacherl nie jemandem erzählt, nicht einmal Ricarda: dass er sich an jenem vierundzwanzigsten Dezember vor den toten Wastl gekniet, seine Hände an dessen Wangen gelegt und zugedrückt hatte. So klappte Wastls Mund ein wenig auf. Und er presste seinen Mund auf den seines Freundes. Das hatte er im Fernsehen gesehen, und er wollte jetzt auch ein Held sein. Er pustete seinen Atem in Wastls offenen Mund. Dann musste er husten. Er drehte den Kopf weg und holte schnell neue Luft und pustete weiter. Doch dann hörte er den Schlüssel in der Wohnungstür und sprang auf und hörte die Stimme, die rief: »Hallo Wastl, heut Abend gibt's deine Leibspeis', Apfelkücherl mit Zimt und Zucker.«

76

»Hilfe!«, schrie Süden zur Tür hinaus in den Wald, in Richtung der nahen Häuser am Lornsenweg. »Hilfe!« Dann horchte er und schrie: »Feuer! Feuer!«

Dann horchte er wieder und schrie: »Sturmwellen! Riesige Sturmwellen!«

Das hatte er einmal im Fernsehen gesehen, und es hatte funktioniert, die Leute kamen gerannt und brachten die Verletzten vom Strand in Sicherheit.

»Hier bin ich«, rief er, als er die ersten Stimmen in der Dunkelheit hörte. »Rufen Sie den Notarzt. Ich habe kein Handy.«

77

»Sie haben wirklich kein Handy?«, sagte die junge Polizistin, die er schon aus dem Backsteinrevier in Westerland kannte. Zusammen mit dem Notarzt und zwei Sanitätern war sie mit ihrem Kollegen zum Baumhaus gekommen. Sie leuchteten den Raum aus und befragten Süden, und er sagte das Wenige, das er wusste.

Was er wusste, war, dass Raimund Zacherl noch nicht gestorben war. Er hatte eine minimale Überlebenschance.

Bevor die Sanitäter die Liege mit dem ausgemergelten Körper in ihren Wagen schoben, hatte Süden sie gebeten, kurz innezuhalten. Er holte etwas aus seiner Jacke und legte es dem Bewusstlosen behutsam auf die Stelle, an der sein Bauch gewesen und jetzt eine Mulde war.

Es war das Foto, auf dem Ricarda so kritisch dreinschaute und doch ihr Lächeln nicht vor demjenigen verbergen konnte, dem allein es galt.

»Wir nehmen Sie mit zurück«, sagte die Polizistin an der Pforte der Nordseeklinik, in die Zacherl eingeliefert worden war. »Wir kommen morgen noch mal her. Wo sollen wir Sie absetzen?«

Süden schwieg. Er schwieg die ganze Nacht. Im Auto der Polizei, am Tresen des Pubs, auf der Straße und schließlich, am frühen Morgen des Sonntags, an der Heimatstätte für Heimatlose.

78

Er hielt sich am Messingring fest. Beim Gang zur Toilette tastete er sich an der Wand entlang und lehnte unten den Kopf an die Wand. Jedes Mal, wenn er wieder nach oben kam, glaubte er, das Licht wäre schwächer geworden, die gelb-orangen Lampen über der Theke kamen ihm noch gedämpfter vor, das Rotlicht über den Stehtischen schummriger. Einmal zog er aus Versehen an der Kordel der Glocke, mit der die Wirtin des Pubs die letzte Runde einläutete. Aber es war noch nicht so weit, und Süden verbeugte sich entschuldigend und hievte sich zurück auf seinen Hocker mit dem Ledersitz.

Er sagte kein Wort. Das erste Bier hatte er bestellt, indem er auf das Glas eines Gastes zeigte, danach brauchte er nur noch sein leeres zu heben, und die Bedienung wusste Bescheid. Beim zweiten, dritten und siebten Pils bestellte er einen Jubi dazu. Er prostete dem dunklen Raum zu, der Musik, den Erdnüssen in der Glasschale, dem bewusstlosen Mann in der Nordseeklinik.

Vielleicht, dachte Süden, hatte er seinen Auftrag doch noch erfüllt.

Die Ereignisse entfernten sich von ihm. Besser, er stellte sich auf die Beine und umklammerte den Messingring, der den Tisch umgab und im trüben Licht golden schimmerte.

Das Baumhaus sah aus wie ein Fertighaus, alles sauber verfugt und verlinkt. Das fast wandgroße Fenster exakt viereckig ausgemessen, ein Bilderbuchhaus für Bilderbuchzwillinge.

Süden sprach zu seinen Gläsern, dem größeren und dem kleinen mit dem Kümmelgeschmack, der ihm schon wieder am Gaumen pappte.

Morgen früh musste er in der Klinik anrufen und sich nach dem Gesundheitszustand des Wirtes erkundigen, den keines seiner neuen Leben von seiner Not erlöst hatte.

Ich muss jetzt verschwinden, sagte Süden zu seinem Geldbeutel und legte einen Fünfzig-Euro-Schein auf den Tresen.

Er hob die Hand zum Gruß und verabschiedete sich von allen, indem er sich ein zweites Mal verbeugte, in diffuse Gesichter blickte, der Bedienung und der Wirtin zunickte, verharrte und dann zur Tür schritt, aufrecht, mit gezielten Schritten.

In der Paulstraße war außer ihm niemand unterwegs. Er wusste auch nicht, wie die Straße hieß. Er wandte sich nach links, warf einen letzten Blick zu den Fenstern des irischen Pubs, in dem Martin Heuer Stammgast gewesen wäre, und ging auf eine Hauswand neben einem Fischgeschäft zu. Mit einer raffinierten Drehung verhinderte er einen Zusammenprall.

An der nächsten Ecke, vor einer Drogerie, hielt er nach einer Möwe Ausschau. Er hatte keine Erklärung dafür, es musste eine Möwe sein, keine Krähe oder Taube oder Amsel oder eine fliegende Kuh. Er wollte weiße Gesellschaft.

Nicht weit von hier vermutete er die Schank- und Speisewirtschaft Alt-Berlin. Doch so intensiv er sie auch suchte, nirgendwo entdeckte er die roten Fenster- und Türrahmen. Was daher kam, dass er die Friedrichstraße längst verlassen hatte.

Ihm kam jedes Haus wie der Alptraum eines Architekten vor. Vielleicht hatten die Planer auf der Insel all jene Entwürfe verwirklicht, deretwegen sie auf dem Festland von der Hochschule verwiesen worden waren.

Solche Gedanken brachten Süden nicht weiter, aber voran. Wohin er ging, war ihm ein Rätsel.

Er hatte vielleicht einem Mann das Leben gerettet.

Nein, da lag er doch. Da war sein Grab. Da war das Kreuz. Da stand sein Name auf dem Kreuz.

Das war kein Name. Das war ein Datum.

Süden sank auf die Knie. Er röchelte vom ewigen Gehen, er musste die halbe Stadt durchquert haben, so erschöpft und schwindlig fühlte er sich. Um ihn tanzten schwarze Holzkreuze mit weißen Zahlen. Während er im Gras kniete, streckte er die Arme aus, denn er wollte jedes einzelne Kreuz festhalten.

Taumelnd, schwitzend, mit schlotterndem Körper richtete er sich wieder auf. Er wollte begreifen, wo er gestrandet war. Er hatte keine Erinnerung an seinen Weg und daran, dass er ein weißes Tor geöffnet und einen Friedhof betreten hatte.

Er stand mitten auf einem Friedhof, auf dem es nur Kreuze gab. Um ihn herum vier Reihen mit Kreuzen, keine Gräber. Keine Blumen. Keine Grabsteine.

Am anderen Ende bemerkte er schließlich doch einen Stein und Blumen davor. Aber er kam nicht von der Stelle.

Er entzifferte die Buchstaben neben den Zahlen. Westerländer Strand, stand auf einem Kreuz, auf einem anderen: Rantumer Strand, Hörnumer Strand. Und nirgendwo ein Name. Jetzt fiel ihm eine Gedenktafel auf, darauf war ein Name vermerkt, ein einziger: Harm Müsker.

Harm Müsker? 1890 war er gestorben. Süden schwankte.

Er balancierte zwischen den Parzellen umher, bis er auf eine weitere Tafel stieß und endlich begriff. Hier lagen dreiundfünfzig unbekannte Seeleute, ihre Leichen waren angespült worden. In der Mitte des vorletzten Jahrhunderts hatte man eine Heimatstätte für sie errichtet, an einer kleinen Straße in Westerland. Damit die Toten nicht verlorengehen.

Süden überlegte, wie er es schaffen könnte, jeden Einzelnen zu identifizieren, damit Harm Müsker nicht der Einzige blieb, an dessen Namen man sich erinnerte.

Süden dachte, dass er zuerst die Namen der Schiffe ausfindig machen müsste und danach die Listen der Besatzungsmitglieder und Passagiere. Dann könnte er die Listen mit denen in den Einwohnermeldeämtern vergleichen, und so würden sich nach und nach Biographien herausschälen, die keinen Zweifel an der Identität der Toten lassen würden. Eines Tages würde ein Steinmetz die Namen in Marmor verewigen, und die Heimatlosen hätte eine Heimstatt in ihrem Namen gefunden.

Du bist lächerlich, sagte Süden.

Die Heimatlosen waren einfache Fischer oder Fremde, die zu

keiner Mannschaft gehörten, zu keinem Schiff, zu keiner Gemeinschaft an Land. Das Meer hatte sie in die Tiefe gerissen und wieder ausgespuckt, niemand hatte nach ihnen gesucht, niemand sie als vermisst gemeldet.

Nur von Harm Müsker wusste man, wie er hieß. Er gehörte zu jemandem. Und jemand hatte seinen aufgedunsenen Leichnam wiedererkannt. Er war nicht allein wie die anderen.

Süden wankte von Kreuz zu Kreuz, vor jedem verharrte er eine Minute lang, dann setzte er seinen Rundgang fort. Dreiundfünfzigmal hielt er so seine Andacht an diesem frühen Sonntagmorgen. Ihm wurde wieder schwindlig, aber er gab nicht auf. Vor manchem Kreuz kniete er nieder und berührte es mit dem blauen Stein an seiner Halskette, dem Adler, der sein Totem war, sein Begleiter seit den namenlosen Tagen seiner Jugend.

Er wollte sie neu taufen, aber ihm fielen keine Namen ein.

Als der Himmel hell wurde, lehnte er am weißen Eingangstor und wartete auf seinen Schatten.

79

Zacherl war bei Bewusstsein, aber nicht ansprechbar. Der Arzt, mit dem Süden telefonierte, erklärte, dass man über den weiteren Genesungsprozess des Patienten in frühestens fünf Tagen genauere Auskünfte geben könnte. Im Moment sehe es so aus, als besitze der Mann »einige erstaunliche Reserven« in seinem vollkommen dehydrierten und ausgezehrten Körper.

Von den Klippen bei Wenningstedt winkte Süden dem Meer, mehrere Minuten lang, damit Leonhard Kreutzer sich auf keinen Fall beklagen konnte.

Nach seiner Rückkehr nach München rief Süden in der Nordseeklinik an und erfuhr, dass Zacherl »in absehbarer Zeit« wieder selbständig Nahrung zu sich nehmen könne.

Bei einem Mittagessen im Torbräu gratulierte Edith Liebergesell ihrem neuen Mitarbeiter zu seinem Erfolg.
»Die Ehefrau bekommt ihre alte Wirklichkeit nicht zurück«, sagte Süden. »So ist es oft. Wir finden einen Verschwundenen, begleiten ihn zurück nach Hause, die Angehörigen werden endlich ihre Umarmungen los, und wenn sie dann einen Schritt zurücktreten, erkennen sie, dass sie anstelle des Heimgekehrten bloß dessen Schatten festgehalten haben.«
Edith Liebergesell trank einen Schluck Veltliner und sagte:
»Das begreife ich nicht. Ilona Zacherl weinte am Telefon vor Glück, zwei Jahre lang glaubte sie, ihrem Mann wäre etwas zugestoßen. Aber er lebt. Und du hast ihn gefunden.«
Süden sah zur geöffneten Tür, vor der zwei Männer rauchten. Er bildete sich ein, Meerwind in der Nase zu spüren. Was Raimund Zacherl zugestoßen war, dachte er, würde Ilona nie erfahren, sie begnügte sich mit seinem Leben, und das reichte ihm schon lange nicht mehr. »Wozu darüber reden?«, sagte Süden. Weil ich dich dafür bezahle, sagte Edith Liebergesell

nicht und fragte sich, wieso Süden ausgerechnet bei so einem Anlass Mineralwasser trank.

Zwei Wochen später, am fünfzehnten Mai, telefonierte Süden, der sich ein Handy mit Prepaidkarte gekauft hatte, mit Zacherl. Sie redeten nur kurz miteinander, und Zacherl versprach, sich wieder zu melden.

»Das ist alles für mich noch nicht zu erklären.«

»Sie müssen nichts erklären«, sagte Süden.

»Ihnen nicht, aber meine Frau lässt nicht locker.«

»War sie schon da?«

»Wir haben telefoniert. Frau Liebergesell hat darauf bestanden. Ich hab meiner Frau gesagt, sie braucht nicht extra zu kommen.«

»Und sie kommt auch nicht.«

»Nein.«

»Mit der Polizei mussten Sie auch sprechen.«

»Meine Daten werden gelöscht.«

Süden schwieg. Am anderen Ende hörte er das Kreischen von Möwen. Er stand in seiner neuen leeren, vierundfünfzig Quadratmeter großen Zweizimmerwohnung, die Edith Liebergesell ihm über eine Baugenossenschaft besorgt hatte. Aufgrund einer Art Dienstanweisung durfte er nicht weiter nachfragen.

»Wissen Sie, wer mich besucht hat?«, sagte Zacherl. »Herr Nießen, der Mann, der Ricardas Haus gekauft hat. Was er eigentlich genau wollte, weiß ich nicht. Er wusste über mich und Ricarda Bescheid.«

»Nur ein wenig«, sagte Süden.

»Nur das, was Sie ihm erzählt haben. Er will demnächst mit seiner Frau wiederkommen.«

»Haben Sie noch Geld?«

»Mehr als dreitausend Euro«, sagte Zacherl. »Und ich hab noch Zaster in München.«

Jetzt hörte Süden das Geräusch sich überschlagender Wellen.

»Ich kehr um«, sagte Zacherl ins Handy. »Der Wind ist mir zu frisch. Wir sprechen uns wieder.«

»Unbedingt.«

Nach dem Gespräch ging Süden in die Küche. Er legte das Handy auf die Anrichte, nahm eine Flasche Löschzwerge aus dem Kühlschrank und kehrte auf seinen roten Balkon zurück. Er griff in die Tasche seiner Lederjacke, holte die kleine blaue Figur hervor, die Bene ihm geschenkt hatte, und stellte sie auf die Brüstung.

Wenn erst einmal ein Seehund da war, dachte Süden, wäre eines Tages vielleicht auch ein atlantisches Leben möglich.

Er zog den Ringverschluss von der Bierflasche, hob den Arm, als proste er jemandem am Horizont zu, und warf einen langen Blick aufs Giesinger Meer westlich seiner nach Farbe und Holzpolitur riechenden Wohnung in der Scharfreiterstraße 1d.

Manche Menschen, dachte er, werden erst durch ihr Verschwinden sichtbar.

Ohne die Hilfe, Freundschaft und Geduld einiger Menschen hätte ich diesen Roman nicht schreiben, geschweige denn zu Ende bringen können. Besonders danken möchte ich:

Hubertus Wolf und Günter Milke für ihre Bereitschaft, ihr Wissen um das Schicksal Vermisster und Verschwundener mit mir zu teilen,

Oliver Berben, der mir auf seine unnachahmliche Art den Süden zurückgebracht hat,

Albert Ostermaier, der am Donnerstag, 15. Juli, um 16.39 Uhr die Tür öffnete und Licht einließ,

und für immer und in Liebe:
Ina Jung.